L'enfant d'une nuit d'été

*

Le secret de Belle

*

Une île pour deux médecins

Le secret de Bella

MIRA LYN KELLY

# L'enfant d'une nuit d'été

*Traduction française de*
LOUISE LAMBERSON

HARLEQUIN

*Titre original :*
WAKING UP PREGNANT

*Ce roman a déjà été publié en 2020*



**HARPERCOLLINS FRANCE**
83-85, boulevard Vincent-Auriol, 75646 PARIS CEDEX 13
Service Clients — https://www.harlequin.fr/contenu/contactez-nous
ISBN 978-2-2805-2120-8

Édité par HarperCollins France.
Composition et mise en pages Nord Compo.
Imprimé en juin 2025 par CPI Black Print (Barcelone)
en utilisant 100% d'électricité renouvelable.
Dépôt légal : juillet 2025.

MIXTE
Papier
FSC
FSC® C159065

Pour limiter l'empreinte environnementale de ses livres, HarperCollins France s'engage à n'utiliser que du papier fabriqué à partir de bois provenant de forêts gérées durablement et de manière responsable.

# 1

Jeff dévisagea la jeune femme au teint blême assise en face de lui et sentit son horizon se rétrécir à une vitesse vertigineuse. Parcouru d'un frisson, il se rappela l'instant où, trois mois plus tôt, il avait constaté avec horreur que le préservatif s'était déchiré. Apparemment, ce malencontreux accident s'était produit à une mauvaise période pour sa partenaire. Cependant, comment la croire sur parole ? Si Darcy Penn était venue le trouver un mois après leur rencontre, il n'aurait pas été étonné, mais *trois*...

Et, bon sang, si elle ne s'était pas enfuie comme une voleuse cette nuit-là !

Il déglutit, reposa le stylo qu'il serrait entre ses doigts au risque de le briser, avant de se rendre compte que le visage de sa visiteuse avait pris une teinte verdâtre. Se levant à la hâte de son fauteuil, il se tourna vers la porte de la salle de bains attenante à son bureau.

— Si tu... souhaites te rafraîchir, c'est par là.

— Merci, murmura-t-elle. Je... Excuse-moi... Tu dois être...

Il l'interrompit d'un geste de la main et souleva son téléphone pour appeler son assistant.

— Nous en reparlerons quand tu te sentiras mieux.

Tremblant de la tête aux pieds, de la sueur glacée perlant à son front, Darcy s'aspergea le visage d'eau tiède.

Elle ne s'était évidemment pas attendue à ce que Jeff Norton saute de joie en apprenant la nouvelle, mais la froideur avec laquelle il l'avait accueillie la révoltait. Dire qu'elle avait craint de le revoir ! Parce qu'elle redoutait de retomber sous le charme auquel elle avait succombé durant sa dernière soirée à Las Vegas, quand elle avait dérogé à tous ses principes pour quelques heures de plaisir avec cet homme superbe...

En venant lui annoncer son état, elle avait eu peur de céder à l'attirance irrésistible qu'elle avait éprouvée pour lui ce soir-là, peur de désirer goûter de nouveau aux baisers dont le souvenir hantait ses rêves. Lorsque Jeff avait ouvert la porte de son bureau, elle avait vu un éclat brûlant traverser son regard, mais celui-ci s'était vite évanoui quand elle lui avait révélé qu'elle était enceinte. De lui.

A ce moment-là, c'était de l'horreur pure qui avait agrandi ses yeux. Et, en un instant, les barrières qui n'auraient jamais dû s'écrouler s'étaient de nouveau dressées entre eux. Ce qui était parfait. En effet, il aurait été stupide, et dangereux, de se laisser aller à des fantasmes absurdes ; il était grand temps qu'elle cesse de revivre en pensée et en rêve les moments torrides qu'ils avaient partagés.

Car même si l'alchimie qui les avait réunis s'était révélée fabuleuse, Darcy était bien trop réaliste pour se faire des illusions : rien n'était possible entre cet homme somptueux, fortuné, et elle. Par conséquent, mieux valait désormais se concentrer sur la réalité et la nouvelle existence qui l'attendait, avec son enfant.

*Leur* enfant. Un frisson la traversa. Mon Dieu, qu'allait envisager, *exiger* Jeff ? A en juger par l'expression horrifiée qui avait empreint son beau visage viril quand il avait appris la nouvelle, la perspective de devenir père ne le ravissait pas...

Darcy ferma le robinet. En se séchant le visage et les mains, elle songea que Jeff Norton demeurait l'homme le plus séduisant qu'elle ait jamais rencontré. Il prenait la vie à pleines mains et vivait l'instant sans tergiverser. Durant les heures merveilleuses qu'ils avaient passées ensemble, il avait su l'amuser et la faire rire. Mais, à présent, cet homme insouciant allait devenir le père de l'enfant qu'ils avaient conçu dans un moment de folie totale.

Elle laissa échapper un lent soupir et posa la main sur son ventre encore plat. Une vie précieuse palpitait là, en elle. La sensation était fantastique, mais s'accompagnait d'un sentiment de déception et de frustration. Durant des années, elle avait repoussé toutes les tentations parce qu'elle savait depuis toujours qu'elle ne pouvait compter que sur elle-même pour s'en sortir. Et, surtout, elle s'était juré de ne pas se retrouver piégée comme sa mère.

Jamais elle n'avait baissé la garde. Alors pourquoi, ce soir-là, avec *cet homme-là*, avait-elle succombé à la tentation ?

# 2

*Las Vegas, trois mois plus tôt*

Confortablement installé dans son fauteuil de cuir, Jeff croisa les bras en observant les quatre gars attablés un peu plus loin. Le plus jeune tentait encore de draguer la grande blonde aux jambes interminables qui venait de lui apporter sa bière, en dépit du regard hautain et glacial qu'elle lui avait décoché. Et, en plus, ses amis l'encourageaient ! Aucun n'avait-il vu la lueur dépourvue de toute ambiguïté éclairant les yeux gris de la serveuse ? Elle affirmait clairement que ni le jeunot ni ses comparses ne l'intéressaient, point final.

Jeff sortit son mobile de sa poche pour voir si Connor lui avait envoyé un SMS. Il retint un juron en découvrant le dernier message de son meilleur ami :

Encore au moins une heure…

Qu'est-ce qu'il fichait, bon sang ? Connor venait de rompre ses fiançailles, d'où ce week-end à Las Vegas, entre hommes. Mais il était hors de question qu'il reste là comme un idiot à regarder ces imbéciles se conduire comme des gamins.

Après avoir hélé l'autre serveuse, Jeff régla l'addition sans même avoir touché à son verre. Mais au moment où il se dirigeait vers la sortie, un rire féminin, voluptueux et sensuel, jaillit de derrière le bar.

Il s'arrêta net et se retourna, les yeux rivés à la vision presque irréelle qui s'offrait à lui : ses cheveux ruisselant sur une épaule, ses yeux gris pétillant de gaieté et de malice, la serveuse blonde riait aux éclats, en réaction à ce que venait de lui dire sa collègue rousse qui renfilait maintenant sa ballerine à talon plat. Où était passée la jeune femme inaccessible au regard hautain et glacial ? Il avait devant lui une créature divine, au buste ravissant, à la taille de guêpe, aux hanches fines et rondes à la fois... Pas étonnant qu'elle s'abstienne de rire devant les clients ! Si un homme digne de ce nom la voyait ainsi, l'entendait rire, il se mettrait sans doute en quatre pour obtenir qu'elle rie ainsi pour lui — comme Jeff en ressentait le désir brûlant.

La rousse se redressa et s'éloigna d'un pas tranquille tandis que la blonde au rire dévastateur rajustait son tablier. Mais quand elle se tourna et aperçut Jeff, elle se raidit aussitôt ; toute chaleur et tout éclat disparurent de son regard, et son visage reprit son expression froide, indifférente. Elle devait avoir mis sa tactique au point depuis un bon bout de temps, songea-t-il en l'admirant malgré lui.

— Quand vous aurez une minute, apportez-moi un autre scotch, dit-il en souriant.

Puis il fit demi-tour et retourna s'installer à la table qu'il venait de quitter. Après tout, il n'avait rien de spécial à faire à Las Vegas. Et puisque Connor lui laissait encore *au moins* une heure de liberté, autant en profiter...

Quoi que le type de la table douze ait en tête, Darcy n'avait pas l'intention de se prêter à son petit jeu.

Jusque-là, elle l'avait jugé inoffensif en dépit du magnétisme viril qui émanait de toute sa personne, de ses regards directs et de son corps d'athlète mis en valeur par un élégant costume coupé sur mesure. Dès qu'il était entré dans le bar, tous les regards féminins s'étaient tournés dans sa direction, mais il n'y avait prêté aucune attention. Après s'être installé à une table située un peu à l'écart, il avait commandé un scotch poliment, sans aucun regard ni réflexion équivoques.

Depuis deux ans, Darcy avait passé suffisamment de temps dans ce genre d'endroit pour savoir au premier coup d'œil à qui elle avait affaire. Par conséquent, elle ne s'était pas préoccupée de lui. Du moins jusqu'à ce qu'elle se retourne et le découvre en train de la dévorer des yeux comme s'il gravait tous les détails de sa silhouette dans son cerveau. Il l'avait surprise en train de *rire*, attitude qu'elle ne s'autorisait que rarement au travail, pour éviter tout malentendu avec les clients. Mais, ce soir, qu'est-ce que cela pouvait bien faire, après tout ?

Affichant une expression neutre, elle se dirigea vers la table du plus beau client du bar avec son scotch. C'était sa dernière soirée ici. Dans deux heures, elle en aurait terminé avec ce job et, ensuite, elle passerait à l'épisode suivant de ses aventures. Enfin, si l'on pouvait parler d'*aventures*... Car Darcy menait une existence prudente et fuyait le risque, l'inconnu, les défis, l'excitation. Toutes choses qu'elle ne pouvait se permettre. Après avoir vu à quoi menait la dépendance vis-à-vis des hommes et avoir sacrifié ses études pour acquérir son autonomie, elle y tenait plus que tout. Par conséquent, elle résistait à toutes les tentations et vivait selon ses moyens.

Elle s'arrêta devant la table douze et soutint le regard de son client sans ciller.

— Votre scotch, monsieur. Désirez-vous autre chose ?

Il la contempla un instant d'un air songeur, puis descendit le regard sur sa bouche, faisant naître un frémissement inconnu dans son ventre. Darcy plissa le front d'un air sévère : pas question de se laisser tenter par cet homme, aussi somptueux soit-il !

— Détendez-vous, fit Jeff. J'ai compris : il ne se passe rien en dehors du travail.

Quand il vit le coin de ses belles lèvres tressaillir, sa libido s'embrasa.

— Je ne suis pas en train de vous draguer, reprit-il. Je cherche simplement à passer agréablement le temps.

— Tiens, tiens...

— Et comme j'ai aimé le sourire que j'ai vu tout à l'heure, j'en voudrais un pour moi. Quant à votre rire...

— Vous voulez un sourire ? l'interrompit-elle. Ce n'est pas compliqué.

Elle lui adressa un sourire figé, du même style que celui dont elle gratifiait tous les clients.

— Pas mal. Mais je ne me contenterai pas de cette pâle imitation. Maintenant que j'ai vu l'original, je veux le même, seulement pour moi.

— A quoi êtes-vous prêt, pour l'obtenir ?

Jeff haussa un sourcil. Bon sang, qu'entendait-elle par là ?

— La facilité ne m'intéresse pas.

Elle lui décocha un regard aussi impersonnel que l'avait été son sourire.

— Ecoutez...

— Jeff.

— Ecoutez, *Jeff*, vous semblez amusant, ce qui change de la moyenne. Mais je suis au boulot, là, alors je ne peux pas vous aider à passer le temps.

— Pas de problème. Je sais que vous travaillez. Mais dites-moi : combien de temps accordez-vous en moyenne à chacun de vos clients ? En dehors des propos que vous échangez concernant la commande, bien sûr. Vous leur adressez forcément quelques paroles aimables, non ?

— Quinze secondes.

— Et à ceux qui sont bavards ?

— Quarante-cinq.

— Et quand ils passent leur commande, vous leur laissez le temps, n'est-ce pas ?

Comme si elle avait flairé un piège, la jolie blonde hésita un instant.

— Oui.

— Formidable. J'aimerais offrir des martinis aux trois jeunes femmes, là-bas. Mais dites-leur que c'est de la part du patron, pas de la mienne.

Elle le regarda en silence.

— Je crois que nos quarante-cinq secondes sont écoulées, reprit Jeff. A moins que vous ne vouliez vous asseoir pour prendre un verre avec moi ? Je vous invite. Faites une pause.

— Parce que vous vous ennuyez ? demanda-t-elle en dardant son regard gris sur le sien.

Un frisson le parcourut : il avait enfin capté l'attention de la belle serveuse indifférente...

Il haussa les épaules puis souleva son verre.

— Disons plutôt que je n'aime pas l'inactivité.

Darcy posa un nouveau scotch devant Jeff en retenant le sourire qui menaçait de lui échapper.

— Passer la soirée avec vous, hein ? répéta-t-elle.

— Considérez cela comme un service public.

Elle aurait dû s'en aller. Elle ne sortait *jamais* avec un client. Elle n'allait même jamais aussi loin dans un échange verbal avec aucun d'entre eux ! Mais elle ne pouvait empêcher sa peau de frémir tandis qu'elle se forçait à ne pas sourire. Et son si séduisant interlocuteur le devinait : il l'observait en haussant un sourcil d'un air moqueur...

— En quoi sortir avec vous constituerait-il un service public ?

Un sourire satisfait arrondit la bouche de Jeff.

— A cause de mon ego. Comme vous pouvez le constater, il est gigantesque — à tel point que c'est presque un handicap.

Darcy brûlait de lui demander de s'expliquer, mais elle serra les lèvres, de crainte d'éclater de rire.

— Si vous ne cédez pas à ce monstre, poursuivit-il, je ne pourrai pas le sortir d'ici.

— Il est si terrible que cela ?

— Vous avez vraiment besoin de le demander ?

Ce type était synonyme d'ennuis, elle le pressentait. Mais, en même temps, il représentait exactement le genre de distraction qu'elle méritait pour sa dernière soirée à Las Vegas. A condition que cela n'aille pas plus loin qu'un petit flirt inoffensif, bien sûr...

— Je vous l'ai dit, reprit Jeff, c'est un monstre. Il va s'agiter dans tous les sens, protester, se débattre...

— Je vois...

— Il s'appelle Connor.

« Décidément, j'aurais tout entendu », songea Darcy en se mordant la joue.

— Votre ego s'appelle Connor ?

Jeff laissa échapper un rire bref.

— Et le problème, c'est qu'après votre rejet il va avoir besoin de pas mal de cajoleries pour se remettre.

Lorsqu'elle plissa les yeux, intriguée, il leva la main.

— Il va exiger que je me jette sur toutes les femmes qui croiseront mon chemin. Il me forcera à leur faire du charme. Vous comprenez, on ne peut pas le maîtriser, c'est comme...

— ... comme une sorte de lance à incendie sous pression en folie ?

Darcy s'en voulut aussitôt de sa repartie. Seigneur, elle cherchait vraiment les ennuis ! Elle aurait mieux fait de se taire. Le regard de Jeff s'était assombri tandis qu'il fronçait les sourcils.

— Exactement, comme une lance d'incendie, dit-il d'une voix rauque.

De façon étrange, Darcy ne se sentait pas menacée par l'audace dont il témoignait à son égard. Au contraire, son attitude la tentait, la stimulait — même si elle demeurait persuadée de jouer avec le feu.

— Alors, après cette entreprise de charme massive, que se passera-t-il ?

— Ce sera la désolation totale. Des pleurs retentiront partout. Les cœurs brisés joncheront les rues. Elles seront toutes amoureuses de moi, alors que de mon côté je ne recherchais rien de sérieux, juste du plaisir partagé.

A ces mots, une lueur si intense éclaira les yeux de Jeff que Darcy eut du mal à soutenir son regard.

— Et c'est ce qui se produit chaque fois qu'une femme refuse de sortir avec vous ?

— Je n'en sais rien, répondit-il en tendant la main vers son scotch. Cela ne m'est encore jamais arrivé. Mais, sérieusement, vous prendriez le risque de provoquer un tel carnage ?

Elle le regarda avec attention et fut de nouveau frappée par le contraste saisissant entre sa masse d'épais cheveux bruns indisciplinés et la coupe classique et élégante de son costume. Une mâchoire carrée, une fossette juste au milieu du menton, un nez parfaitement dessiné, de longs cils, des yeux noisette : elle n'avait aucun mal à croire que la plupart des femmes étaient prêtes à tout pour profiter de la compagnie de cet homme superbe...

Finalement, Jeff était loin d'être aussi inoffensif qu'elle l'avait cru au premier abord. Par conséquent, il était temps de clarifier la situation.

— Je suis flattée que vous me proposiez de passer la soirée avec vous, mais je ne sors *jamais* avec les clients.

— Je l'avais remarqué, et ça me plaît.

— Parce que je représente un défi pour vous ?

— Oui, répondit-il avec un sourire éblouissant.

— Wow ! Sincère, en plus…

— Oui, toujours. Cela élimine d'éventuelles complications et garantit que tout le monde soit sur la même longueur d'onde. Mais revenons à nous : je suis un type charmant, et amusant. Vous ne vous ennuierez pas avec moi. Il y a des tas de choses à faire et à voir, à Las Vegas, des endroits où vous auriez aimé vous balader sans en avoir eu le temps. Dites-moi où vous désirez aller et je vous y emmène ce soir.

Au lieu de répliquer qu'il n'en était pas question, Darcy resta silencieuse face à ce sourire trop tentant. Elle pensait à toutes les choses qu'elle s'était promis de faire, en effet, sans jamais réussir à passer à l'acte. En outre, cela faisait une éternité qu'elle n'avait pas pris un peu de bon temps. Tout à l'heure, elle quitterait ce bar et demain, Las Vegas. Pour sa dernière soirée, un homme charmant lui offrait une chance de…

Mon Dieu ! Envisageait-elle vraiment d'accepter sa proposition alors qu'elle ne cédait jamais, ne dérogeait jamais à ses règles ?

— Je vais y réfléchir.

Jeff remit son portable dans la poche de sa veste après avoir appelé Connor. Visiblement, celui-ci s'amusait de son côté : il avait accepté sans problème de ne pas venir le retrouver au bar comme prévu. Sa rupture avec sa petite amie l'avait ébranlé, mais il semblait avoir écouté ses conseils. Lui-même était passé par là avant Connor, et il savait ce que l'on ressentait le jour où l'on voyait s'écrouler le grand amour sur lequel on avait projeté de construire toute sa vie.

Ressurgissant du passé, la voix de Margo résonna dans

son esprit : « Non, je n'aime pas cet homme, Jeff. Il ne s'agit pas de lui. Ni de toi. Il s'agit *de moi* : j'ai l'impression d'être coincée et je n'ai qu'un désir : m'échapper de ce que je considère maintenant comme une prison. Je suis désolée, Jeff, mais c'est comme ça, je n'y peux rien. »

Oui, c'était un sale moment à passer... Alors, la veille, Connor et lui avaient joué au casino, traîné dans quelques clubs, comme le font des amis qui se connaissent depuis l'enfance. Il s'était évertué à lui faire oublier ses soucis et à lui remonter le moral, tout en s'efforçant de lui expliquer que c'était sans doute mieux ainsi. Et il n'avait pas mal réussi, semblait-il, car son ami avait paru tout sauf déprimé quand Jeff lui avait annoncé qu'il allait sans doute passer la soirée en bonne compagnie.

Il appuya le coude au bar en regardant Darcy se mordiller la lèvre. Non, cette femme n'était pas aussi inaccessible qu'elle voulait bien le laisser paraître...

— Et votre ami ? demanda-t-elle.

— En fait, il semble qu'il s'agisse surtout d'une affaire d'ego blessé.

— Ah, vous et votre ego, les hommes ! Est-ce qu'il lui a donné un nom, lui aussi ?

Jeff la regarda en plissant les yeux.

— Les hommes ne divulguent pas le nom de l'ego de leurs amis.

Quand il vit sa bouche pulpeuse esquisser une moue amusée, il tendit la main sans réfléchir et effleura l'endroit où menaçait d'éclore le sourire qu'il attendait. A ce contact, les lèvres de la jeune femme s'entrouvrirent sur un petit halètement. Puis, tout en soutenant son regard, elle dit d'une voix ferme :

— Je ne vous accompagnerai pas à votre hôtel, Jeff.

Il effleura de nouveau le coin de ses lèvres avant d'écarter sa main, qu'il enfonça résolument dans sa poche.

— Très bien. Quand partons-nous ?

Elle scruta ses traits comme pour y trouver une raison de refuser ; quand elle baissa les yeux, Jeff crut qu'il l'avait perdue. Mais lorsqu'elle redressa la tête, son regard était limpide, confiant, déterminé. Et *excité*.

— Dès que j'aurai ôté ma tenue de travail.

# 3

— Ça vous va, comme sensation vertigineuse ? cria Jeff.

Chaque fois qu'il souriait ainsi, le cœur de Darcy faisait un petit bond dans sa poitrine.

— Oui ! C'est fabuleux ! répliqua-t-elle en éclatant de rire.

Désormais, elle avait renoncé à le contenir, ce rire tant attendu par son compagnon. Les cheveux au vent, elle s'agrippa fermement au harnais de sécurité en se demandant si l'ivresse qui lui faisait tourner la tête provenait de la descente en tyrolienne accrochée à un câble en acier au-dessus de Freemont Street, ou de l'homme glissant à toute allure devant elle.

— La prochaine fois, à vous de choisir, cria-t-il en se retournant de nouveau vers elle. Creusez-vous un peu la tête !

La soirée avait commencé par un dîner léger, pris dans l'un des restaurants le plus convoités de Las Vegas, où, d'un simple coup de fil, Jeff avait réussi à réserver une table au dernier moment. En dépit du standing du lieu, de la vue à couper le souffle, la conversation avait été détendue et variée. Jeff faisait partie de ces individus qui semblaient tout connaître et, qu'il s'agisse de cinéma, des destinations de voyage préférées de Darcy ou de l'économie américaine, il écoutait autant qu'il parlait. Si bien que, au moment du café, elle ne se demandait plus si elle avait eu raison d'accepter de sortir avec lui ou si elle avait commis une erreur colossale.

Après le restaurant, ils étaient montés dans le célèbre Roller Coaster du *New York-New York*, ces incroyables montagnes russes faisant le tour de l'hôtel à une vitesse frôlant les cent kilomètres à l'heure, à soixante mètres au-dessus du sol.

Ensuite, ils étaient allés au Neon Museum, où étaient exposées de vieilles enseignes de casino, puis s'étaient arrêtés pour admirer le spectacle de jets d'eau musical des fontaines du *Bellagio*, avant de se promener dans le mythique casino de l'hôtel et dans sa célèbre galerie d'art.

Tout le long du parcours, Jeff avait lié conversation avec tous ceux qu'ils rencontraient, et il semblait beaucoup plaire aux riches vieilles dames à qui il tenait la porte en souriant. Son charme opérait chaque fois, sur tout le monde, et au lieu d'être alertée par ce constat, Darcy s'était retrouvée sans défenses. Ce qui ne lui arrivait jamais...

Quant au rire qu'il s'était donné tant de mal à faire jaillir de ses lèvres, dès qu'ils avaient quitté le casino, elle avait renoncé à lutter et ri des histoires incroyables de Jeff, s'abandonnant complètement à la magie de cette dernière soirée à Las Vegas.

Non seulement, Darcy avait découvert des aspects de la ville qui lui étaient restés inaccessibles durant son séjour, mais, grâce à l'attention et à la disponibilité de Jeff, elle avait eu l'occasion de lui expliquer en quoi ces lieux et activités l'avaient toujours attirée et intéressée.

Au fond, ils se livraient à une sorte de découverte réciproque, ce que Darcy ne se serait jamais permis si elle n'avait pas quitté Las Vegas le lendemain. Leurs chemins se sépareraient forcément, aussi n'avait-elle pas à craindre d'attentes ou de demandes qu'elle ne pourrait honorer. Il s'agissait d'un soir, de quelques heures de plaisir. Sans conséquences.

C'était du moins ce qu'elle avait pensé jusqu'à ce que, arrivée au bout de la tyrolienne, ses pieds reprennent contact avec le sol. Jeff s'avança alors vers elle et lui prit doucement la main avant de l'attirer contre lui. Son geste était décontracté, presque amical, mais lorsque Darcy perçut la chaleur de son corps musclé se propager en elle, la douceur de son souffle lui caresser l'oreille, puis que Jeff lui demanda de sa belle voix profonde si elle s'amusait bien, la situation prit un tour terriblement intime…

Darcy renversa légèrement la tête en arrière pour le regarder dans les yeux et hocha la tête en déglutissant avec peine. La sensation inconnue qui frémissait dans son bas-ventre lui donnait l'impression de s'envoler et de tomber en même temps. Lorsque le regard de Jeff fouilla le sien, puis descendit lentement vers sa bouche, elle fut traversée par un frisson en se rappelant l'instant où il avait effleuré ses lèvres, avant de quitter le bar.

« Je ne vous accompagnerai pas à votre hôtel », avait-elle dit. Soudain, Darcy se demanda si elle pourrait encore affirmer la même chose en cet instant…

— Trouvons un endroit agréable où prendre un verre et discuter de la suite des divertissements, proposa Jeff.

Quand il la lâcha et recula d'un pas, elle vacilla presque. L'espace d'un instant, elle avait été certaine qu'il allait l'embrasser. Et, pire encore : elle avait désiré qu'il le fasse.

Après avoir regardé les enseignes alentour, Jeff se tourna vers elle et lui posa la main sur les reins.

— Quel est le meilleur bar du coin, d'après vous ?

Ce léger contact était agréable, songea Darcy. Et suffisant. Pourquoi s'imaginer qu'elle désirait davantage ? La soirée se déroulait sans problème, il était hors de question de gâcher la bonne entente qui régnait entre Jeff et elle. Mais dans un bar...

— Que diriez-vous d'aller plutôt manger une glace ? lança-t-elle. Je connais l'endroit idéal, à deux pas d'ici.

Comme il la regardait en haussant les sourcils d'un air interrogateur, elle ajouta :

— C'est une question de... confiance.

— Vous n'avez pas confiance en moi ? demanda-t-il d'un ton neutre. Ou serait-ce en vous-même que vous n'avez pas confiance ?

Darcy éclata de rire.

— Je n'ai vraiment confiance qu'en une seule personne : moi. Ne le prenez pas mal surtout, mais j'aime rester en pleine possession de mes moyens afin d'éviter les mauvaises surprises ; et pour ne pas risquer de me rendre compte trop tard que j'ai eu tort de baisser la garde.

Le sourire décontracté de Jeff avait disparu, à présent. Une ombre voilait son regard noisette, lui conférant un air farouche et protecteur à la fois.

— Ne me regardez pas comme ça, reprit-elle. Vous savez très bien que toutes sortes de choses peuvent arriver dans une ville comme Las Vegas, comme dans des tas d'autres grandes villes, d'ailleurs. Alors je fais attention et je suis prudente. J'ai toujours agi ainsi.

Le visage de son compagnon se détendit.

— Vous n'êtes pas une aventurière, si je comprends bien.

— En effet. Certains diraient même sans doute que je suis timorée.

— Mais ce n'est pas votre avis ?

— Non. Si je pensais que ce que je fais est contraire à mes principes, que je vis d'une façon qui ne me satisfait pas, je changerais d'attitude. Comme je vous l'ai dit, je sais très bien me débrouiller toute seule. Alors, je n'attends pas que quiconque résolve les problèmes à ma place.

— Vous êtes une femme d'action qui refuse de prendre des risques et qui prend son destin en main, résuma Jeff.

Darcy sourit. Dès qu'ils n'obtenaient pas d'elle ce qu'ils désiraient, les hommes l'affublaient de toutes sortes de qualificatifs : distante, froide, dure, glaciale... A les entendre, son indifférence relevait d'une carence ou d'un défaut plutôt que d'un simple refus d'aller plus loin. C'était exactement ce qu'avait fait Jeff, qui l'avait draguée alors qu'elle le servait au bar. Et pourtant, il y avait en lui quelque chose de complètement différent, qui l'avait poussée à accepter de sortir avec lui. Une bouffée d'inquiétude l'envahit à cette pensée. Non, elle avait accepté uniquement parce que c'était sa dernière soirée à Las Vegas, se répéta-t-elle avec force.

— Forte et indépendante, poursuivit-il. Une femme qui sait ce qu'elle veut. J'aime ça.

— Ah bon ?

— Oui, vous me plaisez beaucoup, répondit-il avec franchise.

Il se passa la main dans les cheveux en la regardant dans les yeux.

— J'aime la façon dont vous me surprenez sans cesse.

Après avoir franchi le peu de distance qui les séparait, Jeff lui posa une main sur la hanche.

— Et j'aime vous faire rire, parce que depuis que vous avez renoncé à vous retenir...

Ses doigts se resserrèrent un bref instant sur sa hanche.

— ... je ne pense qu'à une chose : faire jaillir votre rire de nouveau.

Bon sang ! Le rire de Darcy produisait un effet dévastateur sur lui, mais ce n'était rien comparé à la tornade qui s'abattait sur ses sens lorsqu'elle murmurait son prénom de la sorte, dans un souffle. Comme si elle partageait le désir qu'il s'efforçait de contrôler.

Quand il lui avait proposé de passer la soirée avec lui, il n'avait pas douté un instant qu'elle finirait à l'hôtel, dans sa suite. C'était logique, normal, vu l'attirance qui vibrait entre eux. Mais ce désir qui le consumait avec une force sauvage, irrépressible, quelque chose l'empêchait de l'exprimer. Peut-être le trouble qu'il lisait dans les beaux yeux gris de la jeune femme, révélateur du conflit qui se livrait en elle et qu'il n'avait encore jamais perçu chez aucune femme.

A sa grande surprise, la réserve de Darcy aiguillonnait en lui un besoin instinctif de la protéger. Cette femme possédait un mélange de force et de vulnérabilité qui l'intriguait — et le touchait, admit-il en la regardant tourmenter de nouveau sa lèvre du bout de ses adorables quenottes. Il devait lui démontrer qu'ils pouvaient prendre du bon temps, sans complications, partager des moments simples dont chacun se souviendrait plus tard avec légèreté.

Le ventre noué, Darcy se força à détourner les yeux de ceux de Jeff. Cet homme possédait un charme dévastateur, auquel elle avait de plus en plus de mal à résister. Avec lui, elle se surprenait à rêver de choses interdites, à les désirer. L'alchimie qui palpitait entre eux se répandait en elle, pétillait dans les moindres cellules de son corps, au plus profond de son intimité.

Peu à peu, elle lui révélait des aspects d'elle-même qu'elle n'avait jamais laissés entrevoir à personne. Ce constat la terrifiait. En sa compagnie, elle se permettait beaucoup trop d'exceptions aux règles qui régissaient son existence. Parce que Jeff n'était qu'un dangereux mirage, l'incarnation du fantasme susceptible de conduire une femme à se perdre dans un espoir insensé : celui d'avoir enfin trouvé une oasis où il ferait bon se reposer.

Cet homme superbe et attentionné n'en demeurait

pas moins un richissime homme d'affaires avec qui elle s'autorisait à passer une unique soirée. Quelques heures. Par conséquent, elle devait rester maîtresse d'elle-même et de la situation. Garder les yeux grands ouverts et les idées claires.

Il n'y avait pas de lendemain possible avec Jeff Norton...

— Que d'interrogations dans ces superbes yeux, dit-il en lui effleurant la joue du revers de la main. Vous avez tort de vous inquiéter : dès que vous en aurez assez, dites-le-moi et je vous raccompagnerai chez vous, en vous remerciant de cette soirée que je ne suis pas près d'oublier. Mais si vous me supportez encore, nous pouvons continuer à nous amuser, simplement et sans aller plus loin.

Il s'interrompit pour l'emprisonner dans le faisceau de son regard ardent.

— Alors, que décidez-vous ? reprit-il.

Son cœur battait à tout rompre. Jeff lui donnait l'occasion de mettre un terme à la soirée. De se dire adieu et de se séparer bons amis. Ensuite, elle pourrait prendre un taxi et rentrer dans son appartement, où ses bagages l'attendaient. Et dormir en paix, l'esprit tranquille.

Ou bien elle s'avouait qu'avec lui elle éprouvait des sensations nouvelles, vibrait de désirs inconnus qu'elle brûlait d'explorer et d'assouvir. Que tout son corps frissonnait et brûlait. Qu'elle désirait vivre à fond l'instant, s'y abandonner...

Darcy leva le bras, glissa les doigts dans l'échancrure de la chemise entrouverte de Jeff, puis se haussa sur la pointe des pieds pour poser ses lèvres sur les siennes.

Le baiser fut léger et bref, presque imperceptible. Il contenait les mots qu'elle n'avait pas su trouver pour exprimer ce qu'elle ressentait. Les mots dont elle n'avait pas besoin, comprit-elle en voyant l'éclat des yeux bruns.

Un sourire triomphant se dessina sur la bouche de son

compagnon tandis qu'il hochait la tête et lui prenait les mains pour l'attirer contre lui.

— Je me suis retenu toute la soirée, Darcy, murmura-t-il à son oreille. Mais si tu cèdes à cette électricité entre nous, ce petit baiser ne suffira pas à me faire tenir jusqu'à ce que nous arrivions à ma suite.

— Alors prends ce dont tu as besoin pour la route, répliqua-t-elle dans un souffle.

Quand il l'embrassa, il n'y avait plus rien de retenu ni d'amical : les lèvres de Jeff exigeaient d'elle un abandon total. Sa langue enlaça bientôt la sienne, s'y enroula, la caressa, arrachant à Darcy un gémissement. Resserrant les doigts sur la chemise de son compagnon, elle ferma les yeux en cédant aux sensations délicieuses qui la parcouraient. Et s'il ne l'avait pas maintenue serrée contre lui, elle aurait craint que ses genoux ne flanchent sous elle.

Il l'embrassait comme nul homme ne l'avait encore embrassée. Avec art, volupté, sensualité... Jamais Darcy ne s'était sentie aussi vivante, aussi excitée. Une faim insatiable avait pris possession d'elle, de tout son corps. Comme si, depuis toujours, elle avait attendu ce moment.

La main de Jeff glissa sur son dos, ses reins, puis se referma sur sa hanche en même temps qu'il pressait son érection puissante contre le ventre de Darcy.

Soudain, il interrompit son baiser et écarta le visage du sien.

— C'est fini ? demanda-t-elle dans un murmure.

— Au contraire, trésor : ça ne fait que commencer...

# 4

Dès que Jeff eut refermé la porte de sa suite, il prit Darcy dans ses bras et lui appuya le dos contre le panneau d'acajou avant de dévorer sa bouche.

Son corps mince était si chaud, si doux, si offert... Il ne parvenait pas à comprendre comment il avait réussi à ne pas l'installer sur ses genoux dans le taxi, ou à ne pas la prendre dans l'ascenseur aux parois couvertes de miroirs. Parce que, à partir du moment où il avait goûté à la passion qu'elle libérait enfin, il avait brûlé de la posséder tout entière.

Et à présent qu'elle laissait de nouveau échapper ces petits gémissements sexy, il craignait de perdre rapidement tout contrôle...

Il glissa les mains sous ses cuisses et la souleva contre lui. Cette fois, la plainte qui franchit ses lèvres pulpeuses lui fit perdre la tête, d'autant que Darcy croisait les chevilles sur ses reins et l'encourageait en le serrant de toutes ses forces, comme si sa vie en dépendait !

— Jeff, je t'en supplie..., gémit-elle contre sa bouche.

— Comme ça, trésor ? demanda-t-il en se pressant contre son sexe.

Pour toute réponse, elle poussa un petit cri en enfouissant les mains dans ses cheveux. Prenant cela pour un acquiescement, il recommença.

— Oui ! haleta-t-elle.

Puis elle creusa les reins et redressa la tête, les lèvres entrouvertes sur un cri muet. Gagné par une ivresse insensée, il reprit sa bouche avec fougue. Elle répondit en se collant à lui, ses paupières mi-closes laissant filtrer un feu qui incendia Jeff.

Darcy... Elle était à lui, sublime, désirable, prête à le recevoir en elle. Jeff se rendit compte soudain qu'une soirée ne suffirait pas à assouvir le désir qui le consumait. Il l'avait compris dès le départ, avant même de l'embrasser.

— Darcy..., murmura-t-il en laissant glisser ses lèvres sur son cou. Ce qui se passe...

— Oui, je sais, le coupa-t-elle. C'est parfait.

Puis elle desserra ses chevilles et reposa les pieds sur le sol avant de lui offrir de nouveau ses lèvres. Leurs langues se retrouvèrent avec passion tandis qu'elle posait une main délicate sur son torse, la laissait descendre sur son ventre, son érection...

Jeff bascula les hanches pour mieux sentir les caresses de ses doigts, mais quand elle referma son autre main sur la boucle de sa ceinture, il recula et l'entraîna vers la chambre.

« Parfait. » Le mot résonnait dans son esprit, annihilant toute autre pensée.

Une fois près du lit, ils s'arrachèrent leurs vêtements, éblouis devant chaque nouvelle portion de peau nue qui se découvrait sous leurs mains fébriles. Puis ils tombèrent sur le matelas, enlacés, jusqu'au moment où Darcy se détourna pour saisir le préservatif qu'il venait de poser sur un des oreillers.

— Je ne peux plus attendre, haleta-t-elle en faisant rouler le latex sur son sexe.

— Tu n'auras plus à attendre, murmura Jeff en s'installant entre ses jambes.

Le regard soudé au sien, il la pénétra avec lenteur. Se retirer lui fut insupportable, mais Darcy était très serrée, et son propre sexe gonflé par le désir. Aussi s'enfonça-t-il progressivement, par paliers, en douceur.

Quand il fut entièrement en elle, la sensation qui irradia tout son corps était si intense, si complète qu'il ferma les yeux en retenant un gémissement. Et lorsqu'il instaura un va-et-vient régulier auquel Darcy répondit par d'adorables petits cris, l'excitation de Jeff redoubla. Elle creusait les reins juste comme il le désirait, au moment… *parfait*. Leurs corps s'ajustaient à merveille, comme s'ils avaient été conçus l'un pour l'autre, songea-t-il dans un moment d'égarement.

— Dis-moi ce que tu veux, trésor, chuchota-t-il en redressant la tête.

— Oui… Oui…, soupira-t-elle en enfonçant les talons dans l'arrière de ses cuisses pour mieux le garder en elle.

— Dis-le ! Dis-moi ce que tu veux, insista-t-il.

Les yeux plongés dans les siens, elle cessa de lutter pour garder le contrôle et remonta les genoux contre les flancs de Jeff.

— Fais-moi jouir, le supplia-t-elle d'une voix rauque.

Il ferma un instant les yeux avant de donner de vigoureux coups de reins qui entraînèrent Darcy dans l'extase. Quant à lui, il veilla à ne pas y sombrer : il n'en avait pas encore terminé avec sa bouillante partenaire…

Le souffle court, apaisée et comblée, Darcy contempla le plafond en s'efforçant de retrouver son équilibre — dans son corps et dans sa tête.

Elle n'aurait jamais dû se laisser aller aux sensations qui l'avaient emportée, et dont elle ressentait encore les effets. Un bouleversement phénoménal venait d'ébranler son univers, provoquant un schisme imprévu dans sa vie bien réglée. Un monde insoupçonné s'était ouvert à elle, auquel rien ne pourrait désormais être comparé.

Car, après cette fulgurante rencontre, elle ne reverrait jamais Jeff. Il ne s'agissait que d'une aventure passagère. Sans lendemain. Ils avaient passé des heures à rire, à bavarder et à vibrer ensemble. Jeff était facile à vivre, franc, entier, mais pour lui elle ne représentait qu'un divertissement de fin de semaine.

— Darcy, Darcy...

Son prénom chuchoté contre son cou dans un sillage de baisers brûlants chassa toute pensée de son esprit. Et lorsque son amant souleva la tête et s'appuya sur les mains pour la regarder, elle tressaillit en sentant un courant d'air froid passer entre leurs deux corps moites.

Une lueur dorée miroita au fond de ses yeux noisette, puis Jeff pencha la tête pour embrasser ses mamelons l'un après l'autre, avant de se redresser de nouveau.

— Ne bouge pas, trésor, murmura-t-il. Je reviens tout de suite.

Darcy le regarda disparaître dans la salle de bains en refermant la porte derrière lui. Seule dans le grand lit, elle contempla la chambre luxueuse pour la première fois. Et, soudain, tout lui sembla superficiel, absurde. Un bruit d'eau parvint de la salle de bains, étouffé, lointain, irréel.

Ils avaient couché ensemble et, maintenant, c'était fini. Car même si Jeff ne souhaitait pas qu'elle s'en aille, il s'attendait de toute évidence à ce qu'elle le quitte bientôt. C'était logique, compréhensible.

Darcy se redressa sur son séant et resta assise au beau milieu du lit, sur les draps froissés et encore empreints de leurs sueurs mêlées. La passion qu'ils avaient partagée demeurait vivace dans son esprit, dans sa chair, et elle voulait en garder le souvenir intact. Cette soirée, cette nuit, avaient été un cadeau offert par la vie. Et elle ne prendrait pas le risque de voir la perfection de ces instants s'affadir lorsque Jeff la congédierait inévitablement. Oui, plutôt que d'attendre le moment où il lui dirait adieu, avec la même aisance qui caractérisait tous ses actes, elle préférait partir.

Sans réfléchir davantage, Darcy se leva, ramassa ses vêtements épars sur le tapis et se rhabilla en surveillant la porte de la salle de bains du coin de l'œil. Puis elle ouvrit doucement la porte donnant sur le salon.

Dès le début, Jeff avait été clair, et elle lui en savait gré parce que cela valait mieux. Pour tout le monde.

Jeff posa les mains sur le marbre blanc de chaque côté du lavabo et contempla son reflet en cherchant ses mots. Bon sang, il avait toujours su quoi dire dans ces moments-là ! Mais, dès le début de la soirée, il avait compris qu'avec Darcy rien ne serait comme avec les autres femmes.

Elle le surprenait, en tout. Quant à l'étreinte qu'ils venaient de partager, elle dépassait, et de loin, tout ce qu'il avait vécu jusque-là. Des émotions si inconnues, si contradictoires avaient tourbillonné en lui qu'il avait ressenti le besoin de s'isoler quelques instants, pour reprendre ses esprits. Avant d'aller rejoindre Darcy et lui proposer... *quelque chose*.

Car il se sentait incapable de lui adresser la formule d'adieu habituelle, le genre de phrases stéréotypées et vides qu'il servait en général à ses partenaires avant de les quitter.

Darcy lui plaisait vraiment. Il aimait sa façon de le faire rire, son point de vue singulier, son attitude face à la vie... Bref, il aimait tout en elle. Elle vivait à Las Vegas, ville qui ne faisait pas partie de ses endroits préférés, loin de là, mais bon... Si de son côté elle ne disait pas non, il pourrait revoir ses goûts ; ou mieux : venir la chercher et la ramener à Los Angeles de temps en temps, pour la soirée ou le week-end.

Il en était là de ses pensées quand il baissa les yeux et constata que le préservatif s'était déchiré... Atterré, il se demanda comment il allait présenter la chose à Darcy — et surtout, comment elle allait réagir.

Durant toutes les années qu'avait duré son histoire avec Margo, qu'il avait connue adolescent, il avait été persuadé, comme leurs entourages respectifs, qu'ils se marieraient. Jusqu'au jour où elle était venue lui avouer, les yeux rouges et gonflés, qu'elle avait couché avec un autre. Elle s'était sentie claustrophobe, avait-elle expliqué, enfermée dans une relation dont elle ne comprenait plus vraiment le sens. Sa vie lui paraissait trop planifiée, trop limitée. Et pour sortir de cet enfermement, elle n'avait pas trouvé mieux que de coucher avec un raté qui prenait de la cocaïne.

Après cet échec cuisant, Jeff avait développé l'art de la liaison sans attaches. Il jouait la carte du type franc et sympathique qui savait s'amuser. Il était l'amant idéal qui ne s'engageait jamais et ne faisait aucune promesse.

Il redressa les épaules et s'écarta du lavabo. Même si cela ne lui était jamais arrivé, ce n'était pas la première fois qu'un préservatif se déchirait. Par ailleurs, Darcy et lui étaient des adultes et savaient que de tels accidents ne pouvaient être évités à cent pour cent ; que cela faisait partie des risques. Par conséquent, ils allaient en parler avec calme : Jeff lui ferait comprendre qu'il était en parfaite santé et qu'il utilisait toujours une protection ; de son côté, Darcy lui annoncerait que, de toute façon, elle prenait la pilule ou un autre moyen de contraception et qu'elle aussi était saine. Ensuite, ils échangeraient leurs coordonnées et resteraient en contact.

Tous les fantasmes qu'il avait nourris quelques minutes plus tôt, avant de voir le latex en piteux état, s'étaient évanouis. A présent, il fallait trouver un moyen de s'en sortir correctement et dignement.

Après s'être noué une serviette autour des hanches, Jeff ouvrit la porte de la salle de bains. Il resta interdit sur le seuil.

Inutile de se creuser la cervelle : Darcy s'était volatilisée, sans laisser d'adresse ou de numéro de téléphone…

# 5

*Los Angeles, retour au présent*

La porte de la salle de bains attenante à son bureau s'ouvrit et Darcy réapparut, le visage un peu moins blême. Son regard gris croisa le sien, puis s'arrêta sur Charlie, qui venait d'entrer. Elle plissa le front d'un air interrogateur.

— Darcy, je te présente Charlie Litsky, mon assistant.

Jeff se tourna vers ce dernier :

— Charlie, voici Darcy Penn. Darcy, je te donnerai les coordonnées de Charlie avant que tu ne t'en ailles. Si tu as besoin de me joindre, ou de n'importe quoi, il se fera un plaisir de t'aider.

Mais, comme à son habitude, son brillant collaborateur avait déjà réagi et tendait sa carte à Darcy en souriant. Jeff se louait chaque jour d'avoir embauché ce jeune diplômé de Harvard. Non seulement Charlie parlait couramment sept langues, possédait une intelligence supérieure doublée d'un sens de l'organisation incroyable, mais il faisait toujours preuve d'un tact et d'une délicatesse inouïs — et devinait tout à demi-mot.

— Je suis à votre service, mademoiselle Penn, dit-il en s'inclinant légèrement, avant de se tourner vers lui : si vous n'avez plus besoin de moi, je vais regagner mon bureau.

Jeff secoua la tête. Charlie tourna les talons et s'éclipsa, le laissant seul avec Darcy.

Elle le dévisageait en silence, de ses beaux yeux gris qu'il avait vus s'embraser quand il l'avait tenue dans ses bras, nue et abandonnée... Ces yeux qui l'avaient hanté durant des semaines après son retour à Los Angeles. Jusqu'à ce qu'il se force à les oublier et se donne un nouvel objectif afin de pouvoir passer à autre chose. Et il avait réussi. Avec Olivia.

Il se frotta l'arête du nez en s'ordonnant de garder son calme : une chose à la fois. A cet instant, Darcy s'éclaircit la gorge.

— Je propose que nous nous mettions d'accord sur certains détails, commença-t-elle d'une voix posée.

— Très bien, approuva-t-il.

Il baissa les yeux sur les quelques notes qu'il avait prises et communiquées à Charlie :

- Vérifier paternité.
- Trouver médecin pour suivi grossesse.
- Prévoir soutien matériel pour enfant.
- Engager infirmière.
- Acheter maison avec cour et sécurité.
- Commencer à chercher gouvernante.
- Réfléchir aux établissements scolaires.
- Se renseigner sur voitures familiales.

— Je ne veux pas t'épouser, lança-t-elle alors d'un ton brusque.

Jeff la regarda en battant des cils. *Mademoiselle* ne voulait pas l'épouser, *lui* ? Il ordonna à son ego de rester tranquille et répliqua d'une voix égale :

— Je ne me souviens pas de te l'avoir proposé. Mais je suis heureux d'apprendre que nous sommes d'accord sur ce point.

Leurs regards restèrent soudés un instant, puis Darcy détourna les yeux.

— Et je ne souhaite pas reprendre la brève liaison que nous avons eue.

— Ce que la femme que je fréquente appréciera, j'en suis sûr, répliqua-t-il en l'observant avec attention.

Autant clarifier les choses dès le départ, même s'il n'était pas du tout certain qu'Olivia *apprécie* le moindre aspect de cette nouvelle situation... Surtout si elle avait l'occasion de rencontrer Darcy. Parce que, même après son accès de nausée, la jeune femme restait d'une beauté renversante. Et pour l'instant sa grossesse n'avait déformé en rien son corps superbe, constata Jeff en ne pouvant s'empêcher de baisser les yeux sur ses seins ronds, fermes et pourtant si doux...

— Tant mieux pour elle, mais je ne suis pas venue pour brader mon enfant, alors...

Quand elle posa la main sur son ventre, il suivit son geste du regard en repensant à son adorable nombril et aux petits cris de Darcy lorsqu'il y avait glissé la pointe de sa langue...

— ... alors je ne sais pas à quoi tu penses en ce moment, poursuivit-elle, mais arrête tout de suite !

— « Brader ton enfant » ? demanda Jeff en se ressaisissant. Que veux-tu dire par là ?

Une lueur farouche traversa les yeux de la jeune femme.

— Tu me regardais avec une telle avidité... Comment veux-tu que je ne me pose pas de questions sur tes intentions ?

Mieux valait en effet ne pas la renseigner sur les visions torrides qui défilaient dans son esprit. Il avait cru éradiquer ces souvenirs brûlants mais, visiblement, ceux-ci demeuraient vivaces. Soudain, toute crispation le quitta et il éclata de rire. Même si une autre tension persistait, plus intime, plus insidieuse — et plus sauvage. Cependant, vu le regard hautain que Darcy dardait sur lui, il avait peu de chance d'apaiser avec elle cette tension-ci…

Jeff se massa les tempes en observant la femme qui avait chamboulé son existence en l'espace d'une seule nuit. Et qui, juste au moment où il croyait avoir ramené de l'ordre dans sa vie, avait réapparu pour tout remettre en question.

— Détends-toi, Darcy. J'ai été troublé par ton corps, je l'avoue. Il n'a pas changé, apparemment, tu as l'air en forme ; à part cet accès de nausée, bien sûr.

Elle le regarda en roulant des yeux, puis soupira.

— Merci. Toi aussi, tu as l'air en forme. Mais peu importe, de toute façon.

Quand il sourit, elle ne sembla pas s'en offusquer et finit même par lui rendre son sourire. Pris au dépourvu, Jeff tressaillit, mais se reprit aussitôt et l'invita à s'asseoir pour bavarder tranquillement.

— Tu veux boire ou manger quelque chose ? demanda-t-il après qu'elle se fut installée sur le sofa.

Il lut une telle reconnaissance dans ses yeux qu'il eut l'impression de lui avoir tendu les clés d'un coupé Mercedes flambant neuf !

— Tu es vraiment un type attentionné, Jeff.

Il comprit alors qu'elle avait dû être terrifiée à la perspective de lui annoncer la nouvelle. Après tout, elle ne savait quasiment rien sur son compte, hormis…

Chassant les souvenirs torrides qui jaillissaient dans son esprit, il s'assit à côté d'elle et lui prit la main.

— Ne sois pas nerveuse. Tout va bien se passer, tu verras. Mais commençons par le commencement : tu es enceinte.

Elle frémit, comme si cette réalité la choquait encore.

— Quand l'as-tu découvert ? reprit-il doucement.

— Il y a seulement une semaine. Je sais, c'est tard, mais… Mes cycles sont souvent irréguliers, alors je ne m'étonne jamais d'avoir du retard. Et comme ces derniers mois je n'ai pas arrêté de courir, quand j'ai eu des petits malaises, j'ai mis cela sur le compte de la nervosité et de la fatigue. Ensuite, ça a empiré et j'ai pensé que j'avais attrapé un virus, comme pas mal de gens autour de moi ; sauf que, en plus, je me suis mise à avoir des nausées matinales...

— Tu as consulté un médecin ?

— Oui, j'en ai vu un au laboratoire quand je suis allée faire un test sanguin.

Elle ouvrit son sac à main et en tira une feuille de papier, qu'elle déplia avant de la lui tendre.

— Mon premier vrai rendez-vous n'aura lieu que la semaine prochaine.

Jeff parcourut le document puis le posa sur la table basse.

— Eh bien, si tu ne souhaites pas te marier ni... reprendre notre brève liaison, que veux-tu ?

— Que tu acceptes d'effectuer un test de paternité.

Le tressaillement qui parcourut son amant d'un soir n'échappa pas à Darcy.

— Jeff, dit-elle, avec le plus de gentillesse possible. Essaie de comprendre : je te demande cela parce que je me doute bien que tu ne vas pas me croire sur parole, étant donné que nous n'avons passé que quelques heures ensemble, il y a trois mois. Mais il n'y a pas d'autre possibilité : cet enfant est de toi. Une fois que tu en auras obtenu la confirmation, tu pourras décider si tu veux être son père ou non. C'est tout ce que j'ai besoin de savoir.

Il la fixa avec une telle intensité qu'elle en fut aussitôt mal à l'aise. C'était un nouveau Jeff qui se dévoilait devant elle : un homme sérieux, grave, responsable. Et étant donné les circonstances, cette découverte la rassurait plutôt.

— Pas d'autre possibilité, dis-tu ? Cela signifie que tu n'as couché avec personne depuis trois mois ?

— Je comprends ton étonnement, répliqua-t-elle en soutenant son regard inquisiteur. Je ne t'ai pas donné beaucoup de raisons de le croire, mais je n'ai pas l'habitude de coucher avec le premier venu. Ni avec personne, en fait. Alors, non, il n'y a eu aucun homme après toi.

Jeff prit une inspiration profonde, puis hocha la tête.

— Je te crois, dit-il lentement. Si je comprends bien, ce test n'est qu'une formalité. Je vais me renseigner et m'en occuper, puis me préparer à devenir père. Il va falloir que je me fasse à cette idée ; car, quant à savoir si j'assume cette responsabilité ou non, inutile de palabrer sur le sujet.

Il se leva et se dirigea vers son bureau.

— Alors, comment allons-nous procéder ? poursuivit-il en se retournant vers elle.

— Si tu es d'accord, je préférerais attendre le résultat du test avant de décider quoi que ce soit. Tout cela est encore tellement nouveau pour moi aussi... J'ai tenu à te mettre au courant tout de suite, mais je ne sais pas encore vraiment ce que je ressens. Je crois que je voulais surtout savoir comment tu accueillerais la nouvelle avant de prendre des décisions concernant l'avenir de l'enfant.

— Tu as raison : je respecte ton point de vue, et je l'apprécie. Je vais m'occuper de ce test. De ton côté, tu pourrais réfléchir à la possibilité de déménager, qu'en penses-tu ? Ainsi, nous en discuterions la semaine prochaine.

Darcy approuva d'un hochement de tête, soulagée de voir que Jeff acceptait l'éventualité de sa paternité aussi facilement. Et peut-être aussi de constater qu'il lui proposait un rendez-vous pour *gérer la situation*, en quelque sorte, comme s'il s'agissait d'un simple rendez-vous d'affaires.

Ce qui lui convenait parfaitement.

# 6

En fin d'après-midi, Jeff songea à appeler Connor pour lui faire part de l'événement qui allait bouleverser son avenir. Ils étaient proches depuis toujours, et son ami le connaissait aussi bien qu'il se connaissait lui-même.

Mais Connor traversait une période mouvementée lui aussi, après avoir épousé la femme qu'il avait rencontrée ce fameux soir, à Las Vegas, pendant que Jeff passait des moments délicieux avec Darcy...

Jeff était certain que son vieil ami se montrerait disponible pour l'écouter, mais il décida néanmoins de le laisser tranquille. De toute façon, il y avait une autre personne qui méritait d'être mise au courant du changement qui allait s'opérer dans son existence : Olivia, avec laquelle il avait entamé une liaison cinq semaines plus tôt, principalement afin de combler le vide dont il avait pris conscience à son retour de Las Vegas.

Quittant son bureau, il prit la direction de celui de sa petite amie. Après s'être garé au bas de l'immeuble à l'architecture contemporaine, dont les lignes pures s'élançaient vers le ciel, il traversa l'atrium aux parois de verre et au sol dallé de marbre en direction de l'ascenseur.

Bon sang, comment allait-il lui expliquer la chose ? Et comment allait-elle le prendre ? Tout marchait bien, entre eux. Ils s'étaient entendus à merveille dès le départ. Ils se sentaient bien ensemble, se complétaient. Olivia était cultivée et agréable, elle avait l'esprit ouvert. Issue d'un milieu familial similaire au sien, elle était devenue, après des études à Harvard, une femme d'affaires intelligente, avisée et moderne.

Deux heures plus tôt, il aurait pu affirmer qu'il envisageait de lui proposer le mariage d'ici six mois — ce délai lui semblait approprié, de bon ton. Sinon, il l'aurait fait plus tôt tant Olivia représentait tout ce qu'il désirait chez une femme. Par conséquent, elle était la partenaire idéale avec qui passer le reste de sa vie. Leur avenir lui paraissait tout tracé et limpide : lecture de la presse économique au petit déjeuner ; dîners au club ; sorties culturelles facilitées par leurs nombreux goûts partagés ; Oliva en hôtesse brillante l'épaulant dans ses diverses activités caritatives et le secondant à la fondation qu'il avait créée.

Car le moment était venu pour lui, il le sentait, le souhaitait, de s'investir dans une union susceptible de durer. Il désirait un couple harmonieux, un bonheur simple et partagé autour d'intérêts communs. En bref, l'existence que ses parents avaient menée jusqu'au jour où, cinq ans plus tôt, un infarctus avait emporté son père. Celui-ci avait été le meilleur homme que Jeff ait jamais connu. L'exemple qu'il avait toujours désiré suivre.

Un accès de tristesse lui noua soudain la gorge. En fait, c'était à lui qu'il aurait aimé se confier en cet instant…

Au fur et à mesure que la cabine rutilante se rapprochait du dernier étage, où se trouvait le bureau d'Olivia, Jeff ne put s'empêcher de se demander ce qu'elle penserait si elle rencontrait la femme qu'il avait connue juste avant elle. Celle qui lui avait donné envie de mettre un terme à la vie amoureuse — ou plus exactement sexuelle — dispersée qu'il avait menée jusque-là, et de cesser de coucher avec des femmes qui ne lui convenaient pas. Celle qui l'avait amené à désirer se lier avec une compagne qui lui plairait vraiment et avec qui il aimerait partager son existence, s'installer, fonder une famille.

Mais, face à Darcy, Olivia verrait tout ce qu'elle-même n'était pas. Et alors, elle s'interrogerait.

Au fond, si Darcy l'avait autant marqué, c'était surtout à cause de la façon dont elle était partie, se répéta Jeff. Dans ces conditions, pas étonnant que l'alchimie vibre encore trois mois après leur brûlante rencontre. Bon sang, il avait une érection rien que d'y repenser... Mais il ne s'agissait que de sexe, n'est-ce pas ? Ce qui n'avait jamais été la base idéale sur laquelle construire une union solide.

— Bonjour, Mel, lança-t-il à l'assistante de sa compagne. Olivia est dans son bureau ?

— Oui, elle est au téléphone. Vous voulez que j'aille la prévenir que vous désirez la voir ?

— Non, ne la dérangez pas. Je vais attendre.

Il effectuait des recherches sur son mobile concernant les différentes phases de la grossesse, et vérifiait comment elles se situaient par rapport aux dates de ses déplacements prévus, quand la porte du bureau d'Olivia s'ouvrit.

— Jeffrey ! Quelle merveilleuse surprise ! s'exclama-t-elle en s'avançant vers lui.

— Tu as quelques minutes à m'accorder ?

— Bien sûr, viens dans mon bureau.

Après avoir refermé la porte derrière lui, Jeff s'arrêta en face d'Olivia et dit, en la regardant dans les yeux :

— Il faut que je te parle de quelque chose d'important.

— Ah... Et moi qui croyais que tu allais m'inviter à dîner...

Il secoua la tête et se dirigea vers le coin salon, où il s'installa dans l'un des confortables fauteuils au design épuré. Puis il tendit la main à Olivia pour qu'elle vienne le rejoindre.

— Désolé, il ne s'agit pas de cela, mais d'un événement... inattendu. Et dont nous devons discuter.

Un petit pli creusa le front de la jeune femme tandis qu'elle s'asseyait en face de lui.

— Tu m'inquiètes, Jeffrey. Qu'est-il arrivé ?

Quand il contempla le visage franc d'Olivia, ses yeux honnêtes, Jeff regretta de ne pouvoir adoucir la nouvelle qu'il allait lui asséner. Mais cela n'aurait rien changé à la situation, ni aidé personne.

— Deux mois avant de te rencontrer, j'ai passé une soirée et une partie de la nuit avec une femme. Elle est venue me voir aujourd'hui à mon bureau. Elle est enceinte.

Olivia resta immobile, les yeux écarquillés.

— Y a-t-il eu quelque chose entre vous ?

— Nous n'avons passé que quelques heures ensemble, biaisa Jeff.

— Qui est-ce ? Est-ce que je la connais ? Crois-tu qu'elle puisse faire un scandale ? Qu'attend-elle de toi ?

— Je ne pense vraiment pas que tu la connaisses, à moins que tu n'aies traîné à Las Vegas...

— C'est une stripteaseuse ! l'interrompit-elle d'un air horrifié. Oh ! mon Dieu, Jeff, je t'en supplie : dis-moi que cette femme n'est pas une prostituée !

— Non ! répliqua-t-il d'une voix ferme. Elle travaillait comme serveuse dans le bar où j'attendais Connor, le soir où il a rencontré Megan. J'avais du temps à perdre... Ça s'est fait comme ça...

Il déplaisait à Jeff de parler ainsi de sa rencontre avec Darcy, mais Olivia n'avait pas besoin d'en connaître les détails.

— Tu viens juste de l'apprendre ? Alors, rien n'est certain : ce bébé n'est peut-être pas de toi. Il faut d'abord en avoir la certitude, tu ne crois pas ?

— Je vais effectuer un test de paternité, mais je sais déjà que je suis le père de cet enfant.

Olivia ne demanda pas de précisions, mais Jeff comprit à son regard qu'elle le croyait.

— Tu vas l'épouser ? demanda-t-elle après avoir dégluti.

— Non.

— Très bien, fit-elle en hochant lentement la tête.

Cette fois, une lueur métallique colora ses yeux bleus, un éclat que Jeff n'avait encore jamais vu.

— Règle cela avec un chèque, reprit-elle.

Il dévisagea la femme assise en face de lui, celle avec qui il avait pensé pouvoir partager le reste de son existence.

— Dans quel but ? Pour qu'elle s'en aille ? Disparaisse ?

Quant à la pensée qui lui vint ensuite à l'esprit concernant le bébé, Jeff ne put se résoudre à la formuler. Une sensation inconnue enflait dans sa poitrine, accompagnée d'un farouche instinct protecteur.

— Il s'agit de *mon* enfant, Olivia ! dit-il en élevant la voix malgré lui.

— Nous l'élèverons comme s'il était le nôtre, répliqua-t-elle à la hâte en se penchant pour lui prendre la main. Nous nous marierons et l'adopterons. Nous donnerons autour de nous une explication qui nous conviendra à tous les deux.

L'adoption, évidemment… Et le mariage, la solution idéale. Sauf qu'Olivia négligeait un facteur essentiel.

— Jeffrey, ce que nous partageons est précieux. Il serait absurde de le gâcher.

Après avoir dégagé doucement sa main, Jeff se leva. Il devait clarifier les choses. Olivia se méprenait complètement, sans doute parce qu'il ne lui avait pas donné assez de détails sur la situation.

Il se dirigea vers les larges baies vitrées et contempla le panorama fantastique qui s'offrait à ses yeux. Darcy avait raison : tout le monde avait besoin d'un peu de temps pour s'habituer à la nouvelle donne.

— Darcy ne souhaite pas abandonner cet enfant. Elle m'a proposé de faire partie de sa vie, de le voir grandir, pas de le... brader. Tu ne la connais pas.

Quand il se retourna vers Olivia, Jeff fut frappé par la dureté de son regard.

— Mais toi, si ? demanda-t-elle d'un ton neutre.

— Suffisamment pour pouvoir affirmer qu'elle n'est pas venue me voir pour vendre son enfant.

— Très bien. Oublions ce que j'ai dit.

Sur ces mots, elle se leva à son tour et s'avança vers lui.

— Olivia, je ne sais pas ce que l'année à venir va nous apporter. Alors je crois qu'il vaudrait peut-être mieux que...

— Non, l'interrompit-elle en lui posant la main sur le bras. Je ne renoncerai pas à nous parce que la situation n'est pas exactement conforme à ce que j'avais envisagé.

Elle poussa un soupir avant de poursuivre :

— Nous allons si bien ensemble, Jeffrey. Tout ce que je te demande, c'est de nous accorder une chance avant de prendre une décision. S'il te plaît.

Lorsque Jeff lui passa le bras autour des épaules, il lui trouva une raideur, une froideur, qu'il n'avait encore jamais remarquées. Quoi d'étonnant ? Il venait de placer entre eux un obstacle qu'ils ne savaient comment gérer ni l'un ni l'autre. Et, dans l'immédiat, il ne pouvait faire moins que d'accéder à sa requête, et leur accorder une chance.

— Quoi ? Tu l'as mise enceinte ? s'exclama Connor en secouant la tête avec incrédulité. Tu en es sûr ?

— J'ai fait faire un test ADN. Mais avant même d'avoir les résultats, j'en étais certain.

— Un bébé ! Comment est-ce arrivé, bon sang ?

Lorsque Jeff haussa les sourcils, moqueur, Connor se reprit :

— Evidemment, je sais *comment* on fait les enfants ! Mais je n'arrive pas à le croire : toi, comme ça...

Il s'interrompit et le regarda d'un air inquiet.

— J'ai entendu dire que c'était sérieux, entre toi et Olivia Deveraux, reprit gravement son ami.

— Avant que Darcy ne débarque dans mon bureau, j'aurais parié sur mon avenir avec Olivia. Mais maintenant...

Maintenant, deux semaines après l'annonce de la grossesse de Darcy, Jeff ne savait toujours pas ce que l'avenir lui réservait.

— Elle veut que ça fonctionne. Elle m'a même proposé de m'épouser et d'adopter le bébé à la naissance.

— C'est plutôt généreux de sa part, remarqua Connor.

— Oui. Sauf que Darcy n'envisage pas d'abandonner l'enfant !

Il repensa à sa réaction, quand elle l'avait accusé de penser qu'elle voulait *brader* son enfant.

— Elle sera une mère fantastique, ça se voit déjà.

Jeff surprit l'interrogation muette qui se lisait dans le regard de son ami.

— *Darcy*. Mais Olivia serait parfaite elle aussi, j'en suis sûr.

— Pourtant, tu ne te projettes pas avec elle, c'est ça ? avança Connor en reposant son verre sur le comptoir.

Il baissa la tête. C'était même pire : il n'y avait pas vraiment réfléchi. Olivia lui avait demandé de leur accorder une chance et, depuis, il n'avait pas cherché à la revoir...

— Je suis complètement concentré sur Darcy pour l'instant, tu comprends, commença-t-il pour se justifier. Alors je n'ai pas eu le temps de penser à autre chose. Elle vit à San Francisco et j'essaie de la convaincre de venir s'installer ici, mais elle est... têtue. Je crois qu'elle envisage de déménager, mais pas avant la naissance du bébé. Elle travaille et son job compte beaucoup pour elle. Cependant, je ne renonce pas : je veux qu'elle vienne vivre à Los Angeles.

— J'avoue que je ne pige pas... Qu'est-ce que son *job* peut bien lui apporter de plus que ce que toi, tu as à lui offrir ?

Jeff s'appuya au dossier du haut tabouret de bar.

— Elle tient farouchement à son indépendance, soupira-t-il.

Une lueur d'entendement éclaira le regard de Connor.

— J'ai compris : elle ne sait pas qui tu es, c'est ça ?

— Elle se *fiche* de qui je suis ! s'exclama-t-il en se passant nerveusement la main dans les cheveux. Elle refuse tout soutien financier tant que l'enfant n'est pas né.

Voyant son ami le regarder en plissant les yeux tandis qu'un petit sourire se formait au coin de sa bouche, Jeff leva les yeux au ciel.

— Non, ce n'est pas ce que tu crois. Même s'il n'y avait pas Olivia. Nous nous sommes mis d'accord là-dessus, Darcy et moi : plus de sexe. Notre relation se limitera exclusivement au bien-être de l'enfant et devra fonctionner jusqu'à la fin de nos jours. Les enjeux sont trop importants pour que nous prenions le risque d'un conflit si notre liaison tournait mal.

Connor porta son verre de bière à ses lèvres et en avala une gorgée.

— OK, tu as raison. Pas de sexe. C'est trop risqué.

Jeff le regarda en fronçant les sourcils.

— Je suis sérieux.

— Sûr, approuva son ami, avec un hochement de tête appuyé.

— Oh ! va te faire voir ! lança-t-il d'un ton renfrogné.

Connor se contenta de sourire avant de demander l'addition à la serveuse. Après avoir sorti son portefeuille de la poche arrière de son jean, il se tourna vers lui :

— On en reparlera dans quelque temps, mon vieux !

Soudain, l'atmosphère devint irrespirable et la température de la pièce sembla monter de plusieurs degrés d'un coup. Assise devant la table pliante sur laquelle était posé son repas, Darcy porta la main à ses lèvres en étouffant un gémissement.

Dans quelques semaines, les nausées diminueraient, avait assuré le médecin. Mais pour l'instant...

— Vous vous sentez bien, Darcy ?

Elle se leva de sa chaise en se tournant vers sa responsable pour lui dire qu'il n'y avait pas de problème, qu'elle terminait sa pause et allait retourner prendre son service, lorsque tout se mit à tourner autour d'elle. S'agrippant d'une main à la table, Darcy voulut se redresser mais au contraire elle sombra dans une sorte de puits sans fond, et tout noir.

Lentement, elle se réveilla, contempla les murs blancs, le store baissé — blanc lui aussi — et se rappela qu'elle se trouvait à l'hôpital.

A cet instant, une voix profonde résonna derrière la porte. Une voix que Darcy ne s'attendait pas à entendre, et dont le propriétaire n'aurait pas dû se trouver là, dans le couloir, en train lui sembla-t-il de parler au téléphone.

— ... déshydratation, fatigue extrême, hypotension, perte de poids... Non, ils disent que ni elle ni le bébé n'en garderont de séquelles... Mais il est hors de question que je m'en aille sans...

Darcy voulut se redresser mais une douleur aiguë lui traversa le bras. Une fois encore, elle avait oublié l'aiguille enfoncée dans sa veine et reliée au fin tuyau de plastique dans lequel s'égouttait un liquide transparent. Jeff avait entre-temps cessé de parler et elle avait loupé la fin de sa phrase...

Le souffle bloqué, elle le regarda entrer dans la chambre,

emplissant aussitôt tout l'espace de sa haute silhouette et de son charisme. Après avoir glissé son mobile dans la poche de sa veste, il s'avança vers le lit mais, au lieu de s'asseoir dans le fauteuil comme elle s'y attendait, il s'empara de la sonnette pour appeler l'infirmière, puis recula d'un pas. Pas une seconde il ne l'avait quittée des yeux.

— Tu as besoin de quelque chose ? Comment te sens-tu ?

— Encore fatiguée. Je ne suis pas malade, Jeff ! Ce n'était pas la peine de venir. J'ai dit à ton assistant qu'ils voulaient simplement me...

— Tu as dit à Charlie que tu allais bien, l'interrompit-il d'une voix tendue. J'ai parlé avec le médecin : l'*hyperemesis gravidarum* peut être grave et dangereuse. Alors, non, tu ne vas pas bien, Darcy.

Une vague de culpabilité la gagna. Elle ne s'était pas inquiétée, pensant qu'il s'agissait des nausées matinales qui avaient pris un peu leurs aises et se reproduisaient toute la journée. Par ailleurs, elle avait entendu dire que ce genre de désagréments arrivait fréquemment, que c'était normal. Bien sûr, elle avait eu l'intention d'en parler avec son médecin lors de la visite de contrôle suivante, sans soupçonner que son corps avait commencé à se rebeller contre elle...

— Je ne savais pas que c'était aussi préoccupant, tenta-t-elle de se justifier. Et comme je n'ai pas de balance, j'ignorais que j'avais perdu pas mal de poids. Je flotte un peu dans mes vêtements, mais on m'avait dit que, paradoxalement, il n'est pas rare de maigrir, au début d'une grossesse.

Darcy s'interrompit. Des picotements agressaient ses paupières et elle cligna des yeux, submergée par une émotion qu'elle voulait absolument contrôler. Elle était censée se conduire de façon responsable, prendre les bonnes décisions. Compter sur elle-même, et seulement sur elle-même. La vie de son enfant en dépendait. Or elle venait de commettre une imprudence qui aurait pu s'avérer dangereuse.

Après avoir lentement expiré pour se calmer, elle leva les yeux sur son visiteur. Plus aucune trace de l'homme insouciant et drôle : ce nouveau Jeff était sérieux et, de toute évidence, n'avait pas l'intention de plaisanter. S'il était là, dans cette chambre d'hôpital, c'était parce que la femme qui aurait dû protéger son enfant avait échoué dans ce rôle.

— Je suis désolée, Jeff, murmura-t-elle.

Le regard dur, il hocha la tête.

— Ecoute-moi bien, Darcy. Je sais que tu es une femme forte et indépendante, mais ça ne me plaît pas que tu habites à San Francisco. D'après ce que j'ai compris, c'est une chance que ta responsable soit passée par là quand tu t'es évanouie. Tu travailles dans un bureau où tu es complètement isolée. Tu rentres chez toi par les transports en commun aux heures de pointe et tu vis seule. Il n'y a personne pour prendre soin de toi, alors je me demande vraiment à quoi ça rime que tu prennes autant de risques stupides.

Darcy contempla ses mains posées sur le drap, sa perfusion, et soudain se sentit si seule qu'elle faillit fondre en larmes. Jamais un tel sentiment de solitude ne l'avait submergée.

— Je ne peux pas me permettre de quitter mon travail, Jeff.

Il s'assit dans le fauteuil et se pencha vers elle.

— Tu portes notre bébé, dit-il en posant doucement la main sur son ventre. Reviens avec moi et je prendrai soin de toi. Nous vivrons cette grossesse ensemble. Je ne veux pas que tu restes ici toute seule.

Fascinée, Darcy ne pouvait détacher les yeux de la main étalée sur son ventre, ne pouvait songer à autre chose qu'à la chaleur qui se répandait en elle et aux sensations délicieuses qui l'envahissaient. C'était si bon ! Et cela faisait si longtemps qu'elle ne les avait pas ressenties — depuis la dernière et unique fois que Jeff l'avait caressée...

Il ne fallait pas qu'elle pense à cela, d'autant qu'il ne s'agissait plus de sexe, désormais. Uniquement de l'enfant qu'ils avaient conçu ensemble et qui les lierait à jamais.

Jeff s'éclaircit la gorge.

— Nous pourrions nous marier.

— Nous ne nous connaissons même pas ! protesta-t-elle en se raidissant.

— Je ne parle pas d'une union définitive, mais d'une... association, en quelque sorte. Au moins jusqu'à la venue au monde du bébé, pour qu'il naisse en toute légitimité.

Darcy secoua la tête, une boule dans l'estomac.

— Ce ne serait pas une bonne raison de nous marier.

— C'est vrai. Oublie ce que j'ai dit.

Il retira sa main et se la passa dans ses épais cheveux bruns.

— Tu veux absolument travailler ?

— Oui. Je sais que tu ne me comprends pas, mais il faut que tu l'acceptes.

— Très bien, répliqua-t-il en se levant.

Il fixa son ventre et hocha la tête, puis avança vers la porte. Avant de quitter la chambre, il se retourna vers elle en fronçant les sourcils :

— J'ai un job à te proposer, Darcy.

# 7

— Espèce de sale menteur !

Les joues roses de colère, le regard vif, Darcy avait bien meilleure mine qu'à San Francisco, remarqua Jeff avec satisfaction.

— Je n'ai jamais menti, répliqua-t-il avec calme.

Lorsqu'il l'avait vue étendue dans ce lit d'hôpital, il avait résolu de faire venir Darcy à Los Angeles. Là, au moins, il pourrait veiller sur elle et s'assurer qu'elle ne manque de rien. Alors, oui, il avait eu recours à quelques petites manipulations et avait omis de préciser certains détails...

— Tu m'as trompée, Jeff, poursuivit-elle entre ses dents.

— Je t'ai dit qu'il s'agissait d'un travail à temps partiel, en tant qu'assistante...

— Oh oui, c'est ce que tu as dit, l'interrompit-elle d'un ton brusque. Avec horaires flexibles, logée et nourrie, le travail consistant à seconder une vieille dame, veuve, dans ses activités caritatives et ses obligations sociales.

Lorsque le chauffeur ralentit en s'approchant de la barrière de sécurité, et que le garde de service salua aimablement Jeff, Darcy laissa échapper un juron étouffé et resta tournée un instant vers la vitre.

— Hé, je n'ai jamais parlé d'une « vieille dame », protesta-t-il. J'ai dit « plus âgée que toi », ce qui est la pure vérité.

— C'est ta mère !

« Surtout, ne pas perdre son calme », se répéta-t-il. Ne pas l'attirer contre lui ni la prendre sur ses genoux pour lui dire en face tout ce que, de *son* côté, il n'appréciait pas dans leur situation actuelle. Le fait de ne pas avoir voix au chapitre, par exemple. Ou l'obstination dont elle persistait à faire preuve en refusant d'admettre que, désormais, elle n'avait plus besoin de se fatiguer à effectuer des boulots stupides, et qu'il était grand temps qu'elle accepte son aide matérielle !

Il inspira à fond et répliqua posément :

— Elle avait besoin d'une assistante.

Bon, cela n'avait pas vraiment été le cas avant qu'il appelle sa mère pour lui suggérer qu'elle avait peut-être besoin d'aide. Mais, en vérité, elle devait se reposer sur quelqu'un et l'avait admis sans difficulté.

— Ah, vraiment ? Ta mère est tellement seule et submergée par ses activités qu'elle est prête à accueillir chez elle une personne qu'elle ne connaît même pas ? Une femme qui a lâché ses études, qui a grandi dans une vieille caravane déglinguée ; une serveuse de bar travaillant à Las Vegas qui a suivi un type qu'elle venait de rencontrer, qui a couché avec lui, s'est retrouvée enceinte et — surprise ! — est réapparue trois mois plus tard pour lui annoncer la bonne nouvelle. Sans oublier le fait que le type en question n'est autre que son propre fils ! Tu crois vraiment que c'est de ce genre de personne dont ta mère a besoin pour la seconder dans ses activités caritatives ?

Jeff la fixa avec stupeur. Il ne la connaissait pas beaucoup, certes, mais la femme qu'il avait rencontrée à Las Vegas, avec qui il avait partagé une étreinte fabuleuse, qui était venue le trouver à son bureau pour lui annoncer sa grossesse et avec qui il s'était entretenu régulièrement durant les dernières semaines, cette jeune femme courageuse et indépendante ne ressemblait en rien au portrait que Darcy venait de dresser d'elle-même.

Bien sûr, il comprenait qu'elle ait du mal à supporter de ne plus pouvoir contrôler sa vie à cent pour cent, à cause de ce qu'il fallait bien appeler un *accident*. Et que sa confiance en elle-même en ait pris un sacré coup. Mais la façon dont elle venait de se décrire le rendait furieux.

— Je ne sais pas qui tu viens d'offenser le plus, Darcy : ma mère, toi, notre enfant ou moi. Je n'appartiens pas à une famille de snobs. Nous avons de l'argent, c'est vrai, et depuis longtemps. Mais cela ne signifie pas que nous ne connaissions pas la valeur du travail, ou que nous ne respections pas ceux qui se trouvent confrontés à des difficultés n'ayant rien à voir avec celles que nous avons rencontrées.

Il s'interrompit un instant pour reprendre son souffle.

— Par ailleurs, ma mère me respecte. Et le fait que je t'aie ramenée dans ma suite le soir même où je t'ai rencontrée lui donnera une idée de...

Darcy le coupa d'un rire amer.

— ... de mes mensurations, par exemple ?

— Bon sang, qu'est-ce que tu as ? S'il ne s'agissait que de ton corps !

Il se tut, conscient de s'aventurer sur un terrain où il devait se garder de mettre les pieds. Mais assis à côté de Darcy, avec son *corps*, justement, à quelques centimètres du sien...

— Bon sang ! répéta-t-il en se passant la main dans les cheveux. Tu sais qu'il ne s'agissait pas que de cela. Je te *désirais*, toi, Darcy Penn.

Dès que ces paroles eurent franchi ses lèvres, Jeff se maudit de les avoir prononcées. Pour que tout se passe bien entre eux, il ne fallait pas mettre l'accent sur le fait que l'attirance qu'il avait ressentie pour Darcy avait dépassé le simple désir physique. Cependant, à voir la surprise qui emplissait ses yeux gris, elle n'en soupçonnait pas la force ; ou n'en était pas sûre. Comment pouvait-elle ne pas l'avoir senti ? Ne pas l'avoir cru quand il lui avait dit que...

Jeff interrompit le cours de ses pensées : ces questionnements ne changeaient rien à la situation. Ils n'avaient sans doute pas eu la même perception des choses, il faudrait qu'il s'en souvienne dorénavant. Dans l'immédiat, le plus important était de réussir à faire sortir Darcy de la voiture quand ils arriveraient à destination. De la convaincre d'accepter de s'installer chez sa mère et d'occuper ce poste d'assistante taillé sur mesure pour elle.

— Il y a quelques détails sur lesquels il faut que nous soyons clairs, reprit-il. D'après ce que je sais, tu as fait le minimum d'études sans difficultés, tu n'as pas de casier judiciaire, ta situation financière est en règle, tu as toujours payé ton loyer à terme et, jusqu'à ces dernières semaines, tu n'avais pas de problèmes particuliers côté santé. Tu ne sortais pas avec les clients et, si j'ai bien compris, ta vie amoureuse était plutôt... tranquille.

Craignant que ses paroles soient mal interprétées, Jeff s'empressa d'ajouter :

— Ne va surtout pas croire que, dans le cas contraire, ma mère aurait été choquée ! La seule chose qui compte pour elle, c'est que tu portes son futur petit-enfant. Et qu'elle va enfin pouvoir se reposer sur quelqu'un alors qu'elle s'occupe de tout depuis longtemps.

Comme Darcy se contentait de le dévisager en silence, il soutint son regard sans ciller.

— Oui, je l'avoue, j'ai effectué des recherches à ton sujet sur internet. Tu es la mère de mon enfant.

— Et on trouve tout ça ? répliqua-t-elle en haussant les sourcils d'un air interloqué.

— Non, reconnut Jeff. Maintenant, cesse de te rabaisser, d'accord ? Je n'aime pas ça.

Lorsque la voiture s'arrêta au bas des marches, Darcy leva les yeux vers la haute demeure d'un air anxieux.

— Ce n'est pas la vision que j'ai de moi, mais je me mets à la place de quelqu'un qui ne me connaît pas, c'est tout. Et si je dois habiter sous le même toit que...

Jeff lui prit la main.

— Tu n'as rien à craindre, dit-il doucement.

Au même instant, la porte de la maison s'ouvrit toute grande.

Son cœur martelant sa poitrine, Darcy regarda Mme Norton descendre les marches d'un pas alerte. De petite taille, souriante, les cheveux noués en queue-de-cheval, elle ne paraissait même pas cinquante ans dans son pantalon de yoga gris clair et son débardeur blanc.

— Une femme *d'un certain âge*, hein ? murmura-t-elle en se tournant vers Jeff.

Sans répondre, celui-ci sortit et vint lui ouvrir la portière avant de l'aider à sortir du véhicule.

— Jeffrey, mon chéri ! Je suis si heureuse de te voir !

Mme Norton serra son fils contre elle. Puis, aussi vite qu'elle l'avait pris dans ses bras, elle le repoussa et se tourna vers Darcy. Tout en la fixant droit dans les yeux — les siens étant de la même teinte noisette que ceux de Jeff —, elle lui tendit la main en souriant avec chaleur.

— Merci d'avoir accepté de m'aider, Darcy. Je commençais à ne plus savoir où donner de la tête. Non seulement je vais avoir une assistante, mais en même temps nous allons avoir l'opportunité de nous connaître. Je vous prendrais volontiers dans mes bras pour vous embrasser, mais Jeff s'interposerait sans doute pour vous protéger. Il devient très protecteur dès qu'il s'agit de vous, comme vous avez dû vous en rendre compte par vous-même.

Darcy adressa un regard surpris à Jeff. Les mains enfoncées dans ses poches de pantalon, il paraissait parfaitement à l'aise.

— Je vous remercie infiniment de m'accueillir chez vous, madame Norton.

A vrai dire, elle aurait aimé insister d'emblée sur le fait qu'elle ne resterait pas longtemps, mais il y avait quelque chose de si chaleureux, de si amical dans le sourire de la mère de Jeff qu'elle pressentit que cela risquerait de la blesser.

— Oh ! je vous en prie, appelez-moi Gail. Dans cinq ans, lorsque vous entendrez les copains de votre enfant vous appeler « madame Norton », vous comprendrez ce que je veux dire, croyez-moi !

Darcy blêmit, mais Jeff intervint aussitôt pour clarifier les choses :

— Non, maman, pas « madame Norton », mademoiselle Penn.

Les joues roses de confusion, Gail serra un instant les paupières, puis éclata de rire.

— Zut ! s'exclama-t-elle en agitant la main d'un air d'excuse. Pardonnez-moi : c'est la perspective d'avoir un petit-fils ou une petite-fille qui me tourne la tête. Mais...

Elle secoua la tête d'un air de conspiratrice.

— Mademoiselle Penn ? Dans cinq ans ? Peu vraisemblable !

— Maman, fit Jeff en levant les yeux au ciel. Ne...

— Ne t'inquiète pas, mon chéri, je ne vais pas lui présenter de prétendants avant de la connaître mieux. J'ai horreur des couples mal assortis. Bon, maintenant, entrez, mes enfants. Nous allons installer Darcy et, quand elle se sera un peu reposée, tu lui feras visiter les lieux.

— Ne vous donnez pas autant de mal pour moi, madame Nor... Gail.

— C'est gentil, mais je ne me donne aucun mal. Et je

suis tellement heureuse de vous avoir ici que je veux que vous soyez bien installée et que vous vous sentiez à l'aise dans cette maison le plus rapidement possible.

— D'accord, alors. Et merci.

Gail hocha la tête en gravissant les marches devant eux.

— Elle occupera l'ancienne chambre de Connor, dit-elle à l'adresse de son fils.

Darcy se tourna vers celui-ci, ébahie :

— *Connor* avait une chambre... ?

— Il venait souvent ici pendant les vacances scolaires, répliqua Jeff d'un ton distrait.

Elle nota qu'il avait l'air tendu. Regrettait-il de l'avoir amenée chez sa mère ? A moins qu'il n'ait oublié sa plaisanterie qu'il lui avait faite à propos du prénom donné à son ego, tout simplement... Ce qui était tout aussi bien : mieux valait ne plus se livrer à ce genre de petit jeu complice, qui pourrait les faire glisser sur une pente bien trop dangereuse.

Une fois arrivé dans la chambre de Connor, Jeff regarda autour de lui en se demandant quels changements Darcy allait y apporter pour s'y sentir chez elle. Les murs avaient gardé leur papier peint rayé à dominante vert amande sur lequel ressortaient les moulures blanches. Mais les affaires personnelles de son vieil ami avaient disparu comme par enchantement depuis la veille, hormis quelques objets restés sur les étagères vides. Sa mère les y avait sans doute laissés de façon à ce que Darcy ne se retrouve pas dans un espace complètement vide ; il la remercia intérieurement de cette heureuse initiative. D'autant que, de toute évidence, Darcy ne possédait pas grand-chose.

Il posa ses bagages sur le lit en repensant à la bévue de sa mère. *Mme Norton*... Quel lapsus ! Cela ne risquait pas d'arriver ! *Darcy Norton*. Il ne connaissait même pas son deuxième prénom... Il cilla, irrité : bon sang, qu'est-ce qu'il lui prenait de divaguer ainsi ? Il ne le connaissait pas et n'avait aucun désir de le connaître, point final !

— Cette chambre est plus grande que tout mon appartement.

Il se retourna et la vit sur le seuil, les mains posées sur son ventre — ce qui signifiait qu'elle ne se sentait pas très bien, il le savait désormais.

— Tu as une salle de bains privée, répliqua-t-il en désignant la porte située au fond de la pièce, avant de faire un quart de tour sur lui-même. Et cette porte-ci donne sur un petit salon, équipé d'un bureau et d'un ordinateur.

— Alors, c'est *beaucoup* plus grand que mon appartement.

— Tu crois que tu te sentiras bien, ici ?

Jeff se reprochait à présent de l'avoir quasiment forcée à venir s'installer chez sa mère. Et, tout à coup, la perspective de l'y laisser le dérangeait de façon troublante et inconfortable.

La jeune femme s'avança dans la pièce et s'arrêta devant la fenêtre.

— Ta mère déborde d'énergie, dit-elle en contemplant la piscine et le court de tennis.

— En effet. Cela te met mal à l'aise ?

— Non, pas du tout. Elle est charmante et très accueillante. Et si excitée à la pensée de devenir grand-mère ! Je suis soulagée, mais un peu désarçonnée, je l'avoue...

— Ce n'est pas ce à quoi tu t'attendais.

Un sourire hésitant aux lèvres, elle se retourna vers lui. Il comprit qu'elle se sentait perdue. Et fatiguée. Avant d'avoir pu s'en empêcher, il traversa la pièce et la prit dans ses bras. Peu importait qu'après avoir couché ensemble, ils soient devenus quasiment des étrangers l'un pour l'autre, incertains du futur qui les attendait : pour l'instant, il était le seul à pouvoir apporter à une Darcy désorientée le réconfort dont elle avait besoin.

Tout d'abord, elle se raidit contre lui, si bien qu'il crut qu'elle allait se dégager. Puis elle s'abandonna totalement et appuya le visage contre son torse, sans l'étreindre toutefois.

— Tout va bien se passer, chuchota-t-il. Après un petit temps d'adaptation, tu seras très bien ici, et vous vous entendrez à merveille, toi et ma mère, j'en suis sûr.

Sans s'écarter de lui, elle hocha la tête et prit une inspiration profonde tandis qu'il lui caressait délicatement le dos.

— Je sais, murmura-t-elle. Mais je n'ai pas l'habitude de ne pas tout contrôler...

Jeff rit doucement.

— Si cela peut te rassurer, ce n'est pas dans mes habitudes non plus.

— Je me débrouille toute seule depuis l'âge de seize ans. Je n'aime pas être assistée. Ni avoir besoin des autres. Cela me donne l'impression d'être... *prisonnière*.

Lorsque sa voix se brisa sur ce dernier mot, une sensation inconnue étreignit Jeff. Après s'être écarté légèrement, il prit le menton de Darcy avec douceur pour la forcer à le regarder dans les yeux.

— Cette maison n'est pas une prison et ma mère n'est pas ta geôlière. Tu es libre, en tout.

Leurs yeux restèrent soudés. Il décela une telle vulnérabilité dans ceux de Darcy qu'il fut traversé par un désir farouche — celui d'y faire renaître tout ce qui y avait vibré trois mois plus tôt : résolution, confiance en soi, gaieté... Et chaleur.

Bon sang ! Tout sauf de la *chaleur* ! s'admonesta-t-il *in petto*. Et surtout pas le feu qui avait flambé dans ses yeux gris lorsqu'elle s'était embrasée... Il fallait qu'il résiste à ses propres pulsions, surtout quand il la tenait ainsi dans ses bras en affirmant que tout irait bien. Darcy avait besoin d'être rassurée, pas de percevoir la preuve tangible qui menaçait de se manifester contre son ventre s'il continuait à s'égarer dans cette voie.

Cependant, elle était si douce, si chaude dans ses bras... Elle était le désir incarné, songea Jeff en s'interdisant de repenser à la dernière fois qu'il l'avait tenue ainsi tandis qu'ils étaient enlacés, peau contre peau.

Après l'avoir repoussée doucement, il se détourna et se dirigea vers la porte.

— Que dirais-tu de te reposer un peu avant de descendre nous rejoindre tout à l'heure ? lança-t-il par-dessus son épaule. Et nous ferons le petit tour des lieux dont a parlé Gail.

Jeff se pencha pour embrasser sa mère, après s'être assuré que Darcy avait une bonne vingtaine de contacts en cas d'urgence. Ensuite, il se tourna vers elle, hésita un instant, puis l'embrassa à son tour sur la joue et s'en alla.

Elle avait toujours su que Jeff n'allait pas s'installer avec elle, qu'il retournerait à ses vies professionnelle et privée. Ils ne formaient pas un couple. Ils étaient deux êtres indépendants qui allaient partager un enfant. Elle le comprenait parfaitement et avait l'intention de respecter les limites qu'ils s'étaient fixées. Mais, grâce à lui, elle s'était sentie un peu moins seule. Et durant quelques minutes, dans la chambre qui allait devenir la sienne, elle s'était accrochée à lui.

Immobile, Darcy regarda la porte du hall se refermer sur le père de son enfant. Elle se retrouvait seule avec une femme qu'elle ne connaissait pas, dans une maison où elle se sentait étrangère.

Gail lui posa doucement la main sur le bras.

— Vous auriez préféré que Jeff reste avec nous plus longtemps ?

— Non, ça va aller, ne vous inquiétez pas, répliqua-t-elle d'une voix ferme.

Il y avait une telle bienveillance dans le regard de Gail qu'elle décida de lui dire la vérité.

— Vous savez, nous nous connaissons à peine, lui et moi.

— Faites confiance au temps. Vous allez apprendre à vous découvrir et, peu à peu, vous saurez quelle place chacun occupe dans la vie de l'autre. En attendant, vous pouvez compter sur ma totale impartialité. Mais je peux vous assurer que Jeffrey est un homme merveilleux, et qu'il deviendra un père aussi fabuleux que le sien l'a été pour lui.

Elle sourit avec chaleur, mais aussi avec malice.

— Et au cas où vous ne l'auriez pas encore compris, reprit Gail, il fera tout pour garantir un foyer heureux et stable à votre enfant. Vous ne manquerez de rien, le petit et vous. Vous pouvez compter sur mon fils. Et sur moi.

Le clin d'œil complice qu'elle lui adressa était si semblable à ceux de Jeff que Darcy ne put retenir un sourire.

— Est-ce que cela vous aiderait à vous sentir plus à l'aise si je vous racontais quelques anecdotes le concernant ?

— Tu l'as installée chez ta mère, dans mon ancienne chambre ? fit la voix étonnée de Connor dans les haut-parleurs de la voiture. Alors que tu es riche comme Crésus et que tu pourrais lui acheter un immeuble entier ?

Jeff serra le volant entre ses doigts.

— Fiche-moi la paix. Ta chambre est tout sauf un taudis, bon sang ! C'est une suite, avec salon et salle de bains privés. En fait, Darcy dispose de l'aile ouest entière, elle n'a même pas besoin d'emprunter l'entrée principale.

— D'accord, mais quand même : *chez ta mère* !

Le rire de Connor résonna dans l'habitacle.

— Quand j'ai compris que Darcy ne céderait pas sur la question du travail, je me suis dit que, la seule solution, c'était de lui en trouver un.

— Darcy va travailler pour Gail ? Ça lui plaît ?

— Pas vraiment, reconnut Jeff. Mais, pour l'instant, elle a accepté. C'est un début.

— Et que se passera-t-il lorsqu'elle comprendra que ta mère n'a aucunement besoin d'aide pour quoi que ce soit ?

A travers le pare-brise, il contempla la file interminable de feux arrière qui le précédait.

— J'espère que ma mère saura modérer un peu son propre dynamisme, et le désir qu'a Darcy de se rendre utile. Vu son état, il faut qu'elle se repose. Pendant ce temps, je vais mettre au point la suite des opérations.

# 8

Darcy fut réveillée par le bruit d'un moteur de tondeuse à gazon, juste en dessous de sa fenêtre. Comme elle ne s'était pas donné la peine de baisser les stores, le soleil entrait à flots et répandait sa lumière dorée dans toute la pièce. Si elle n'avait pas été en proie à l'un de ses habituels accès de nausée matinale, elle serait bien restée enveloppée dans cette délicieuse chaleur...

Après sa douche, elle enfila un pantalon décontracté et un T-shirt fin à longues manches, puis descendit au rez-de-chaussée. La veille, Gail était déjà partie quand elle s'était réveillée, et elle n'était revenue que quelques instants en fin d'après-midi avant de disparaître pour toute la soirée.

Loin de lui en vouloir, Darcy en avait au contraire profité pour se familiariser un peu avec la maison. Elle avait fait connaissance avec les deux gouvernantes, Nancy et Viv, qui s'étaient montrées incroyablement avenantes à son égard. Du moins jusqu'au moment où Darcy leur avait demandé si elle pouvait les aider en quoi que ce soit. Toute bienveillance avait alors quitté leurs regards tandis que, d'un ton sévère, Nancy lui avait dit d'aller s'allonger sur le sofa.

Apparemment, Jeff leur avait donné ses instructions...

Mais après une journée entière de farniente, elle était maintenant impatiente que Gail lui explique en quoi consisterait son job d'assistante et comptait bien se mettre au travail sans attendre.

Quand elle entra dans la cuisine, elle trouva la mère de Jeff installée devant la longue table de bois blond, une tasse de porcelaine blanche dans une main et une tablette dans l'autre, face à une impressionnante pile de dossiers. Levant les yeux, Gail lui sourit.

— Bonjour ! Vous avez bien dormi ?

— Oui, très bien, merci. Et vous ?

Gail hocha la tête, puis agita la main, comme pour mettre un terme à cet échange de politesses convenu.

— J'aimerais que nous devenions amies, Darcy. De vraies amies.

— Ce serait bien, approuva-t-elle.

— Alors, pour commencer, je propose que nous nous promettions d'être toujours franches l'une vis-à-vis de l'autre. De cette façon, nous saurons toujours à quoi nous en tenir. Qu'en pensez-vous ?

— Je suis d'accord.

— Formidable ! Alors, je commence : *franchement*, désirez-vous vous lancer dès maintenant dans ce job d'assistante créé de toutes pièces par mon fils, ou... aller faire du shopping dans les boutiques de vêtements pour bébés ?

Au téléphone avec le traiteur, Darcy confirmait les modifications à effectuer concernant la commande pour le mardi suivant lorsque Gail entra dans le petit salon transformé en bureau. Cette dernière, après avoir déposé trois classeurs devant elle, s'assit sur la chaise de l'autre côté du bureau. Dès que Darcy eut raccroché le téléphone, elle la regarda en haussant les sourcils.

— Pour un job inventé, vous vous êtes bien débrouillée, c'est le moins que l'on puisse dire...

Darcy laissa échapper un rire bref. Après avoir discuté en toute franchise avec son hôtesse des mobiles qui avaient poussé Jeff à lui conseiller de l'embaucher, celle-ci lui avait demandé de ne pas en vouloir à son fils, et de profiter de l'occasion pour élargir le champ de ses compétences professionnelles. Comprenant vite qu'elle aurait été stupide de laisser passer une telle opportunité, Darcy s'était aussitôt mise au travail, non sans avoir promis à Gail qu'elles iraient faire du shopping ensemble dans quelques jours.

Quand elle tendit la main vers le premier classeur, Gail fut plus rapide qu'elle et le reprit d'un geste vif.

— Job créé de toutes pièces et à temps *partiel*, Darcy. Vous avez accepté d'y aller doucement au début, alors ce dossier attendra. Jeff a demandé à l'un de ses amis médecin de passer vous voir : il sera ici dans une heure. Cela vous laisse le temps de passer un dernier coup de fil professionnel si vous y tenez, mais pas plus !

Jeff se demanda ce qui le surprenait le plus : que sa mère considère désormais Darcy comme sa priorité numéro un, ou que cette dernière lui ait exprimé sa reconnaissance. Il scruta le combiné qu'il tenait encore à la main comme s'il allait lui apporter la réponse.

Darcy avait paru vraiment sincère ! Et au lieu de l'accabler de reproches parce qu'il avait organisé un rendez-vous avec Grant sans lui demander son avis au préalable, elle l'avait *remercié* ! A vrai dire, il avait eu l'intention d'appeler la jeune femme pour en discuter avec elle, mais il était tombé sur sa mère, à qui il avait demandé d'avertir Darcy. Le message avait manifestement été transmis comme un ordre, alors qu'il s'agissait seulement d'une proposition.

Les deux femmes semblaient s'entendre à merveille, au-delà même de ses espérances. Par conséquent, Darcy resterait chez sa mère, et se ménagerait côté travail. Pour la première fois depuis qu'il avait appris qu'elle était enceinte, Jeff laissa échapper un soupir *presque* soulagé.

— Si vous ne me la rendez pas, menaça Darcy en se penchant au-dessus du petit bureau, pas de shopping samedi !

Gail baissa les yeux sur l'épaisse enveloppe de papier Kraft qu'elle avait écartée d'un geste vif, puis releva la tête.

— Vous aviez dit que vous vous arrêteriez dans *un quart d'heure*, Darcy. Et plus d'une heure s'est écoulée depuis...

En effet. Mais, après deux semaines de travail au ralenti, Darcy avait retrouvé toute son énergie et repris quelques kilos. Par ailleurs, son job lui procurait beaucoup de satisfactions et avait un sens — ce qui comptait énormément à ses yeux. Par conséquent, les jours où ses hormones sévissaient et où elle se sentait d'humeur un peu morose, s'investir dans son travail lui permettait d'oublier son corps. Sans compter qu'il restait une foule de détails à régler avant la collecte de fonds organisée par Gail, destinée à financer une série de programmes d'été afin d'aider des jeunes en difficulté.

— Vous vous souvenez de cette petite boutique devant laquelle nous sommes passées en voiture dimanche dernier ? Avec la belle vitrine décorée sur le thème du Prince Grenouille...

Les yeux noisette de Gail brillèrent d'un éclat fiévreux : Darcy avait vite compris que les vêtements pour bébés représentaient le talon d'Achille de cette femme débordante d'énergie.

— Vous avez gagné, soupira Gail en reposant l'enveloppe sur le bureau. Mais j'espérais vous persuader de m'accompagner à ce dîner avec mes amies.

Elle s'attendait plus ou moins à cette invitation. Au cours

des dernières semaines, la mère de Jeff lui avait proposé plus d'une fois de l'inclure dans ses activités ; jusque-là, Darcy avait refusé toutes ses propositions. Et quand elle s'excusa de nouveau, Gail n'insista pas et se contenta de répliquer, avec son habituelle amabilité :

— Peut-être la prochaine fois, alors.

Qunad Darcy eut atteint l'objectif qu'elle s'était fixé pour la journée, elle éteignit la lampe de son bureau, quitta la pièce et trouva la maison déjà plongée dans la semi-obscurité.

Après avoir picoré dans le dîner préparé à son intention, elle acheva la lecture du manuel sur la grossesse et la maternité qu'elle avait entamé quelques jours plus tôt, puis regarda un moment la télévision. Mais elle renonça vite à trouver un programme intéressant, reposa la télécommande sur la table basse en soupirant et sortit du salon.

Quand elle atteignit le premier étage, elle s'avança dans le couloir. Alors que, d'habitude, elle passait devant la porte de l'ancienne chambre de Jeff sans même ralentir, elle s'arrêta et tourna la poignée.

Son regard se posa sur une rangée d'étagères recouvrant tout un mur, derrière un bureau en merisier. Elle contempla les rangées de trophées et de médailles : base-ball, tennis, natation, football, athlétisme... Elle sourit en pensant au jeune garçon puis à l'adolescent qu'il avait dû être. Gail lui avait confié que son fils n'avait pas été un enfant facile, mais qu'il n'avait jamais versé dans la violence ni cédé à aucun penchant destructeur. Elle avait qualifié Jeff de casse-cou, un garçon réfractaire à tout règlement, avant d'ajouter qu'il avait toujours été par ailleurs un irrésistible charmeur.

Ce qu'il était manifestement resté...

Faisant demi-tour, Darcy referma la porte et se dirigea vers sa chambre, des questions plein la tête : allait-elle accoucher d'un petit garçon, ou d'une petite fille ? Jeff avait-il une préférence ? Comment vivrait-elle l'accouchement ? Jeff serait-il présent ? Garderait-il son calme et lui tiendrait-il la main ? A quelle fréquence Darcy le verrait-elle ensuite ? Que se passerait-il s'ils n'étaient pas d'accord concernant un problème d'éducation, par exemple ? Quel genre de père serait-il ?

Elle songea aux trophées alignés sur les étagères : apparemment, il réussissait dans tout ce qu'il entreprenait. En serait-il de même pour son rôle de père ? Assumerait-il sa paternité seul ou engagerait-il quelqu'un pour l'assister ? Ou se marierait-il pour partager ses responsabilités avec une épouse ?

Apparemment, ce ne serait pas Olivia, la femme qu'il fréquentait au moment où elle était venue le voir à son bureau pour lui annoncer sa grossesse : Gail lui avait dit un jour qu'ils avaient rompu. Mais un homme comme Jeff n'aurait aucun mal à se trouver une partenaire superbe et digne de lui...

Darcy ferma les yeux et s'interdit de songer à la soirée fabuleuse passée avec lui à Las Vegas. Mais sa voix rieuse et grave résonnait dans sa mémoire tandis qu'elle se rappelait la sensation de ses mains chaudes sur sa peau nue, de la douceur de ses cheveux entre ses doigts alors qu'il l'embrassait avec passion, du poids de son corps viril allongé sur le sien...

Brusquement, Darcy rouvrit les yeux et se secoua mentalement. Il aurait été stupide de s'égarer dans ces souvenirs brûlants. Désormais, elle devait considérer Jeff *exclusivement* comme le père de l'enfant qu'elle portait. Et cela lui convenait à merveille. Par ailleurs, elle approuverait son choix lorsqu'il prendrait une épouse. Toutefois, à la simple perspective de l'imaginer avec une autre, son cœur se serra. Non qu'elle veuille garder Jeff pour elle. Juste parce que...

Un petit gémissement irrité franchit ses lèvres. Peu

importait pourquoi, après tout. Et puis elle n'avait aucun besoin de se justifier.

— Si nous faisions une pause et allions manger un morceau avant la conférence, Charlie ? demanda Jeff.

Son assistant hocha la tête et se leva. Il quitta la pièce les bras chargés de dossiers. Au même moment, le portable de Jeff se mit à vibrer dans sa poche. Quand il l'en sortit, il constata avec surprise que l'appel provenait de la femme à laquelle il était supposé ne pas penser au cours des longues heures de travail qu'il s'imposait — justement pour ne pas penser à elle.

— Bonjour, Jeff. J'espère que je ne te dérange pas ?

— Pas du tout. Que se passe-t-il ? demanda-t-il en fermant les yeux. Tout va bien ?

Le bébé mettait les nerfs et l'organisme de sa mère à rude épreuve et, par contrecoup, causait toutes sortes de frayeurs à Jeff.

— Oui. Excuse-moi, j'aurais dû t'envoyer un SMS avant de t'appeler, pour que tu ne t'inquiètes pas, le taquina-t-elle.

Heureux de l'entendre aussi détendue, il commença à se relâcher lui aussi.

— Ça va, je tiens le coup, répliqua-t-il sur le même ton. Que me vaut ton appel ?

— Eh bien, je me demandais si tu pourrais m'accorder un peu de temps, pour bavarder...

Il jeta un coup d'œil à sa montre.

— J'ai une conférence téléphonique dans une demi-heure.

— Oh ! Je ne voulais pas dire *maintenant* ! Je sais que tu es très occupé. Mais quand tu auras le temps, je pourrais venir te rejoindre au bureau, ou aller te retrouver quelque part. Peut-être plutôt un soir, non ? Mais je ne voudrais pas... En fait, cela n'a pas d'importance. Ce n'est...

— Darcy, l'interrompit-il en souriant. Je prendrai le temps qu'il faudra, évidemment. De quoi voudrais-tu parler ?

Un soupir lui caressa l'oreille, avant de se propager dans tout son corps, provoquant une réaction instantanée dans son bas-ventre, qu'il s'efforça d'ignorer.

— Eh bien, je me disais que notre enfant va avoir une vie très différente de celle que j'ai vécue. Alors... j'ai pensé que tu accepterais peut-être de me parler de ce que tu as vécu quand tu étais petit, et de me dire comment tu vois les choses pour notre bébé.

— D'accord, acquiesça-t-il après s'être éclairci la gorge. Je pourrais te rappeler demain et te proposer un rendez-vous ? Mais si tu as déjà des questions précises à me poser, tu peux m'envoyer un e-mail et j'essaierai d'y répondre rapidement. Qu'en penses-tu ?

— Euh... Oui, ça me paraît une bonne idée, répondit-elle. Et maintenant, je vais te laisser travailler.

Jeff fronça les sourcils. Quelque chose avait changé dans sa voix, qui avait pris un accent neutre, impersonnel.

— D'accord. A bientôt, Darcy.

Il fut soudain traversé par une vague d'inquiétude. Sous son calme apparent, Darcy dissimulait sans doute ce qu'elle ressentait vraiment. Comme elle l'avait fait à Las Vegas...

*Yellow cake*. Crème au beurre plus chocolat noir... Miam ! L'envie s'était emparée de Darcy un peu après sa conversation téléphonique avec Jeff. Alors qu'elle l'avait appelé dans l'espoir absurde qu'en lui parlant, elle se débarrasserait de cet étrange accès de déprime qui avait fondu sur elle sans prévenir, elle avait eu encore plus le cafard après avoir raccroché. A quoi s'était-elle attendue ? Jeff était un homme hyper-occupé. Il avait sa vie, ses obligations professionnelles, ses amis, et des activités privées dont elle ignorait tout…

Le téléphone toujours en main, elle était restée assise sur son lit à se morfondre, se reprochant de ne ressentir aucun enthousiasme pour quoi que ce soit et d'avoir perdu tout appétit. Lorsque, soudain, l'étincelle avait jailli : *yellow cake.*

Deux minutes plus tard, elle fouillait frénétiquement dans les placards et avait failli se mettre à pleurer de joie en découvrant une boîte contenant le précieux mélange à préparer.

A présent que le gâteau était tout juste sorti du four, elle calculait le temps qu'il prendrait pour tiédir, avant de pouvoir être coupé en épaisseur puis enduit de la crème au beurre entre ses deux moitiés et sur le dessus et le pourtour. Miam !

— Mon Dieu, gémit-elle en le dévorant des yeux. Si tu savais comme j'ai envie de toi…

Une petite toux discrète la fit alors se retourner d'un mouvement brusque, en posant d'instinct la main sur son ventre.

Mortifiée, elle découvrit, appuyé nonchalamment au chambranle de la porte de la cuisine, sa cravate de travers, sa veste de costume posée sur un bras, sa chemise blanche mettant en valeur sa carrure et son torse impressionnants, Jeff ! Il la regardait avec un petit sourire en coin.

— Que… Qu'est-ce que tu fais ici ? bredouilla-t-elle. Et ta conférence téléphonique ?

Il se frotta la nuque en haussant un sourcil.

— J'avais peut-être envie d'un morceau de gâteau…

— Ma mère a *renoncé* ? Pour une virée dans les boutiques de vêtements pour bébés ? Tu plaisantes…

— Pas du tout, répliqua Darcy en découpant le gâteau en larges parts.

A la voir s'activer ainsi, Jeff était un peu rassuré. Et, en réalité, il feignait d'être choqué par l'absence de sa mère. Car il la connaissait : elle n'aurait jamais laissé Darcy seule si elle avait nourri le moindre doute sur son état de santé.

D'un geste précis, Darcy déposa deux parts sur des assiettes de porcelaine blanche. Mais ce n'était pas le gâteau qui le faisait soudain saliver, alors qu'elle lui tournait le dos... Jeff s'avança vers elle et s'arrêta juste avant de l'embrasser dans le cou. Il se maudit intérieurement : cela aurait été stupide, sans compter que ce n'était absolument pas son genre de se livrer à ce genre d'abandon dans une cuisine. Mais à voir Darcy aussi détendue, l'air parfaitement à l'aise et les pieds nus, il avait un instant oublié ce qu'ils faisaient là tous les deux, ainsi que la nature du lien qui les rapprochait.

Il s'arracha à la contemplation de sa nuque offerte et frémit au souvenir des caresses qu'il lui avait prodiguées, avec le bout de sa langue, ses lèvres... Il se rappela la texture soyeuse de ses longs cheveux sous ses doigts tandis qu'il les écartait doucement pour mieux...

— Ça va ? demanda soudain Darcy en le regardant d'un air troublé.

— Je meurs d'envie de goûter à ce gâteau.

Elle lui tendit une assiette en souriant, et Jeff contempla sa part, nettement plus petite que celle de Darcy.

— Je dois manger pour deux, expliqua-t-elle en se passant la main sur le ventre. Et puisque cela fait une éternité que je n'ai pas eu aussi faim, je ne vais pas me priver !

Quand il la vit se précipiter sur sa propre assiette d'un air presque lubrique, Jeff éclata de rire. Elle referma les lèvres sur sa fourchette en poussant un gémissement qui fit réagir la libido de Jeff avec une telle intensité qu'il préférera s'avancer vers le réfrigérateur.

— Que dirais-tu d'arroser ce festin d'un verre de lait ? demanda-t-il d'un ton léger en la regardant par-dessus son épaule.

Bon sang ! Darcy avait encore la fourchette dans la bouche et, les yeux fermés, semblait au septième ciel. Elle souleva les paupières et hocha la tête d'un air distrait, tout en faisant lentement glisser sa fourchette entre ses lèvres avant d'en sucer les dents entre lesquelles étaient restées quelques miettes. Jeff déglutit, s'ordonna de se ressaisir, sortit la bouteille de lait et en remplit deux verres.

Désormais, leur relation était et demeurerait platonique, se répéta-t-il pour la n-ième fois. Il ne coucherait plus jamais avec Darcy Penn. Même si son cerveau persistait à remonter inexorablement dans le temps, jusqu'au moment où il l'avait tenue dans ses bras, nue, abandonnée et offerte...

En outre, il ne pouvait se permettre de laisser leur relation se dégrader comme cela avait été le cas avec Margo. A la fin, ils ne supportaient même plus de se trouver dans la même pièce ! Par conséquent, il devrait pouvoir résister sans problème à quelques assauts de désir. D'autant que, cette fois, il ne s'agissait pas d'amour.

Si seulement Darcy n'était pas aussi sexy ! Sans pouvoir s'en empêcher, Jeff revit ses yeux gris s'embraser, entendit le petit halètement qui s'était échappé de ses lèvres pulpeuses quand il avait...

Mettant un frein à ses fantasmes torrides, il s'assit sur une chaise en face d'elle, de l'autre côté de la table.

— Finalement, tu t'entends plutôt bien avec ma mère ?

Elle se remit à lécher sa fichue fourchette, avec encore plus de volupté.

— Prends ton temps et réponds-moi quand tu auras fini de caresser cette fourchette avec ta langue.

D'un geste brusque, elle sortit le couvert de sa bouche tout en le fixant d'un air coupable. Jeff adorait voir ses pommettes s'empourprer tandis que ses pupilles se dilataient. Comme lorsque... Stop !

Après avoir reposé la fourchette à côté de son assiette, elle croisa les bras sur sa poitrine.

— Ta mère est une femme merveilleuse, et l'une des personnes les plus généreuses que j'aie jamais rencontrées.

— Est-ce qu'elle t'a proposé de t'acheter la maison d'en face ? demanda Jeff en souriant. Elle est à vendre. Si elle te plaît, tu...

— Non, l'interrompit-elle d'un ton ferme. Gail est très attentionnée et, quand je parlais de sa générosité, je faisais allusion à la façon dont elle ne compte ni son temps ni son affection.

— C'est vrai. Je craignais un peu qu'elle ne soit trop envahissante : je sais que tu tiens à ton indépendance.

Darcy reprit sa fourchette en secouant la tête, puis se mit à rassembler les miettes dans son assiette.

— Nous avons mis au point une organisation qui nous convient à toutes les deux : chaque matin, nous allons marcher, sauf quand mes nausées m'en empêchent. Nous en profitons pour parler de nos intérêts, nos motivations, nos goûts... Et si je ne me sens pas bien, Gail a toujours une histoire incroyable à raconter à ton sujet pour me remonter le moral.

— Tiens tiens...

— Oui, par exemple la fois où, après avoir fait une razzia dans la fourgonnette du traiteur, tu as été malade et que tu as vomi dans la piscine !

— N'importe quoi !

Elle le toisa en plissant les yeux.

— Ose jurer que ce n'est pas vrai ! Gail ne me raconte pas ça pour t'humilier, Jeff, mais pour rétablir un peu l'équilibre entre nous...

— J'ai presque peur de te demander si tu as souvent des nausées...

Une lueur malicieuse éclaira le regard de sa vis-à-vis.

— J'en ai *très* souvent, le taquina-t-elle.

Jeff tendit le bras au-dessus de la table et lui prit la main.

— Bon, tu ne vas pas me croire, évidemment, mais je souhaite sincèrement que ça s'arrête bientôt.

Elle le dévisagea d'un air incrédule, puis renversa la tête en arrière en éclatant de rire.

— Mais si, bien sûr ! Je te crois !

Darcy était si heureuse qu'il soit venu. A deux reprises, elle avait été envahie par une inexplicable envie de pleurer. Tout d'abord quand, à la troisième tranche de gâteau, elle avait réalisé qu'elle ne pouvait plus rien avaler. Puis les larmes avaient de nouveau menacé lorsque, à sa demande, Jeff avait désigné son trophée préféré sur l'étagère avant de le prendre en affirmant qu'il aurait été incapable d'expliquer pourquoi il tenait particulièrement à celui-là.

Son comportement bizarre était sans aucun doute dû aux caprices de ses hormones, et non aux émotions malvenues qui avaient tendance à la submerger en présence de Jeff. Notamment lorsque les effluves de son eau de toilette, mêlés à son odeur mâle, lui titillaient les narines. Dans ces moments-là, tout se mettait à frémir en elle.

Ils s'étaient finalement installés sur la terrasse située à l'arrière de la maison, à côté de la piscine, où ils étaient restés plus d'une heure à bavarder tranquillement. Jeff s'était efforcé de répondre à ses questions avec le plus de précision possible ; de temps en temps, il l'avait interrogée, mais elle n'avait pas grand-chose à raconter sur son enfance. Par manque d'argent, elle n'avait participé à aucun camp de vacances, ni aux activités proposées en dehors des heures d'école, et elle n'avait fait partie d'aucun club sportif. Elle ne s'était pas étalée sur les détails de la vie menée avec sa mère, mais Jeff n'avait pas besoin d'en connaître davantage. Ce qui comptait, c'était que la vie de leur enfant ressemble davantage à celle de Jeff.

Ses longues jambes étendues devant lui et croisées aux chevilles, les mains nouées derrière la nuque, il contemplait le ciel étoilé en silence.

— Quelles que soient les décisions que nous serons amenés à prendre, dit-il soudain en se tournant vers elle, nous les prendrons ensemble.

Darcy comprit que cette déclaration mettait un terme à la discussion. Du moins pour ce soir-là. Ils ne formaient pas un couple, ils n'entretenaient pas de relation amoureuse, mais ils élèveraient néanmoins leur enfant *ensemble*. Une douce brise bruissait dans les branches et lui soulevait les cheveux. Repoussant une mèche derrière son oreille, elle surprit le regard indéchiffrable de Jeff posé sur elle.

— Qu'est-ce qu'il y a ? demanda-t-elle, gênée.

— Rien. Il se fait tard, c'est tout, dit-il en se redressant dans son fauteuil. Tu devrais aller te reposer et moi, je vais rentrer : j'ai un peu de route à faire.

Après s'être levé, il lui tendit la main pour l'aider, puis ils regagnèrent la maison. Une fois arrivés devant la porte-fenêtre, Jeff s'arrêta.

— Je vais te souhaiter bonne nuit ici. Tu feras la grasse matinée demain, n'est-ce pas ?

Darcy lui fit les gros yeux tandis qu'il lui décochait l'un de ces sourires qui la faisaient chavirer à tous les coups.

— Allez, dis oui, pour que je ne m'inquiète pas pour toi.

— Je vais essayer.

Apparemment satisfait, il se pencha vers elle, dans l'intention de l'embrasser sur la joue comme d'habitude. Mais quand son visage se rapprocha du sien, les effluves entêtants qui l'avaient troublée toute la soirée eurent raison d'elle. Fermant les yeux, elle laissa échapper un lent soupir... Seigneur, qu'est-ce qu'il lui prenait ? se fustigea-t-elle en rouvrant brusquement les paupières. A quelques centimètres de son visage, Jeff la contemplait d'un air troublé. Darcy recula d'un pas, mais quand l'un de ses talons resta coincé entre deux pavés, la main de Jeff se referma aussitôt sur ses reins pour la ramener vers lui. *Encore plus près.*

Son cœur se mit à battre à un rythme sauvage, le souffle lui manqua. A présent, elle ne pouvait plus ignorer les senteurs délicieuses qui émanaient de lui.

— Darcy ?

Elle secoua la tête. Pouvait-elle dire la vérité ? Avouer qu'elle avait perdu le contrôle parce que les parfums épicés et virils émanant de toute sa personne lui donnaient un véritable vertige ?

— Trésor ? insista-t-il d'une voix inquiète en la serrant contre lui. Tu te sens bien ?

Cette fois, la proximité de leurs deux corps la ramena sur terre.

— Je crois que je suis plus fatiguée que je ne le pensais, dit-elle en portant la main à son front. J'ai eu un petit vertige...

Une ombre passa dans les yeux de Jeff, qui, sans lui laisser le temps de protester, la souleva dans ses bras.

— Hé ! s'écria-t-elle en s'agrippant à sa chemise.

Il resta silencieux et franchit la porte-fenêtre donnant sur le salon.

— Je vais te mettre au lit et demander à Grant de passer.

— Non !

Il s'arrêta et la regarda en plissant le front.

— C'est plus grave ?

Sans attendre la réponse de Darcy, il fit demi-tour et retraversa la terrasse en sens inverse à grands pas.

— Je t'emmène à l'hôpital.

— Jeff ! Non ! Ecoute-moi une seconde ! *Jeff !*

Elle gigota dans ses bras pour se dégager, mais au lieu de la libérer il resserra encore son étreinte.

— Repose-moi par terre, ordonna-t-elle en lui martelant la poitrine des poings. Tout de suite, tu m'entends ?

Ses pieds retrouvèrent soudain le sol ferme, mais son compagnon la tenait toujours enlacée — bien trop étroitement au gré de Darcy.

— Si jamais il t'arrive quelque chose..., commença-t-il d'une voix rauque.

— Ecoute-moi !

Elle redressa les épaules avant d'ajouter :

— Je t'ai menti.

# 9

Le regard de Jeff s'assombrit d'un coup.

— Quoi ? Tu veux dire… durant toute la soirée ? Bon sang, qu'est-ce que je dois faire pour que tu te reposes ? Te ligoter à ton lit ?

Darcy entrouvrit les lèvres et resta sans voix, leurs regards se croisèrent, restèrent soudés… Le silence s'étira entre eux. Puis Jeff se passa nerveusement la main dans les cheveux et recula en poussant un juron étouffé.

— Je ne vais pas te ligoter, bien sûr. Mais…

— Jeff, je t'ai menti quand je t'ai dit que j'étais épuisée et que j'avais des vertiges. En fait je… je…

Elle s'interrompit et inspira à fond deux fois de suite pour cesser de bafouiller comme une collégienne.

— Tu étais si près de moi… Et quand on est enceinte, l'odorat devient hypersensible. Alors j'ai été étourdie et je ne me suis pas rendu compte de ce que je faisais et… Oui, j'ai eu un vertige, mais ce n'était… J'avais envie de…

« Mon Dieu, ma fille, tu t'exprimes comme une débile », songea confusément Darcy. Mais maintenant qu'elle avait commencé, autant aller jusqu'au bout.

— C'est complètement fou, mais ton odeur me faisait tourner la tête, avoua-t-elle en rougissant. Oui, j'ai eu un vertige, mais pas à cause de… Alors j'ai voulu reculer, mais mon talon s'est coincé.

Elle s'interrompit et posa ses mains sur ses joues en feu.

— Jeff, je n'en peux plus. Au lieu de s'arranger, ça empire. Je crois que je vais devenir folle si ça continue.

Depuis quelques instants, Jeff avait baissé les yeux et semblait fasciné par la contemplation de ses mocassins cousus main.

— Alors comme ça, tu me... reniflais ?

Darcy croisa les bras et leva les yeux au ciel.

— Je ne te *reniflais* pas ! protesta-t-elle. Mais tu sens délicieusement bon. Le gâteau m'a fait le même effet, si cela peut te rassurer.

— Et je peux savoir quel effet le gâteau t'a fait, précisément ? demanda-t-il en redressant la tête.

Devant l'éclat sauvage qui irradiait maintenant de ses prunelles, elle devina qu'il se méprenait complètement sur le sens de ses paroles.

— Je ne te compare pas au gâteau. Et je ne voulais pas dire que...

— ... que je te donne faim ?

— Oui. Enfin, non, tu ne me donnes pas faim. Je ne voudrais pas que tu croies...

— Je ne crois rien, la coupa-t-il. Et je n'envisage pas non plus de te ligoter au lit.

A présent, c'étaient des excuses que Darcy lisait dans le regard de Jeff, mêlées à de l'amusement, et à de la bienveillance.

— Bon, je reconnais que j'y pense un peu, je l'avoue ! reprit-il en éclatant de rire. Mais c'est exceptionnel, en général je n'y pense pas.

Il ferma un instant les yeux avant de poursuivre :

— Du moins, pas à te ligoter. Parfois, je pense au reste. A ce que nous avons partagé, à Las Vegas. Parce que c'était fabuleux. Mais cela ne signifie pas que je désire recommencer. C'est juste un truc d'homme.

Darcy hocha lentement la tête. Elle était prête à le croire sur parole.

— Alors, oublions l'épisode de ce soir, proposa-t-elle en lui tendant la main.

— D'accord, répliqua-t-il avant de lui prendre la paume dans la sienne.

Puis il se tourna et s'avança vers la porte.

— Maintenant, enferme-toi à double tour et va te coucher, lança-t-il par-dessus son épaule.

Jeff remonta l'allée et se gara sur le côté de la maison. Au début, il s'était dit qu'il valait mieux qu'il garde ses distances avec Darcy, qu'avec Gail, elle serait en sécurité et que par conséquent il pouvait dormir tranquille. Mais après ce qui s'était passé l'autre soir, il était revenu trois fois en l'espace de deux semaines.

La première fois, pour s'assurer que tout était clair entre eux. La deuxième, parce que tout était clair, justement. Et que bavarder avec Darcy était simple, facile et si agréable. Quant à la troisième, il avait refait le chemin pour avoir Darcy à lui tout seul, comme ce soir. Sa quatrième visite sans réel motif, s'il était franc avec lui-même.

Il venait la voir pour passer des moments purement platoniques avec elle. Certes, Jeff ne pouvait nier que ses pensées s'égaraient de temps en temps, notamment lorsque Darcy riait, dévorait d'énormes parts de gâteau, ou s'empourprait soudain pour des causes mystérieuses, à propos desquelles il jugeait préférable de ne pas l'interroger. Mais il ne la touchait pas. Car l'avenir d'un petit être était en jeu et il ne voulait prendre aucun risque. Si sa relation avec Darcy se détériorait, leur enfant en souffrirait, ce qui était absolument hors de question.

Par ailleurs, il mesurait sa chance : au lieu de souhaiter

l'enchaîner dans les liens du mariage, Darcy le faisait rire, le comprenait à demi-mot... Bref, ils s'entendaient à merveille et il avait tout lieu d'espérer qu'ils réussiraient à faire fonctionner cette union peu conventionnelle, dans le seul but d'assurer le bien-être de leur enfant.

Il aimait bien Darcy. Et même *beaucoup*. Raison pour laquelle il revenait, après avoir pourtant passé la journée entière et la plus grande partie de la soirée précédente à se répéter le contraire en se rappelant la façon dont les cheveux de Darcy se répandaient parfois sur son épaule ronde, dévoilant son cou gracieux, ou le doux arrondi de ses lèvres, quand elle venait de rire. Avant de s'endormir, il avait donc décidé qu'un peu de distance leur ferait le plus grand bien et pris la résolution de ne pas retourner la voir de toute la semaine. Mais, ce soir, il avait sauté dans sa voiture sans plus se poser de questions.

Tout en écoutant les derniers messages laissés sur son portable afin de se débarrasser de tout souci avant de retrouver Darcy, Jeff longea la maison, puis s'arrêta devant la porte. Et quand il remit l'appareil dans sa poche, il fut soudain traversé par un frisson d'inquiétude. Avait-il raison de céder ainsi à l'attraction que la superbe blonde exerçait sur lui ? Parce que c'était bien de cela qu'il s'agissait...

Et alors ?

Il carra les épaules. Tout irait bien. Tant que Darcy jouerait son rôle et respectait les règles, il saurait se tenir.

Une demi-douzaine de cintres atterrirent sur le lit en s'entrechoquant dans un cliquetis métallique, tandis que les somptueuses étoffes répandaient leurs teintes chatoyantes sur le jeté de lin blanc.

— Non, Gail ! Je ne peux pas accepter !

La mère de Jeff se tourna vers elle en souriant.

— Si vous m'aviez laissée vous emmener faire du shopping comme je vous l'ai proposé, vous n'auriez pas besoin de m'emprunter une robe, Darcy. Mais je vous rappelle que Grant viendra nous chercher dans moins d'une heure et que vous n'avez rien à vous mettre pour aller dîner.

Grant Mitchel, le médecin et ami de Jeff qui passait la voir deux fois par semaine, à la demande de ce dernier, dînait avec elles ce soir-là. Lorsque Gail le lui avait annoncé, Darcy avait voulu refuser en recourant à ses prétextes habituels. Mais, cette fois, son hôtesse n'avait rien voulu entendre :

— Pas question, avait-elle dit en la regardant droit dans les yeux avec un drôle de petit sourire. Vous venez avec nous.

Gail passait à l'action, avait compris Darcy en se rappelant ce qu'elle avait dit le premier jour : elle voulait lui trouver un charmant mari...

— Votre grossesse se voit à peine, reprit-elle en sélectionnant une robe de soie d'un somptueux orangé. Et j'ai sélectionné des coupes taille basse qui devraient très bien vous aller. En plus, si vous voulez mon avis, cette teinte vous irait à ravir.

Au moment où Darcy ouvrait la bouche pour protester, Gail plissa les yeux d'un air menaçant et lui tendit la robe. Deux minutes plus tard, la soie douce ondulait autour de ses hanches comme une caresse. La coupe était superbe, reconnut-elle, et lui seyait en effet. Mais plus l'heure du rendez-vous approchait, plus sa nervosité et son appréhension augmentaient.

A travers la porte de la salle de bains, elle entendit soudain la voix de Gail, puis une autre, plus grave.

Jeff !

Darcy ouvrit la porte sans faire de bruit.

— Pourquoi ne pourrais-je pas vous accompagner, s'il te plaît ? demanda-t-il à sa mère qui lui faisait face, les poings posés sur les hanches.

— Si Grant avait voulu que tu nous accompagnes, il t'aurait invité à te joindre à nous, mon chéri. Ne fais pas semblant de ne pas comprendre, s'il te plaît.

— Ne me dis pas qu'il s'agit d'un rendez-vous galant ! ? C'est son *médecin*, et elle est *enceinte*...

L'apercevant, Jeff se raidit et fronça les sourcils.

— Bonsoir, dit-elle avec embarras.

— Bonsoir. Tu es splendide, répliqua-t-il en lui adressant un sourire poli, mais un tantinet crispé. Contente de sortir ?

Tout en rassemblant les robes étalées sur le lit, Gail répondit à sa place :

— Bien sûr qu'elle est contente ! Grant est un homme charmant, et je suis sûre que Darcy lui est reconnaissante de passer la voir régulièrement.

Pas mal, le coup de la culpabilité, reconnut Darcy en son for intérieur. Cette fois, elle n'avait vraiment plus le choix : elle *devait* y aller... Elle hocha la tête, sous le regard inquisiteur de Jeff.

— Il est hors de question que tu la forces à sortir avec lui ! affirma-t-il à sa mère d'un ton péremptoire.

Sans laisser le temps à Darcy d'intervenir, Gail se redressa et, malgré sa petite taille, défia son fils du regard.

— Que je la *force* ? Je te...

— Oui, ne dis pas le contraire ! Tu veux la caser, c'est ça ?

— Darcy est une femme superbe, intelligente, libre...

— Tu ne peux même pas attendre qu'elle ait accouché !

— Je connais plus d'un homme qui...

— Je le sais parfaitement ! s'emporta Jeff.

— Et tu as dit clairement que tu ne...

— Darcy ne veut pas sortir avec lui ! trancha-t-il. Du moins pas ce soir. Alors elle n'ira pas à ce dîner, un point c'est tout.

En vérité, Darcy se sentait trop fatiguée pour protester tandis qu'ils se disputaient à son sujet, comme si elle n'était pas là. Devinant sans doute sa lassitude, Jeff en profita et sortit son téléphone pour appeler Grant.

— Désolé, mon vieux. Elle est épuisée… Non, je ne crois pas qu'elle ait besoin d'être examinée, elle a juste besoin de se reposer… Oui… En effet… Non, allez dîner ensemble, maman et toi, je suis sûr que vous passerez un bon moment, tous les deux… Si si, j'insiste ! Je veillerai à ce que Darcy ne manque de rien, ne t'en fais pas.

Jeff lui adressa un clin d'œil, tout en écoutant son ami à l'autre bout du fil. Lorsqu'il mit fin à la conversation, quelques secondes plus tard, Gail avait déjà quitté la pièce en serrant les robes contre sa poitrine, non sans avoir foudroyé son fils du regard.

— Je crois que je t'adore, soupira Darcy d'un ton délibérément désinvolte.

Après avoir joué les chevaliers servants, il ne fallait pas que Jeff se fasse des idées ; pourtant, à cet instant précis, ce qu'elle ressentait pour lui frisait en effet l'adoration.

— D'abord un bébé, et maintenant tu m'adores, répliqua-t-il avec un sourire en coin.

Il se rapprocha d'elle pour lui poser la main sur les reins avec la galanterie décontractée qui lui était coutumière, avant de lui murmurer à l'oreille :

— J'ai apporté de quoi préparer un délicieux *yellow cake*… Ça te tente ?

Gail s'en alla avec Grant sans lui adresser la parole. Mais Jeff n'en avait cure. Après tout, elle n'avait qu'à laisser Darcy tranquille et ne pas chercher à la fourguer au premier venu. Même si Grant n'était pas tout à fait le premier venu…

Mais Jeff ne voulait pas la voir s'installer avec celui qui avait récolté le surnom de « Champion » à la fac à cause des ravages qu'il faisait parmi les étudiantes, sans compter quelques conquêtes du côté des professeurs de sexe féminin. Grant s'était calmé depuis ; Jeff l'avait même vu fréquenter la même femme durant deux ans. Mais lui et Darcy ? La mère de son enfant ? Pas question !

De toute façon, Grant n'avait pas trop protesté quand il lui avait proposé d'aller dîner avec sa mère. Il avait même paru plutôt content de passer la soirée avec elle, songea-t-il en repensant à l'expression de son ami quand ils étaient partis.

Maintenant, ils avaient la maison pour eux seuls. Il avait fait livrer des pizzas, et s'était même occupé de la préparation du gâteau pendant qu'ils bavardaient de musique et de cinéma. Et, comme toujours lorsque Darcy riait de son sublime rire de gorge, une sensation unique jaillissait de sa poitrine et se répandait en lui. C'était si merveilleux qu'il aurait été prêt à tout pour la faire rire...

Lorsque, d'un ton soudain sérieux, elle dit qu'elle s'inquiétait parfois à propos de son accouchement, Jeff répliqua avec calme :

— Tu es bien suivie, alors tu n'as pas à t'inquiéter. Et, de mon côté, je ne vais pas disparaître du jour au lendemain, crois-moi.

— Je suis ravie d'apprendre que tu participeras au travail et que tu partageras mes douleurs...

Jeff se passa la main dans les cheveux en la regardant. L'accouchement, les douleurs : c'était difficile d'imaginer tout cela alors que sa grossesse se voyait à peine. Dans cette robe dont la teinte évoquait un coucher de soleil, elle avait l'air si sexy ! Le tissu moulait ses seins et semblait caresser son ventre avant d'onduler sur ses hanches et ses cuisses... Quand, pour la première fois, il avait aperçu le léger renflement qui arrondissait son ventre, Jeff avait eu envie d'y poser la main, puis la joue, et de chuchoter des paroles rassurantes à l'enfant qu'ils avaient conçu ensemble. L'instinct possessif et protecteur qui l'avait traversé, vis-à-vis de Darcy et du bébé, avait été si intense, si profond, qu'à la pensée qu'elle puisse s'offrir ainsi à la vue d'un autre homme, il avait serré les poings dans ses poches. Elle lui avait alors adressé un sourire creux, du style de ceux dont elle avait gratifié le jeune type qui tentait en vain de la draguer à Las Vegas, et Jeff avait soudain compris exactement ce qui se passait dans sa tête : elle ne voulait pas aller dîner avec Grant, elle préférait rester avec lui. Parce que désormais, ils étaient amis, et le lien qui les unissait était plus fort et plus solide que tout ce que Jeff avait connu jusque-là.

Quant à l'accouchement, c'est vrai qu'il n'y avait pas encore vraiment pensé… A cet instant, Darcy ferma les yeux tandis qu'une expression d'une douceur inouïe se répandait sur ses traits. Fasciné, Jeff ne put retenir les mots qui jaillirent de ses lèvres :

— Pourquoi es-tu partie ?

Aussitôt, elle rouvrit les yeux et le regarda en battant des cils d'un air confus. Il avait encore le temps de retirer ses paroles. De transformer l'interrogation qui le hantait depuis cinq mois en question banale. Mais il avait *besoin* de savoir, même si cela ne changerait rien.

— A Las Vegas, expliqua-t-il. Pourquoi es-tu partie sans rien dire ?

Son doux sourire s'évanouit complètement et un silence lourd tomba entre eux. Puis Darcy croisa les mains sur son ventre, méfiante, sur la défensive.

— Il le fallait. Et, de toute façon, je n'aurais jamais dû t'accompagner à ton hôtel.

— Bon sang, je ne comprends pas ! Nous avons passé une soirée géniale. Nous avions envie l'un de l'autre, ne le nie pas, alors quoi de plus naturel que de céder au désir qui vibrait entre nous ?

Ses yeux gris se teintèrent d'une tristesse si vive que Jeff tressaillit.

— Pour toi, c'est simple, je sais, dit-elle en soutenant son regard. Tu rencontres une femme, tu passes la soirée avec elle, tu décides de la ramener à ton hôtel et tu fonces. Tu profites de l'instant présent parce que tu en ressortiras indemne. Tu ne te retrouves pas coincé dans des émotions dont tu ne veux pas et tu ne risques pas d'échafauder des fantasmes absurdes qui persisteront au-delà des quelques heures de plaisir que tu vis. Mais cela ne se passe pas ainsi pour moi. Durant les dix dernières années, je n'ai compté que sur moi-même. Alors, j'ai été prudente, à tous les niveaux : dans mon job, mes loisirs, toute ma vie. Et puis je t'ai rencontré. Tu m'as proposé de passer la soirée avec toi et de faire des choses que je n'avais jamais faites. Tu m'as tentée, et j'ai enfreint mes propres règles parce que c'était mon dernier jour à Las Vegas.

Elle poussa un long soupir.

— Après avoir résisté à toutes les tentations pendant des années, j'ai craqué ! Parce que tu me paraissais inoffensif et que, sachant que je quitterais Las Vegas le lendemain, je ne risquais pas que tu cherches à me revoir. Alors, où était le mal ? Juste une nuit de plaisir, sans complications.

— Oui, nous avons partagé du plaisir. Un plaisir *fabuleux*, acquiesça lentement Jeff. Mais tu ne m'as toujours pas expliqué pourquoi tu avais profité de mon absence pour filer en douce, sans même me dire au revoir.

— Quand nous nous sommes retrouvés au lit, j'ai pensé qu'il n'y aurait pas de problème : nous étions tous les deux des adultes. Puis tu m'as fait ressentir des choses que je n'avais jamais ressenties. Et j'en ai désiré davantage.

Darcy baissa les yeux un instant, mais au lieu de rosir, comme Jeff s'y attendait, elle pâlit.

— Tu me regardais comme si je te fascinais, et j'adorais

ça…, poursuivit-elle en redressant la tête. Je sais que ce n'était pas ce qui se passait en réalité, que ce que nous vivions n'était que l'assouvissement d'un désir physique, qu'il s'agissait de sexe. Et cela me convenait. Mais… je ne sais pas, ça faisait très longtemps que je n'avais pas fait l'amour… Et je crois que je n'étais pas prête à éprouver les émotions qui m'ont engloutie.

Quand elle se tut, Jeff comprit qu'il ne fallait pas la pousser à en dire davantage ; cependant, il ne put retenir la question qui lui montait aux lèvres :

— Quel genre d'émotions ?

— C'était si bon d'être dans tes bras que j'avais l'impression que je ne voudrais jamais te quitter. Que je pourrais m'y habituer trop facilement. Que je désirerais te revoir, pour revivre ces moments *fabuleux*, oui c'est vrai.

— Et alors ?

Cette fois, le rire qui franchit ses lèvres pulpeuses fut teinté d'une franche amertume.

— Ce n'était pas ce que nous recherchions ! Tu ne m'avais pas emmenée à l'hôtel avec l'intention de me revoir et de t'engager dans une relation à long terme, tu l'avais fait pour t'offrir un peu de bon temps durant ton week-end. « Rien de sérieux, juste du plaisir », tu te rappelles ? Pas de cœurs brisés jonchant les rues. Mais, pour moi, ce que nous partagions représentait plus qu'une simple étreinte sexuelle, et je ne voulais pas en gâcher le souvenir. Je n'aurais pas supporté que tu me fasses des adieux embarrassés, ou que tu me congédies, par exemple.

— Tu ne pouvais pas savoir comment cela se passerait.

— Non, c'est vrai. Mais, justement, je ne pouvais pas supporter l'idée que cela *puisse* se passer de la sorte, Jeff. Que tu me fiches dehors avec quelques mots charmants et un de tes plus beaux sourires.

Alors elle était partie pendant qu'il était dans la salle de bains, sans lui laisser la possibilité de se conduire autrement que de la façon qu'elle redoutait. Ce n'était pas comme avec Margo, quand sa trahison lui était tombée dessus alors qu'il ne s'y attendait pas du tout. Et pourtant, il ne pouvait se débarrasser du sentiment d'avoir été *trompé* par Darcy.

— Tu aurais pu te rhabiller et m'attendre. Tu aurais pu être celle qui dit au revoir.

— Oui, mais cela ne m'aurait pas empêchée… d'espérer.

Une telle vulnérabilité emplit ses prunelles que Jeff eut l'impression d'avoir reçu un coup de poing en plein plexus. Qu'avait vécu Darcy pour considérer ce genre d'espoir comme une chose négative ? Doucement, il lui prit le menton.

— Je désirais te revoir. Je voulais…

Il s'interrompit en secouant la tête.

— Je voulais te dire que je désirais te revoir, puis je me suis rendu compte que le préservatif s'était déchiré.

Quand il s'était aperçu de l'accident, tout avait changé dans son esprit. Si Darcy avait été encore là quand il était sorti de la salle de bains, Jeff aurait dû l'en informer. Ils auraient échangé leurs coordonnées et il lui aurait promis de prendre contact avec elle quelques semaines plus tard. Tout cela aurait été très protocolaire et plus léger du tout. Il ne lui aurait pas demandé de rester, parce que Jeff avait été trop inquiet pour son avenir. Et, finalement, le pire des scénarios qui l'avaient taraudé durant des mois était devenu réalité. Sauf que la situation ne correspondait en rien à un scénario catastrophe : certes, sa vie s'en était retrouvée complètement chamboulée, mais il n'éprouvait aucun regret.

Il allait devenir père. Dans quelques mois, il pourrait voir son enfant, auquel il se sentait déjà lié.

— Je sais que je n'aurais pas dû partir ainsi, Jeff. Et j'en suis désolée. Mais j'étais déboussolée. Et puis même si tu m'avais dit que tu voulais me revoir, je quittais Las Vegas le lendemain, de toute façon.

— J'ai un hélicoptère, des voitures, de l'argent. J'aurais pu aller te retrouver n'importe où.

Pourquoi essayait-il de la convaincre de ce nouveau scénario qui n'aurait jamais pu être réalisé ? se demanda-t-il. Désirait-il que Darcy commence à croire à la réalité de ce qui aurait pu advenir, ou qu'elle comprenne qu'il pouvait *encore* être réalisé ?

Quand elle renversa la tête en arrière, que ses longs cheveux blonds se répandirent sur son dos tandis qu'un petit sourire jouait sur ses lèvres, il ne put s'empêcher de laisser glisser son regard sur son cou gracieux.

Bon sang, commençait-il lui-même à y croire ?

Darcy ferma les yeux.

— Tu aurais traversé le monde entier pour venir me retrouver ?

— Je t'aurais dit que j'étais un voyage d'affaires et que j'en profitais pour reprendre contact avec toi.

Avec des *si*... Le petit jeu était dangereux, et Darcy s'était toujours bien gardée de s'y prêter. Mais pourquoi pas ? A présent, elle ne risquait plus rien. Cependant, lorsqu'elle souleva les paupières et croisa le regard de Jeff, l'électricité frémit de nouveau entre eux et une chaleur délicieuse lui parcourut la peau, puis se répandit en elle...

— Inutile de bâtir des châteaux en Espagne, dit-elle d'une voix ferme en se ressaisissant.

A ces mots, Jeff éclata de rire.

— Bon sang, Darcy, quelle enfance as-tu vécue pour te méfier autant de tes rêves ? Cendrillon, ça te dit quelque chose ? La pauvre servante qui travaillait comme une esclave pour ses cruelles et riches belles-sœurs et qui, un beau jour, s'échappe, puis rencontre un beau prince qui ne veut pas la laisser partir avant de remuer ciel et terre pour la retrouver ?

— Tu veux la vérité ? demanda-t-elle en haussant les sourcils.

— Oui.

— Je n'ai jamais lu ni vu *Cendrillon*. Bien sûr, je connais l'histoire : le prince a gardé le soulier de vair et envoie son valet à la recherche de la belle dans tout le royaume, parce que lui-même ne va pas se charger de ce genre de tâche subalterne, et qu'il ne se souvient même pas du visage de la femme avec laquelle il a décidé de passer le restant de sa vie.

Darcy serra les poings malgré elle.

— En revanche, je connais mieux l'histoire de Julia Roberts, arrachée à sa vie minable par le riche et sublime Richard Gere : *Pretty Woman* était le film préféré de ma mère. Nous l'avions en cassette vidéo et, à la fin, elle était si usée qu'on ne pouvait plus la passer.

Soudain, elle se sentit physiquement enveloppée par la chaleur oppressante qui régnait dans la caravane de son enfance.

— Je détestais l'expression de ravissement qui se lisait sur le visage de ma mère quand elle fixait l'écran, et ce mélange insupportable d'espoir et de désespoir qui emplissait son regard. Je n'ai jamais rêvé d'un prince charmant qui viendrait m'enlever, Jeff. Mon fantasme a toujours été de devenir indépendante.

Après s'être tue un instant, Darcy ajouta :

— Je n'ai pas vraiment réalisé mon rêve, hein ?

— Qu'y a-t-il de mal à laisser s'occuper de toi quelqu'un qui en a les moyens et le désir ? Je sais que tu tiens à ton indépendance, mais nous avons fait ce bébé ensemble. Tu le portes et moi, à ce stade, la seule chose que je puisse faire, c'est t'apporter mon soutien affectif et financier.

Darcy le regarda en silence. Jeff s'était montré généreux avec elle, dès le départ. Pouvait-elle lui faire confiance au point de lui expliquer pourquoi elle était aussi méfiante ? Elle entendait encore la voix de sa mère : « Earl, ne me force pas à te supplier… » Et la réponse jetée dans un ricanement : « Pourquoi pas ? Pourquoi est-ce que je devrais vous donner quoi que ce soit, à toi et ta bâtarde ? » Elle revit les yeux jaunes se poser sur elle, et sa mère se soumettre aussitôt, puis se mettre à genoux, riant comme s'il s'agissait d'un jeu. Mais dans son rire forcé, Darcy, même gamine, percevait l'humiliation et le désespoir.

— Hé, fit Jeff en fronçant les sourcils. Qu'est-ce qui ne va pas ?

— Rien, répondit-elle à la hâte. Rien du tout. Je sais que j'ai beaucoup de chance de t'avoir, et je te suis infiniment reconnaissante de ton soutien.

Il la dévisagea un moment sans rien dire.

— Je ne veux pas de ta reconnaissance, Darcy, répliqua-t-il enfin. Je désire seulement que tu te sentes bien et en sécurité.

# 10

— Formidable, Jim ! Rappelez-moi si jamais il y avait du nouveau. Sinon, c'est moi qui reprendrai contact avec vous lundi.

Jeff reposa le téléphone et regarda le plat réchauffé au micro-ondes posé devant lui sur la table basse. Puis il s'installa plus confortablement sur le sofa de cuir ivoire et allongea ses jambes devant lui.

Jim Huang n'avait fait que confirmer la réussite des négociations menées par Jeff durant ces deux semaines passées à Melbourne. Maintenant que les contrats avec Lexington Construction étaient signés, il pouvait respirer et savourer le silence qui régnait dans son immense loft de Los Angeles.

Mais après des journées de quatorze à quinze heures de travail, un vol de dix-sept heures, une conférence de quatre heures à son bureau dès son arrivée, il se sentait complètement vanné.

Il se pencha pour prendre sa canette de bière, qu'il vida presque d'un trait. Il n'était que 19 heures, mais vu le temps qui s'était écoulé depuis qu'il s'était levé, il aurait mieux fait d'aller se coucher au lieu de rester là à rêvasser.

Malheureusement, il ne cessait de penser à Darcy. Durant son absence, il lui avait téléphoné de temps en temps et ils avaient échangé quotidiennement des SMS. Mais après avoir pris l'habitude d'aller la retrouver deux fois par semaine, il avait du mal à supporter une aussi longue séparation. Il l'avait appelée dès son arrivée à l'aéroport pour lui dire qu'il irait la voir le lendemain. Mais tout à coup...

Bon sang, il ferait vraiment mieux d'aller au lit ! Non, il dormirait là, sur le sofa. Sans manger.

Hélas, une demi-heure plus tard, il ne parvenait toujours pas à fermer l'œil, en dépit de son épuisement. Parce qu'il ne pouvait empêcher des images de Darcy de tournoyer dans son crâne.

Il tendit le bras et attrapa son téléphone. Il allait juste vérifier sur place que tout allait bien et, ensuite, il pourrait enfin dormir.

— Bonsoir, c'est Jeff. J'ai besoin d'une voiture... Oui, dans dix minutes.

Dans la maison silencieuse, Jeff trouva les pièces plongées dans la quasi-obscurité. Personne au rez-de-chaussée, aucun bruit en provenance des étages. Peut-être aurait-il dû prévenir de son arrivée... Mais Darcy lui aurait dit de rester chez lui et de se reposer. En tout cas, elle était déjà couchée, apparemment. Tant pis, il la verrait dès son réveil.

Les jambes raides de fatigue, il gravit l'escalier et s'avança dans le couloir en ne songeant plus qu'à une seule chose : le lit qui l'attendait quelques mètres plus loin. Mais, arrivé au niveau de la chambre de Darcy, il entendit un son bizarre.

Elle ne dormait pas !

Refoulant la lassitude qui menaçait de le terrasser, il s'arrêta et vit qu'un rai de lumière filtrait au bas de la porte. Au moment où il levait la main pour frapper, un sanglot étouffé lui parvint, suivi d'une sorte de gémissement.

— Darcy ? demanda-t-il en toquant doucement à la porte.

— Jeff ?

— Oui, c'est moi. Ça va ?

Il l'entendit se moucher, marcher, mais, au lieu de se rapprocher, le bruit de pas s'éloigna.

— Je suis vraiment très fatiguée, ce soir ; je préférerais qu'on se voie demain matin, d'accord ?

Jeff posa la main sur la poignée. Non, il n'était pas d'accord : elle n'allait pas bien, c'était évident.

— J'entre, dit-il.

Après avoir attendu deux secondes pour lui laisser éventuellement le temps de se couvrir, il ouvrit la porte.

— Qu'est-ce qu'il se passe, bon sang ?

Assise — ou plus exactement *effondrée* sur son lit —, la table de nuit et le tapis jonchés de mouchoirs en papier chiffonnés, Darcy avait l'air si pitoyable qu'il demeura pétrifié sur le seuil, le cœur serré.

— Ce sont les hormones, murmura-t-elle. Ça ira mieux demain. Va te coucher, s'il te plaît.

Pas question ! Jeff sortit de son immobilité et alla s'asseoir à côté d'elle, avant de la prendre dans ses bras pour la serrer contre lui.

— Je suis là, chuchota-t-il. Dis-moi ce qui ne va pas, trésor.

Comme elle restait silencieuse, il lui caressa doucement les cheveux, jusqu'à ce qu'elle se détende un peu dans ses bras.

— Je n'en peux plus, avoua-t-elle d'une voix brisée. J'en ai assez de ces nausées. J'ai l'impression que mon corps ne m'appartient plus. Je me sens lamentable, épuisée, confuse... Je me dis tout le temps que ça va s'arrêter, qu'il suffit d'être patiente, et ça continue. Non, c'est de pire en pire. Et au lieu de grossir, je perds du poids ! Et je n'ai plus rien à me mettre...

A ces mots, elle se mit à sangloter si fort que Jeff eut l'impression qu'on lui enfonçait un couteau dans la poitrine.

— Comment ça, tu n'as rien à te mettre ? murmura-t-il.

— Non, rien ne me va plus...

— Pourquoi ne t'achètes-tu pas de nouveaux vêtements ?

Car elle avait de quoi : Gail avait enfin réussi à la persuader de puiser dans l'argent que Jeff avait fait virer sur son compte.

— J'en ai acheté ! protesta-t-elle en s'écartant de lui.

Elle baissa les yeux sur son chemisier d'un air dégoûté.

— Et tout allait bien ! poursuivit-elle. Mais, aujourd'hui, je ne supporte plus la sensation de ce tissu sur ma peau !

Sur ces mots, elle s'empara du tissu en question et tira dessus. Jeff avait entendu parler des dégâts causés par les changements hormonaux chez les femmes enceintes. L'épouse de l'un de ses amis, enceinte de huit mois, avait même demandé le divorce après que celui-ci eut refusé de s'arrêter devant un fast-food alors qu'ils allaient dîner dans un restaurant réputé. Lorsque sa femme avait raconté cette histoire au cours d'une soirée, son ami avait ri, mais Jeff avait compris que l'épisode n'avait pas été une partie de plaisir...

Darcy se débattait avec ses vêtements. Les mains tremblantes, elle s'attaqua à la fermeture Eclair de sa jupe et la fit bientôt descendre sur ses hanches.

« En douceur. Il faut s'y prendre en douceur... » Jeff se leva lentement, recula vers la porte puis la referma, sans quitter un instant Darcy des yeux. A cet instant, elle roula sa jupe en boule avant de la jeter sur le tapis d'un geste théâtral.

En parfait gentleman, il n'aurait dû ressentir que de la compassion pour elle, pour son état... Mais Darcy semblait tenir à ce qu'il *partage* cet état, qui frisait à présent la démence enragée. D'un geste brusque, elle tira sur les pans de son chemisier. S'ensuivit un bruit d'étoffe déchirée tandis que les petits boutons de nacre volaient dans tous les sens.

— Je ne peux plus le supporter ! répéta-t-elle d'une voix suraiguë.

Voilà qui s'appelait *péter les plombs*, songea-t-il, les yeux rivés au corps à moitié dénudé de la jeune femme. Il posa les mains sur son nœud de cravate, le desserra rapidement, puis défit ses boutons de manchette. Il serait gentleman, certes. A sa manière…

Darcy contempla le petit tas de soie blanche à ses pieds, les boutons de nacre épars sur le tapis… Elle les avait trouvés si jolis quand elle avait vu le chemisier, dans la boutique ! Soudain gagnée par une lassitude extrême, elle ferma les paupières et sentit deux mains chaudes se refermer sur ses poignets.

Jeff.

Rouvrant les yeux, elle se demanda si elle rêvait : la cravate dénouée, la chemise ouverte jusqu'à la taille, il la contemplait en silence, ses yeux noisette brillant d'un éclat étrange.

Mortifiée, Darcy déglutit avec peine.

— Jeff… Je… Je ne sais pas ce qu'il m'a pris.

Sans détacher le regard du sien, il fit glisser sa chemise d'un haussement d'épaule, puis de l'autre. Ensuite, il lâcha ses poignets pour l'ôter complètement, avant de faire passer son maillot de corps immaculé par-dessus sa tête. Le souffle court, Darcy se perdit dans la vision de ses muscles puissants qui jouaient sous sa peau hâlée.

— Les nausées, tu n'y peux rien, hélas, dit-il avec calme. Mais ces vêtements dont tu ne supportes plus le contact, cela peut s'arranger, j'en suis sûr. Et je crois surtout que tu avais besoin de te libérer de toute cette tension qui s'est accumulée en toi ces derniers temps.

La gorge nouée, elle hocha la tête en battant des cils pour refouler les larmes qui se pressaient de nouveau sous ses paupières. Les yeux soudés à ceux de Jeff, elle se laissa peu à peu gagner par la compassion qui émanait maintenant de lui. Il ne la jugeait pas. Il comprenait même son état et lui accordait tout le temps dont elle avait besoin.

Doucement, il lui reprit les poignets et en caressa l'intérieur sous ses pouces.

— Laisse-toi aller, trésor. Lâche prise et essaie de te détendre, ne serait-ce que quelques minutes.

La caresse de ses doigts était légère et, pourtant, elle faisait naître en elle un bien-être infini, qui se répandait lentement dans ses muscles, ses épaules, son buste, son ventre — dans tout son être...

Il souleva ses poignets pour lui poser les mains sur son torse chaud. Puis, après les avoir serrées un instant sous ses paumes, il les libéra.

Un petit halètement échappa à Darcy quand il effleura sa peau, entre ses seins. Avec une lenteur ensorcelante, il suivit la bordure de dentelle du soutien-gorge. Tout en se disant qu'elle devait l'arrêter, elle ne trouvait pas les mots pour l'exprimer. D'ailleurs, elle ne désirait pas les trouver, ni qu'il s'arrête...

C'était si doux, si intime d'être ainsi tout près de lui, en sous-vêtements. Cependant, depuis leur unique étreinte, ses seins avaient grossi et son ventre s'était un peu arrondi, mais pas suffisamment pour être un beau ventre de femme enceinte. Tandis que Jeff était en tout point semblable à l'homme superbe qui lui avait fait l'amour à Las Vegas avec tant de douceur et de passion. Grand, large d'épaules, les muscles fins et puissants à la fois, il était l'incarnation même de la beauté virile. Et il faisait naître en elle des désirs interdits.

Cela faisait si longtemps qu'elle était seule. Jeff avait le pouvoir de lui faire du bien, comme jamais personne avant lui.

— Je suis sûr que ça, tu vas aimer, dit-il soudain en enfilant son maillot de corps sur celui de Darcy.

Le coton doux portait encore sa chaleur ; il descendait sur ses cuisses comme une robe. Il l'enveloppait comme un cocon et la sensation était merveilleuse.

Lorsque Jeff recula d'un pas, Darcy se secoua mentalement. Alors qu'elle l'avait dévoré des yeux sans retenue, il ne l'avait pas regardée au-dessous du menton. Il lui avait seulement rendu service. Tandis qu'elle...

— Merci, murmura-t-elle en évitant son regard.

— Je t'en prie.

Ramassant sa chemise au passage, il se dirigea vers la porte.

— Dors bien, trésor, et à demain.

Darcy contempla longtemps la porte qui venait de se refermer sur Jeff.

Elle s'était *déshabillée* devant lui...

Heureusement, elle avait repris ses esprits avant de se livrer à un strip-tease intégral, mais désormais le souvenir de ces instants troubles flotterait entre eux et nuirait à leur bonne entente. Ils ne pourraient pas faire comme si rien ne s'était passé, c'était impossible.

Il fallait qu'elle aille s'excuser auprès de Jeff. Et qu'elle lui fasse comprendre qu'il s'était agi d'un bref instant d'égarement, de folie. Que cela ne se reproduirait plus.

Redressant les épaules, elle sortit de sa chambre et s'avança vers la porte de Jeff, qui n'était même pas refermée. Sidérée, Darcy le découvrit alors... en train de faire des pompes à même le plancher !

Ses bras musclés et son torse luisant de sueur, les yeux fermés, il n'arrêta pas ses poussées régulières. Il ne ralentit même pas leur rythme.

— Ne fais pas ça, souffla-t-il.

Le corps suspendu à l'horizontale, il ferma les yeux.

— N'y songe même pas, Darcy, insista-t-il.

Que voulait-il dire ? se demanda-t-elle, sans pouvoir s'empêcher d'admirer les muscles de ses bras, de son cou, de ses épaules, de son dos.

— Jeff, commença-t-elle d'une voix rauque.

Il tourna la tête de son côté, regarda ses pieds, puis laissa lentement remonter son regard sur ses jambes nues et son T-shirt trop grand avant de fermer de nouveau les yeux.

— Retourne dans ta chambre.

Ainsi, il ne supportait même pas de la regarder...

— Je voulais m'excuser pour ce qui s'est passé tout à l'heure. Je...

— J'accepte tes excuses.

Il se releva lentement, en évitant toujours de la regarder.

— Darcy, je suis debout depuis quarante-huit heures et je sens que mon *self-control* ne tient plus qu'à un fil.

Quarante-huit heures ? Elle savait qu'il revenait de Melbourne, mais quand il était venu la retrouver, elle était en proie à un tel chaos qu'elle n'avait pas compris à quel point il devait être épuisé. A présent, elle voyait les cernes soulignant ses yeux, la fatigue qui accusait ses traits virils.

— Si tu es fatigué, pourquoi fais-tu des pompes ? demanda-t-elle sans réfléchir.

Il laissa échapper un rire bref et dur.

— Bon sang, tu ne réalises pas que je suis vraiment près de perdre toute maîtrise ! s'exclama-t-il en levant les bras au ciel. Alors, rends-nous service et retourne dans ta chambre, avant que je ne fasse quelque chose que nous regretterions tous les deux.

— Je ne le regretterais pas. Dis ce que tu as à dire, je peux le supporter. Et regarde-moi, je t'en supplie !

Il resta immobile un instant, puis ses épaules et son torse se soulevèrent à un rythme saccadé. Et quand il la regarda enfin, tout s'arrêta.

Les yeux qui dévoraient les siens n'étaient plus ceux de l'homme charmant et attentionné de ces deux derniers mois. Ils brillaient d'un éclat sauvage, farouche. Brûlant.

Jeff s'avança vers elle et referma une main sur sa nuque.

— Bon sang, je t'aurai prévenue !

# 11

Cette fois, il n'y avait aucune douceur dans le baiser de Jeff. Il l'embrassait avec fougue, prenait, réclamait, exigeait... Jamais Darcy n'avait ressenti une telle passion, une telle urgence.

L'ardeur avec laquelle il dévorait sa bouche annihilait toute pensée, toute raison. Elle ne pouvait qu'y répondre, ses instincts les plus primaires semblaient soudain la gouverner tout entière. Une chaleur insensée courait dans ses veines, se répandait en un flot brûlant sur sa peau...

Darcy enfouit ses mains dans les cheveux épais de Jeff et pressa son corps contre le sien en creusant les reins pour mieux sentir son érection. Les sensations qui fusaient en elle étaient absolument divines — toute cette chaleur, cette force dont elle avait été privée depuis si longtemps...

Fermant les yeux, elle s'abandonna au désir qui s'exacerbait à chaque caresse de la langue de Jeff sur la sienne. Ses mains chaudes semblaient être partout sur elle, sur son dos, ses reins, ses hanches, puis, l'instant d'après, dans ses cheveux, avant de glisser sur ses bras. Il lui léchait le cou à présent, ses dents y titillèrent la chair sensible et firent naître un nouveau bouquet de sensations exquises au plus intime de sa féminité.

— Si nous devons nous arrêter, dis-le, murmura-t-il

soudain en caressant son oreille de son souffle. *Maintenant*. Parce que sinon...

Quand il s'écarta sans la lâcher, les yeux incandescents, Darcy murmura :

— Je veux vivre mon désir, juste une fois. Alors ne t'arrête pas, je t'en supplie...

— Juste une fois, répéta-t-il en passant le bout de son pouce sur un mamelon gonflé. Ensuite, nous n'y penserons plus.

La caresse était presque insupportable, même à travers l'étoffe.

— Peux-tu me le promettre ? demanda-t-elle en haletant.

— A cet instant, je pourrais te promettre n'importe quoi...

Il baissa les yeux sur la pointe de son sein, qui saillait sous le maillot de corps trop grand.

— ... mais oui, reprit-il, je resterai tranquille.

La lente rotation de son pouce autour de son mamelon n'avait pas cessé, arrachant un gémissement à Darcy.

— Oui..., chuchota-t-elle. Prends-moi. Maintenant !

Il plissa les yeux, tandis qu'une expression proche de la souffrance imprégnait ses traits.

— Si tu savais combien de nuits j'ai entendu ces mots dans ma tête...

Une douleur vive transperça Darcy, chassant d'un coup le brouillard sensuel dans lequel elle s'était perdue. Jeff venait d'avouer qu'il se rappelait leur étreinte de Las Vegas, mais il s'y référait à cause du désir sexuel qu'il éprouvait pour elle. Il ne lui laissa pas le temps d'approfondir ces réflexions : il saisit le maillot de corps par l'ourlet et le fit remonter sur le buste de Darcy avant de le faire passer par-dessus sa tête.

— Tu es si belle, si sexy, murmura-t-il en promenant un regard brûlant sur ses seins.

Leur forme avait changé, ils s'étaient épanouis, mais son compliment semblait sincère, songea-t-elle dans un violent frisson. Grâce à Jeff, elle se sentait belle, en effet. Sexy et désirable.

Il la souleva dans ses bras et l'emporta vers le lit tout en reprenant sa bouche. Lorsqu'il l'eut étendue délicatement, il recula, le souffle court, et posa les mains sur la boucle de sa ceinture sans détacher un instant son regard du sien. En quelques gestes adroits, il fit glisser rapidement pantalon et caleçon sur ses jambes musclées.

Fascinée, Darcy contempla son sexe gonflé et fièrement dressé. Cela la grisait d'être encore en soutien-gorge et culotte alors que son amant s'offrait à elle entièrement nu.

— Jeff, viens… Maintenant, s'il te plaît, le supplia-t-elle d'une voix tremblante.

Il s'allongea sur elle, et Darcy creusa les reins en caressant ses robustes épaules. Elle laissa descendre les mains sur son dos tandis qu'il faisait rouler son érection sur la mince bande de dentelle qui les séparait encore.

Jeff se redressa légèrement et fit glisser le soutien-gorge sur ses seins jusqu'à ce qu'ils soient complètement libérés.

— Darcy, susurra-t-il d'une voix rauque.

Après avoir penché la tête, il caressa un bourgeon du bout de la langue avant de l'aspirer goulûment entre ses lèvres.

— Oui… Encore ! haleta-t-elle en se cambrant pour mieux s'offrir à la bouche qui la torturait si délicieusement.

Les lèvres de Jeff. Le corps de Jeff. Les mains de Jeff.

*Jeff.*

Après leur première étreinte, elle s'était efforcée de ne pas trop penser au fait qu'il avait eu une manière d'incroyable de lui faire l'amour, comme s'il avait su exactement quoi et comment faire, deviné ce qu'elle préférait, ses endroits les plus sensibles…

Il glissa les doigts entre ses jambes et lui caressa délicatement le sexe, avec un art qui n'appartenait qu'à lui et projeta Darcy dans un monde de sensualité torride.

Quand il enfonça un doigt en elle, puis un second, avant de commencer un léger va-et-vient, elle se mit à gémir sans retenue.

— Oui, l'encouragea-t-elle en s'agrippant à ses reins.

Les vagues montaient, de plus en plus haut, de plus en plus fortes tandis que, tout en continuant à tourmenter ses mamelons avec sa bouche et son autre main, il lui faisait l'amour au même rythme, les doigts enfouis au plus secret de sa féminité.

— Jeff... Je n'en peux plus, haleta Darcy. Fais-moi jouir !

Il caressa son clitoris sous son pouce en la pénétrant d'un troisième doigt.

— Viens, jouis pour moi, trésor.

Darcy poussa un cri émerveillé tandis que le monde explosait autour d'elle en une myriade de sensations éblouissantes.

Quand Darcy atteignit l'extase sous l'effet de ses caresses, Jeff éprouva un plaisir encore plus extraordinaire que s'il y avait sombré lui-même.

Une heure plus tôt, il avait cru devoir faire des pompes toute la nuit pour éteindre le brasier qui le consumait et enfin pouvoir dormir. Mais, à présent, il était prêt à renoncer au sommeil jusqu'à la fin de ses jours en échange de tels instants : la voix de Darcy répétant son prénom d'un ton rauque et sensuel, le cri qu'elle venait de pousser en s'abandonnant à la jouissance...

Cependant, comme leur accord stipulait qu'il n'y aurait pas d'autre rapprochement de ce type, il comptait bien faire durer ces instants magiques.

Lorsque le corps superbe de Darcy cessa de trembler, Jeff se redressa et fit glisser sa culotte sur ses jambes. Puis il pencha la tête pour l'embrasser entre les cuisses. Elle poussa un nouveau halètement et s'appuya sur les coudes pour le regarder. Tout en la léchant, Jeff contemplait ses longs cheveux blonds emmêlés tombant en cascade sur ses épaules nues, ses yeux gris qui brillaient doucement, son ventre au doux arrondi, ses seins... Bon sang, qu'elle était désirable cette chair épanouie jaillissant de la dentelle rose clair, offerte, les deux pointes brun rosé dressées, fières, fermes...

— Je suis..., commença-t-elle en se mordillant la lèvre.

— Tu es une vraie déesse.

Il lui prit les bras pour l'aider à se redresser sur les genoux avant de dégrafer son soutien-gorge. Après l'avoir écarté et laissé tomber sur le plancher, Jeff s'installa derrière Darcy et l'attira contre lui.

La première fois, à Las Vegas, il l'avait trouvée superbe, et follement sexy ; maintenant, il était ébloui par la beauté de son corps, et il brûlait de la pénétrer. Quand il tendit la main vers la table de chevet et ouvrit le tiroir pour prendre un préservatif, Darcy fronça les sourcils.

— Nous en avons vraiment besoin ?

Elle était enceinte, certes, mais ce n'était pas à cela qu'elle faisait allusion, comprit Jeff.

— Je n'ai couché avec aucune femme depuis que j'ai fait l'amour avec toi, dit-il d'une voix rauque.

A ces mots, elle se raidit contre lui.

— Et Olivia ?

— Nous n'avons jamais couché ensemble. Je ne sais pas pourquoi, mais je...

Il avait inventé toutes sortes d'excuses pour ne pas passer à l'acte et, réalisa-t-il tout à coup, ni lui ni Olivia n'étaient en cause. Il s'agissait de Darcy, du souvenir de leur étreinte, d'abord, puis, quand elle avait réapparu dans sa vie, il était devenu évident — même s'il le soupçonnait déjà depuis le début — qu'il s'était lié à Olivia pour ne plus penser à la belle blonde de Las Vegas.

Un tumulte de pensées contradictoires l'envahit, qu'il repoussa avec force pour ne pas gâcher l'instant présent.

— Le préservatif, c'est une habitude. Je l'ai pris sans réfléchir. Mais si tu souhaites que je...

— Oui, je veux te *sentir* en moi, l'interrompit-elle. Toi, et seulement toi...

Le cœur de Jeff se mit à battre à un rythme sauvage. *Lui et seulement lui*. Il ne pouvait plus attendre une seule seconde. Positionnant les genoux de chaque côté des hanches de sa sublime maîtresse, il glissa son sexe entre ses cuisses. Elle était prête à le recevoir, et cela le rendait fou, d'autant qu'il avait une vue bouleversante sur son corps de rêve. Il poussa une plainte rauque.

De l'extrémité de son membre viril, il caressa l'orée du sexe de Darcy ; très vite, elle le supplia de la prendre. Lentement, il la pénétra, s'enfonçant peu à peu dans un tourbillon de sensations inouïes que les pressions et dilatations sublimaient comme par magie. Jeff accédait au paradis. Au nirvana.

Les fesses rondes de Darcy étaient collées à lui, leurs deux corps s'ajustaient, dans une harmonie qu'il n'avait encore jamais ressentie avec aucune femme. Il aurait voulu rester immobile pour conserver cette sensation féerique de vivre l'accord parfait, mais un besoin plus immédiat le poussa à bouger. Il se retira avant de s'enfoncer de nouveau en fermant les yeux. Les ondes sensuelles qui le parcouraient étaient divines, uniques... Il en désirait davantage, et voulait en donner davantage à Darcy.

Enfoui au plus profond d'elle, il instaura un lent va-et-vient. D'une main, il lui caressait les seins et de l'autre, il titillait son clitoris.

Même s'il ne s'agissait que d'un soir, Darcy était à lui. Rien qu'à lui. Entièrement à lui.

— Oui, oui, comme ça ! supplia-t-elle en haletant.

Jeff ferma brièvement les yeux et quand Darcy s'envola de nouveau vers l'extase en poussant des cris affolants, il déplaça la main de son sein et la posa sur son ventre. Là se développait la jeune vie qu'ils avaient créée ensemble, songea-t-il confusément.

L'espace d'un instant, il céda alors au fantasme qui avait jailli dans son esprit et l'emplissait d'un bonheur totalement inconnu.

Darcy cilla, puis ferma les paupières en savourant les baisers brûlants que Jeff semait sur sa peau.

Il ne s'agissait que d'une fois, se rappela-t-elle avec force. Ensuite, ils reprendraient leurs distances. Mais pour l'instant, allongée contre lui, dans son lit, elle s'autorisait à vivre pleinement ces instants merveilleux. Son incroyable amant venait de lui offrir des moments inouïs, inoubliables, qui suffiraient à nourrir ses fantasmes durant des mois — et sans doute même des années.

Ensuite, elle finirait par rencontrer un autre homme. Peut-être. En tout cas, Gail semblait décidée à y veiller. Mais ce ne serait pas avant longtemps car elle devrait d'abord attendre que le souvenir de la magie partagée avec Jeff s'efface.

A cet instant, il se redressa et se tourna vers elle en s'appuyant sur un coude.

— Marions-nous !

Soudain glacée, Darcy écarquilla les yeux tandis que Jeff arborait un air détendu et amusé.

— D'accord, mais seulement pour cette nuit, dit-elle. Et seulement si tu me fais encore ces choses délicieuses.

Il l'attira contre lui et l'embrassa, longuement, lentement.

— C'est si bon, murmura-t-elle en écartant le visage du sien. Et ça faisait si longtemps que je ne m'étais pas sentie aussi bien ! Je ne savais même plus comment c'était...

— Cela ne fait que cinq mois, trésor, et tu avais déjà oublié ? Mon ego exige que je te laisse une impression plus durable, cette fois !

— Ah, le revoilà, celui-là ! Il ne nous a pas déjà causé assez d'ennuis ? s'exclama-t-elle en lui caressant le torse. Et puis, je ne parlais pas que de sexe. Ce que je ressens en ce moment dépasse de beaucoup le simple plaisir physique.

Se rendant compte que Jeff pourrait mal interpréter ses paroles, Darcy se reprit à la hâte :

— Ne t'inquiète pas, je ne parle pas d'amour ni de rien de ce genre. C'est juste que, pour une fois, je ne me fais pas de souci, je ne ressens aucune nausée. Quand je suis avec toi comme maintenant, j'ai l'impression que tout ira bien. Je me sens... en sécurité.

— Alors, tu devrais peut-être rester dans mes bras, répliqua-t-il, sans qu'elle sache s'il était sérieux ou taquin.

Darcy se força à ne pas chercher de sens caché derrière ces paroles. Jeff parlait de maintenant, de cette nuit.

— Je devrais peut-être ne pas te laisser partir, cette fois-ci, murmura-t-il en lui caressant un sein.

Au même instant, un bruit de porte monta du rez-de-chaussée, faisant sursauter Darcy.

— Ta mère ! s'écria-t-elle en essayant de se dégager.

Jeff la contempla avec un mélange d'amusement et d'irritation, puis la libéra. Il quitta le lit sans rien dire. Combien de fois avait-il été surpris dans ce genre de situation par ses parents ? se demanda Darcy en le regardant se rhabiller. Il rajusta sa ceinture avant de se pencher pour ramasser le soutien-gorge resté sur le plancher, qu'il lui lança.

— Détends-toi, dit-il en lui tendant ensuite sa culotte. Je vais aller dire à ma mère que tu vas bien.

— Quoi ? s'étrangla-t-elle. Non ! Jeff, tu as l'air de...

Sans se troubler, il renfila sa chemise, mais ne la boutonna pas.

— Tu as l'air d'un homme qui vient de faire l'amour, reprit-elle d'une voix rauque. Ça se voit même à tes cheveux...

— Bon sang, tu as raison ! fit-il en contemplant son reflet dans le miroir surmontant la cheminée de marbre blanc.

Les mains tremblantes, Darcy renfila le maillot de corps qu'il lui avait prêté.

— C'est vraiment moche, dit-elle, nerveuse.

— Pas du tout.

— Ta mère m'a accueillie chez elle. Et dès qu'elle a le dos tourné, je me conduis comme...

Jeff la fit taire par un baiser, puis s'écarta et la regarda dans les yeux.

— Elle t'avait déjà laissée seule.

— Ce n'est pas la question, tu le sais très bien. Et boutonne ta chemise, je t'en supplie.

— Ton, ou plutôt *mon* tricot est à l'envers, répliqua-t-il en souriant.

— Comment peux-tu garder ton calme ? C'est ta mère ! Nous sommes chez elle, dans sa maison !

— En fait, cette maison m'appartient. Mais je comprends ce que tu veux dire.

Il leva la main pour l'empêcher de parler.

— Tu l'entends encore ? Pas moi. Et pour des raisons sur lesquelles je ne m'étendrai pas, je suis très doué pour reconnaître le bruit de ses pas dans l'escalier.

— Ah, je vois..., fit Darcy en ne pouvant retenir un sourire.

Jeff se rapprocha d'elle et lui prit la main.

— Elle a dû emprunter l'escalier sud. Reste avec moi.

Le mot « oui » monta aux lèvres de Darcy. Elle baissa

les yeux sur leurs deux mains jointes, puis releva la tête. Jeff paraissait maintenant très fatigué ; des ombres soulignaient ses yeux. Elle aurait aimé le prendre dans ses bras. Se recoucher avec lui, le garder serré contre elle jusqu'à ce qu'il s'endorme...

Brusquement, elle ne se sentit plus du tout en sécurité.

— Non. Je crois qu'il vaut mieux nous séparer, maintenant.

# 12

Darcy serra sa tasse chaude contre sa poitrine dans l'espoir de se réchauffer à l'intérieur. Un bruit de moteur l'avait réveillée une première fois vers 3 heures du matin, et quand elle était passée plus tard devant la chambre de Jeff, elle avait entrevu le lit défait par la porte ouverte.

Il était parti — ce qui était aussi bien...

« Tu devrais peut-être rester dans mes bras, avait-il dit. Reste avec moi. »

Après tout, il vaudrait même mieux qu'il reparte en voyage très loin. Cela laisserait à Darcy le temps de souffler, et de cesser de s'interroger sur le sens qu'il avait vraiment voulu donner à ses paroles.

Un frisson la parcourut au souvenir des sensations qui l'avaient traversée lorsque Jeff les avait prononcées.

— Est-ce que tu as l'intention de sortir avec ces types que ma mère ne va pas manquer de te présenter ?

Sursautant sur sa chaise, elle renversa un peu de son infusion sur le sol.

— Jeff ! Tu m'as fait une peur bleue ! Je... Je croyais que tu étais parti.

Darcy se ressaisit et fronça les sourcils.

— Et puis, à quoi rime cette question, au juste ?

Appuyé au chambranle, vêtu d'un débardeur blanc et d'un short bleu électrique, la peau luisante de sueur et les cheveux en bataille, il avait un air songeur et plutôt mécontent.

— Tu la connais, maintenant : elle ne te lâchera pas, répliqua-t-il sans sourire. Et les hommes qu'elle choisira pour toi ne seront pas comme ces clients qui te draguaient et que tu repoussais sans difficulté. Si l'un d'eux t'intéresse…

Après avoir posé sa tasse sur la table, Darcy se leva pour prendre une éponge, avec laquelle elle essuya le sol carrelé. Comment Jeff pouvait-il lui poser ce genre de question après ce qui s'était passé la veille ? Son attitude la blessait. Ce qui était stupide, car elle n'aurait pas dû lui accorder autant de pouvoir sur elle. Au contraire, elle devait absolument se durcir, vivre les choses avec détachement et simplicité.

— Cela n'arrivera pas, dit-elle d'un ton dégagé. Je craindrais bien trop que ton ego n'en prenne ombrage. Qui sait ce qu'il inventerait pour se venger ?

La belle bouche de Jeff s'incurva en une esquisse de sourire, puis il s'avança et se dirigea droit vers la machine à espresso.

— Hum… J'apprécie que tu veuilles le ménager. A propos, que dirais-tu de faire tes bagages et de venir t'installer chez moi ?

— Pardon ?

C'était impossible. Elle avait dû mal entendre… D'ailleurs, s'il avait bien dit ce qu'il avait dit, se préparerait-il tranquillement un café, alors qu'il venait d'envoyer promener la promesse qu'ils avaient échangée quelques heures plus tôt ?

— Tu m'as très bien compris, Darcy. C'est que je suis du genre jaloux, figure-toi. Du moins quand tu es concernée.

*Jaloux* ? Depuis quand ?

— Si ma mère fait venir ici de temps en temps les célibataires les plus intéressants de Californie du Sud, il se pourrait bien qu'un de ces jours l'un d'entre eux finisse par attirer ton attention. Parce que, de leur côté, ils ne resteront pas indifférents à tes charmes, crois-moi. Alors, je vais être obligé de passer ici sept jours sur sept pour saboter leurs tentatives de séduction.

— Jeff. Je n'ai pas fait d'études. Alors ils...

— Ma mère va les sélectionner avec soin, coupa-t-il, tu peux compter sur elle. Et les hommes qu'elle te présentera seront des types riches, intelligents, pas des brutes. Ils découvriront vite que tu es une interlocutrice passionnante, dans tous les domaines. Et ils apprécieront que tu aies développé ta culture en dehors des murs de l'université. En outre, quand ils entendront ton rire...

Il s'interrompit pour pousser un juron haut en couleur.

— Alors, même si je mets tous ces prétendants dehors, mon ego va avoir du pain sur la planche. Ce qui veut dire que je vais devoir recourir à tous les trucs possibles et imaginables pour te séduire, jusqu'à ce que tu reviennes dans mon lit.

Une lueur farouche — et prometteuse — traversa son regard. Des frissons brûlants la parcouraient déjà.

— Et tu veux que je te dise, Darcy ?

Il s'arrêta derrière elle et, après avoir repoussé ses cheveux d'un côté, lui caressa le cou de ses lèvres fermes et douces.

— Je connais *beaucoup* de trucs, susurra-t-il. Et j'en ai déjà essayé plusieurs qui fonctionnent à merveille sur toi.

— Qu'est-ce que tu veux dire par là, exactement ? rétorqua-t-elle en s'efforçant de garder un ton détaché. Que si je m'installe avec toi, tu n'auras plus à me séduire ?

Son rire grave résonna dans sa nuque et se répandit en ondes ardentes dans son dos. Il fit glisser les doigts sur son bras.

— Non, dit-il. Je te séduirai de toute façon. Mais quand je t'aurai dans mon lit, j'aimerais te trouver à côté de moi à mon réveil, pour changer un peu...

Darcy eut l'impression qu'une main géante lui broyait la poitrine.

— Jeff, nous avons déjà parlé de cela. Nous nous sommes même promis de...

— Tu ne peux pas te baser sur ce que j'ai dit hier soir, l'interrompit-il. Je n'avais pas dormi depuis une éternité. Mais, ce matin, je suis parfaitement lucide. Je sais que tu crains que notre relation devienne compliquée et que cela nuise au bien-être de notre enfant. Mais nous pouvons très bien *éviter* les complications. Ce que nous partageons...

— C'est du sexe ! l'interrompit à son tour Darcy.

— Oui, du sexe incroyable. Mais le lien qui nous unit est également amical, affectueux, et nous éprouvons beaucoup de respect l'un pour l'autre, tu ne peux pas le nier. Alors ma proposition a vraiment du sens. Tu pourrais très bien rester ici, chez ma mère, je sais... Mais je ne peux pas m'empêcher de penser que c'est stupide, parce que nous pourrions profiter au maximum — et prendre soin — l'un de l'autre avant que ce petit vienne au monde.

— Et que se passera-t-il si l'un de nous deux se rend compte qu'il attend plus de l'autre ? Ou, au contraire, en désire soudain moins ? Qu'arrivera-t-il si les choses se gâtent entre nous ?

— C'est impossible. Vivons simplement, au jour le jour. Tu t'installes avec moi, je m'occupe de toi, entre autres avec mes « trucs » qui te font pousser des gémissements qui en retour mettent ma libido en transe ; mon ego a sa dose quotidienne et se tient tranquille, tout le monde est content jusqu'à la naissance du bébé. Si nous sommes sincères et ne dépassons pas les limites de notre relation, personne ne souffrira.

A l'entendre, tout paraissait si simple, en effet. Si facile. Mais cela ne le serait pas pour elle. Et, pourtant, la proposition l'attirait follement. En s'installant avec Jeff, elle pourrait vivre son désir à fond, sans se maudire et se reprocher sa faiblesse. Et si jamais le contrôle de ses émotions lui échappait, elle ne pourrait de toute façon pas espérer une relation à long terme puisque, dès le départ, ils auraient posé les limites de leur cohabitation.

Ensuite, lorsque ce serait fini, elle pourrait se regarder en face et non se voir comme une pitoyable victime prête à ramper aux pieds de Jeff pour qu'il la garde avec lui.

— Si je comprends bien, tu me proposes un arrangement amical avec du sexe en prime ?

Il tressaillit, comme si son interprétation lui déplaisait.

— Oui, on peut le dire comme ça, approuva-t-il cependant.

— Et comment expliquerons-nous mon déménagement à Gail ? Et aux autres ?

— Nous n'avons pas à nous expliquer, répliqua-t-il avec assurance. Cela ne regarde que nous. Mais, de toute façon, je suis prêt à parier que ma mère ne sera pas surprise quand nous lui annoncerons que tu pars avec moi.

Il l'enlaça et l'attira contre lui.

— Quant à toi, tu ne le regretteras pas, trésor. Je te le promets.

Quand il la tenait ainsi dans ses bras, Darcy ne pouvait pas réfléchir. Elle ne désirait qu'une chose : s'abandonner à sa chaleur et au désir qui la consumait.

— Jeff, protesta-t-elle faiblement, je n'ai pas encore accepté...

— Si.

Et quand il pencha la tête pour l'embrasser, elle fut forcée de reconnaître qu'il avait raison.

Bon sang, ce n'était pas possible ! L'univers conspirait contre lui ! Depuis trois jours que Darcy passait la nuit dans sa chambre, Jeff se réveillait seul chaque matin...

Il se frotta les yeux, roula sur le dos et s'étira dans le grand lit. Le lendemain, il se réveillerait plus tôt et cette fois Darcy serait encore là, avec sa longue chevelure blonde pour toute parure.

Après avoir crié de façon si excitante en s'abandonnant à la jouissance, elle s'était endormie blottie dans ses bras. Une main posée sur le doux renflement de son ventre, Jeff l'avait sentie sombrer peu à peu dans le sommeil. Il adorait les sensations qui le parcouraient alors, et qui lui donnaient envie d'en connaître d'autres. *Beaucoup* d'autres.

Au moment où il posait les pieds sur le tapis, la porte de la salle de bains s'ouvrit sur Darcy, les cheveux tirés en arrière, des cernes mauves sous les yeux, le teint livide.

— Trésor, tu te sens bien ? demanda-t-il en lui passant un bras autour des épaules.

— Non, mais ça va aller.

Elle baissa les yeux sur sa montre avant d'ajouter :

— Dans environ cinq minutes : ces jours-ci, ça s'arrête toujours vers 8 heures.

Ainsi, elle souffrait toujours de ces fichues nausées...

— Tu veux te recoucher ? Je pourrais t'apporter des biscottes, ou... Je peux te faire un gâteau : ça te dirait, une bonne tranche de *yellow cake* ?

A ces mots, elle agita la main d'un air horrifié en pinçant les lèvres.

— Non, merci...

Un sentiment d'impuissance s'empara de Jeff.

— Darcy, qu'est-ce que je peux faire pour toi ?

— Rien, répondit-elle en secouant la tête. Enfin si : je voudrais juste que tu me laisses seule quelques minutes, s'il te plaît.

Pourquoi désirait-elle toujours rester *seule*, bon sang ? Et, surtout, pourquoi ce souhait, bien légitime après tout, le dérangeait-il à ce point ?

Après lui avoir serré doucement la main, Jeff enfila un jean et quitta la pièce pour gagner la cuisine. Autant se faire un café et lui préparer une infusion de camomille, pour plus tard, quand elle viendrait le rejoindre.

Les mains posées à plat sur le bord du lavabo, Darcy contempla son reflet dans le haut miroir étincelant. Quelques minutes de paix, voilà tout ce qu'elle demandait. Mais, visiblement, Jeff avait du mal à les lui accorder. Elle laissa échapper un long soupir. Leur relation était censée être basée sur le sexe ; or ses nausées matinales étaient tout sauf sexy...

Cependant, elle ne regrettait pas d'avoir cédé et de s'être installée chez lui. Et elle vivrait la situation à fond, sans s'attacher à lui.

Elle s'avança dans le hall, douchée, les cheveux brossés, vêtue d'un ensemble pantalon en coton dont le haut était un peu trop ajusté, pieds nus sur le plancher de chêne blanc. Jeff avait agencé et décoré de manière moderne son appartement aux plafonds hauts et lignes épurées : tableaux contemporains aux teintes vives qui ressortaient sur les murs blancs, meubles sobres et élégants ultra-*design*... Ce lieu ressemblait à son propriétaire et elle l'avait aimé au premier coup d'œil.

Dans la cuisine, elle trouva Jeff au téléphone, tout en cassant des œufs d'une main au-dessus d'un grand bol de porcelaine. Torse et pieds nus, jean taille basse, les cheveux en bataille, il dégageait une aura virile, décontractée et terriblement sensuelle.

Sans qu'il la remarque, Darcy s'installa sur un haut tabouret qui ressemblait à un énorme ressort d'acier surmonté d'une selle de cuir fauve. Les muscles de Jeff jouaient sous sa peau hâlée tandis qu'il battait les œufs à la fourchette.

— Oui... Formidable... Dans environ une heure, alors... Parfait.

Après avoir mis fin à l'appel, il fourra son mobile dans la poche arrière de son jean.

— Ça va mieux ? demanda-t-il en l'apercevant.

— Oui, merci. C'est passé. Tu as un rendez-vous ?

— Non. Enfin, si. C'est pour toi : Charlie a trouvé une boutique de vêtements formidable pour femmes enceintes et t'a fait livrer un assortiment de tenues qui arrivera ce matin. Terminé, les matières qui t'incommodent !

Touchée par son attention, Darcy faillit fondre en larmes.

— Merci.

Puis elle se força à aborder le sujet qui la tracassait :

— Quant à ce matin...

Jeff posa sa fourchette à côté du bol et s'appuya de la hanche contre le plan de travail.

— Je savais que tu souffrais encore de nausées, dit-il vivement. Mais cela faisait un moment que je ne t'avais pas vue en proie à un accès.

— Et ce n'est pas vraiment ce que tu avais imaginé, je suppose, l'interrompit-elle.

— Non, en effet.

Il s'écarta du plan de travail et s'approcha d'elle.

— Je suis désolé, dit-il en s'arrêtant de l'autre côté du bar.

Cette fois, c'était fini, se dit Darcy, au comble de l'angoisse. Il allait lui expliquer que c'était une erreur. Qu'il n'aurait jamais dû lui proposer de s'installer chez lui.

— Tu n'as pas à t'excuser, répliqua-t-elle avec une légèreté qu'elle était loin d'éprouver. Nous avons eu tort tous les deux. Attribuons notre conduite à la fatigue et à...

— De quoi parles-tu, bon sang ? la coupa-t-il d'un air stupéfait. Je ne suis pas désolé de voir mes fantasmes de matins brûlants s'évaporer en fumée ! Ce que je regrette, c'est que tu doives traverser ces épreuves seule. Et de ne pas avoir été là dès le début de ta grossesse pour prendre soin de toi. Et je suis aussi désolé que tu sois tellement habituée à vivre seule que, même en vivant avec moi, tu préfères m'éloigner. En bref, Darcy, je suis désolé que rien n'ait été facile pour toi.

— Jeff, je...

— Et comme tu ne vas pas t'en aller, ce n'est même pas la peine d'en parler ! Maintenant que j'ai réussi à te faire venir ici, je vais te câliner, crois-moi. Que cela te plaise ou non !

Il fit le tour du comptoir, la prit délicatement par la nuque et l'embrassa. Et, quand il s'écarta, il lui caressa la joue en souriant.

— Promets-moi que tu vas me laisser te chouchouter, trésor.

Quand il la regardait ainsi dans les yeux, Darcy ne pouvait pas lui résister. Toutes ses défenses s'effondraient. Elle hocha lentement la tête et lui rendit son sourire.

Tant qu'elle se rappellerait qu'elle cédait à Jeff de façon *provisoire*, que leur vie ensemble n'était que *temporaire*, tout irait bien...

# 13

Darcy termina son *brownie* glacé au chocolat, puis lécha la cuiller et ferma les yeux en poussant un petit gémissement. Jeff avait beau être habitué à ce spectacle, il ne pouvait empêcher la réaction instantanée de sa libido...

— Maintenant que tu as terminé ton festin, que dirais-tu de marcher un peu ? demanda-t-il d'une voix rauque.

Aussitôt, Darcy rouvrit les yeux et hocha la tête en souriant.

Elle était tellement détendue, à présent, songea-t-il en marchant à côté d'elle sur le trottoir. Cependant, elle était parfois sujette à de brusques changements d'humeur qui le déroutaient. Quelques heures plus tôt, quand tout à coup, alors qu'ils venaient de faire l'amour, elle avait brusquement paru se retrancher dans un univers qui lui demeurait fermé.

— Où es-tu partie, tout à l'heure, Darcy ?

Elle comprit à quoi il faisait allusion, il le devina à l'expression troublée qui traversa son regard.

— Je ne m'étais jamais rendu compte de tout ce que je manquais, commença-t-elle après une brève hésitation. Je voyais des couples, bien sûr, je voyais qu'ils étaient bien ensemble, qu'ils profitaient de la vie *ensemble*. Mais je me demandais toujours comment cela se passait une fois qu'ils rentraient chez eux, sans témoins. Et je me disais que ces beaux sourires se transformaient peut-être en larmes, en peur...

A ces mots, Jeff fut soudain noué par l'angoisse.

— Quelqu'un t'a effrayée ou menacée, autrefois ?

Elle réfléchit quelques instants avant de répondre.

— Pas un petit ami. Je n'ai jamais été assez loin dans une relation intime pour que cela puisse arriver. Mais ma mère n'était pas aussi prudente et, parfois, les types qu'elle fréquentait... Oui, ils me faisaient peur.

Choqué et ne sachant pas quoi dire, il lui prit la main et la serra dans la sienne.

— Certains avaient tendance à verser dans une violence qui pouvait devenir physique. Et d'autres me regardaient d'une façon qui me terrifiait. Et puis il y avait aussi ceux qui profitaient de ma mère et lui faisaient une sorte de chantage affectif... Résultat : on se retrouvait parfois avec rien à manger, ou bien je ne pouvais pas aller à l'école, ni dormir.

— Comment ta mère a-t-elle pu t'imposer tout cela ? s'indigna Jeff.

Celle-ci était décédée quelques années plus tôt dans un accident de voiture, lui avait-elle confié. Darcy évitait son regard ; quand elle répondit, ce fut d'une voix si creuse qu'il tressaillit douloureusement.

— Elle disait qu'elle n'avait pas le choix, que si personne ne prenait soin de nous, nous mourrions de faim. Elle disait qu'elle ne pouvait pas me laisser seule pour aller chercher du travail, que nous ne pouvions pas partir tant qu'elle n'aurait pas trouvé quelqu'un de mieux. Mais les types qu'elle...

Elle s'interrompit et secoua la tête.

— Je ne sais pas ce qui clochait en elle, mais ces types étaient tous des variantes de la même espèce de salaud. Et le pire, c'était que je croyais vraiment qu'elle n'avait pas le choix, que nous étions obligées de vivre ainsi. J'ignorais qu'il y avait des aides pour les gens comme nous. Je n'avais pas compris qu'en fait ma mère avait *décidé* son mode de vie, et de me l'imposer. Jusqu'à ce qu'un jour, quand j'ai été en âge de travailler à plein temps, je réalise que je pouvais partir et devenir indépendante.

Cette fois, elle redressa la tête et le regarda bien en face, vibrante d'émotion :

— Maintenant que je vais être mère, je ressens un besoin incroyable de protéger mon enfant. Ce sentiment est si fort en moi que je le sens comme une chose palpable, alors j'aimerais comprendre pourquoi elle agissait ainsi. Mais il est trop tard, et de toute façon je n'aurais sans doute pas cru les explications qu'elle m'aurait données.

Jeff la prit dans ses bras et lui caressa les cheveux en silence. A la pensée que ces beaux yeux gris aient été emplis de peur, voire de terreur, il avait l'impression que son cœur saignait.

— Je suis tellement désolé, trésor, murmura-t-il enfin.

A présent, il comprenait pourquoi Darcy avait interrompu sa scolarité. Pourquoi elle avait tant redouté de lui faire confiance et de le laisser prendre soin d'elle. En dépit de sa fortune et de toutes les ressources dont il disposait, il ne pourrait jamais lui donner ce qu'elle désirait le plus au monde : l'indépendance totale. Parce qu'elle l'avait perdue, à cause de lui. Et pourtant, quand il regardait son ventre arrondi, il ne regrettait rien.

La seule chose qu'il pouvait faire, c'était lui montrer qu'il y avait une autre voie, lui prouver qu'il n'avait jamais souhaité la retenir prisonnière ni l'entraver — encore moins la priver des opportunités qui pourraient se présenter à elle. Il ferait en sorte qu'elle ne se sente plus jamais piégée à cause de lui.

— Je sais que tu ne crois pas aux contes de fées et que tu t'en es sortie toute seule, dit-il en lui effleurant doucement la joue. Mais je suis à tes côtés, désormais. Rien ne te menacera plus jamais, ni notre enfant. Je te le jure.

Ses yeux s'emplirent de larmes tandis qu'elle hochait doucement la tête.

— Je le sais déjà, Jeff, murmura-t-elle.

— Ravi d'apprendre que ta vie non conjugale se passe bien, Jeff, dit Connor d'une voix ironique au bout du fil. Au fait, comment Gail a-t-elle pris la chose, quand tu lui as annoncé que Darcy allait s'installer chez toi ?

— Ma mère n'est pas envahissante, tu le sais. Je lui ai simplement dit que je serais moins inquiet si Darcy vivait chez moi. Et que je ne voulais rien manquer de sa grossesse, ce genre de bla-bla. Mais oublie un peu ma mère, Connor, et franchement…

L'Interphone émit un bip.

— Mlle Penn est arrivée, Jeff.

— Merci, Maggie. Faites-la entrer et ne nous dérangez pas jusqu'à nouvel ordre, s'il vous plaît.

Jeff sourit en regardant la porte.

— Désolé, mon pote, je dois te laisser : j'ai une visite. De Darcy, justement.

— Ah, tu veux dire de ta *non* petite amie ?

— Très drôle, Connor. On se rappelle !

La porte s'ouvrit sur Darcy, vêtue d'une robe de soie turquoise qui semblait caresser son corps épanoui.

— Bonjour.

Bon sang, n'était-ce sa voix légèrement voilée, personne n'aurait pu soupçonner à la voir ainsi qu'elle était la créature débridée qui avait tenu des propos torrides quand elle l'avait appelé une demi-heure plus tôt !

— Heureux que tu viennes me voir pour… causer, Darcy. Entre, je t'en prie.

La soie ondulait autour de ses mollets, dévoilant ses chevilles fines tandis qu'elle s'avançait lentement vers lui d'une démarche chaloupée. Il eut à peine le temps de bloquer les appels téléphoniques que Darcy lui dénouait sa cravate.

— Je ne sais pas ce que j'ai, murmura-t-elle en déboutonnant déjà sa chemise. Je ne pouvais pas attendre que tu rentres...

— Tu n'as rien du tout, trésor, dit-il. Laisse-moi faire, j'irai plus vite : tu as l'air pressée.

Il se débarrassa de sa chemise en un tournemain et posa les mains sur les hanches de sa belle. Elle était en train de faire des courses au supermarché bio, avait-elle expliqué au téléphone, lorsqu'elle avait commencé à penser à son bureau, à sa surface lisse sur laquelle elle s'était imaginée étendue. Et, peu à peu, c'était devenu une obsession. Avait suivi une foule de détails qui avaient embrasé Jeff.

Il s'attaqua à la boucle de sa ceinture, sous le regard avide de Darcy. Au lieu de se déshabiller, elle le dévorait littéralement des yeux, constata-t-il avec un frisson brûlant. Lentement, il fit glisser sa ceinture sous les passants avant de l'enrouler sur elle-même.

— Qu'est-ce que tu fais ? demanda sa visiteuse d'une voix tremblante de désir.

— Je te fais profiter du spectacle.

Elle battit des cils et se passa le bout de la langue sur les lèvres tandis que, toujours avec la même lenteur, il faisait glisser la fermeture Eclair de sa braguette.

Quand il appuya le bas de son dos contre le bureau, son érection était presque douloureuse sous son caleçon.

— J'adore ton corps, murmura Darcy dans un petit halètement.

— Ote ta robe, trésor.

Sans le quitter des yeux, elle obéit et fit remonter lentement la soie sur son corps.

— Comme ça ?

A cet instant, son corps nu s'offrit au regard de Jeff.

— Bon sang, tu ne portes pas de culotte !

— J'ai pensé que je n'en aurais pas besoin...

Sentant tout contrôle lui échapper, il se rapprocha de Darcy et la fit pivoter sur elle-même. Non seulement elle ne tenta pas de résister, mais elle se pencha et appuya les mains sur l'assise du fauteuil en écartant les jambes.

Sans réfléchir, Jeff s'agenouilla et lécha son sexe offert.

— Oh, mon Dieu ! s'écria-t-elle.

Elle était si excitée qu'elle avait joui au premier coup de langue. Mais Jeff continua à la lécher jusqu'au dernier tressaillement de sa peau.

Après s'être relevé, il l'aida à se redresser. Jamais il ne se lasserait de voir son beau visage après l'extase.

— Je savais que je pouvais compter sur toi, dit-elle, mutine.

— A ton service, répliqua-t-il avec un petit rire. Vingt-quatre heures sur vingt-quatre.

— Bon, dit-elle en lui adressant un sourire terriblement sensuel. Maintenant, sur le bureau. Tu me l'as promis.

En effet. Et il tenait *toujours* ses promesses...

— Tu n'avais pas tout dit à propos de ce dîner ! s'exclama Darcy en riant.

La main chaude qui lui massait le pied droit s'immobilisa.

— Tu *oses* mettre ma parole en doute ?

Désireuse que Jeff, de retour d'une soirée à laquelle elle avait refusé de l'accompagner — une de plus... —, continue son massage, elle lui offrit un sourire éblouissant.

— Jamais !

A sept mois et demi de grossesse, elle se ressentait du

poids qu'elle portait à présent et Jeff avait pris la merveilleuse habitude de lui masser les pieds chaque soir. Installés côte à côte sur le sofa, ils en profitaient pour bavarder, beaucoup. Du dernier projet de Gail sur lequel travaillait Darcy, des développements en cours au sein de l'entreprise de Jeff, du polar psychologique qu'ils avaient regardé ensemble au lit la veille au soir, ou de leurs préférences culinaires — ce sujet les amenait souvent à se demander s'ils avaient envie d'essayer une nouvelle recette ou d'aller dîner au restaurant.

Un de leurs sujets de conversation du moment était la maison que Jeff avait achetée pour elle, à quelque huit cents mètres de celle de Gail. Ils débattaient du moment où Darcy irait s'y installer : juste après la naissance ou un peu plus tard ?

Et, bien sûr, ils parlaient du bébé. Serait-ce un garçon ou une fille ? A qui ressemblerait-il le plus ?

Jeff sourit et se remit à lui masser doucement la cheville, puis le talon.

— Je t'avais dit que Denise fait partie du comité de soutien de la fondation que j'ai créée. De toute façon, cela n'aurait rien changé à ta décision, si ?

— Non.

— C'est ce que je pensais. Sérieusement, trésor, je sais qu'il s'agissait d'un dîner professionnel, mais tu aurais dû m'accompagner. Garry est un type formidable, et tu aurais beaucoup apprécié Denise, j'en suis sûr. Elle a une petite fille de six mois, et un sens de l'humour proche du tien.

S'appuyant le dos aux coussins, Darcy se rendit compte qu'elle s'était crispée.

— Détends-toi, fit Jeff en souriant. Je pensais juste que cela t'aurait fait du bien de rencontrer quelques personnes et, qui sait, nouer de nouvelles amitiés.

— Nous en avons déjà parlé. J'aurai des tas d'amis une fois que le bébé sera né. Mais pas maintenant. Je n'ai pas envie de devoir expliquer que nous sommes ensemble tout en ne l'étant pas. Et tu sais très bien que le sujet viendrait sur le tapis. Franchement, comment me présenterais-tu ?

— Comme Darcy Penn, tout simplement, répondit-il en soutenant son regard.

— Et quand ils contempleraient mon ventre, ou demanderaient comment nous nous sommes rencontrés, qu'est-ce que je leur répondrais ?

— Que nous sommes amis. Que ta maison n'est pas encore prête et qu'en attendant tu t'es installée chez moi. Tu pourrais dire ce que tu veux, du moment que tu te sens à l'aise avec l'histoire que nous aurions inventée.

— C'est ça le problème, justement : je ne suis pas à l'aise. Dans six mois, si ta mère organise une soirée et si tu veux que nous y allions ensemble, d'accord. Tu pourras me présenter comme la mère de ton fils ou de ta fille. Je serai indépendante, dans ma maison. Mais je ne veux pas aujourd'hui avoir à expliquer la nature d'une relation qui n'est que temporaire. Et je...

Un vigoureux coup de pied de son bébé l'interrompit brusquement. Quand elle tressaillit et posa la main sur son ventre, Jeff abandonna aussitôt son massage pour plaquer avec douceur ses mains de chaque côté de la sienne.

— On s'active, là-dedans ? demanda-t-il en haussant un sourcil malicieux.

— Je crois qu'il a apprécié le poulet rôti apporté par ta mère...

Nouveau coup de pied, juste en dessous de la main de Jeff, dont le visage s'éclaira. Son regard noisette s'emplit de tendresse tandis qu'il se penchait pour déposer un baiser à l'endroit où il avait senti la poussée. Puis il tourna la tête et appuya sa joue sur le ventre de Darcy.

Emue, elle lui caressa les cheveux en savourant le moment présent, s'efforçant d'en graver chaque détail dans sa mémoire. Elle ne demandait pas que ces merveilleux instants durent toujours, mais seulement de pouvoir s'en souvenir quand ils auraient disparu.

— Tu n'avais pas dit que nous allions chez ta mère ?

Les villas de Bel Air défilaient de chaque côté de la route tandis que Jeff souriait d'un air satisfait. Que mijotait-il ? se demanda Darcy en l'observant avec attention.

Lorsqu'il s'arrêta devant un haut portail sécurisé, elle se redressa sur son siège en haussant les sourcils.

— Bonjour, Phil, dit Jeff après avoir baissé la vitre.

Le garde lui adressa un bref salut, puis actionna la barrière qui monta en silence.

Darcy aperçut soudain la pancarte « A vendre » plantée sur le bord de l'allée. Elle se retourna vers Jeff, envahie par un étrange pressentiment.

— Qu'est-ce que cela signifie ?

— Un peu de patience, trésor, répondit-il avec un sourire éblouissant.

Il se gara devant une splendide demeure de style colonial espagnol. Il lui ouvrit la portière avant de lui détacher sa ceinture de sécurité et de lui prendre la main pour l'aider à sortir du véhicule. Ensuite, sans lui lâcher la main, Jeff l'entraîna vers le porche principal et pénétra bientôt dans un vaste hall.

Là, il s'avança devant elle et attira son attention sur les hauts plafonds, les détails ouvragés des ferronneries, la taille spectaculaire de la salle à manger, et celle de la cuisine — dont les équipements semblaient prêts à accueillir un grand chef et son équipe au complet.

— Tu envisages d'acheter cette propriété ? demanda Darcy, la gorge nouée.

Jeff haussa un sourcil d'un air si espiègle qu'en dépit de

la tension qui l'étreignait elle ne put s'empêcher d'éclater de rire.

— J'ai trouvé qu'elle ressemblait aux maisons que tu regardes en soupirant quand nous passons dans le coin. Mais celle-ci est mieux et plus vaste : huit chambres et autant de salles de bains ! Alors je me suis dit que cette maison avait tout... sauf la famille idéale pour la faire vivre.

Seigneur... Darcy vacilla, les jambes flageolantes, et s'appuya au mur pour ne pas perdre l'équilibre. Mais Jeff avait déjà bondi et pris sa main.

— Bien sûr, nous ne pourrions pas la remplir tout de suite, mais, avec le bébé que tu portes, c'est un bon début. Et si tu étais d'accord, dans un an ou deux, nous pourrions envisager de lui donner un petit frère ou une petite sœur.

— Jeff, murmura-t-elle, les yeux emplis de larmes.

C'était un rêve impossible... Pourtant, en même temps, Darcy réalisait qu'elle désirait y croire, de tout son être. « Non, c'est impossible », se répéta-t-elle en voyant Jeff poser un genou au sol. Il y avait un tel espoir dans ses yeux, une telle attente, une telle joie...

Jeff, l'homme merveilleux dont elle était tombée éperdument amoureuse... Oui, elle pouvait bien se l'avouer à présent. Elle avait été idiote de croire qu'elle pourrait résister à l'amour qui s'était infiltré dans son cœur, dès leur première rencontre.

— Darcy, je sais que ce n'est pas ce que nous avions envisagé, mais durant ces derniers mois c'est devenu si bon d'être ensemble, si évident. Et quand je pense qu'après ton accouchement, tu ne reviendras pas chez moi et que vous irez vous installer tous les deux, sans moi, je ne peux pas le supporter. Je ne peux pas imaginer de passer des journées entières sans voir notre enfant. De ne l'avoir avec moi qu'un week-end sur deux, un Noël sur deux... Je ne veux rien manquer de lui, ou d'elle. Et toi non plus, je le sais.

Darcy eut l'impression que son cœur s'arrêtait de battre. Ce que Jeff disait — et ne disait pas… Peut-être n'était-ce pas tout ? Peut-être que, après ce qu'ils avaient partagé, vécu ensemble, il envisageait de partager avec elle davantage que de la simple amitié ?

Non, c'était *impossible* ! Elle se conduisait comme une naïve et se laissait aller à des fantasmes absurdes !

— Je sais que nous ne vivons pas un conte de fées, Darcy, mais de toute façon tu as dit toi-même que tu n'y croyais pas. Nous nous entendons à merveille, sur tous les plans. Nous adorons faire l'amour ensemble, tu ne peux pas dire le contraire. Alors, même si la réalité ne correspond pas vraiment à ce dont nous avons pu rêver, je suis sûr que notre mariage aurait toutes les chances de réussir.

Darcy sentit l'air se raréfier dans ses poumons et sa vision se brouiller.

— Tu as sans doute raison, Jeff, articula-t-elle avec peine. Mais, pour moi, le fait d'avoir conçu un enfant ensemble ne sera jamais une raison suffisante pour t'épouser. Je suis désolée, mais je ne peux pas.

# 14

« Je suis désolée. » Ces mots lui rongeaient l'esprit.

Et la façon dont elle le regardait ! Après ce qu'ils avaient vécu ensemble durant tous ces mois, Jeff avait été si certain que... Même encore maintenant, tandis qu'il plongeait son regard dans ces yeux qui l'avaient contemplé la nuit précédente comme s'il représentait tout pour elle, il ne parvenait pas à y croire. Il *refusait* d'y croire.

— Darcy, discutons-en, au moins.

— Non, répliqua-t-elle en dégageant sa main. Pas cette fois. Nous avons passé un accord.

Elle paniquait, nota-t-il, regardant autour d'elle comme si elle cherchait une issue de secours.

— Reste calme, trésor. Détends-toi. Tu as raison, ce n'est pas ce que nous avions décidé ; mais si nous prenons le temps d'en discuter calmement, tu verras que...

— Qu'est-ce que je verrai ? l'interrompit-elle avec un petit rire sec. Que tu peux faire fonctionner ta baguette magique, une fois de plus ? Que tu vas réussir à me convaincre que je ne regretterai rien ? C'est ça, le problème, Jeff.

Elle recula d'un mouvement brusque et faillit perdre l'équilibre. Mais, quand il tendit la main vers elle, elle la repoussa.

— *Je n'arrête pas* de te faire confiance et je commets erreur sur erreur ! Maintenant, je suis prise au piège. Les murs qui m'entourent sont devenus si hauts que je ne vois même plus la vie que j'aurais pu envisager, celle que je désirais vivre. Et, le pire, c'est que je suis la seule responsable de ce gâchis. Parce que je savais à quoi m'attendre !

Le trajet de retour s'effectua dans le silence. Chacun repensait aux paroles de l'autre, Darcy en était certaine. Et ils regrettaient tous deux de les avoir prononcées. Mais elle avait eu raison de refuser. La seule chose qu'elle pouvait faire, à présent, c'était s'excuser.

Dès qu'ils arrivèrent dans le loft de Jeff, celui-ci s'installa dans le salon, son ordinateur portable ouvert devant lui. Mais il ne semblait pas travailler, remarqua Darcy quand elle s'assit en face de lui, sur le sofa.

— Je n'aurais pas dû te dire ce que je t'ai dit, Jeff, commença-t-elle. Depuis le premier instant où tu as appris que j'étais enceinte, tu t'es mis en quatre pour faire en sorte que tout se passe au mieux pour moi. Pour nous. Tu as déployé une générosité incroyable. Tu m'as apporté ton soutien inconditionnel. Tu as été *extraordinaire*.

— Tu n'as pas à t'excuser. Tu avais raison. Chaque fois que tu m'as accordé ça, dit-il en levant le petit doigt, j'ai pris le maximum, poursuivit-il en tendant le bras.

Il poussa un long soupir avant de reprendre :

— Ce n'est pas ce que nous avions décidé et je ne sais pas ce qu'il m'a pris, à vrai dire. Mais au fur et à mesure que la date de l'accouchement se rapprochait, je me suis mis à penser que nous pourrions peut-être réussir à faire fonctionner quelque chose de plus… sérieux.

— Ne prends pas ça sur tes épaules, répliqua-t-elle en secouant la tête. Ce n'est pas toi.

— Ah bon ? fit-il avec un rire bref. C'est pourtant l'impression que j'ai…

La réaction de son compagnon était tout à fait compréhensible, reconnut-elle en silence. Elle avait été en colère, mais davantage contre elle-même que contre lui. Parce qu'elle avait enfin regardé ses propres émotions en face et cessé de se mentir. Elle aimait Jeff. Et, pire encore, elle avait commencé à espérer qu'il lui fasse vivre un miracle. Or la profondeur de ses sentiments ne serait jamais partagée. Jeff ne l'aimerait jamais en retour. Aussi devait-elle tenter de lui dire la vérité, de le lui faire comprendre, sans révéler à quel point il avait pris possession de son cœur.

— Tu as fait allusion aux contes de fées, tout à l'heure. Au fait que, de toute façon, je n'y croyais pas. Et tu avais raison : je me suis toujours débrouillée toute seule et cela a toujours fonctionné. Mais quand j'ai appris à te connaître, puis que j'ai rencontré Gail, j'ai commencé à comprendre que l'on pouvait grandir dans un foyer où régnait l'amour, la confiance, et le respect de l'autre — c'est-à-dire tout ce que je n'ai pas connu enfant.

Craignant de se trahir, Darcy s'interrompit quelques instants pour choisir ses mots avec soin.

— J'ai l'impression d'avoir *sous-vécu* toute ma vie, en quelque sorte. Quand nous nous sommes rencontrés, j'étais seule depuis si longtemps... Je me protégeais de l'unique façon que je connaissais : en évitant les risques. J'avais compris que je me privais de toutes sortes d'opportunités en vivant ainsi, alors, tout à coup, j'ai voulu m'offrir une bouffée de liberté et je n'ai pas pu résister à ta proposition, à Las Vegas. Mais depuis que je suis à Los Angeles, que j'ai vécu chez ta mère, puis chez toi, *avec* toi, j'ai eu un aperçu d'autre chose. Et ce quelque chose m'a donné envie d'en vivre davantage. J'ai imaginé ce que pouvait être l'amour. Tu es un homme incroyable, Jeff. Merveilleux. Et je mesure la chance que j'ai de t'avoir rencontré. Mais nous nous sommes mis d'accord dès le début sur le fait que nous ne vivions pas un conte de fées, et je ne souhaite pas renoncer aux limites que je me suis imposées. Je me le dois, et je le dois à notre enfant, ainsi qu'à toi : nous méritons mieux qu'une famille basée sur un arrangement.

Lorsque Jeff la regarda d'un air compréhensif, une douleur atroce lui broya le cœur.

— Tu as raison. Je ne te demanderai plus jamais de m'épouser. Nous nous en tiendrons à notre pacte de départ. Tu peux compter sur moi.

— Merci, murmura-t-elle après avoir dégluti. Mais il vaudrait peut-être mieux pour tous les deux que j'aille m'installer dans ma nouvelle maison, maintenant, au lieu d'attendre la naissance du bébé.

Quand un voile sombre obscurcit le regard de son compagnon, Darcy crut qu'il allait protester. Mais il se contenta de hocher lentement la tête.

— Je vais m'en occuper tout de suite, dit-il en se levant. Tu seras chez toi demain.

Darcy regarda le bel espace qui l'entourait en se répétant pour la centième fois qu'elle avait pris la bonne décision. Elle était chez elle, dans sa nouvelle maison.

La veille, Jeff lui avait demandé de l'épouser. Il lui avait proposé de fonder une famille. De vivre avec elle, pour toujours. Auparavant, il avait prouvé à maintes reprises que, même s'il ne l'aimait pas, il pouvait la traiter comme une reine. Non seulement il était généreux, mais aussi attentionné. Et somptueusement beau, drôle, intelligent, franc.

Même sans le sou, il serait demeuré l'homme idéal à ses yeux. De son côté, il la trouvait attirante, il la désirait avec passion, et faisait preuve d'un attachement sincère envers elle. Mais le jour où il se choisirait une épouse, l'heureuse élue ne lui ressemblerait en rien.

Alors, tout en se disant qu'elle était folle d'avoir repoussé sa proposition, Darcy savait au fond d'elle-même qu'elle ne supporterait jamais de vivre avec Jeff en gardant la certitude qu'il ne lui rendrait jamais son amour. Elle repensa à toutes les promesses qu'elle s'était faites depuis le premier soir, quand elle avait suivi Jeff à l'hôtel, et qu'elle avait rompues l'une après l'autre. Il était grand temps qu'elle se ressaisisse ; par conséquent, elle avait eu raison de le quitter.

Mais, quand une larme roula sur sa joue, Darcy se demanda comment elle allait pouvoir vivre sans cet homme. Surtout que, étant forcée de le voir régulièrement, elle aurait beaucoup de mal à l'oublier...

Jeff resta immobile à contempler le demi-*yellow cake* abandonné sur un rayon du réfrigérateur. S'il était rentré plus tôt au lieu de passer la moitié de la nuit à travailler au bureau, il l'aurait remarqué et se serait sans doute trouvé en proie à la même interrogation qui le taraudait maintenant : devait-il aller le porter à Darcy ?

Franchement, le prétexte était un peu gros. Et puis, après tout, si elle avait besoin de lui, si elle voulait lui parler, elle l'aurait appelé. Il sortit son portable pour vérifier ses SMS, déjà consultés dix minutes plus tôt.

Si elle avait désiré le voir, être avec lui, elle serait encore là, bon sang ! Dans ses bras. Dans son lit. Elle partagerait sa vie, comme il le lui avait proposé.

Mais elle avait préféré partir, sans même attendre la naissance de leur enfant...

# 15

— Darcy, je vais être obligée de vous prendre ce dossier : il est presque 19 heures !

Darcy posa la main sur le dossier en question et secoua la tête.

— Je vous préviens : si vous me le prenez, votre petit-fils ou votre petite-fille vous appellera « mémé Norton » et non « mamie Gail », comme vous le souhaitez !

La mère de Jeff plissa le front, mais manifestement elle n'avait pas l'intention de céder cette fois. Après avoir sorti son portable de sa poche, elle commença à rédiger un SMS.

— Très bien. Nous en reparlerons après que j'aurai informé Jeff que vous ne mangez pas et que vous avez très mauvaise mine.

— Quoi ? souffla Darcy en saisissant son assiette de *burritos* au poulet laissée en plan. C'est mon troisième — non, quatrième — repas de la journée, Gail !

Sans lever les yeux, celle-ci soupira :

— Que voulez-vous, quand on vieillit, on a tendance à perdre la mémoire… Le dossier, Darcy.

Vieille ? Gail ? A cinquante-cinq ans, elle avait plutôt le physique et le mental d'une femme de quarante, songea-t-elle en mordant sans entrain dans son *burritos*.

La journée avait été longue, indubitablement, mais seule chez elle, Darcy trouvait le temps si long… Sa nouvelle maison était magnifique, confortable, elle n'y manquait de rien, mais, après y avoir passé une semaine, elle continuait à surveiller l'horloge en fin de journée, tout en sachant que Jeff n'allait pas soudain franchir le seuil.

Alors qu'elle avait vécu des années sans personne, Darcy souffrait maintenant de sa solitude. Parce qu'elle avait découvert que la vie à deux — la vie *avec Jeff* — pouvait être délicieuse.

— Je me demande comment il va réagir quand il apprendra que vous avez toujours l'air triste et que vous êtes toute maigre.

Darcy fronça les sourcils. Elle n'était pas maigre ! L'air triste, oui, peut-être, mais pas au point d'alerter son fils. Gail bluffait. Car cette dernière n'était pas stupide. Ni aveugle. Et elle n'était pas du genre à manipuler son fils juste pour s'amuser. Alors, pas d'inquiétude, elle n'enverrait pas ce SMS. Toutefois, Darcy décida de jouer le jeu. Après tout, c'était la première fois qu'elle plaisantait un peu depuis qu'elle avait quitté l'appartement de Jeff.

— Si vous faites ça, je lui dirai que... que...

Quel mensonge inventer pour embêter Gail ?

— Je lui dirai que Grant vous a fait du gringue !

Au lieu de s'indigner ou de protester comme elle s'y attendait, Gail se contenta de la regarder en silence, les yeux écarquillés. Puis elle battit des cils, contempla le plancher et finit par hausser les épaules.

— Donnez-moi ce dossier et je vous dirai tout. Vous restez dîner avec moi, bien sûr ?

Toutes sortes d'éventualités traversèrent l'esprit de Darcy, plus absurdes les unes que les autres, mais elle tendit le dossier à son amie en s'efforçant de ne pas trop s'inquiéter — et soulagée de ne pas devoir passer la soirée seule dans sa belle maison.

La porte s'ouvrit sur un Connor à moitié endormi.

— Ce n'est pas que je sois mécontent de te voir, mais il est 4 heures du matin, Jeff. Qu'est-ce que tu veux ?

Bonne question. Que voulait-il ? Il était venu pour tâcher d'éviter de commettre une erreur monumentale, et dans l'espoir que son ami le conforte dans son idée et lui dise qu'il avait raison.

— J'avais besoin de sortir de chez moi. Alors j'ai pris ma voiture pour aller faire un tour et j'ai fini par atterrir dans le coin. Et je me suis dit que j'allais m'arrêter chez toi.

— Ouais… Un petit tour de trois cents bornes…

— Comme tu dis.

— Tu as une mine épouvantable, lâcha Connor.

Jeff regarda les yeux à moitié ouverts de son ami, sa tignasse aussi ébouriffée que la sienne…

— Tu peux parler !

— Très drôle. Bon, tu veux entrer ou tu voulais juste me dire bonjour en passant ?

— Je voudrais que tu me prennes mon téléphone. Darcy m'a demandé de lui laisser de l'air, et j'essaie de le faire. Vraiment. De toutes mes forces. Mais je ne l'ai pas vue depuis deux semaines, et même si j'ai des nouvelles d'elle par ma mère et par Grant, qu'ils me disent qu'elle va bien, *je ne l'ai pas vue*… Bon sang, la seule raison pour laquelle je ne suis pas chez elle, là, maintenant, c'est parce que je me suis forcé à tourner à gauche au lieu de tourner à droite ! Et après, j'ai continué. Et la seule façon de ne pas l'appeler pour lui dire que je n'en peux plus, que ça ne peut pas durer comme ça, c'est que tu prennes ce foutu téléphone. S'il te plaît, Connor.

Son ami baissa les yeux sur le portable qu'il lui tendait et le prit, puis s'effaça pour le laisser entrer.

— Merci, murmura Jeff.

A cet instant, il entendit un bruit de métal et de plastique broyés et se retourna... pour voir avec stupeur Connor retirer le portable écrabouillé d'entre la porte et le chambranle ! Tout en souriant jusqu'aux oreilles, il lui tendit l'engin qui, encore quelques secondes plus tôt, contenait tant de sa vie virtuelle.

— Maintenant, nous sommes quittes. A Las Vegas, tu m'as rendu service en préférant passer la soirée avec Darcy, ce qui m'a permis de rencontrer Megan ; je viens de te rendre le service que tu me demandais. Bon, pour fêter ça, tu préfères une bière ou un whisky ?

Dix minutes plus tard, Connor décapsulait sa deuxième cannette de bière et se renfonçait dans son fauteuil.

— Alors maintenant, raconte-moi tout !

— J'ai demandé à Darcy de m'épouser.

Lorsque son ami haussa les sourcils, il ajouta :

— Et elle a refusé.

— Ah... Désolé. Je ne me rendais pas compte que vous en étiez là. Bon, pourquoi a-t-elle dit non ?

Jeff passa le doigt sur la surface lisse de sa bouteille.

— La première fois, parce qu'elle se fichait de légitimer la...

— Heu... Juste par curiosité : combien de fois t'a-t-elle rejeté ?

— Plusieurs. Une autre fois parce que je le lui ai demandé sur le ton de la plaisanterie. Ensuite, au moment où elle avait un accès de nausée épouvantable.

— Nul, commenta Connor d'un ton laconique.

— Oui, oui, je sais... Je voulais lui remonter le moral, c'est tout. Et plus récemment, parce qu'elle pense qu'il vaut mieux qu'elle vive seule avec l'enfant, sans moi.

A ces mots, son ami posa sa bouteille sur la table basse d'un geste brusque avant de lever les bras au ciel.

— Qu'est-ce qu'il lui faut, bon Dieu ? Tu es généreux, agréable à vivre, presque aussi intelligent que moi, pas tout à fait aussi beau, c'est vrai, mais tu compenses ce qu'il te manque du côté physique par un portefeuille bien rempli.

Jeff émit un rire bref avant de répliquer :

— Connor, cesse de plaisanter, s'il te plaît. Ce qu'elle veut, c'est être amoureuse du type qu'elle épousera.

Son vieux complice garda le silence durant quelques instants.

— Elle dit qu'elle ne t'aime pas ? demanda-t-il enfin.

Il se pinça l'arête du nez en repensant à toutes les fois où Darcy l'avait repoussé. Elle l'avait quitté. Avait rejeté toutes ses propositions.

— Ce n'était pas nécessaire.

— Oh ! vraiment ? riposta Connor d'un ton ironique.

Soudain, Jeff se sentit mal à l'aise dans son fauteuil club, pourtant hyper-confortable.

— Ça va, Connor, grimaça-t-il en gigotant.

— Mais oui, bien sûr, ironisa ce dernier.

— Bon sang, arrête de me regarder avec cet air content de toi ! Tu me donnes envie de t'arranger ce nez dont tu es si fier !

Connor se pencha tranquillement au-dessus de la table et lui caressa le dessus de la tête.

— Je t'adore, mon pote. Mais je ne peux pas croire que tu ne te rendes pas compte de ce que j'entends dans ta voix depuis des mois chaque fois que tu parles de Darcy. Il est peut-être grand temps que tu te demandes pourquoi tu t'acharnes à demander à cette femme de t'épouser.

Non, il se trompait, songea Jeff. Darcy et lui s'étaient mis d'accord dès le départ, afin que ni l'un ni l'autre ne se fasse d'idées. Et cela avait toujours fonctionné, avec toutes les femmes qu'il avait connues après Margo.

Et pourtant…

Il resserra les doigts autour de sa bouteille vide. Connor avait raison. Mais, malheureusement, cela ne changeait rien au fait que Darcy *ne voulait pas l'épouser*. Ni vivre en sa compagnie. Ni le voir, ni lui parler, ni rire avec lui. Ni aucune des millions de choses que lui désirait partager avec elle.

Parce que c'était ça, le problème : il voulait *tout*. Alors que, de son côté, Darcy souhaitait qu'ils demeurent des parents indépendants entretenant un rapport amical, pour le bien-être de l'enfant qu'ils avaient conçu ensemble par accident.

Au fond, il désirait le conte de fées. Et il avait assuré Darcy du contraire...

# 16

Le retour depuis San Diego avait duré deux fois plus de temps que l'aller, car Jeff était tombé dans les embouteillages du matin. Mais il les avait supportés sans se plaindre parce que cela lui avait permis de réfléchir — ce dont il avait le plus grand besoin.

A peine arrivé dans le quartier où résidaient sa mère et Darcy, une ambulance le doubla à toute allure, gyrophares allumés et alarme à plein volume. D'instinct, il posa la main sur la poche où il rangeait son téléphone, mais se souvint que Connor l'avait transformé en un petit agglomérat de ferraille et de plastique.

Dès que l'ambulance fut passée, il appuya à fond sur l'accélérateur. Non, elle n'allait pas tourner dans la direction de... Impossible. Darcy allait bien. Le bébé aussi. Parce que s'il lui était arrivé quelque chose...

Une terreur atroce l'envahit. S'il perdait Darcy, ce serait la fin du monde. La perte serait si immense que Jeff ne pouvait même pas se l'imaginer.

Les mains agrippées au volant, il vit l'ambulance prendre l'allée conduisant à la propriété de sa mère. Au bout de l'allée, il aperçut celle-ci, l'air égaré et désespéré, descendre les marches en courant. Fou d'inquiétude, Jeff pila, bondit hors de sa voiture et traversa la pelouse en courant. Et quand il s'arrêta devant le petit groupe, hors d'haleine, il vit l'urgentiste s'agenouiller à côté de...

Pétrifié, Jeff eut l'impression que sa cage thoracique se resserrait sur ses poumons, puis se détendait d'un coup.

... Grant !

Darcy était là aussi, agenouillée à côté de son ami, et se redressa maladroitement en gardant une main posée sur son ventre. Puis elle leva les yeux et croisa son regard. Jeff se précipita vers elle.

— Trésor, murmura-t-il en l'attirant contre lui. Tu n'as rien...

— Jeff, que t'est-il arrivé ? Tu as une mine épouvantable ! s'exclama-t-elle en le dévisageant d'un air inquiet. Le bébé va bien, je t'assure. Nous allons bien tous les deux !

Il hocha la tête en silence, s'efforçant de ne pas trop la serrer dans ses bras. Mais à la tenir ainsi enlacée, après tous ces jours passés loin d'elle, et après avoir vu cette ambulance... Il avait un mal fou à ne pas l'étouffer sous ses baisers, jusqu'à ce qu'elle lui promette de rester avec lui pour le restant de ses jours.

Soudain, il entendit la voix de Grant qui, en dépit du fait qu'il soit lui blessé, n'avait pas perdu ses esprits. Que faisait-il là à 10 heures du matin, en milieu de semaine ? s'interrogea soudain Jeff en plissant le front.

— Que s'est-il passé ? demanda-t-il à Darcy.

— C'est ma faute, murmura-t-elle d'un air coupable. J'avais dit à ta mère que je ne viendrais pas ce matin, mais je suis venue quand même. Et quand j'ai refermé la porte...

— Calme-toi, Gail ! s'exclama alors Grant. Je te répète que ce n'est qu'une foulure ! Et que je...

— Comment veux-tu que je me *calme*, Grant, alors que tu as sauté par la fenêtre du premier étage ? riposta vivement Gail. J'ai déjà perdu un homme que j'aimais et je n'ai pas envie de te perdre à ton tour.

Interloqué, Jeff se tourna vers sa mère, qui visiblement venait juste de se rendre compte de sa présence.

— Pas maintenant, mon chéri, dit-elle en levant la main.

— Grant... et ma mère ? murmura Jeff en regardant Darcy.

— Je crois qu'il est attiré par elle depuis toujours, murmura-t-elle. Le soir où il nous avait invitées toutes les deux à dîner, c'était un prétexte pour être avec Gail. Et en les forçant à sortir ensemble ce soir-là, tu leur as rendu service...

Darcy eut soudain l'air embarrassé.

— Connor avait appelé ta mère pour savoir si tu étais bien rentré, reprit-elle. Parce qu'il ne pouvait pas te joindre sur ton portable. Quand je suis arrivée un peu après et que Grant a entendu la porte s'ouvrir, il a cru que c'était toi et a sauté par la fenêtre, paniqué.

Jeff la serra contre lui, enivré par le parfum de ses cheveux.

— Très bien.

— Très bien ? répéta-t-elle d'un ton sceptique.

— Darcy, je ne vais quand même pas m'en prendre à un homme à terre !

Il obtint alors ce qui lui avait manqué le plus : le sourire somptueux qui le faisait vibrer jusqu'au fond de son être. Bon sang, c'était si bon de la tenir dans ses bras, de la sentir tout contre lui !

Pendant ce temps, Grant avait dû accepter d'aller se faire examiner à l'hôpital car l'ambulance repartit bientôt, mais sans sirène, cette fois.

— Tu veux entrer ? demanda doucement Darcy.

Jeff hocha la tête et se retourna vers sa voiture restée au milieu de la pelouse, portière ouverte...

— Je vais me garer correctement et je te rejoins.

— Tu vas bien ? insista-t-elle en le regardant dans les yeux.

— Accorde-moi cinq minutes, et ça ira mieux.

Lorsque Jeff entra dans la cuisine et se dirigea vers elle, l'air aussi épuisé et sexy que le jour où il était rentré d'Australie, Darcy ne put réprimer un violent frisson.

— Je sais que tu as voulu partir et que je t'ai laissée faire, commença-t-il en s'arrêtant devant elle. Mais je... j'ai cru que... Je suis si heureux...

Elle lui prit les mains et les posa sur son ventre.

— Il va bien, assura-t-elle.

Comme pour confirmer ses paroles, le bébé donna un petit coup de pied. Darcy éclata de rire et s'autorisa à savourer le soulagement qui l'envahissait soudain. Jeff était venu. Il était là. Et il contemplait ses mains étalées sur son ventre — qui commençait à devenir impressionnant.

— Je suis tellement heureux que le bébé aille bien. Je...

Sa voix se rompit et il se frotta le menton en la regardant d'un air torturé.

— Quand j'ai pensé qu'il avait pu t'arriver quelque chose, je n'arrivais même plus à respirer. Ni à penser.

La façon dont il la dévisageait, les mots qu'il prononçait... Darcy secoua brièvement la tête. Elle se trompait, elle voyait ce qu'elle désirait voir, entendait ce qu'elle désirait entendre.

Après avoir effleuré le dos de ses mains, elle recula. Cette fois, elle regarderait la réalité en face. Jeff se souciait vraiment d'elle, ce dont elle n'avait jamais douté. Et si jamais il lui demandait de nouveau de l'épouser, de fonder une famille, elle accepterait.

Il avait craint de les perdre, le bébé et elle. Désormais, il serait prêt à tout pour ne plus ressentir la terreur qui l'avait possédé. Par conséquent, c'était le moment de discuter calmement, et de décider d'un mode de vie qui leur convienne à tous les deux.

Jeff jugula la panique qui menaçait de le gagner. Darcy le repoussait. Une fois de plus. La meilleure attitude aurait été de s'en aller, mais chaque fois qu'il avait cru opter pour la *meilleure attitude*, les choses avaient mal tourné...

— Comment ça a été, ces derniers temps ? demanda-t-il d'un ton qu'il voulait détaché.

Elle se dirigea vers l'évier et emplit la bouilloire.

— Très bien, répondit-elle avec calme. Je me suis installée, j'ai fait connaissance avec la maison. Et toi ?

Il tira une chaise et s'assit pendant qu'elle préparait du thé.

— Je me suis senti seul, et même abandonné, avoua-t-il. Tu m'as manqué. Et j'ai pensé que j'aurais dû m'y prendre autrement, tout en me demandant si le résultat aurait été différent.

La bouilloire heurta le bord de l'évier, puis Darcy s'agrippa au plan de travail. Jeff aurait voulu bondir vers elle et l'aider à s'asseoir sur une chaise — ou, mieux, l'installer sur ses genoux. Mais il devait cesser de *prendre* ce qu'il désirait d'elle au lieu de lui laisser la possibilité d'en décider elle-même.

La seule chose qu'il pouvait lui offrir pour l'instant, c'était la vérité.

— J'ai travaillé dix-huit heures par jour pour m'empêcher de chercher un moyen de te faire revenir, de réfléchir à ce que je pourrais te dire pour te convaincre de déroger à tes principes. Je suis exténué. Je me sens lamentable. Et je me dis que si je veux avoir une chance d'obtenir le bonheur que je sais que nous pouvons partager, je dois d'abord trouver un moyen de devenir l'homme que tu mérites. Celui en qui tu pourras avoir confiance et sur lequel tu pourras t'appuyer. Qui te fera rire, avec lequel tu te sentiras en sécurité. Et, surtout, je dois devenir un homme qui te donnera envie de rester au lieu de partir.

— Jeff, la dernière fois que nous en avons parlé...

Elle le regardait d'un tel air terrifié qu'il tressaillit.

— Ne t'en fais pas, dit-il à la hâte. Je ne vais pas te redemander de m'épouser.

Lorsque, l'air confus et malheureux, elle hocha la tête, il eut toutes les peines du monde à ne pas aller la prendre dans ses bras.

— Je t'ai promis que je ne te le proposerais plus, et je n'ai pas l'intention de ne pas tenir ma parole.

Il s'éclaircit la gorge et soutint son regard.

— Mais je vais quand même te demander ce que je suis venu te demander aujourd'hui. Alors si tu veux bien m'accorder un rendez-vous...

Darcy le regarda en battant des cils.

— Comment ça, un rendez-vous ?

— Eh bien, le genre de rendez-vous qu'un homme propose à une femme, dans l'espoir qu'elle va tomber amoureuse de lui, répondit Jeff d'une voix posée.

Il baissa les yeux, intimidé soudain.

— Bon, je sais que je te mets un peu la pression dès le départ, mais j'en ai assez de te dire que je ne veux que ci ou ça alors qu'en vérité je veux tout. Je veux que tu m'épouses, mais je...

— Pourquoi ? Pour pouvoir voir notre enfant et être avec lui tous les soirs ?

Les questions avaient jailli de ses lèvres malgré elle ; pas comme une accusation, mais simplement parce qu'elle désirait vraiment une réponse.

Quand Jeff redressa la tête, ce qu'elle découvrit dans ses yeux lui coupa le souffle.

— Parce que je t'aime.

Darcy entrouvrit les lèvres, mais aucun son n'en sortit. Elle ne pouvait qu'attendre ce que Jeff allait dire, maintenant. Parce qu'elle ne parvenait pas encore à croire ce qu'elle venait pourtant d'entendre.

Puis, sans s'être rendu compte de rien, elle se retrouva

contre lui, les mains enfouies dans ses épais cheveux bruns, savourant les effluves divins qui émanaient de lui.

Jeff…

— Tu m'aimes ?

Après avoir dégluti, il hocha la tête.

— Je crois que je suis tombé amoureux de toi dès le premier soir, trésor. Mais je refusais de l'admettre. Quand je suis sorti de la salle de bains, à Las Vegas, et que j'ai vu que tu étais partie, j'ai été anéanti. Mais je me suis répété que ce n'était pas un drame. Que je t'oublierais facilement. Sauf qu'au lieu de t'oublier, je continuais à penser à toi.

— Je suis désolée, murmura Darcy. J'ai eu peur de ce que tu me faisais ressentir, alors que nous avions décidé d'un commun accord qu'il ne s'agissait que d'une aventure sans lendemain.

— Je sais. Mais à ce moment-là, et même après, quand nous nous sommes retrouvés, je craignais toujours que tu disparaisses tout à coup. Et je redoutais toujours le moment où tu allais lever la main pour m'empêcher de t'approcher. Au final, ta réticence m'a fait refuser de regarder la vérité en face. Notre première rencontre avait changé quelque chose en moi, m'avait donné envie d'en désirer davantage avec une femme.

— Et tu as rencontré Olivia.

— Oui. Elle paraissait la femme idéale. Sauf qu'elle n'était pas toi.

Darcy enfouit son visage dans le creux de l'épaule de l'homme qu'elle aimait en s'accrochant à lui de toutes ses forces.

— D'après ce que j'ai cru comprendre, nous ne nous ressemblons en rien, elle et moi, murmura-t-elle. Et tout le monde disait qu'entre vous, c'était sérieux, que vous formiez le couple parfait. Alors je me répétais qu'elle possédait tout ce que je n'avais pas. Et quand tu m'as proposé de m'épouser, j'ai pensé que tu te sacrifiais, pour le bien-être de notre enfant.

— Tu te trompais complètement, Darcy.

Elle redressa la tête et le regarda dans les yeux.

— Alors tu es sincère ? Tu m'aimes vraiment ?

— Oui. Je t'aime plus que moi-même.

Il y avait une telle tendresse dans sa voix, un tel amour que pour la première fois, elle le crut sans réserves.

— Je suis tombée follement amoureuse de toi dès le premier soir, avoua-t-elle. J'ai tout essayé pour m'en empêcher, mais rien n'a fonctionné. Moi aussi, je t'aime, Jeff.

Les yeux brillants, il se pencha vers elle et l'embrassa. Avec une lenteur, une douceur et une tendresse infinies. Et quand leurs bouches se séparèrent, ils vibraient tous les deux de désir.

— Qu'est-ce qu'on fait, maintenant ? chuchota Darcy.

— Tout d'abord, tu acceptes que je te fasse la cour jusqu'à ce que tu me supplies de t'épouser.

Elle éclata de rire.

— C'est moi qui dois te le demander ?

— Je suis un homme de parole et je t'ai promis de ne plus jamais te le proposer, répondit-il avec le plus grand sérieux. Mais...

Il se pencha pour lui murmurer à l'oreille :

— ... je suis prêt. Alors si un jour tu...

— Epouse-moi, Jeff.

L'espace d'un instant il la regarda en silence, puis un sourire sexy arrondit sa belle bouche.

— Pourquoi ?

— Tu viens de dire que tu étais prêt !

— Oh oui, je suis même plus que prêt ! Mais tu m'as demandé pourquoi, alors je fais la même chose.

Darcy posa la main sur le torse de son homme, là où battait son cœur.

— Parce que je t'aime, et que tu me fais croire aux contes de fées qui se terminent bien. Alors, dis-moi oui, s'il te plaît.

— Oui.

*Deux semaines plus tard*

Le corps lourd de fatigue, Darcy ouvrit les yeux, gagnée par l'émotion la plus intense qu'elle ait jamais éprouvée. Là, dans sa chambre de la maternité, penché au-dessus du petit Garrison Jeffrey Norton, son mari ajustait la minuscule couche, puis la petite brassière blanche. Ensuite, il souleva leur bébé dans ses bras et s'installa sur la chaise, à côté du lit.

— Regarde un peu ce que nous avons créé, Darcy, dit-il en se tournant de façon à ce qu'elle puisse voir le petit visage endormi. Incroyable, non ?

— Notre fils, murmura-t-elle en tendant le bras pour caresser le fin duvet foncé couvrant la petite tête chaude.

Jeff lui adressa un sourire dévastateur.

— Je propose que, la prochaine fois, nous essayions de faire une fille : qu'est-ce que tu en dis ?

LYNNE GRAHAM

# Le secret de Belle

HARLEQUIN

*Titre original :*
HIS CINDERELLA'S ONE-NIGHT HEIR

*Ce roman a déjà été publié en 2020.*

# 1

Dante Lucarelli, le visage fouetté par le vent, fonçait sur une puissante moto. Sur cette route privée, le jeune milliardaire, qui avait fait fortune dans les énergies renouvelables, éprouvait une merveilleuse sensation de liberté. Quelques instants durant, il oublia enfin ses nombreux soucis. Mais cet agréable moment prit bientôt fin. En bon invité, Dante ralentit pour se laisser rattraper par Steve, son hôte.

— Tu m'as laissé l'emporter, dit celui-ci en grommelant tandis qu'ils garaient leurs motos. Gagner dans ces conditions, ce n'est pas drôle.

— Je n'ai pas voulu t'humilier devant tout le monde, répondit Dante en souriant à son vieux camarade de classe. D'ailleurs, les deux motos t'appartiennent… Mais si j'ai bien compris, voilà ta dernière expérience en date.

Au-delà des pins, il désigna un restaurant cerné d'une terrasse de bois qui dominait un lac et sa plage de sable. C'était visiblement un lieu branché, au décor insolite et légèrement exotique.

— Un peu au ras des pâquerettes, non, pour un type qui passe sa vie à construire des gratte-ciel ?

— Arrête ! En saison, quand il fait beau, il marche du feu de Dieu, répondit Steve, un blond baraqué façon joueur de rugby.

— Ce qui te permet d'employer tous les gens du coin

dont tu te soucies, fit Dante qui connaissait bien le sens civique de Steve, un type bien et une des rares personnes à qui il faisait confiance.

Quelques années auparavant, Steve avait acheté un château dans cette zone rurale du sud-est de la France, à l'écart des circuits touristiques, pour y passer l'été en famille. Une famille bien trop nombreuse au goût de Dante, qui tremblait rien que d'y penser : deux paires de jumeaux de moins de cinq ans qui s'étaient jetés sur lui dès son arrivée. L'idée de s'éloigner un peu du château ne lui avait donc pas déplu. Il n'avait rien contre les enfants mais manquait simplement d'habitude, et résister à ceux de Steve était aussi illusoire que de contrer un ouragan de bras, de jambes et de bouches bavardes.

— Pas du tout, répondit l'heureux père. J'investis quand l'occasion se présente, surtout s'il s'agit d'une bonne cause. L'emploi est une denrée rare, dans la région.

En s'asseyant à la table taillée dans un énorme tronc, Dante remarqua un groupe de jeunes agglutinés autour du bar d'où s'échappaient des flots de musique tonitruante.

— Je suppose qu'il n'y a pas d'autre endroit pour faire la fête, dans les environs.

— C'est vrai, et en plus la nourriture est délicieuse, alors quand les gens viennent à la plage, nous bénéficions également d'une clientèle familiale. Mais dis-moi, quand dois-tu rencontrer Eddie Shriner ?

Dante se raidit en entendant son ami évoquer précisément le problème qui le taraudait.

— Dans deux semaines, et je n'ai toujours pas trouvé la femme qui tiendrait Krystal à distance.

— Je croyais que Liliana avait accepté de jouer ce rôle, remarqua Steve, étonné.

— C'est tombé à l'eau. En fait, Liliana aurait voulu que je lui offre une vraie bague de fiançailles en guise de dédommagement, dit Dante en fronçant les sourcils. Mais, même pour des fiançailles bidon, je n'avais aucune envie de prendre le risque.

— Une bague de fiançailles ? Pourquoi aurait-elle besoin d'une vraie bague pour faire croire à Krystal que vous êtes ensemble ?

— Elle en faisait une question d'amour-propre, répondit Dante en haussant les épaules, c'était la condition pour ne pas perdre la face devant Krystal. À l'en croire, sans cette bague, il était invraisemblable qu'elle se soit réconciliée avec moi alors que ça fait des années que nous avons rompu.

— Ah, les femmes et toi... Quel roman ! dit Steve en passant la main dans son épaisse chevelure blonde. Si tu ne les quittais pas les unes après les autres en pleine crise de rage et d'amertume, tu ne serais pas dans cette situation.

Dante haussa les épaules en signe de désaccord. Il n'avait aucune intention de se marier ni d'avoir des enfants ; il n'y avait pas de place pour l'amour dans sa vie. Les femmes qui voyaient les choses autrement comprenaient rapidement leur erreur. Il ne voulait s'attacher à personne – cela ne s'était jamais produit et ne se produirait jamais. Liliana avait été la seule exception à cette règle. Cette ex était devenue une amie, il la respectait et avait réellement de l'affection pour elle, mais jamais il ne l'avait véritablement aimée d'amour, jamais il n'avait envisagé une relation plus sérieuse avec elle.

Le simple fait de lui faire confiance avait d'ailleurs constitué une sorte de gageure pour lui : surprendre sa mère au lit avec un ami très proche de son père avait dramatiquement modifié sa vision des femmes. Sa mère, si snob, si pointilleuse, toujours prête à stigmatiser les erreurs des autres et si prompte à leur tourner le dos... Il avait fini par comprendre que ses parents couchaient tous les deux à droite et à gauche et, en constatant son indifférence vis-à-vis de Liliana il avait lui-même pris conscience de la froideur de son propre cœur. Sans doute avait-il hérité ce trait de ses parents, tous deux incapables d'aimer, songea-t-il avec amertume.

Sa seule véritable expérience de l'amour avait été son attachement profond pour son frère aîné, Cristiano. À la mort de celui-ci, un an plus tôt, il s'était senti anéanti, écrasé de culpabilité. S'il s'était montré moins égoïste, peut-être aurait-il pu le sauver. Mais Cristiano, incapable de s'affirmer, avait tragiquement mis fin à ses jours. Leurs parents avaient fait peser des exigences et une pression intolérables sur leur fils aîné et héritier, et, en cherchant désespérément à leur plaire, il s'était détruit, accablé par le poids des contraintes qu'ils lui imposaient.

— Pourquoi n'embauches-tu pas une escort pour jouer le rôle de ta petite amie, demanda discrètement Steve, quelqu'un de ce genre, que tu paierais.

— Ça me semble risqué et même dangereux, répondit Dante, les yeux rivés sur une jeune femme qui, un plateau à la main, se tenait près du bar.

Masse cuivrée de boucles brillantes, ses cheveux roux, couleur de flamme, étaient retenus sur sa nuque par une barrette. Elle avait la peau de porcelaine des vraies rousses et des jambes et une poitrine dignes d'une déesse. Mais avec sa courte jupe à fleurs, son haut assorti et ses bottes de cow-boy, son allure était beaucoup trop excentrique à son goût. Pas son style, définitivement.

— C'est Belle. Hé ! reviens sur terre ! dit Steve, railleur, en s'apercevant que son ami était complètement ailleurs.

Non sans difficulté, Dante s'arracha à la contemplation des courbes fascinantes de la serveuse et se tourna vers son interlocuteur.

— C'est Belle, dit de nouveau Steve, une lueur amusée dans le regard.

— Qu'est-ce qu'une bombe comme elle vient faire dans un endroit pareil ? demanda Dante en se tortillant sur son siège.

Pourvu que personne ne remarque l'effet trop évident de ce qu'il ressentait au creux du ventre.

— Sans doute attend-elle qu'un type dans ton genre vienne frapper à la porte, fit Steve, moqueur. En fait, elle essaie de mettre assez d'argent de côté pour rentrer au Royaume-Uni et se remettre en selle là-bas. Tu pourrais l'aider en la ramenant gentiment à Londres avec toi.

— C'est pour ça que tu m'as amené ici ? Mais moi, qu'est-ce que j'aurais à y gagner ?

Il releva ses lunettes de soleil pour mieux observer le visage ovale de la jeune femme qui, après inspection, se révéla couvert de taches de rousseur. Soulagé de constater que tant de perfection comportait quand même un petit défaut, il se demanda de quelle couleur étaient ses yeux. De grands yeux. Presque trop grands ?

— Rien, tu as raison. Mais je me dis à l'instant que vous pourriez peut-être vous rendre mutuellement service. Pourquoi n'engagerais-tu pas Belle ? Elle est dans un pétrin... En plus, figure-toi qu'il y a un chien dans le tableau. Tu aimes les chiens, non ? Par ailleurs, c'est vraiment une fille très sympa, même si elle n'est pas du tout ton genre. Toute l'équipe du bar a passé l'été à se demander quel type décrocherait le pompon.

— Charmant, dit Dante d'un air dégoûté. De toute façon, je ne m'intéresse pas aux filles *sympas*.

— Personne ne te demande de t'intéresser à elle, répondit Steve, mais toi tu as besoin d'une pseudo-petite amie, et elle a besoin d'argent. J'ai proposé de lui en prêter, mais elle a son amour-propre, et elle est honnête. Elle a refusé sous prétexte qu'elle ne voyait pas comment elle pourrait me le rendre.

— Donc, elle continue à être serveuse. Fin de l'épisode, répondit Dante d'un air sarcastique. Et moi, je ne fréquente pas les serveuses.

— Je ne l'avais jamais remarqué mais tu es trop snob, répondit Steve, surpris. Évidemment, je connais ton histoire, le sang bleu, le *palazzo* familial, le titre et tout le reste, que tu as d'ailleurs toujours prétendu mépriser.

— Je ne vois pas comment une serveuse pourrait s'en sortir dans le monde que je fréquente.

— Elle ferait ce pour quoi tu la paies, contrairement à la plupart des femmes titrées que nous connaissons, toi et moi. Mais je ne suis pas certain qu'elle serait d'accord : j'ai entendu dire qu'elle avait son petit caractère.

Dante ne répondit pas, il venait de croiser le regard de la fameuse Belle qui s'approchait de leur table. Elle avait effectivement de grands yeux étincelants, d'un bleu foncé assez rare qui tirait sur le violet et ressortait agréablement sur sa peau claire et constellée de taches de rousseur.

Durant sa pause, Belle avait observé les deux hommes qui arrivaient du parking. Tout le monde connaissait Steve, le propriétaire du restaurant, un Anglais affable et sans prétention malgré sa fortune et ses succès professionnels. Il dirigeait une agence d'architectes avec des filiales dans le monde entier. Il avait quatre enfants, dont il était très fier, et une épouse espagnole qui était une vraie beauté, mais l'inconnu qui l'accompagnait paraissait très différent.

Très grand, mince mais puissamment bâti, il se mouvait avec la précision d'un homme très à l'aise dans son corps. Sa luxuriante chevelure noire emmêlée par le vent frôlait ses larges épaules et mettait en valeur des traits un peu durs mais magnifiquement ciselés. Dans son jean et sa chemise à col ouvert, il avait l'allure d'une panthère noire en liberté, magnifique et terriblement dangereuse.

Autour du bar, les femmes se tordaient le cou pour l'observer et Belle, en reprenant son service, avait entendu le barman, lecteur assidu de la presse people, identifier l'étranger comme Dante Lucarelli, un milliardaire italien qui avait fait fortune dans les énergies renouvelables.

En se dirigeant vers la table que Dante, donc, occupait avec Steve, elle le vit l'observer derrière ses longs cils sombres – un vrai gâchis sur un mâle – et croisa ses yeux d'un noir vibrant, pailleté d'or. Elle s'immobilisa une seconde, une terrifiante seconde, le corps brûlant, comme frappée par la foudre.

Décontenancée, elle se remit en marche en rougissant et prit la commande avant de retourner à la hâte vers le bar. Elle n'aurait jamais dû le regarder. Un type superbe et qui le savait. Évidemment. Personne ne pouvait regarder chaque matin un visage pareil dans la glace sans se dire qu'il était parfait. Et même s'il ne se regardait pas trop dans les miroirs, toutes les femmes devaient le considérer avec intérêt. Il ne pouvait pas ignorer qu'il attirait immanquablement leurs regards.

Belle, rouge comme une tomate, se détestait de ne rien y pouvoir. Cela l'embarrassait tout autant à vingt-deux ans que dans son enfance, quand elle était l'objet de blagues stupides. Au collège, petite, rousse, avec une multitude de taches de rousseur et une poitrine rebondie, elle avait toujours fait partie des élèves les moins populaires.

Belle s'empourpra de la tête aux pieds, ce qui amusa beaucoup Dante. Quand pour la dernière fois avait-il vu une femme rougir ? Loin de lui l'idée d'associer le rougissement avec une quelconque timidité ou innocence… Au contraire, pour lui c'était plutôt un signe d'attirance sexuelle. À seize ans, en pleine rébellion après avoir surpris la liaison adultère de sa mère, il avait perdu son pucelage avec une amie de celle-ci. Depuis, il avait l'habitude d'être regardé et désiré par les femmes. Aujourd'hui, à vingt-huit ans, il était convaincu que neuf femmes sur dix étaient prêtes à partager son lit s'il le leur demandait. Et encore, il en avait très rarement l'occasion, le plus souvent le sexe lui était offert sur un plateau et sans le moindre encouragement de sa part.

Belle servit les boissons sans un regard pour Dante. La brûlure qu'elle avait ressentie dans tout le corps s'apaisa, heureusement, et elle put de nouveau respirer normalement. Il était naturel de remarquer un homme attirant et, si elle rougissait, ce n'était pas sa faute mais une simple disposition naturelle pénible qu'elle devrait apprendre à maîtriser, comme elle avait appris à gérer tant d'autres désagréments.

Comme souvent, son esprit revint sur la malchance qui la poursuivait. Elle n'avait pas été désirée par sa mère, et son père n'avait jamais voulu entendre parler d'elle, comme il le lui avait d'ailleurs dit crûment. Sa grand-mère, Sadie, prétendait que ce désintérêt était le problème de ses parents et que Belle ne devait pas le prendre pour elle. Au bord des larmes, elle se souvint de ses grands-parents qui, eux, l'avaient vraiment aimée, mais étaient désormais décédés. Penser à eux n'aurait fait que raviver sa tristesse, cela lui rappelait qu'elle était seule au monde, sans personne sur qui s'appuyer en cas de malheur. Et en France, sa situation était allée de mal en pis.

Dante observa Belle qui s'affairait autour du bar, et s'efforça de l'imaginer dans une tenue haute couture, alors que son cerveau immature avait plutôt tendance à l'évoquer nue. Elle serait sans aucun doute plus présentable dans une nouvelle garde-robe, et il faudrait bien sûr qu'elle cesse de se ronger les ongles. Une habitude vraiment dégoûtante.

— Et que fait-elle en France ? demanda-t-il à Steve en désignant Belle du menton.

— À en croire les ragots, elle est arrivée il y a trois ans comme dame de compagnie pour une veuve anglaise âgée qui habitait le village. La famille de cette personne l'avait recrutée à Londres et, quand la vieille dame a sombré dans la démence, ils ont laissé Belle se débrouiller seule avec l'aide du médecin du coin.

— Pourquoi n'est-elle pas tout simplement partie, quand elle n'a plus été de taille à assumer ce travail ?

— Elle s'était attachée à cette femme et n'a pas voulu l'abandonner.

— Et comment s'est-elle retrouvée à travailler ici ?

— La veuve est morte d'une crise cardiaque ; tout de suite après l'enterrement, la famille a vendu la maison. Belle n'avait pas assez d'argent pour rentrer chez elle. Ils se sont aussi débarrassés du chien de la vieille dame… Charlie.

En entendant son nom, le vieux bâtard en mal d'affection se précipita vers Steve, et se frotta contre sa jambe avant d'aller voir un autre habitué plus susceptible de lui offrir un peu de nourriture.

— Et alors ? demanda Dante sans s'intéresser au chien.

— Le type qui tient le bar a mis un vieux camping-car à disposition de Belle, elle y vit avec le chien. Il est garé sur le parking, derrière les arbres. Il lui a aussi proposé ce travail.

— Encore une éclopée de la vie, fit Dante sans surprise. Personnellement, je préfère ceux qui gagnent.

— Les éclopés sont souvent plus sympas et moins âpres

au gain, répondit Steve avec un certain cynisme. D'ailleurs, tu n'as jamais eu de scrupules à profiter du malheur des autres.

— La générosité n'est pas dans mes gènes.

— Sauf concernant ton frère. Tu l'as bien souvent tiré d'affaire, dit Steve en baissant la voix. Tu prétends ne pas être sentimental, mais regarde le mal que tu te donnes pour racheter cette forêt !

— Rien à voir, fit Dante entre ses dents, mâchoires serrées.

— Peut-être, pourtant, je crois me souvenir que, la première fois que tu as séjourné dans la cabane en rondins de Cristiano, cela ne t'a pas plu du tout.

— La vie à la dure n'est pas pour moi, mais Cristiano était dans une phase de retour à la nature, répondit distraitement Dante sans quitter Belle du regard.

Deux jeunes hommes qu'elle venait de servir essayaient visiblement de flirter avec elle, mais elle restait froide, professionnelle, et ne rougissait pas, remarqua-t-il avec une certaine satisfaction. Il lui fit gentiment signe de venir prendre une nouvelle commande.

— Pas pour moi, dit Steve. Sancha a dû préparer le dîner et elle a horreur que je sois en retard.

— Mais il est à peine 9 heures ! répondit Dante, incrédule.

— Pour tout te dire, ma femme déteste que j'échappe trop longtemps à sa surveillance, fit Steve, non sans une certaine fierté.

La simple idée d'une liberté aussi strictement encadrée fit frémir Dante.

— Mais ne crache pas sur le mariage avant d'y avoir goûté, dit Steve pour sa défense.

— Jamais je ne m'y laisserai prendre, répondit Dante en riant. Ce qui ne m'empêche pas d'être à la recherche d'une petite amie. Peut-être rentrerai-je tard cette nuit.

De nouveau son regard fut attiré par le décolleté de Belle

qui déposait des verres sur une table, puis par la courbe de ses fesses et ses cuisses nues que dévoilait sa jupe tandis qu'elle se baissait. De nouveau, il se trémoussa non sans irritation sur son siège. Il n'était plus adolescent, alors pourquoi réagissait-il ainsi ? Elle lui apporta sa boisson et il lui tendit un billet en lui disant de garder la monnaie.

— C'est trop, répondit-elle, gênée.

— Ne soyez pas stupide. D'ailleurs, j'aimerais vous parler en privé quand vous aurez terminé votre service.

— Je suis fatiguée. Désolée, mais je crois que je vais aller me coucher.

— Vous ne savez même pas ce que j'ai l'intention de vous proposer ! Il est possible que j'aie un travail à vous offrir, un travail qui vous permettrait de rentrer en Angleterre.

Surprise, elle leva les yeux qu'elle avait obstinément gardés fixés sur la table et croisa le regard sombre et pailleté d'or de Dante. Se sentant frémir, elle fit un pas en arrière.

— Un travail ? Quel genre de travail ?

Il prit sa bouteille de bière, se leva, et alla nonchalamment s'adosser à la balustrade qui entourait la terrasse.

— Plus tard... Si vous acceptez de rester éveillée assez longtemps.

Elle rougit. Tant d'assurance lui mettait les nerfs à vif. Il attendait tranquillement qu'elle morde à l'hameçon ? Eh bien, elle ne le ferait pas. De toute façon, quel travail aurait-il bien pu lui offrir ? En dehors de la restauration, elle n'avait d'expérience que comme gouvernante et dame de compagnie, et un homme aussi riche que lui ne devait recruter ses domestiques que par le biais d'une agence. D'un autre côté, elle n'avait aucune raison de le soupçonner de vouloir lui proposer quelque chose de honteux. Elle n'avait rien d'irrésistible et n'était pas du genre à faire des folies avec les hommes. Non, les seules propositions malhonnêtes qu'on lui avait faites émanaient d'hommes mariés ou de jeunes excités, lassés des beautés locales et en quête d'une étrangère plus attirante. Peut-être Dante Lucarelli avait-il tout simplement une parente âgée qui avait besoin qu'on s'occupe d'elle.

Mais même dans ce cas, il y avait foule de gens avec les diplômes qui, hélas, lui manquaient à elle. Seul le destin l'avait forcée à assumer ce rôle quand son grand-père, devenu veuf, était tombé malade. Lorsqu'il avait été diagnostiqué en phase terminale, elle avait dû abandonner l'école pour de bon et s'occuper de lui. Et elle ne s'était même pas posé la question : ses grands-parents l'avaient aimée et s'étaient occupés d'elle depuis qu'elle était tout bébé.

Tracy, leur fille unique et la mère de Belle, exerçait la profession de mannequin et menait la grande vie. Lorsqu'elle s'était retrouvée enceinte, le père de Belle avait refusé de l'épouser et elle n'avait pas voulu devenir une mère célibataire qui se bat pour survivre. Elle avait donc confié Belle, âgée de quelques semaines à peine, à ses parents. La seule fois où elle l'avait prise chez elle, ç'avait été aussi désastreux pour la mère que pour la fille. Les hommes passaient avant tout pour Tracy, et elle avait fini par se contenter de verser régulièrement un peu d'argent à ses parents pour qu'ils se chargent d'élever Belle à sa place.

Entre cinq et quatorze ans, Belle n'avait plus revu sa mère. Quelques rares cartes postales lui permettaient de suivre ses pérégrinations sur le globe. Quand Belle avait eu quatorze ans, Tracy l'avait brièvement reprise avec elle, ce qui avait été une terrible source de déception et de souffrance, car sa mère l'avait bientôt de nouveau abandonnée : Tracy avait surpris son amant en train de faire des avances à sa fille, à qui elle ne l'avait pas pardonné. Après cet épisode, Belle n'avait plus revu sa mère jusqu'à ce que Tracy vienne récupérer son héritage.

— Voyons, tu es assez grande pour voler de tes propres

ailes, désormais, avait-elle déclaré quand Belle avait sollicité une aide financière pour reprendre ses études. Inutile de me demander l'aumône. Cela fait des années que ton père a arrêté de payer ce qu'il aurait dû, maintenant c'est à moi de me libérer de ce poids.

Cela alors que Belle venait de sacrifier les études qu'elle désirait tant faire pour passer trois ans à soigner son grand-père et qu'elle avait assuré l'héritage de Tracy en le dissuadant de vendre sa villa pour aller en maison de retraite ! Tracy, ignorant, ou plutôt refusant de voir la réalité, avait vendu tout ce qu'elle pouvait et laissé Belle sans un sou et hébergée à Londres par une amie. Le travail qui lui avait été proposé en France auprès de Mme Devenish lui était alors apparu comme une aubaine, songea-t-elle tristement.

Car il fallait bien vivre quelque part et Londres était beaucoup trop cher. De plus, vivre à l'étranger lui avait semblé une promesse d'aventure, ce dont sa vie manquait singulièrement. Elle s'était lancée en pensant qu'elle n'aurait qu'à cuisiner, faire le ménage et les courses, et fournir de temps à autre un peu de compagnie à une femme âgée. Elle croyait avoir du temps libre pour découvrir le monde. Jamais elle n'aurait imaginé se retrouver piégée à travailler nuit et jour dans un petit village où il n'y avait pas même un café.

Ramassant les derniers verres, elle jeta un coup d'œil au lac et à la plage, où elle aperçut Dante Locarelli debout à côté d'un pin. Était-ce elle qu'il attendait ? Elle allait évidemment lui poser des questions au sujet de ce travail, elle n'était pas en position de négliger la possibilité – même la plus vague – de trouver un emploi. La saison touchait à sa fin, le restaurant allait fermer dans quelques semaines et alors, que ferait-elle ?

Elle salua le reste de l'équipe et, Charlie sur ses talons, se dirigea vers la plage. La silhouette sombre de Dante émergea soudain des pins, le clair de lune fit briller sa chevelure brune et éclaira ses traits – pommettes hautes, nez droit, mâchoire bien dessinée. Sa barbe commençait à repousser, accentuant la courbe sensuelle de sa bouche. Les yeux fixés sur elle, il semblait attendre son arrivée en silence et elle sentit une onde brûlante se propager au plus intime de son corps. Heureusement, l'obscurité dissimulait son visage qui s'empourprait une fois de plus.

— Belle, demanda Dante, c'est le diminutif de quel prénom ?

— Tinkerbelle, répondit-elle, non sans réticence. Ma mère a malheureusement trouvé ça mignon pour une petite fille, mais mes grands-parents m'ont toujours appelée Belle. Belle Forrester.

— Tinkerbelle ? Ce n'est pas dans un film pour enfants ?

Elle avait cessé d'avancer et se tenait à distance, immobile comme au bord d'un gouffre. Elle avait enlevé sa barrette et ses cheveux tombaient en boucles désordonnées sur ses épaules.

— Oui, dans *Peter Pan*. Tinker Bell, c'est le nom de la fée Clochette, mais Belle, c'est aussi le titre d'un film.

— Ah, si vous aviez des ailes, comme la fée Clochette, vous pourriez tout de suite rentrer chez vous.

— Et… Euh… Ce travail ?

— C'est un travail, disons… original, mais absolument honnête, répondit-il en se rapprochant pour lui tendre la main. Je m'appelle Dante Lucarelli.

— Je sais, répondit Belle en lui effleurant les doigts. Le barman vous a tout de suite reconnu. Il est étudiant en sciences éco.

— Parlez-moi de vous.

— Il n'y a pas grand-chose à dire. J'ai vingt-deux ans, j'ai quitté l'école à seize ans avec le brevet et je n'ai aucun autre diplôme. J'aimerais reprendre des études une fois rentrée à Londres. De nos jours, c'est absolument indispensable pour mener une vie décente.

— Si vous le croyez, pourquoi ne pas l'avoir déjà fait ?

— Je n'en ai jamais eu les moyens, répondit-elle sèchement en s'asseyant sur un banc de ciment, sous les arbres. Ma grand-mère est décédée ; mon grand-père est tombé malade tout de suite après et j'ai dû m'occuper de lui. Quand il est mort à son tour, j'ai trouvé un travail ici comme aide ménagère, mais il s'est rapidement transformé en poste d'auxiliaire de vie à plein temps.

Dante s'adossa à un tronc d'arbre. Il émanait de lui une aura de virilité puissante, souple et élégante. Elle le sentait aussi détendu qu'elle était anxieuse.

— Vous occuper de personnes âgées est une sorte de vocation ?

— Absolument pas.

Il fut pris de court par sa franchise. Il s'était attendu à plus d'exubérance et même à un soupçon de flirt ; les femmes lui faisaient généralement des avances si elles pensaient avoir la moindre chance de lui plaire. Mais Belle n'avait pas l'air de vouloir faire le moindre effort en ce sens.

— Alors, vous risquez de ne pas sentir plus de vocation pour le travail que je vais vous proposer, mais il vous permettra de rentrer en Angleterre, et il sera extrêmement bien payé.

Belle se tourna pour le regarder en face. Pourquoi ne sortait-il pas de l'ombre ? Elle aurait voulu mieux distinguer son visage.

— De quoi s'agit-il exactement ? demanda-t-elle.

— Je cherche une femme prête à jouer le rôle de ma petite amie dans la vie de tous les jours. Je ne lui demanderai rien de plus que de faire semblant, dit-il d'une voix calme et détachée. Durant deux semaines, et ensuite, l'argent que je vous verserai vous permettra de faire ce que vous voudrez. Gagnant-gagnant pour nous deux, en quelque sorte.

Contrairement à son habitude, elle resta un moment sans voix, ébahie par cette offre. Même dans ses rêves les plus fous, jamais elle n'avait envisagé pareille possibilité.

— Mais... Euh... On ne se connaît même pas, dit-elle finalement en bredouillant.

— À quoi cela nous servirait-il ? Steve m'a assuré que vous étiez fiable. Il s'agit simplement d'un travail ou, si vous préférez, d'un rôle à jouer. Temporaire, mais bien payé.

— Mais, pour faire semblant d'être la petite amie de quelqu'un, il faut au moins le connaître un peu, répondit-elle. Nous sommes de complets étrangers l'un pour l'autre.

— Une petite séance de questions/réponses et vous saurez tout ce que vous avez besoin de savoir sur moi, répondit-il sans la moindre hésitation. Essayez d'adopter mon point de vue.

— Je ne vous connais pas suffisamment pour pouvoir le faire.

— Laissez-moi vous expliquer. Si je vous offre ce travail, c'est justement parce que vous êtes une étrangère pour moi et que je vous paierai pour fournir la prestation dont j'ai besoin. Une fois votre travail terminé, comme je ne vous connais pas, vous partirez sans poser de problème. Vous ne vous accrocherez pas à moi, vous ne vous imaginerez pas que j'ai des obligations envers vous ni que le fait de m'avoir aidé a pu créer une relation particulière entre nous.

Elle le toisa, surprise par ce petit discours révélateur.

— Les femmes ont l'habitude de s'accrocher à vous ?

Le visage de Dante se crispa et ses yeux noirs étincelants se posèrent sur le pâle ovale de Belle.

— Dans le passé, ça a pu me poser problème. J'ai connu la pire des crampons.

— Je ne suis pas du genre à me cramponner, dit-elle

dans un souffle, subjuguée par l'éclat des yeux noirs qui luisaient dans la pénombre. Mais vous ne m'avez toujours pas expliqué pourquoi il vous faut une petite amie à demeure.

— Et je ne vous en dirai rien tant que je ne saurai pas si vous êtes disposée ou non à accepter ce travail, répondit-il avec impatience. Une bonne nuit de sommeil et on se revoit demain matin, à 11 heures, pour que vous me donniez votre réponse. Mais attention, en tant qu'employeur, mes exigences sont grandes. Si vous acceptez ce travail, vous devrez vous plier à mes requêtes : porter les vêtements que je vous achèterai, arrêter de vous ronger les ongles... et vous séparer de votre chien. Les chiens ne sont pas mes amis.

Elle enfonça ses ongles rongés dans ses paumes. Il avait donc remarqué. Elle espérait toujours que sa mauvaise habitude passe inaperçue, et elle était cruellement mortifiée. Mais évidemment, rien n'échappait à Dante Lucarelli. Elle se baissa pour prendre son chien dans ses bras, qui fit voler le sable qu'il avait sous les pattes dans toutes les directions.

— Pas question que je me sépare de Charlie.

— Durant notre... arrangement, il pourrait séjourner dans un chenil.

— Non, il a trop besoin d'amour et d'attention. Privé de son environnement familier, il risque d'avoir peur, dit-elle en le serrant contre elle comme si c'était une peluche.

— Ce n'est quand même pas un enfant !

— C'est la seule famille qui me reste, et sa vie n'a pas toujours été facile, répondit-elle, de plus en plus irritée. Je ne transigerai pas sur Charlie !

— Attendons demain. Maintenant, je vais vous raccompagner jusqu'à votre camping-car.

— Inutile, répondit-elle en reposant le chien. Il n'est qu'à quelques centaines de mètres.

— C'est à moi de décider ce qui est utile ou non, pas à vous.

Il l'observa avec attention. Sa sentimentalité excessive

serait-elle un problème ? Cristiano aussi avait été un grand sentimental, trop prompt à s'attacher, et on savait où l'avait mené ce besoin d'affection et de partage ! Il avait laissé derrière lui deux chihuahuas débordants d'amour que Dante avait dû placer dans un chenil chic. Une fois par mois, ponctuellement, il allait les voir, mais ce n'était évidemment pas comme s'il les avait pris chez lui. Hélas, il ne pouvait rien offrir de mieux à ces chiens qui n'avaient jamais été traités comme des animaux et ne savaient probablement pas eux-mêmes qu'ils n'étaient que des chiens. Tito et Carina étaient habitués à partager le lit de leur maître, à dormir sur ses genoux et à manger dans son assiette.

— Vous ne croyez pas que, si vous avez besoin de louer une petite amie, fit Belle après avoir respiré profondément, c'est parce que vous êtes sans cœur, brutal et affreusement autoritaire ?

— Je ne me rappelle pas qu'une femme m'ait jamais insulté de cette façon ! répondit Dante, visiblement peu affecté par ce jugement.

Une vie entière de critiques parentales l'avait terriblement endurci.

— Je doute que les femmes se montrent très critiques envers vous.

— C'est le lot de la plupart des hommes riches, répondit-il avec cynisme avant de s'arrêter devant le petit camping-car niché sous les arbres.

Comment pouvait-on vivre dans ce véhicule déglingué ?

— Je passerai demain au bar, à 11 heures, dit-il.

# 2

Belle, allongée sur sa minuscule couchette, était restée éveillée jusqu'à l'aube, à réfléchir à la décision à prendre, sans que cela lui apporte aucune certitude. Comme toujours, elle avait fait des listes : une longue liste de questions importantes à poser à Dante, mais auxquelles il ne répondrait sans doute pas ; ainsi que la liste des pour et des contre, incomplète, car elle n'avait pas tous les éléments en main pour juger de la situation.

— Qu'est-ce que tu en penses ? demanda-t-elle à Charlie qui s'était blotti contre elle. On ne peut pas apprécier les gens qui n'aiment pas les chiens, ni leur faire confiance, pas vrai ? Tu me trouves trop catégorique ? Injuste ? Après tout, Steve est un type charmant et Dante est son ami, ce qui plaide plutôt en sa faveur.

Armée de ses listes et vêtue d'un short en jean et d'un haut à fleurs, elle se mit en route pour le bar sous le soleil du matin. Dans le restaurant, le ménage touchait à sa fin et il était temps de préparer les tables pour le déjeuner. Tout en roulant des hanches au rythme de la musique, elle sortit les sets et les verres. Dante était-il seulement capable de comprendre ce qu'elle ressentait pour son chien ?

Il n'était pas à elle depuis sa naissance, mais ils vivaient ensemble depuis son arrivée en France et elle s'était sentie obligée de l'adopter. Elle n'avait pas de famille et ne pouvait compter ni sur son père, qu'elle n'avait vu qu'une fois dans sa vie, ni sur sa mère, Tracy, qui n'avait plus repris contact avec elle depuis la mort de ses grands-parents. Charlie avait beau être moche et bizarre, il lui tenait lieu de famille. Ce n'était pas le plus racé des chiens, mais il débordait d'affection et lui rendait le monde moins sombre quand elle se sentait trop seule.

Une fois terminé son petit déjeuner sur fond de hurlements de bébés, Dante se rendit au restaurant. En montant les marches, il eut l'heureuse surprise de voir les fesses de Belle se trémousser au rythme de la musique. Elle avait un beau petit postérieur, ferme et épanoui, et le spectacle qu'elle offrait en dansant était du genre à exciter n'importe quel mâle. Mais prudence ! En tant qu'employeur potentiel, il ne devait absolument pas céder à la tentation. Il s'y était toujours refusé avec ses employées et jamais il ne commettrait pareille erreur, se rassura-t-il avec la plus grande fermeté.

— Venez vous asseoir avec moi, dit-il à Belle en passant auprès d'elle.

— Je ne peux pas. C'est le coup de feu, répondit-elle, les yeux rivés sur lui, comme hypnotisée. J'aurais dû vous prévenir hier soir.

— J'en ai parlé à votre patron, il vous accorde une heure pour discuter avec moi, l'informa-t-il avec le plus grand calme.

— Mais c'est l'heure de pointe !

— J'ai payé pour qu'il vous accorde ce temps libre, répondit-il avec assurance.

Rouge comme une pivoine, elle se dirigea vers la table qu'il lui désignait. Le pouvoir de l'argent, elle connaissait, et elle l'avait accepté depuis longtemps comme un des aspects pénibles de l'existence. Quand les gens payaient, ils avaient le droit de transgresser les règles et de faire la loi. Ce qui était normal devenait anormal et elle n'avait plus le choix. Elle s'assit face à lui et releva le menton en le fixant d'un regard plein de défi.

— Je croyais que vous viendriez plus tôt.

— J'ai dormi, répondit-il, gêné. Hier j'ai voyagé toute la journée.

Elle faillit lui faire remarquer qu'il avait dû effectuer ce voyage dans des conditions extrêmement confortables – peu de chances qu'il utilise les compagnies *low cost* – mais elle n'était pas en position de le contrarier. Quand il le fallait, elle savait se taire et garder un silence respectueux, même si les gens se montraient désagréables ou provocateurs. L'avantage d'occuper un emploi modeste, il fallait bien le reconnaître, c'était qu'on y apprenait l'humilité.

— Je suppose que vous envisagez d'accepter ce travail ? demanda-t-il en levant un sourcil tandis qu'une collègue de Belle déposait deux cafés sur leur table.

— Oui, répondit-elle en mettant du sucre dans son café parce qu'il n'y avait pas de lait, et en le remuant nerveusement. Mais d'abord, vous devez me fournir des explications.

Il prit une inspiration et son T-shirt de coton se tendit sur ses pectoraux. Bien décidée à ne pas profiter du spectacle, elle leva les yeux vers son visage pour la première fois depuis qu'ils étaient assis. Le regard sombre pailleté d'or captura le sien et elle sentit son estomac se creuser comme sur le grand huit.

— Dans huit jours, j'accueille pour le week-end un couple marié. Eddie et Krystal Shriner. Je suis en affaires avec Eddie, en pleine négociation très importante, mais le problème, c'est Krystal, avec qui j'ai eu une courte liaison il y a quatre ans. Depuis, elle me harcèle sans cesse. Je ne veux pas qu'elle se mette à flirter avec moi devant son mari, ce qui risquerait de faire capoter la négociation en cours. C'est un homme extrêmement jaloux.

Malgré elle, Belle sentit son intérêt s'éveiller.

— Krystal, c'est la « pire des crampons » à laquelle vous avez fait allusion hier soir ?

Il acquiesça.

— Le seul moyen de lui échapper, c'est d'installer une autre femme chez moi, dit-il. Votre présence la rendra folle de rage, mais ce sera un moindre mal, du moment que je réussis à la convaincre que j'ai trouvé chaussure à mon pied. Elle ne prendra pas le risque de perdre Eddie tant qu'elle n'a pas de remplaçant qui lui convienne en vue.

En entendant pareil calcul, Belle fit la grimace, mais se détendit légèrement.

— Puis-je vous demander combien de temps vous êtes resté avec elle ?

— Un week-end…, répondit-il en fronçant les sourcils.

— Un week-end ? Et vous vous en faites à ce point !

— Je n'ai jamais prétendu qu'elle était inoffensive, répondit-il sèchement.

— Ils vont rester longtemps chez vous à Londres ?

— Pas à Londres. Je les ai invités chez moi, en Italie.

— Mais vous m'avez proposé de me ramener à Londres !

— Dès que vous aurez terminé votre travail, mon jet vous ramènera là où vous le souhaiterez, mais les deux prochaines semaines, nous ne serons pas à Londres. Si vous acceptez cet emploi, je vous emmènerai d'abord à Paris acheter des vêtements. Habillée comme vous l'êtes, personne n'accepterait de croire que vous êtes ma petite amie. Ensuite, nous repartirons pour l'Italie où vous vous familiariserez pendant quelques jours avec ma maison et mon mode de vie. Dès que Krystal et Eddie nous auront quittés, votre travail sera terminé et vous pourrez rentrer chez vous.

L'idée de se faire offrir des vêtements par Dante lui déplaisait, cela lui rappelait trop les manœuvres sordides et néanmoins lucratives de sa mère pour se faire payer vêtements de luxe, bijoux et croisières par ses amants. Quand Belle avait découvert les méthodes de Tracy pour vivre dans le grand luxe apparemment sans travailler, elle avait eu honte. Comment s'étonner alors que son père ait parlé de Tracy de façon si sarcastique et l'ait traitée de « chercheuse d'or » ? Il était clair que, plus jeune, Tracy avait passé plus de temps dans les lits de ses riches protecteurs qu'à défiler sur les podiums, et Belle était très reconnaissante envers ses grands-parents de ne pas lui avoir révélé la vérité concernant leur fille.

— Alors, répondit-elle en s'arrachant à ces désagréables souvenirs, le travail en tant que tel ne durera pas plus de deux semaines ?

— Non.

Elle fouilla dans ses poches et sortit la liste qu'elle avait rédigée la veille.

— J'ai quelques autres questions à vous poser, si vous le voulez bien.

— Je suppose que je n'ai pas le choix, répondit-il en observant, fasciné, la façon dont elle passait le bout de sa langue sur ses lèvres pour les humidifier.

Tout en se reprochant son manque de discipline, il ne pouvait s'empêcher d'imaginer l'effet de cette langue se déplaçant sur son propre corps. Il devait reconnaître que, concernant les femmes, il n'avait jamais eu beaucoup de difficultés à se tenir à ses principes car il n'avait que très rarement rencontré une femme qu'il désirait et qui lui résistait. Mais Belle allait travailler pour lui, il allait la payer, et si le sexe se glissait dans cet arrangement, la situation risquait de devenir plus délicate encore.

Sans se démonter, elle lut à haute voix la première question de sa liste.

— Pourquoi aucune de vos amies n'a-t-elle accepté de tenir ce rôle ?

— L'une d'elles avait accepté, mais elle a changé d'avis. Elle a décidé qu'il fallait qu'elle ait une bague de fiançailles au doigt pour affronter Krystal, pour une question de fierté. Mais je n'étais pas prêt à pousser aussi loin la comédie, reconnut-il platement.

— Vous devez être en proie à un harcèlement permanent pour vous sentir à ce point pourchassé par les femmes ! dit Belle de son air le plus suave.

Il préféra prendre ce commentaire au premier degré et haussa ses larges épaules d'un air modeste.

— Question suivante ?

— Et Charlie ?

— Charlie ? Qui est Charlie ?

— Mon chien. Vous l'avez croisé hier soir.

— N'oubliez pas que c'est un chien, pas une personne. Il y a des chenils tout près de chez moi, et je vous assure qu'ils proposent un service d'excellente qualité : cela fait plus d'un an que j'y ai placé les deux chiens de mon frère.

Elle le regarda d'un air horrifié.

— Vous avez placé les deux chiens de votre frère dans un chenil depuis plus d'un an ! Pourquoi ne les avez-vous pas installés chez vous ?

— Je ne suis pas un ami des chiens, répondit-il d'un ton impatient. Et j'ai même du mal à croire que nous ayons cette discussion stupide à propos d'animaux. Si vous tenez tant à emmener votre chien, faites-le, mais nous l'enverrons en Italie avant nous. Pas question de l'emmener à Paris !

Elle décida de céder. L'arrangement n'était pas parfait, mais Dante s'estimait visiblement très généreux de faire cette concession, et elle ne voulait pas le pousser dans ses retranchements de crainte de perdre cette chance unique d'un travail qui lui permettrait de rentrer à Londres.

— Vous ne m'avez toujours pas précisé le montant du salaire, dit-elle, assez mal à l'aise.

— Combien avez-vous gagné l'année dernière ? demanda-t-il en lui jetant un regard torve, furieux à l'idée de devoir vivre avec un chien, même pour deux semaines.

Cette femme était une drôle de petite créature, folle de son chien, mais au fond ces défauts étaient véniels ; s'il les acceptait sans rechigner, elle serait plus convaincante encore dans le rôle qu'il voulait lui faire jouer.

Prise de court par la question, Belle cligna des yeux et répondit en toute honnêteté.

— Sérieusement ? Pas plus que ça ? s'exclama-t-il, incrédule.

— Pas plus que ça, mais j'étais nourrie et logée, répondit-elle en rougissant.

— Multipliez cette somme par cinquante, c'est ce que je suis prêt à vous payer, dit-il sans barguigner.

— Par *cinquante* ? Vous ne pouvez pas me verser ce salaire et en plus m'acheter des vêtements ! fit-elle, stupéfaite. Ce serait du délire !

— Il vous faudra pourtant en passer par là. Pour moi, ça n'a rien d'extravagant. Et si vous faites un réel effort pour vous mettre dans la peau du personnage, vous aurez droit à un bonus.

Elle avait pâli à l'idée de gagner une telle somme. Quel choc ! Même en calculant rapidement et au plus juste, un tel pactole allait changer sa vie et, pour la première fois, lui permettre de faire des choix. Elle pourrait louer un appartement à Londres et reprendre des études qui lui permettraient de trouver un emploi à sa convenance. Avec ce capital à disposition, le ciel serait sa seule limite. À l'idée de sa liste de pour et de contre, elle se sentit réellement stupide : elle avait la possibilité de changer de vie, le risque en valait vraiment la peine. D'ailleurs, au fond, qu'avait-elle à perdre – en dehors de Charlie ?

— Ce sera comme de gagner au loto, dit-elle, conquise, dans un souffle.

— N'oubliez pas que le gros lot, c'est moi, et commencez dès maintenant à entrer dans le rôle. Le salaire que j'ai l'intention de vous verser sera de l'argent de poche comparé à la vie que vous mènerez avec moi.

— L'argent de poche me suffit. Vivre avec vous doit être une vraie gageure.

Il ne releva pas. Pour lui, vivre avec une femme sous son toit, au risque de troubler sa sacro-sainte intimité, était une terrible punition.

— Je vais m'occuper de faire voyager le chien, et je passerai vous prendre demain.

— Demain ? demanda-t-elle, stupéfaite. Déjà ?

— Nous n'avons pas de temps à perdre, et vous ne devez pas avoir beaucoup de bagages. Donnez-moi votre numéro de téléphone, je vous préciserai par texto l'heure de notre départ.

Sur ce, il descendit en deux enjambées l'escalier qui menait au parking, tandis que, médusée, elle restait sans bouger. Puis elle se remit à préparer les tables. Comment croire qu'elle allait quitter ce restaurant et que sa vie puisse changer si vite ? Concernant ses bagages, Dante avait vu juste, elle n'avait pas grand-chose à emballer et sa garde-robe était extrêmement limitée. Elle allait donner un bon bain à Charlie et le brosser soigneusement pour le rendre plus présentable. On ne devait surtout pas le prendre pour un malheureux chien abandonné ou négligé. Il allait aussi falloir qu'elle nettoie à fond le camping-car avant de rendre la clé à son propriétaire.

Quand Dante vint prendre Belle, le lendemain matin, il la trouva en larmes à la pensée de se séparer de son chien. Les transporteurs spécialisés que l'assistante personnelle de Dante avait contactés se tenaient devant leur fourgon, craignant visiblement d'accélérer la séparation. Heureusement, Dante n'avait pas ce genre de scrupules.

— Dites au revoir à votre chien, Belle. La séparation ne durera pas plus de quelques jours.

— Il est terrorisé, répondit-elle d'une voix tremblante. Il n'a encore jamais été dans une cage.

— Mettez-le vous-même dans la cage. Comment aviez-vous l'intention de le ramener en Angleterre ? demanda-t-il. De toute façon, à un moment ou à un autre du voyage, il se serait retrouvé dans une cage. Mieux vaut qu'il s'y habitue dès maintenant.

Charlie entra dans la cage et se blottit dans un coin, comme s'il s'attendait à être battu. Ravalant un sanglot, Belle tendit les papiers qui précisaient que Charlie était arrivé en France deux ans plus tôt.

— Il a l'air vraiment misérable, fit-elle d'une voix faible.

— Oui, c'est vrai qu'il n'est pas très heureux, dit Dante tout en soupçonnant Charlie de savoir l'effet qu'il produisait sur le public et d'en rajouter. Mais bientôt vous serez de nouveau réunis. Il faut vous faire une raison.

Brusquement, elle s'aperçut que Dante avait complètement changé de look. Fini le jean, il était vêtu d'un costume gris foncé magnifiquement coupé qui mettait en valeur sa large carrure et la minceur de ses hanches. Fascinée, elle le contempla quelques secondes avant de détourner précipitamment la tête.

— Je sais que je dois me faire une raison, mais ça ne m'empêche pas d'être complètement retournée, fit-elle, sur la défensive.

— Pleurer en public est inacceptable, sauf à un mariage

ou à un enterrement. En tout cas, pas quand on dit au revoir à son chien pour quelques jours, dit-il tandis que le chauffeur chargeait son unique bagage dans le coffre de la voiture puis leur ouvrait les portières.

— Dé-désolée, répondit-elle en tournant son visage dévasté vers lui.

Puis, ravalant un sanglot, elle monta dans la voiture de luxe.

Ils gagnèrent l'aéroport de Toulouse-Blagnac où, après être passés par l'espace VIP, ils embarquèrent dans le jet privé de Dante. Impressionnée, elle découvrit les somptueux sièges de cuir gris et l'élégant aménagement intérieur. Une hôtesse lui apporta une pile de magazines de mode tout en flirtant outrageusement avec Dante : sourires provocants, effets de chevelure et postures suggestives dans une jupe crayon assez moulante pour réveiller un mort. Les femmes lui prodiguaient-elles toujours une attention aussi manifeste ? Belle s'interrogea. Et elle, pourquoi la fascinait-il à ce point ?

Il avait beau être riche, sophistiqué, et d'une beauté à couper le souffle, il lui était aussi étranger que la neige à la chaleur de l'été. Mais il affolait ses hormones et lui rendait son propre corps très inconfortable. Celui-ci la trahissait d'une façon totalement inattendue. Jamais auparavant elle n'aurait imaginé être attirée par quelqu'un qu'elle n'appréciait pas spécialement et elle était stupéfaite de sentir, dès qu'elle posait les yeux sur lui, ses seins se gonfler, leurs pointes durcir et une tiède humidité sourdre entre ses cuisses. Mais, au fond, la découverte de cette petite faiblesse ne la tracassait pas plus que cela.

Elle ne céderait jamais à la tentation parce que l'attirance sexuelle présentait peu d'intérêt en l'absence de sentiments authentiques. Aucune des nombreuses liaisons de sa mère n'avait duré ni réussi à la guérir de son insatisfaction permanente. Belle attendait davantage de la vie qu'une passagère excitation sexuelle ou une existence luxueuse. Elle attendait l'amour, un homme qui lui permettrait de s'épanouir en sécurité, et quand finalement elle l'aurait trouvé, elle fonderait la famille qu'elle avait l'impression d'avoir perdue sans en avoir pourtant jamais vraiment eu. Cet homme ne refuserait pas de s'engager, contrairement à Dante qui considérait les femmes comme des crampons et n'aimait sans doute pas plus les enfants que les chiens. Ce serait un homme ordinaire, qui aurait envie de se fixer s'il rencontrait la femme capable de le rendre heureux.

— Vous êtes déjà allée à Paris ? lui demanda-t-il en la voyant regarder à travers la vitre comme un enfant qui craint de rater quelque chose pendant un voyage scolaire.

— Non.

— Depuis combien de temps résidez-vous en France ?

— Presque trois ans.

— Et vous n'avez rien visité ?

— Je ne pouvais pas laisser Mme Devenish et Charlie seuls, et pour être franche, je n'aurais pas eu assez d'argent pour le faire.

— Je ne comprends pas que vous vous encombriez d'un chien, dit-il sèchement.

— Au départ, il n'était pas à moi. La nièce de Mme Devenish le lui avait offert, mais rapidement, elle n'a plus été assez en forme pour s'occuper de lui. Pourtant elle aimait le voir vagabonder dans la maison. C'était une vieille dame charmante, mais son entourage n'arrivait pas à accepter qu'elle soit malade. Ils aimaient venir passer leurs vacances ici en été et prétendaient qu'elle exagérait ses symptômes. J'ai fait venir le médecin pour les convaincre du contraire, mais elle est décédée quelques semaines plus tard.

— Vous allez devoir apprendre à ne pas vous laisser exploiter.

— À condition qu'il me soit possible d'assumer les conséquences d'un tel refus, et je n'avais pas d'autre travail en vue ni d'autre endroit où vivre.

— Vous n'auriez pas dû vous laisser acculer dans cette situation.

— C'est pourtant exactement ce que je suis en train de faire avec vous.

Il fronça les sourcils, extrêmement surpris.

— Comment cela ?

— Eh bien, vous ne m'avez pas proposé de contrat en bonne et due forme, et en plus, maintenant que vous détenez Charlie, vous avez un moyen de pression sur moi, dit-elle en relevant le menton.

— Vous vous imaginez que j'ai pris Charlie en otage ? Ou que je vais vous abandonner à Paris sans un sou ? demanda-t-il, choqué par ces soupçons insultants.

— Ce n'est pas exactement ce que j'ai dit, répondit-elle doucement. Mais quand on n'a pas le choix… Il a bien fallu que je vous fasse confiance.

Il eut un soupir irrité, mais ne répondit rien, se contentant de faire la grimace. Il n'aimait pas qu'on mette sa parole en doute.

Belle descendit de la limousine dans une des rues les plus huppées de Paris et ouvrit des yeux plus grands encore en voyant Dante se diriger vers un palace des plus renommés. En rougissant, elle lissa sa jupe à fleurs, et contempla avec embarras ses chaussures fatiguées. Puis elle le suivit en prenant garde de rester loin derrière lui et manqua de glisser sur le carrelage impeccablement lustré du hall de réception. Elle était horriblement consciente du silence feutré qui régnait, malgré les conversations étouffées. En levant les yeux, elle aperçut les galeries à colonnes correspondant aux différents étages. Jamais elle ne s'était sentie aussi minable. Au moindre geste de travers, une main s'abattrait-elle sur son épaule ? Lui demanderait-on ce qu'elle faisait dans ce lieu magnifique où elle se sentait si peu à sa place ?

— Cet après-midi, vous allez avoir beaucoup à faire, lui dit Dante quand elle pénétra sur ses talons dans l'ascenseur avant de se réfugier dans un coin.

Elle le fixa d'un air ébahi.

— Faire quoi ?

— D'abord une petite séance de spa pour des traitements de beauté, ne me demandez pas lesquels. J'ai indiqué à mon assistante que vous aviez besoin d'un relooking, surtout concernant vos ongles.

— Vous êtes obsédé par mes ongles, dit-elle d'un ton un peu aigre. Mais j'ai bien peur que personne n'y puisse rien.

— Effectivement, si j'acceptais de payer la facture, le meilleur moyen serait de vous couper les mains pour vous en greffer d'autres.

Elle pâlit et serra les poings. Elle avait évidemment terriblement envie de se ronger les ongles, mais cela aurait mis le feu aux poudres. Les portes de l'ascenseur s'ouvrirent sans bruit et un homme en veste blanche s'inclina devant eux.

— Notre maître d'hôtel. Vous pouvez lui demander tout ce que vous désirez, dit Dante en pénétrant dans le vaste espace qui s'ouvrait devant eux.

Ébahie, elle traversa la pièce et sortit sur le balcon. Se penchant au-dessus de la balustrade de fer forgé magnifiquement ouvragée, elle contempla la vue : la mince silhouette de la tour Eiffel, les toits de verre du Grand Palais et les tours de Notre-Dame.

— Madame… ?

Se retournant, elle découvrit le maître d'hôtel qui lui présentait une coupe de champagne sur un plateau d'argent. Tout cela n'était-il qu'un rêve ? Elle faillit se pincer mais préféra prendre le verre. Elle revint à l'intérieur et l'homme la guida par un escalier en colimaçon jusqu'à sa chambre d'un luxe très glamour : murs tendus de brocard et sièges de velours confortables d'un délicat vert de Nil. Le plafond, haut, était décoré d'une dentelle de moulures. En pénétrant dans la salle de bains, elle fut un peu déçue de n'y trouver qu'une douche, même si la pièce était assez grande pour servir de salle de réception.

En redescendant l'escalier, elle découvrit que le déjeuner était servi. Une jeune femme vêtue d'un tailleur strict, une tablette en main, était à côté de Dante.

— Belle, voici mon assistante, Caterina. C'est elle qui gérera ton emploi du temps car je dois assister à quelques réunions.

Belle s'assit en face de lui pour déjeuner. N'ayant rien mangé depuis le matin, elle avait très faim. Tandis qu'elle se restaurait, il s'entretint en italien avec son assistante et elle vit ses prunelles dorées étinceler dans un rayon de soleil avant que ses longs cils ne les lui dérobent. Elle sentit sa bouche s'assécher et sa gorge se serrer. Les nerfs à vif, elle faillit porter ses ongles à sa bouche, mais Dante la fixa d'un air dissuasif.

— Essaie seulement et je te plonge la main dans l'eau glacée.

En rougissant, elle cacha sa main entre ses genoux.

— Tu n'as pas à me menacer, dit-elle d'une voix sourde.

— Et toi, tu dois faire un petit effort, répondit-il sous le regard de Caterina, visiblement médusée. Ce soir, je t'emmène dîner quelque part. Assurez-vous qu'elle soit prête à être photographiée, fit-il à destination de son assistante.

— Comment ça, être photographiée ? demanda Belle.

— Je suppose qu'à un moment ou à un autre de la soirée, les paparazzis finiront par nous coincer.

— En Italie, Dante est en permanence sous le feu des projecteurs, dit Caterina.

Elle escorta ensuite Belle jusqu'au spa dans le sous-sol de l'hôtel. Belle supporta sans peine les différents traitements, et une fois les moins agréables terminés, finit par se détendre. On lui avait collé de faux ongles, longs et effilés, d'un rose pâle à peine visible, et son corps ne comportait plus le moindre poil – à part ses cheveux et ses sourcils. Après un massage et un gommage du visage, elle vit arriver un coiffeur qui se lamenta d'abord sur les dégâts causés par le soleil à son abondante chevelure. Mais après un traitement efficace, cette masse indomptable se transforma en boucles brillantes et douces comme la soie.

De retour dans sa chambre, elle trouva trois femmes flanquées de portants chargés de vêtements et de boîtes d'accessoires. Après avoir déterminé sa taille, l'une d'elles lui fit essayer de la lingerie de luxe qui, d'après la plus âgée, était indispensable pour l'élégance de la silhouette. Puis on lui fit passer différentes tenues tandis que les dames discutaient entre elles des couleurs et des formes qui lui convenaient le mieux. Jamais elle n'avait vu auparavant des tissus d'un tel luxe, ni des vêtements si bien coupés et finis. Cependant, si elle ne devait jouer la petite amie de Dante devant ses amis que le temps d'un week-end, pourquoi lui offrir une garde-robe complète ? Bien sûr, elle allait devoir tenir ce rôle chez lui quelques jours auparavant, mais une telle profusion paraissait excessive. Pourtant, en découvrant son reflet dans le miroir, elle cessa de s'interroger sur tout cet argent dépensé en vain.

La robe moulante aux fines bretelles semblait avoir été créée spécialement pour elle. Un soutien-gorge adapté contenait son exubérante poitrine. L'ourlet s'arrêtait aux genoux, des sandales aux talons vertigineux mettaient ses jambes en valeur, allongeant et affinant sa silhouette.

Elle reprit son souffle, s'empara d'une pochette assortie aux sandales et descendit l'escalier.

— Très classe, dit Dante d'un ton approbateur en découvrant la nouvelle Belle, malgré une étrange pointe de déception au fond du cœur.

À sa grande surprise, il prit conscience que, d'une certaine façon, il préférait ses boucles rebelles et l'excentricité juvénile de son allure. Voilà qui était perturbant. Indiscutablement, elle était plus élégante que la première fois qu'il l'avait vue, pourtant, au naturel, elle lui avait paru autrement plus sexy, plus attirante.

— Vous avez obtenu ce que vous vouliez, dit-elle avec un haussement d'épaules.

Une étincelle plus sombre passa dans le regard doré de Dante.

— Inutile d'épiloguer, ce n'est pas le plus important.

Il examina ses longues jambes et s'imagina en train de remonter sa jupe, de caresser ses cuisses rondes et fermes. Le corps frémissant, il s'efforça de chasser ce fantasme malvenu et de se calmer. Il n'était pas question de céder à cette pulsion oh combien dangereuse. Il allait évidemment avoir l'occasion de toucher Belle. Leurs rôles respectifs impliquaient des contacts physiques, mais il s'assurerait de ne fournir à son public qu'une illusion, convaincante mais superficielle.

Dans l'ascenseur, Belle frémit en sentant le regard de Dante se poser sur ses jambes. Elle ressentait une sorte de faiblesse, d'étourdissement, de légère claustrophobie ; une pulsation étrange et incontrôlable au plus profond d'elle et une tension presque douloureuse dans les seins. Simple attirance stupide et purement physique, se dit-elle avec dédain tout en montant à l'arrière de la limousine étincelante qui les attendait. Les nerfs à vif, elle jeta en silence un coup d'œil à Dante. Ses prunelles dorées étincelaient, ce qui la fit déglutir.

Dante, de son côté, ne s'était jamais senti aussi mal à

l'aise : comment espérer donner l'impression qu'ils étaient amants alors qu'il n'avait même pas encore touché Belle ? Pourquoi ne s'était-il pas encore risqué à le faire ? Sa décision prise, il tendit la main et elle la saisit avant de le laisser l'attirer à lui pour la prendre dans ses bras. Elle s'y glissa sans vraiment réfléchir, le cœur battant, de nouveau en proie à un léger vertige.

Il lui prit le visage en coupe et l'embrassa avec une ardeur si bien feinte qu'elle en eut le souffle coupé. Son cœur se mit à battre plus vite encore et tout son corps frémit d'un désir qu'elle n'avait jamais ressenti auparavant. Ses doigts s'agrippèrent au col de la veste de Dante qui, avec un gémissement, écrasa ses lèvres pour introduire sa langue dans sa bouche, dans une exploration méthodique qui la fit vibrer tout entière. Ces sensations aussi inattendues qu'incroyablement excitantes la submergèrent avec la puissance d'une avalanche.

— Mauvais timing, *amante*, dit-il dans un murmure en soulevant légèrement le bassin tandis qu'elle posait sur sa cuisse une main qu'elle aurait voulu apaisante, mais qui se révéla bien trop proche de l'endroit où la tension de son pantalon trahissait son excitation.

Pour la première fois de sa vie, il *désirait* qu'une femme aille plus loin. Il attendit quelques secondes, mais elle ne bougea hélas pas.

— Je pourrais demander au chauffeur de faire un petit tour ?

La suggestion effraya Belle qui, les yeux fixés sur la bouche écarlate de Dante, se passa la langue sur les lèvres. Tout son être brûlait du désir qu'il la touche de nouveau pour satisfaire ce besoin surgi de nulle part qui la faisait trembler et transpirer.

— Euh...

— *Madonna mia... Ti voglio...* J'ai envie de toi, fit-il d'une voix rauque en écrasant de nouveau les lèvres de Belle et en lui prenant la main pour la poser au point crucial de son désir.

Les doigts de Belle avancèrent avec hésitation sur le tissu et suivirent le long renflement de son sexe à travers le pantalon. Elle sentit qu'elle venait de pénétrer en territoire inconnu. Jamais elle n'avait joué à ce jeu-là, ni encouragé personne à y jouer avec elle parce qu'elle n'avait pas encore eu l'intention d'aller plus loin qu'un simple baiser avec un homme. Mais en cet instant, elle se sentait terriblement tentée, elle le désirait même au plus haut point. En quelques minutes, Dante lui avait fait franchir ces étapes et cela la terrorisait. Dans ses bras, elle était incapable de penser sereinement.

Le regard appréciateur qu'il posait sur elle enflammait son corps, le désir impérieux qui brillait dans ses yeux suscitait le sien.

— Je croyais que nous étions sortis pour déjeuner, répondit-elle d'une voix tremblante.

— Nous pourrons très bien nous sustenter à l'hôtel, dit-il en lui prenant la main pour la garder près de lui.

— Mais le sexe n'était pas inclus dans notre arrangement, n'est-ce pas ? demanda-t-elle, en plein désarroi.

— Bien sûr que non, répondit-il en lui caressant doucement les doigts. Mais ce que nous choisissons de faire en dehors de notre pacte ne regarde que nous.

— Euh... Oui, mais je ne crois pas que nous devrions aller trop loin, murmura-t-elle en dégageant sa main.

— Il faudra pourtant un certain degré de familiarité visible entre nous, sinon personne ne croira jamais que nous sommes amants, répondit-il en dissimulant son amusement.

Elle s'en voulut de ne pas avoir pensé plus tôt à cet aspect de leur prétendue relation.

— Tu me sembles très… nerveuse, dit-il. En tout cas, il faut que tu saches une chose : je te désire peut-être, mais jamais je ne te forcerai à faire quoi que ce soit contre ta volonté.

Elle rougit et se redressa, embarrassée qu'il se pense obligé de la rassurer.

— Je sais, mais pour être franche, avec toi je me sens un peu… un peu dépassée.

— Dépassée ? répéta-t-il, les nerfs à vif sous l'effet de la frustration.

— Pour tout dire, je n'ai guère d'expérience, dit-elle platement. J'aurais sans doute dû t'en avertir plus tôt.

— Que signifie au juste « guère » ?

Elle prit une profonde inspiration.

— Je préférerais changer de sujet, s'il te plaît.

— Ne sois pas si timide, et ne te crois surtout pas obligée de me mentir. Je considère les femmes comme des égales, et je préfère les partenaires expérimentées.

— Dans ce cas, je ne risque pas de te convenir, répondit-elle, visiblement soulagée, sur le ton de la confidence. Je n'ai encore jamais eu de… euh… partenaire.

— Tu ne peux quand même pas être *vierge* ! dit-il, abasourdi.

Comme il prononçait ces mots, le chauffeur ouvrit la portière car, sans que ni l'un ni l'autre ne l'ait remarqué, la voiture venait de s'arrêter. Belle fut miraculeusement dispensée de répondre. Dante sortit et elle se glissa vers la portière en s'efforçant de garder sa jupe droite décemment tirée sur les cuisses. Au même instant, comme dans un cauchemar, des flashs d'appareils photo se mirent à crépiter, l'aveuglant et la déstabilisant tandis qu'elle tentait de s'extirper gracieusement du véhicule sur ses talons aiguilles. Heureusement, Dante vint à son secours. Lui saisissant le bras, il la fit retrouver son équilibre et elle lissa sa robe d'une main discrète.

Sans un regard pour les photographes qui se pressaient dans le hall bondé de l'hôtel, il continua à fixer Belle d'un regard stupéfait, comme s'il était toujours sous le choc de la révélation qu'elle venait de lui faire.

— Ce n'est pas possible que tu sois...

Ces mots déclenchèrent une nouvelle onde brûlante en elle, au plus intime de son corps, ce qui la mortifia davantage encore.

— Et en plus, tu rougis, dit Dante, visiblement perplexe. En fait, je suis tombé sur une légende urbaine, un genre de licorne, en quelque sorte...

# 3

— On pourrait changer de sujet ? dit Belle à Dante tandis qu'il la guidait à travers la salle à manger bondée de dîneurs curieux vers un box tranquille aux lumières tamisées.

— Pas d'atermoiements. Tu as reconnu qu'on devait savoir un certain nombre de choses l'un sur l'autre, et c'est précisément le genre de renseignement qu'un homme a besoin de connaître.

— Pas dans notre situation, répondit-elle en protestant. Puisqu'on fait juste semblant.

— Et sur ce point particulier, tu fais aussi juste semblant ? demanda-t-il d'un ton agressif.

— Arrête, fit-elle entre ses dents avant de s'asseoir. Si tu continues à me chercher, je vais passer toute la soirée rouge comme une tomate.

— Tu aurais pu me dire la vérité d'emblée, dit-il en consultant la carte des vins.

Puis il passa commande au maître d'hôtel dans un français parfait.

— Pourquoi aurais-je dû te mettre au courant ? demanda-t-elle en appliquant ses mains fraîches sur ses joues dans l'espoir de calmer l'ardeur qu'elle ressentait.

— J'ai l'impression de m'être fait avoir. Comme si je m'apprêtais à jeter un nourrisson dans la fosse aux ours, répondit-il, frustré. Tu n'es certainement pas la bonne personne pour jouer le rôle de la maîtresse sexy. Je ne vois pas comment tu pourrais t'en tirer !

— Ce n'est pas parce qu'on ne connaît rien au sexe qu'on ne peut pas avoir l'air sexy, répondit-elle en chuchotant. La preuve, il y a cinq minutes, tu étais dans tous tes états.

— Si j'avais été dans tous mes états, nous serions encore dans la limousine, fit-il sèchement. Je t'ai embrassée, voilà tout. Ne te laisse pas emporter par ton imagination virginale.

— Si tu pouvais définitivement bannir ce mot de ton vocabulaire, je t'en serais extrêmement reconnaissante, dit-elle avant de se réfugier derrière le menu. Ça m'embarrasse et je regrette de ne pas t'avoir menti.

Il passa commande puis se carra dans sa chaise en fixant d'un air sarcastique les joues de Belle, toujours aussi rouges.

— Dis-moi quand même pourquoi. Des scrupules religieux ?

— Quand j'étais plus jeune, mes grands-parents ne m'encourageaient pas à traîner à droite et à gauche, nous vivions dans un quartier difficile et ils se faisaient du souci pour ma sécurité. Après, en tant qu'auxiliaire de vie, je restais le plus souvent chez la vieille dame dont je m'occupais. Ça n'a pas été une décision consciente de ma part, plutôt une absence d'occasion, dit-elle, honnête, après avoir avalé une gorgée d'eau. C'est tout ce que j'ai à dire sur le sujet.

— Et moi, ça ne me satisfait toujours pas, répondit-il avant de goûter le vin et d'indiquer au sommelier qu'il pouvait le servir.

— Ça ne te regarde absolument pas, dit-elle lorsqu'ils furent de nouveau seuls.

— Si, ça me regarde, puisque tu as fait en sorte de susciter mon désir, répondit-il. C'est seulement maintenant que je comprends que tu fais partie de ces femmes qui décident de rester blanches et pures jusqu'à leur nuit de noces.

— Je n'ai jamais dit rien de tel. Mais je n'aurais envie

de partager ce genre d'intimité qu'au cours d'une relation sérieuse.

— Que je ne suis pas prêt à t'offrir.

— Bien sûr que non, répondit-elle. D'ailleurs, tu es mon employeur, impossible donc de songer à rien de tel.

Il se souvint avoir lui aussi pensé qu'il n'y avait pas de place pour le sexe dans leur arrangement. Mais dès l'instant où il l'avait touchée, quelque chose avait changé en lui. Il avait dû s'avouer qu'il la désirait et, en bon mâle guidé essentiellement par sa libido, toutes ses réserves avaient disparu. Il ne voulait plus qu'elle soit hors d'atteinte, ni qu'elle ne couche qu'avec un homme qui lui offrirait une relation sérieuse. Et comment allait-elle pouvoir se mesurer à Krystal, l'incarnation même du sex-appeal ?

— J'attends seulement d'avoir rencontré la bonne personne, reprit-elle tranquillement, en espérant que cela détendrait l'atmosphère.

— Et à quoi ressemblerait cette bonne personne ? demanda-t-il, non sans curiosité.

— Quelqu'un qui me convienne, mais je préférerais qu'on change de sujet. C'est trop intime, trop personnel. Parlons d'autre chose.

— Je suppose que cette bonne personne sera un ami des chiens, fit-il, frustré.

— Pas forcément. J'accepterai de faire des compromis, du moment que cette personne répond par ailleurs à mes attentes.

— Je suppose que la liste de tes exigences est déjà prête. Un peu comme une liste de courses, en fait.

— Pas du tout, répondit-elle en relevant le menton.

Le silence se fit et, comme l'entrée arrivait, ils se mirent à manger. Quand on apporta la suite, Belle s'était assez détendue pour refuser d'attacher trop d'importance au jugement de Dante. Il allait passer dans sa vie aussi vite qu'une étoile filante, elle aurait eu bien tort de se soucier de son opinion. Évidemment, il devait la trouver naïve et totalement démodée, mais elle, elle savait ce qu'elle voulait et ce qu'il lui fallait, et elle n'allait pas s'en excuser.

— Toi, tu ne m'as pas dit grand-chose à ton sujet, dit-elle sur un ton très calme.

— Eh bien, allons-y, répondit-il en haussant les épaules. J'ai vingt-huit ans, ma famille a fait fortune dans la banque. Mon père a épousé ma mère parce qu'elle était la fille d'un prince et qu'il en était lui-même un, titres auxquels ils accordent tous deux beaucoup d'importance, même si la République italienne ne les reconnaît plus. Ils ont eu deux enfants parce qu'ils voulaient que leur fils hérite du titre, l'héritier et la roue de secours. La roue de secours, c'était moi, fit-il avec une grimace amère. Mon frère, Cristiano, a subi beaucoup de pression pour être conforme aux désirs de mes parents. Il est entré dans la banque parce qu'ils l'exigeaient, même s'il avait envie de faire autre chose de sa vie.

— Et toi ? Qu'attendaient-ils de toi ?

— Pas grand-chose. Je ne les intéressais qu'en tant qu'assurance, au cas où il arriverait quelque chose à mon frère. Et le pire s'est produit, une tragédie. Cristiano a ruiné un fonds d'investissement de la banque et, au lieu de me demander de l'aide, il s'est senti incapable de faire face à nos parents. Il a fait une overdose... volontaire, et terminé.

Belle pâlit. Le beau visage de Dante s'était tendu en évoquant ce souvenir douloureux.

— Je suis désolée, Dante.

— Tu sais ce que mes parents m'ont dit à son enterrement ? demanda-t-il d'une voix enrouée par le chagrin. Qu'ils ne l'avaient jamais vraiment considéré comme leur fils aîné, qu'il n'était pas capable d'assumer pareille responsabilité mais que, moi, j'étais beaucoup mieux adapté pour tenir ce rôle. Ils n'avaient aucun chagrin, parce qu'ils l'avaient toujours tenu pour un raté et trouvé gênant socialement.

— Quelle horreur ! dit-elle dans un murmure en posant doucement la main sur le poing qu'il serrait sur la table. Ils ne pensaient pas vraiment une chose pareille, c'est impossible !

— Bien sûr que si, répondit-il en repoussant son assiette. Ça ne m'a d'ailleurs pas surpris, mais, depuis, je me sens coupable de ne pas avoir pu le sauver.

— Pourquoi ?

— J'aurais dû intervenir et prendre sa relève à la banque. J'étais plus qualifié que lui pour le faire. J'aurais accepté un mariage socialement convenable pour prolonger la lignée. Mais j'ai choisi de faire ce qui me plaisait et je l'ai laissé couler. J'aurais dû lui conseiller de partir, mais il en était incapable, il avait toujours désespérément recherché l'approbation de nos parents.

— Ce n'est pas ta faute. Il a fait ce qu'il a voulu et toi aussi. Quoi qu'il arrive, l'un de vous devait se sacrifier et il a choisi de le faire, en tant que fils aîné.

— Si nous passions à un sujet moins épineux ? proposa-t-il, stupéfait d'en avoir tant dit et décontenancé par les yeux de Belle embués de larmes.

Elle avait une sensibilité à fleur de peau, exactement comme Cristiano, ce qui les rendait terriblement vulnérables.

— Oui, dis-moi où tu as fait tes études. Car je suppose que tu es allé à la fac, dit-elle avant d'ajouter en le voyant acquiescer : Tenons-nous-en pour l'instant aux faits simples que je devrais connaître à ton sujet.

Le reste du repas se passa étonnamment bien et, quand ils remontèrent dans la limousine, Belle se sentit assez calme pour ignorer l'unique paparazzi qui réussit à voler un cliché d'eux ensemble.

— Quelle est ta couleur préférée ? demanda-t-elle.

— Je n'en ai pas.

— Tout le monde en a une.

— Alors le bleu. Comme ta robe, dit-il pour la taquiner, ravi de la voir s'intéresser à des détails, comme sa date de naissance, ses sports et ses plats préférés, qu'il jugeait sans importance ni intérêt pour elle. Le bleu met tes yeux en valeur. Il va falloir que je t'achète des bijoux. Les hommes offrent toujours des bijoux à leur maîtresse, non ?

— Ne dépense rien de plus pour moi, de toute façon il faudra que je te les laisse. Je ne peux accepter de toi que des bijoux de pacotille, aussi faux que notre arrangement. On en fait de très jolis, d'ailleurs.

— Je ne vais pas t'offrir de la pacotille ! fit-il en lui jetant un regard incrédule. *Madre di Dio* ! Tu perds vraiment la tête !

— Pourquoi ?

— Aucune femme raisonnable ne suggérerait qu'on lui offre de faux diamants. Elle exigerait des pierres authentiques, surtout si c'est pour les revendre au plus vite, dit-il sèchement.

— Ce que tu as promis de me payer quand j'aurai accompli ma tâche me suffit amplement. Avec cette somme, je pourrai rentrer chez moi et repartir du bon pied.

— Laisse-moi décider moi-même de ce qui est suffisant.

Incapable de détacher les yeux de la peau tendre et satinée de sa gorge, il sentait le désir monter en lui. Il s'imagina poser les lèvres sur sa bouche à la moue boudeuse, si trompeusement séduisante et gonflée. Cette fille était une bombe de sensualité, même si elle s'obstinait à nier sa nature et se préservait pour un hypothétique héros, un homme imaginaire qui ne manquerait pas de la décevoir. Cette idée irrita Dante, sans qu'il comprenne pourquoi. Parce que c'était comme le désir qu'il ressentait pour elle ? se demanda-t-il non sans ironie. Une fois qu'il l'aurait eue, il n'aurait plus envie d'elle ; aussi valait-il mieux la laisser tranquille et s'abstenir de la toucher. Il fronça les sourcils, ce petit problème moral lui rappelait trop les scrupules de son frère, toujours beaucoup plus gentil et compatissant que lui. Mais il n'avait jamais rien eu en commun avec Cristiano, sauf le sang qui coulait dans leurs veines.

# 4

— J'ai envie d'un verre, dit Dante en pénétrant dans leur suite. Tu m'accompagnes ?

— Non merci, répondit Belle en jetant un coup d'œil inquiet à la ronde. Je me demande comment va Charlie.

— Charlie va bien, d'après le texto et la photo que je viens de recevoir. Il a bien mangé et il est installé pour la nuit. J'allais te les montrer, dit-il en sortant son téléphone.

Elle se précipita pour scruter la photo, qui montrait Charlie confortablement couché en rond dans un panier douillet.

— Il a l'air tout triste, dit-elle avec un soupir. Tu as une photo des chiens de ton frère ?

— Je crains que non.

— Pourquoi n'as-tu pas essayé de leur trouver un nouveau foyer ?

— Cristiano m'a laissé une lettre où il me demandait de m'occuper d'eux.

— Il supposait sans doute que tu les garderais chez toi, dit-elle avant de se reprendre. Excuse-moi, je manque de tact.

— En plein dans le mille, répondit-il en se versant un premier verre. Va te coucher. Moi je vais rester ici, à noyer mon chagrin.

— Je ne peux pas t'abandonner si tu te sens mal, répondit-elle en lui lançant un regard troublé.

— Bien sûr que si. Je ne suis pas un gamin que tu dois prendre en charge.

Enfant, avait-il été certain que ses parents l'aimaient ? Sans doute pas, et son frère non plus. Elle se rappela les années si dures où elle n'avait ni père ni mère pour l'aimer. Heureusement, il y avait eu ses grands-parents, si affectueux et encourageants, qui avaient fait tout leur possible pour compenser le désintérêt de ses parents.

— D'après ce que tu m'en as dit, ton frère n'aurait sans doute pas aimé te savoir dans cet état d'esprit, murmura-t-elle.

Se montrait-elle trop intrusive ?

— Qu'est-ce que tu en sais ?

— Rien, reconnut-elle, mais tu te reproches des choses auxquelles on ne peut rien changer, et je doute qu'il aurait été d'accord.

C'était parfaitement exact, Dante en convint à regret. Cristiano était du genre optimiste, il avait horreur qu'on remâche les événements pénibles de la vie. Il tirait le meilleur parti de toutes les situations, même quand il s'agissait de leurs parents. Il s'était toujours montré tolérant envers eux, leur pardonnant leur mépris et leurs incessantes exigences.

— Arrête de me regarder avec ces yeux de chien battu, dit-il en s'écartant de Belle.

— Mais je voudrais seulement que tu te sentes mieux !

— Alors viens te coucher avec moi, je me sentirai tout de suite mieux, *amante*, fit-il d'une voix rauque qui la fit frémir.

— Ce ne serait pas une bonne idée, répondit-elle dans un souffle, la gorge serrée.

— Bien sûr que si, dit-il en lui prenant les mains pour l'attirer à lui. Tu aurais dû t'enfuir quand tu le pouvais.

Elle rougit, car elle n'avait jamais eu la moindre intention de le quitter. Jamais elle n'avait autant désiré un homme, et ses confidences à propos de son frère l'avaient rendu plus humain et plus vulnérable, elles avaient atténué l'antipathie qu'il lui avait tout d'abord inspirée. Et puis, grâce à lui, elle avait compris l'inutilité des préjugés au sujet des riches. L'argent ne les préservait pas des tragédies de la vie. Elle aurait sans doute mieux fait d'aller se coucher et de prendre au plus vite ses distances avec Dante Lucarelli, mais elle ne se sentait pas le courage de l'abandonner tout seul avec son verre, même si rien de ce qu'elle pourrait dire ou faire n'y changeait quoi que ce fût.

— Je sais que tu me laisseras partir si je te le demande, dit-elle en le fixant droit dans les yeux.

— Mais tu ne me le demanderas pas, parce que tu n'en auras pas envie, murmura-t-il en effleurant du doigt sa joue rose avant de le poser sur sa bouche si incroyablement sensuelle. Et ne viens pas dire que je ne t'ai pas avertie !

Se penchant vers elle, il posa sur ses lèvres un baiser si passionné que la bouche de Belle s'ouvrit d'elle-même et qu'une onde brûlante traversa son corps glacé. Elle voulait aller plus loin, elle le savait, et quand il la souleva pour l'asseoir sur ses genoux dans un fauteuil sans cesser d'explorer sa bouche de sa langue, elle ne fit rien pour s'y opposer.

— Tu as un goût sublime, dit-il, haletant. Et terriblement addictif.

Elle sentit sa main se poser sur sa cuisse, ses doigts se glisser sous sa jupe et remonter jusqu'à l'élastique de son slip. Elle ne savait pas ce qu'elle faisait, et au fond, peu lui importait. Sa seule crainte, c'était qu'il arrête.

Puis il la toucha, un simple mouvement du doigt sur ce petit bouton gonflé, et tout son corps se mit à vibrer, ses hanches à rouler langoureusement ; une sensation délicieuse et effrayante à la fois la submergea comme une énorme vague. Quand il la remit debout pour descendre la fermeture de sa robe, elle laissa échapper un petit gémissement de protestation. Alors il lui ôta prestement son soutien-gorge et serra dans ses paumes sa poitrine pleine et dressée.

Avec un grognement de désir, en proie à une extrême excitation, il prit une pointe rose dans sa bouche. C'était drôle, il se sentait comme un ado qui n'a qu'une idée en tête : se satisfaire le plus vite possible. Bizarrement, le manque d'expérience de Belle et ses réactions lui plaisaient, comme les petits cris qu'elle laissait échapper et sa façon de s'agripper à ses cheveux. La submergeant de caresses, il l'explora du bout des doigts et s'aperçut qu'elle était plus étroite encore qu'il ne s'y attendait.

Elle s'arqua contre lui en roulant instinctivement du bassin dans ses bras tandis qu'il accentuait la pression de ses doigts pour la guider vers le septième ciel. Elle frémit et se mit à crier tandis qu'il se penchait vers elle pour goûter une nouvelle fois sa bouche. Puis, un long moment, elle s'abandonna, détendue, dans ses bras, avant de reprendre peu à peu ses esprits, profondément bouleversée par ce qu'elle venait de vivre.

Elle bondit du fauteuil et le fixa droit dans les yeux.

— Si tu te retrouves une troisième fois dans mes bras, tu peux être sûre que tu finiras dans mon lit, murmura-t-il.

— Tu sais pourtant que c'est contre ma volonté, dit-elle avant de s'arrêter, les joues en feu, comprenant qu'elle aurait du mal à justifier son comportement.

— Tu auras beau dire ce que tu veux, tu as envie de moi, dit-il sans la moindre hésitation.

Il avait raison, reconnut Belle, mortifiée, en son for intérieur, sans chercher à pousser plus loin la discussion. La tête haute, elle monta dans sa chambre et, assaillie par une horrible impression de vide, referma la porte. Dante était encore en bas et chaque cellule de son corps regrettait son absence. Rien n'était aussi noir ou blanc qu'elle l'avait cru.

Le désir ne s'éteignait pas à volonté, il s'imposait même de façon beaucoup plus crue qu'elle ne l'aurait imaginé. Quand Dante l'embrassait, qu'il la serrait contre lui, elle était prise d'une faiblesse qui allait jusqu'au vertige. Pourtant, désirer à ce point un homme qui n'attendait d'elle rien d'autre qu'un simple plaisir physique ne pouvait que la rendre malheureuse, elle le savait.

Pour la première fois, elle s'interrogea. Fallait-il vraiment aimer un homme pour avoir une relation avec lui ? Dante n'éprouvait aucun sentiment pour elle, mais en ce qui la concernait, la proximité qu'elle avait ressentie quand il lui avait parlé de son frère l'avait dangereusement égarée. Que lui arrivait-il donc ? Était-ce la compassion qui la poussait à le réconforter de cette façon ? Elle avait été prise de court et ne pas avoir su y mettre un terme la contrariait.

Elle resta un long moment éveillée, s'interrogeant sur ses motivations. Avec Dante, décidément, elle apprenait sur elle-même tout un tas de choses qu'elle ignorait jusque-là. Et malgré tous ses efforts, elle ne pouvait échapper à l'attirance qu'elle ressentait pour lui, ni se maîtriser quand il la prenait dans ses bras. Elle allait donc désormais devoir se tenir sur ses gardes et ne plus lui envoyer de signaux contradictoires.

Dante prit une douche froide. Pourquoi n'avait-il pas emmené Belle directement dans son lit ? Mais ce qui le déstabilisait davantage encore, c'était que ces préliminaires lui avaient semblé plus excitants que tout ce qu'il avait vécu avec d'autres femmes. À peine la touchait-il qu'elle répondait de façon délicieuse, ce qui le mettait dans tous ses états. Et au lieu d'être dépité qu'elle le quitte sans lui accorder la satisfaction qu'il attendait, il pensait déjà avec délice au prochain épisode où ils éprouveraient tous deux le même irrésistible désir. Alors, peut-être serait-ce lui qui partirait, pour qu'elle sache ce que cela faisait.

Tout en imaginant sans déplaisir ce scénario, il dut reconnaître qu'il n'en aurait pas le courage. Il l'avait vraiment dans la peau. Pour la première fois, il éprouvait un désir brûlant de posséder une femme particulière. Pourquoi ? Et qu'avait-elle de tellement spécial pour avoir ainsi percé ses défenses ?

Par exemple, pourquoi s'était-il laissé aller à ces confidences au sujet de Cristiano ? Évidemment, il devait renseigner Belle sur sa famille et lui expliquer pourquoi l'acquisition de cette propriété était si importante pour lui. Mais il lui avait révélé des détails qu'il aurait mieux fait de garder pour lui, à cause de ses grands yeux compatissants, et parce qu'elle s'était montrée chaleureuse et compréhensive. Elle lui jouait probablement la comédie pour se donner de l'importance à ses yeux, peut-être dans l'espoir de rester dans sa vie au-delà des deux semaines prévues ?

Le lendemain matin, Belle se réveilla en pleine forme. Elle avait eu un coup de folie la veille, il n'était pas possible de revenir là-dessus et d'effacer miraculeusement cette erreur. Il ne lui restait plus qu'à garder ses distances avec Dante en s'en tenant à une relation strictement professionnelle. Mais le soleil brillait, et elle allait bientôt retrouver Charlie. De nouvelles tenues lui avaient été livrées, elle devait les essayer et faire son choix pour la journée. Elle opta pour un ensemble léger, mais fit la moue devant ses cheveux qui se remettaient à friser, comme si leur vraie nature voulait reprendre le dessus. Dante allait devoir se faire une raison et accepter qu'elle ne soit pas parfaite en permanence.

— Un bijoutier doit passer après le petit déjeuner, lui dit-il comme elle descendait l'escalier en détournant la tête car elle se sentait rougir une fois de plus sous son regard. Puis nous irons choisir des meubles et d'autres bricoles et demain, nous rentrerons en Italie.

— Des meubles ? Pourquoi ? demanda-t-elle tandis qu'ils s'asseyaient pour prendre leur petit déjeuner.

— Tu es censée t'installer chez moi, tu dois donc vouloir t'équiper. Je veux que nous ayons l'air d'un vrai couple, aux yeux de mes employés et de tout mon entourage. Personne ne doit savoir que nous faisons seulement semblant.

— La présence de Charlie rendra cette comédie plus authentique.

Dante se carra dans sa chaise pour l'examiner. Dans cet ensemble de soie qui accentuait la courbe de ses seins et mettait sa peau pâle et satinée en valeur, elle était incroyablement sensuelle et désirable. En la voyant ramener une mèche derrière son oreille et se mordiller la lèvre, il se reprit. La séduire aurait été cruel, car jamais il ne lui offrirait la relation sérieuse à laquelle elle aspirait. Il inspira lentement pour calmer son émoi et l'effet indéniable qu'elle produisait sur lui.

— Charlie ne suffirait pas. Nous allons devoir acheter des objets d'art, de jolis meubles.

— Des objets d'art ? Mais pourquoi ?

— Pour ton image. Tu dois t'intéresser à l'art, comme moi.

— Eh bien, figure-toi que je m'y intéresse, répondit-elle pensivement. Mais pas de la même façon que toi. De toute façon, je veux bien t'accompagner, Dante, mais pas question de me montrer différente de ce que je suis en réalité.

— C'est-à-dire ? demanda-t-il en fronçant les sourcils.

— Notre relation est une comédie, mais je veux rester moi-même, fit-elle sèchement. Donc pas d'objets d'art ni de mobilier à la mode. Je suis une femme ordinaire, qui travaille, je ne saurais pas me comporter comme quelqu'un de plus riche ou de plus branché.

— J'apprécie ces bons sentiments, mais, en la circonstance, je ne vois pas trop la différence…

— Parce que tu ne veux pas comprendre. Je suis comme je suis et je le resterai, c'est le meilleur moyen pour que je ne commette pas d'impairs. J'ai été dame de compagnie, serveuse, et je ne chercherai pas à le cacher.

— Mais si tu n'es pas du même monde que moi, comment pourrais-je t'avoir rencontrée ?

— Invente une belle histoire. Un soir, je t'ai servi dans un bar… Ou bien, tu m'as rencontrée en rendant visite à quelqu'un dont je m'occupais… D'ailleurs, peut-être que, si tu veux vivre avec moi, c'est justement parce que je suis différente des autres femmes que tu as fréquentées. Ne me demande pas d'occulter qui je suis, comme si je devais en avoir honte.

— Tu es vraiment bornée.

— Toi aussi.

— Donc, pas d'objets d'art, fit-il en levant les yeux au ciel. Mais il faut absolument que tu achètes quelques meubles, pour aménager une des chambres d'amis à ton goût. C'est bien ce que font les femmes quand elles emménagent chez un homme, non ?

— Comment le saurais-je ? Ça me paraît inouï de dépenser tant d'argent pour une comédie qui va durer un week-end. Mais je suppose que la propriété que tu veux acquérir en vaut la peine.

— Exactement.

— Bon, si c'est seulement pour une chambre, je peux choisir une chaise confortable, une petite table, des étagères et… des livres, dit-elle en souriant à cette perspective. Mais je ne suis pas folle des meubles flambant neufs.

— Nous irons chez les antiquaires.

— Surtout, ne me fais pas passer pour ce que je ne suis pas, dit-elle de nouveau comme pour être rassurée.

— Entendu, répondit-il, lui qui avait pourtant projeté de la présenter sous une fausse identité pour protéger sa vie privée à lui et l'anonymat de Belle. Tu crois que les médias apprécieront davantage s'ils apprennent que je m'installe avec une serveuse ?

— Avant que quiconque sache qui je suis, je serai sortie de ta vie, répondit-elle en secouant la tête, ce qui agita ses boucles rutilantes sur ses épaules.

— C'est bizarre, mais je préfère cette coiffure. Tu es beaucoup mieux que quand tu es sortie de chez le coiffeur, dit-il en se levant pour accueillir un vieux monsieur qui, mallette à la main, venait d'entrer dans la pièce en compagnie d'un vigile. Monsieur Duchamp, soyez le bienvenu.

Belle baissa la main qu'elle avait sans s'en rendre compte portée à ses cheveux. Il la préférait donc au naturel. Elle en était surprise, mais flattée.

Une heure plus tard, elle était équipée d'une montre de designer, ainsi que d'une parure – bracelet, boucles d'oreilles et collier – de saphirs et diamants. Des basiques sans lesquels, à en croire Dante, il lui aurait été impossible de tenir son rôle.

La limousine les déposa au Carré Rive Gauche, le quartier des antiquaires et des boutiques de design d'intérieur. L'excentricité de certains objets fascina Belle.

— On voit que ça t'intéresse, dit Dante.

— C'est parce qu'ils ont une histoire. Ce siège par exemple, dit-elle en désignant un fauteuil capitonné qui paraissait très confortable.

Le commerçant, qui avait identifié Dante pour le riche acheteur qu'il était, s'empressa de leur raconter l'histoire du siège qui leur plaisait.

— Très bien, nous le prenons, dit Dante en guidant Belle par le bras vers le fond de la boutique. Mais continuons :

nous avons une pièce entière à meubler, et elle est plutôt grande.

Ils choisirent tour à tour un canapé, une bibliothèque indienne en bois sculpté, une table en marqueterie, un superbe miroir et un meuble bar art déco très excentrique.

— Comment la fille très ordinaire que je suis censée être pourrait-elle posséder un mobilier d'une telle valeur ? demanda Belle, amusée.

— On dira que ce sont des cadeaux que je t'ai faits, répondit Dante en souriant. J'ai aussi commandé une sélection de romans anglais classiques et contemporains.

Dans la limousine qui les ramenait à l'hôtel, il lui annonça qu'ils dîneraient à l'extérieur avant d'aller en discothèque. Elle était paresseusement en train d'examiner sa nouvelle garde-robe quand il surgit sur le seuil.

— Il va falloir changer nos projets. Un accident mortel s'est produit sur un de mes champs d'éoliennes en Bretagne, je dois me rendre sur place. Je ne sais pas quand je rentrerai, peut-être à l'aube ; mais nous partons toujours pour l'Italie demain matin.

— Un accident mortel ? demanda-t-elle, consternée.

— Oui, un technicien est tombé du haut d'une des éoliennes.

— Quelle horreur ! Tu vas aller voir sa famille ?

— Oui, répondit-il d'un ton grave. Et vérifier que les consignes de sécurité ont bien été respectées. Il va falloir mener une enquête.

Belle dîna en solitaire dans leur suite, avant de monter prendre une douche et enfiler son pyjama. Elle allait redescendre l'escalier quand elle succomba à la curiosité et entra dans la chambre de Dante. Celle-ci était parfaitement en ordre, sans la moindre trace de son départ précipité. Elle n'était pas venue pour fureter mais pour savoir si ses soupçons étaient fondés. Et ils l'étaient : il y avait bien une baignoire dans cette somptueuse suite, mais elle se trouvait dans la salle de bains attenante à la chambre du maître de maison. La baignoire de ses rêves, avec en prime une merveilleuse vue sur Paris.

Elle avait toujours adoré les baignoires, mais cela faisait des années qu'elle n'avait pas pris de bain. De nos jours, tout le monde faisait installer une douche. La famille de Mme Devenish avait supprimé l'antique baignoire originelle pour la remplacer par une douche où la vieille dame pouvait en toute sécurité s'asseoir sur un siège. Belle, elle, regrettait ce luxe. Mais de là à oser utiliser la baignoire de Dante en son absence… Cette idée, pour tentante qu'elle fût, lui parut trop audacieuse et elle préféra aller regarder la télévision.

Pourtant, vers 10 heures du soir, titillée par le souvenir de la baignoire, elle éteignit la télé, et décida d'en profiter. La salle de bains était pourvue de flacons sophistiqués dont elle testa les contenus et usa en abondance avant de relever ses cheveux et de remplir la baignoire d'une eau parfumée où elle pénétra avec délice. La tête appuyée à un coussin, elle avait l'impression d'être au paradis et, pour la première fois depuis des mois, de pouvoir enfin se détendre.

Un bruit l'arracha au sommeil. En voyant l'eau déborder bruyamment autour d'elle, elle se redressa et mit un moment à comprendre ce qui se passait. Elle se trouvait toujours dans la salle de bains de Dante. Il y eut un bruit de pas précipité dans l'escalier, et elle se figea avant de fermer le robinet, de retirer à la hâte la bonde pour évacuer l'eau et de se relever, paniquée. Elle s'enveloppa précipitamment dans un drap de bain gris, mais glissa sur le carrelage et faillit tomber. Comment avait-elle osé profiter de cette salle de bains, qu'elle s'était juré de laisser immaculée pour que personne ne sache qu'elle l'avait utilisée ? Mais désormais, impossible de garder le secret : les éclaboussures et ses empreintes sur le carrelage allaient forcément la trahir.

À son retour, Dante était d'humeur morose. La rencontre avec la famille de la victime avait été terrible, d'autant qu'il avait appris que le technicien était sujet au vertige mais l'avait caché de peur de perdre son emploi. En arrivant, il remarqua que la porte de sa chambre était ouverte et Belle, le visage rouge vif, en sortit enveloppée dans un drap de bain et serrant ses vêtements en boule contre sa poitrine. Elle avait l'air si coupable et si gênée que c'en était comique.

— Qu'est-ce que tu fais là ? demanda-t-il en s'efforçant de dissimuler son hilarité.

— Ta... Ta chambre a une baignoire, contrairement à la mienne. Alors je me suis dit que, puisque tu n'étais pas là... ça te serait égal... Mais je n'ai pas eu le temps de nettoyer... Je voulais sortir avant que tu arrives.

— Hélas, je suis rentré trop tôt.

— Je me rhabille et je reviens nettoyer tout de suite, répondit-elle sur un ton piteux, les joues en feu. Je te jure que je n'ai pas fouillé. Tu ne vas pas me croire, mais je n'ai même pas jeté un coup d'œil dans ta chambre, seulement, comme ça faisait très longtemps que je n'avais pas pris de bain, je n'ai pas pu résister.

Il ne pouvait détacher le regard de son petit corps rebondi que dissimulait mal la serviette qu'elle avait pourtant serrée au maximum, ce qui accentuait encore les rondeurs de ses seins. Il avait déjà touché cette peau pâle, semée de taches de rousseur, il y avait même goûté, ce qui ne faisait qu'accroître son désir de renouveler l'expérience. Elle avait relevé sa chevelure en une masse de boucles flamboyantes, et les mèches qui s'en échappaient soulignaient l'ovale parfait de son visage empourpré, ses grands yeux violets et sa bouche sensuelle. Ce fantasme qui prenait vie le fit immédiatement durcir. C'était exactement le dérivatif dont il avait besoin après la rude journée qu'il venait de passer.

— Tu es superbe, dit-il d'une voix rauque.

Et c'était vrai : malgré ses joues écarlates, sa gêne, ses pieds nus, malgré sa petite taille, il émanait d'elle une force vibrante, pleine de vie et d'assurance.

— J'ai du mal à le croire… Simplement, tu es un homme et avec ce drap de bain…

En réalité, elle avait terriblement envie de le croire et elle le savait pertinemment.

— Pas du tout, c'est toi ! Tu es…

Puis il se rappela qu'elle ne devait travailler pour lui que deux petites semaines.

— Oublie ces règles stupides ! dit-il. Fais comme si tu étais avec moi parce que tu en avais envie.

Elle avait beau être terriblement tendue, elle n'en sentit pas moins tout son corps frémir et sa respiration s'accélérer. Elle ne s'attendait pas à ce qu'il réagisse de façon aussi… basique, en quelque sorte.

— Laisse-toi vivre, dit-il en fermant la porte.

Puis il traversa la pièce, et débarrassa Belle des vêtements qu'elle serrait contre elle pour les laisser tomber par terre.

— Mais je travaille pour toi, protesta-t-elle en resserrant contre elle le drap de bain pour l'empêcher de glisser.

— Aucune Cour européenne ne reconnaîtrait jamais que notre petit arrangement constitue un travail au sens strict du terme. Nous n'avons donc pas à nous soucier de ces règles stupides qui ne s'appliquent pas à notre situation.

« Laisse-toi vivre. » Ces paroles avaient terriblement ébranlé Belle, qui était très consciente d'avoir fort peu vécu en vingt-deux ans. Elle était passée à côté des expériences de l'adolescence et avait mûri avant l'âge parce qu'il lui avait fallu faire face à une fin de vie, gérer les factures avec un petit budget et supporter le deuil. Devant ses grands-parents âgés, elle avait toujours agi de manière raisonnable et assumé les innombrables obligations qui lui étaient imposées. Des règles qu'elle continuait à observer, dut-elle reconnaître, non sans regret.

— Je sais que je ne suis pas vraiment l'homme que tu aurais choisi, si tu avais eu le choix, dit-il dans un murmure. Mais en ce moment, c'est quand même de moi que tu as envie…

Soudain, la cacophonie de voix qui, dans la tête de Belle, lui disaient de faire marche arrière, de retourner dans son lit et de ne pas prendre ce risque, se dissipa. Oui, il avait raison, elle avait envie de lui et c'était même le seul homme dont elle ait jamais eu envie. Si elle renonçait à ce désir, peut-être une telle occasion ne se représenterait-elle plus, et cela lui semblait infiniment lâche et triste. Si Dante avait percé ses défenses, c'était qu'au final, il avait vu juste : « C'est quand même de moi que tu as envie. »

— C'est vrai, reconnut-elle d'une voix tremblante.

— Et c'est tout aussi vrai que j'ai envie de toi, dit-il dans un souffle en la prenant dans ses bras pour la déposer sur le lit. Ne compliquons donc pas davantage les choses.

# 5

Dante avait eu beau dire, la situation était beaucoup plus compliquée qu'il le prétendait, songea Belle en le regardant dénouer sa cravate et ôter sa veste. Où tout cela allait-il les mener ? À une aventure d'une nuit ? Et ensuite, ils continueraient comme si de rien n'était ? Un seul rapport sexuel suffirait-il à leur faire oublier l'attirance mutuelle qu'ils ressentaient ? Comment savoir ?

En tout cas, elle se retrouvait allongée sur un lit, enveloppée d'une serviette humide dont elle aurait mieux fait de se débarrasser, même si elle n'avait pas l'audace de le faire. Évidemment, la nuit précédente, elle s'était déjà retrouvée à moitié nue entre les bras de Dante, mais c'était différent : dans la chaleur du moment, elle avait complètement perdu la tête et s'était sentie incapable de raisonner efficacement. Pourtant, de telles pensées ne venaient qu'après coup et le spectacle de Dante en train de se déshabiller ne l'aidait pas à réfléchir calmement.

Il était dans une forme éblouissante, et elle bouche bée devant la musculature impressionnante qui se devinait sous sa peau hâlée. Tandis qu'il se baissait et se relevait pour se débarrasser de sa chemise, de ses chaussures et de ses chaussettes, chacun de ses gestes mettait en valeur son corps mince et vigoureux. Son pantalon lui tombait un peu sur les hanches, dissimulant l'intrigante ligne de duvet noir qui partait de son nombril. Il était beau comme une statue qui aurait pris vie, et elle ferma prudemment les yeux au moment où il enlevait son pantalon. Mais elle avait senti et remarqué son érection, et il dardait sur elle un regard de prédateur. Pas question d'avoir l'air embarrassée devant sa nudité ni de rougir comme une vierge pour qu'il se moque encore une fois d'elle.

— Tu ne bouges pas plus qu'une souris, dit Dante en tirant doucement sur le drap que Belle maintenait serré contre sa poitrine.

Jamais il ne s'était senti aussi excité et il devait lutter en permanence pour se contrôler.

— Il y a trop de lumière, fit-elle tout bas en écarquillant ses grands yeux violets.

Il se leva pour diminuer l'éclairage.

— Tu préfères comme ça ?

Elle acquiesça nerveusement. Maintenant qu'il était allongé sur le lit, complètement nu, elle se sentait plus troublée que jamais.

— Je ne veux pas que tu aies le moindre doute sur ton consentement, dit-il. Pas le moindre regret de partager mon lit. Ni, surtout, l'impression que je t'exploite.

— Bien sûr que non, répondit-elle en levant malgré elle la main pour effleurer son visage mince à la sombre beauté.

Elle laissa courir ses doigts sur son front et lissa ses épais cheveux noirs.

La chaleur qui émanait d'elle… Autant être honnête, ce qui avait eu raison de son habituelle réserve, c'était cette chaleur naturelle, cette affection si évidente qu'il en avait eu le cœur serré, la veille. En découvrant qu'elle lui faisait cet effet, qu'une femme pouvait avoir ce genre de pouvoir sur lui, il s'était senti terriblement vulnérable. Pourtant, malgré sa raison qui lui intimait de faire marche arrière, de se soustraire à pareille influence jusqu'à ce qu'il soit de nouveau en mesure de la contrôler, il était au lit avec Belle, l'embrassant comme si sa vie même en dépendait.

Tandis qu'il écrasait sa bouche entrouverte avec une passion qui lui mettait le corps en feu, Belle eut l'impression d'être traversée par un courant de haut voltage. Elle était consciente de chacun de ses nerfs, de chaque point de contact de sa peau avec le corps brûlant et musclé de Dante.

— C'est le meilleur moment de cette journée, *cara mia*, dit-il en écartant les boucles qui lui tombaient sur les yeux.

Le drap de bain avait disparu sans qu'elle s'en aperçoive, découvrit-elle à regret. Une main remonta le long de ses côtes pour caresser ses seins pâles et en masser la pointe d'une façon qui la fit frémir jusqu'au creux du ventre ; une tiède humidité sourdait entre ses cuisses.

De la langue, il agaça les pointes de ses seins avant d'en sucer le bout gonflé. Malgré elle, elle souleva le bassin, mais il la cloua sur le matelas d'un baiser passionné. Elle s'agrippa à ses cheveux tandis qu'il s'installait au-dessus d'elle, et se blottit contre lui sans la moindre anxiété car jamais elle n'avait ressenti un tel désir, un tel sentiment de nécessité. Son odeur, si virile, avec un soupçon d'eau de Cologne épicée – une odeur qui lui semblait déjà familière – excitait encore son désir.

Il lui écarta les cuisses et y enfouit sa bouche avec une ferveur si intime qu'elle en fut choquée.

— Tu as un goût délicieux, dit-il tandis qu'elle frémissait de tout son corps, ne sachant si elle préférait qu'il s'arrête ou qu'il continue.

Cette sensation exquise la faisait haleter, pousser de petits gémissements et se tortiller, elle dut lutter pour se maîtriser. Elle était dévorée par le plaisir qui montait du centre de son être comme un ouragan, la tension en elle se fit de plus en plus forte jusqu'au moment où tout explosa dans un feu d'artifice de sensations. Son corps palpita dans l'extase.

— Si ça te fait mal, dis-le-moi, je m'arrêterai, dit Dante en se glissant au-dessus d'elle.

— Oui, balbutia-t-elle, encore perdue dans les vertiges du plaisir qui l'avait submergée, en sentant contre elle son sexe dressé aussi dur et déterminé qu'elle était tendre et douce et prête - oui - à le recevoir.

Ses doutes s'étaient évanouis et elle avait pleinement confiance en l'expérience de Dante, dont le regard doré était rivé au sien.

Elle s'agrippa à ses épaules hâlées et une sensation étrange la traversa tandis qu'il entrait doucement en elle et que son corps étroit lui faisait place. Elle se mit à trembler d'excitation avant de pousser soudain un cri de douleur.

— Je te fais mal ?

— Non ! Continue !

— Il faut que tu te détendes. Plus tu seras tendue, plus ce sera difficile, dit-il.

Les nerfs à vif à force d'excitation, elle s'efforça de se détendre, et il s'enfonça de nouveau. La douleur restait vive, mais elle enfouit le visage contre son épaule et la supporta en silence. Heureusement, ce fut bref, elle l'entendit pousser un grognement de satisfaction tandis qu'il s'enfonçait plus profondément, et soudain, elle eut l'impression que quelque chose se dénouait en elle.

Reprise par l'excitation à chaque poussée du bassin de Dante, le cœur battant à se rompre, elle sentait un élan sauvage se déchaîner en elle. Elle noua les jambes autour de sa taille pour mieux combler le désir qui la tenaillait. Un nouvel orgasme fit palpiter son corps, provoquant une extase et une détente complète tandis que Dante éjaculait en poussant un grognement de satisfaction virile. Puis tout redevint calme.

— Incroyable ! dit-il en roulant sur le dos, l'entraînant avec lui, ses yeux dorés et brillants comme des flammes plongés dans ceux de Belle. C'est incroyable ! Et pour toi, ça a été ?

Trop troublée pour formuler le moindre commentaire, elle acquiesça de la tête. Il l'observa en lui caressant les cheveux.

— On dirait qu'un courant électrique est passé dans tes cheveux, *amante mia.*

Elle lui sourit, sans doute n'avait-il pas tort, sauf que c'était tout son corps qui lui avait paru électrisé par Dante.

— C'est toujours comme ça le matin quand je me lève.

— J'aime tes cheveux, dit-il en se glissant hors du lit pour aller à la salle de bains.

— Mais où ça va-t-il nous mener ? demanda-t-elle sans réfléchir.

Il se figea. Il aurait évidemment dû y penser et tenir compte du manque d'expérience de Belle. Elle avait envie de savoir ce qui allait se passer, mais personne ne pouvait le deviner. Sauf que, pour lui, en général, c'était assez prévisible. Après avoir couché avec une femme, il se lassait généralement d'elle, il la quittait et elle rentrait chez elle.

— On va continuer comme on a commencé. Je vais te donner un autre bain.

« On va continuer comme on a commencé. » Qu'est-ce que ça voulait dire ? Elle était de plus en plus perplexe. Car au départ, il s'était agi d'un arrangement d'ordre professionnel entre deux étrangers. Voulait-il dire qu'ils allaient en revenir à ce type de relation ? Et comment formuler son envie de clarifier la situation ? Elle ne voulait surtout pas donner l'impression qu'elle avait besoin d'être rassurée ni qu'elle allait s'accrocher à lui comme toutes les autres, les femmes crampons. Quel était le comportement correct en pareille circonstance ? Devait-elle se lever et retourner dans sa chambre ? Mais alors, pourquoi avait-il proposé de lui faire couler un bain ? Agacée, elle ravala un bâillement. Elle était trop ensommeillée, trop bien, pour avoir envie de bouger.

— Nous avons un problème, dit-il sur le seuil de la salle de bains, avec une intonation bizarre qui la fit se relever en appui sur le coude. Le préservatif s'est déchiré.

Elle pâlit et passa une main hésitante dans ses boucles cuivrées. Ses yeux violets s'élargirent et ses taches de rousseur ressortirent sur la blancheur de sa peau.

— Déchiré ? répéta-t-elle d'une voix tremblante.

— Ça arrive, répondit-il, et ses traits se durcirent sous son hâle. Mais ça ne m'était jamais arrivé encore. Peut-être me suis-je montré trop passionné. Tu utilises un moyen de contraception ?

— Pourquoi le ferais-je ? demanda-t-elle en rougissant.

— J'aurais dû te poser la question. Les femmes prennent parfois la pilule pour des motifs autres que contraceptifs, dit-il.

Puis, sans autres commentaires, il tourna les talons et entra dans la salle de bains.

Elle s'assit et resta un moment immobile avant de se glisser hors du lit. La douleur entre ses cuisses lui rappela qu'elle venait de faire l'amour pour la première fois de sa vie. Mais en cédant à cette impulsion audacieuse, elle avait sans doute également commis une grosse erreur. Quelle tristesse. Jamais il ne lui était venu à l'idée d'utiliser un contraceptif en prévision d'une telle éventualité. Et jamais elle n'aurait imaginé faire l'amour avec quelqu'un du genre de Dante. Elle s'était dit qu'elle ne le ferait qu'avec un homme avec qui elle aurait noué une relation sérieuse, ce qui lui aurait laissé tout le temps de prendre ses précautions.

Car personne ne savait mieux qu'elle, enfant illégitime et sans doute fruit d'un accident de contraception, qu'il fallait absolument se prémunir contre tout risque de grossesse et toujours envisager la possibilité de faire naître un enfant.

Son père, Alastair Stevenson, ne l'avait nullement désirée... Aucun de ses parents, d'ailleurs, ne l'avait désirée ! Alastair avait eu une brève liaison avec sa mère et ils avaient rompu avant même que Tracy annonce à son ancien amant qu'ils avaient conçu un enfant. Elle lui avait juré que la grossesse était absolument accidentelle et qu'elle prenait la pilule. Pourtant Alastair Stevenson avait clairement laissé entendre à Belle, lors de leur unique rencontre alors qu'elle avait treize ans, qu'il doutait fort que cette grossesse ait été un accident. Et en toute équité, et connaissant Tracy, Belle en doutait également : il était très possible que sa mère ait jeté son dévolu sur Alastair et ait tout fait pour tomber enceinte et mettre ainsi le grappin sur un mari nanti.

Belle, pâle comme la mort, s'enveloppa de nouveau dans le drap de bain resté en boule au pied du lit. Allait-elle, elle aussi, devoir élever seule un enfant auquel son père n'accorderait pas le moindre intérêt ? Être confrontée à un père qui ne s'était jamais soucié d'elle ne l'avait pas aidée à se construire une image positive d'elle-même. Il avait d'ailleurs toujours considéré sa naissance comme un simple accident qui lui avait coûté une petite fortune en pension alimentaire... Même si ce père fortuné, un banquier à la réussite éclatante, s'était acquitté sans renâcler de cette obligation.

Dante était soulagé d'avoir proposé à Belle de lui faire couler un bain. Jamais il n'avait eu ce genre d'attention pour une femme auparavant, mais après lui avoir pris sa virginité – sans lui faire trop mal, il l'espérait –, il devait faire un effort de galanterie. Pourtant, il se sentait nerveux et distrait, et regrettait amèrement de ne pas avoir fait pratiquer la vasectomie qu'il avait envisagée quelques années plus tôt. Cristiano l'en avait dissuadé, mais Dante s'était toujours refusé à donner à ses parents l'héritier qu'ils réclamaient à cor et à cri pour assurer la génération suivante de leur précieuse dynastie. Ils avaient été des parents si désastreux que, Dante en était convaincu, il serait tout aussi incapable qu'eux d'assumer positivement ce rôle. Certain de manquer de cœur et d'affection, il se refusait à avoir des enfants.

Mais si Belle tombait enceinte ? Que souhaiterait-elle faire ? Même si elle adorait moins les enfants que son petit bâtard, l'horrible Charlie, elle voudrait sans doute mener sa grossesse à terme. Et alors, que cela lui plaise ou non à lui, il se retrouverait père et devrait assumer ses responsabilités.

— Ton bain est prêt, dit-il au seuil de la salle de bains. Moi, je vais prendre une douche.

— Que ferons-nous si… ? fit-elle en se levant.

— Nous verrons bien, le moment venu, répondit-il en lui jetant un regard sombre. Ça ne servirait à rien de se tracasser pour le moment.

Dante n'avait pas tort, se dit Belle en s'installant dans la baignoire. Pourtant, elle était incapable de se détendre parce qu'elle était trop fascinée par son visage arrogant, qu'elle apercevait au-dessus du mur qui la séparait de la douche. Devait-elle envisager de prendre la pilule du lendemain ? Mais si sa mère, Tracy, l'avait fait, elle-même ne serait pas née. Une pensée plutôt dérangeante. Pourtant, quand Alastair Stevenson avait refusé d'épouser Tracy comme celle-ci l'avait espéré, elle avait perdu tout intérêt pour l'enfant à naître. Elle n'avait jamais accepté l'abandon de son amant, et encore moins les dégâts infligés par la grossesse à sa silhouette jadis parfaite. Et elle avait reporté cette terrible amertume sur sa fille.

Belle ne resta pas longtemps dans la baignoire, elle se glissa discrètement hors de la salle de bains et enfila son pyjama en toute hâte pour regagner sa chambre aussi vite qu'elle le put. S'il y avait jamais eu quelque chose entre Dante et elle, cette amorce de communication avait complètement disparu. Son visage fermé exprimait clairement tout ce qu'elle avait besoin de savoir sur ses sentiments quant à une hypothétique grossesse. Il ne voulait pas en entendre parler ni même seulement y penser. Et sur ce point, il n'était pas différent de n'importe quel jeune célibataire confronté au même problème, ce qui n'avait d'ailleurs rien d'anormal. Ce n'était pas comme s'il avait été amoureux d'elle ou s'il l'avait un peu mieux connue.

Elle jeta sur le luxe de la chambre un regard désenchanté. Dante et elle n'étaient pas du même monde. Son père et sa mère à elle l'avaient toujours ignorée, elle n'avait guère d'amis et quand Dante l'avait rencontrée, elle dormait dans un camping-car et travaillait comme serveuse. Lui, au contraire, se déplaçait en limousine, portait des costumes sortis de boutiques de luxe et avait passé plus de la moitié de sa vie à étudier. En comparaison, elle n'était qu'une rien du tout.

Pourquoi avait-elle donc fini par coucher avec lui ? Pourquoi s'était-elle laissé tenter ? Pour avoir l'impression de vivre un peu ? De vivre un peu et ensuite de passer le reste de sa vie à le regretter, conclut-elle, désespérée...

# 6

Dante travaillait depuis l'aube. Quand Belle finit par se montrer, elle lui adressa un grand sourire depuis le haut de l'escalier. Un sourire terriblement contraint, et il fut ravi de pouvoir la percer à jour : elle avait un visage si expressif qu'il lui était impossible de rien dissimuler. Des cernes plombaient ses yeux violets, elle n'avait certainement pas mieux dormi que lui, même si elle l'avait laissé seul dans son lit. Il n'était pas habitué à ce que les femmes le prennent par surprise, contrairement à Belle qui, la nuit précédente, avait profité du moment où il prenait sa douche pour filer. Eh bien, elle n'aurait pas l'occasion de lui refaire ce coup-là en Italie, se dit-il avec un certain plaisir. Désormais, elle serait bien obligée de dormir dans son lit.

— Tu as une demi-heure pour déjeuner, dit-il d'une voix douce en contemplant ses yeux pailletés d'étincelles et sa chevelure qui brillait au soleil.

Avec ses sneakers de toile, son pantalon rayé et son haut blanc, elle avait l'air d'un marin en goguette. D'un œil averti, il détailla sa silhouette élégante et durcit instantanément en se rappelant l'ardeur dont elle avait fait preuve la veille au soir.

— J'ai une faim de loup, dit-elle sans façon en s'asseyant à table tandis que le maître d'hôtel faisait son apparition pour prendre sa commande. Mais j'ai trop envie de revoir enfin Charlie.

— Nous passerons le chercher sur le chemin du retour. À propos, j'ai demandé qu'on fasse tes bagages.

Elle acquiesça en souriant tandis qu'on lui apportait une théière, mais le regard d'or sombre de Dante la déstabilisait. Pourquoi la fixait-il ainsi et que lui voulait-il ? Bien décidée à ne pas se tourmenter pour un problème qui ne se poserait peut-être jamais, elle avait approuvé sa décision de voir venir. En même temps, elle n'avait pu s'empêcher pendant la nuit d'avoir des pensées qui auraient sans nul doute horrifié Dante : elle s'était par exemple imaginée en jeune mère et, pour quelqu'un qui n'en avait jamais vraiment eu une, cela n'avait pas été facile. Mais elle était néanmoins bien décidée à faire face, ainsi qu'elle l'avait toujours fait quand les hasards de la vie l'y avaient contrainte.

Plus elle pensait à la façon dont elle se comporterait en tant que mère, très différemment de ses propres parents, cela au moins était certain, plus elle aimait la vague image de ce bébé. Un petit garçon ou une petite fille, peu lui importait, mais elle adorait infiniment les enfants et l'idée d'avoir une famille à elle lui réchauffait le cœur. C'était d'ailleurs le meilleur parti à prendre : transformer le négatif en positif et être prête à tout, quoi qu'il arrive.

— Quand saurons-nous ? demanda tranquillement Dante.

Elle comprit qu'ils étaient en phase et rougit.

— Dans une dizaine de jours.

— Nous ferons le test dès que possible, répondit-il sur le même ton mesuré.

Elle avala son croissant en un temps record. Le calme de Dante lui mettait les nerfs à vif, comme le fait qu'il lui dissimule ce qu'il éprouvait et joue les hommes d'affaires froids et distants après le moment de passion qu'ils avaient partagé la veille. D'un autre côté, il n'aurait été ni aimable ni poli de montrer toute l'horreur que lui inspirait la situation délicate dans laquelle ils se trouvaient. En vérité, c'était elle qui n'était pas raisonnable d'espérer de lui autre chose que ce détachement affecté.

Dante regarda le croissant disparaître dans la bouche de Belle et le bout de sa langue passer sur sa lèvre. Elle savourait sa viennoiserie sans cacher son plaisir. Puis elle redressa légèrement la tête, ferma les yeux pour s'étirer, et son haut de jersey se tendit sur ses seins rebondis. Cette façon d'apprécier la nourriture était très excitante et il s'émerveilla de sa capacité à rendre si sexy les actes les plus banals. Désemparé par sa propre réaction, il s'interrogea. Pourquoi le souvenir de leurs ébats ravivait-il encore son désir au lieu de le tempérer, comme c'était en général le cas ?

Surprise par l'intérêt qu'il semblait lui témoigner malgré son silence, elle le fixa par-dessus la table. Il ne la quittait plus des yeux.

— Que se passe-t-il ? demanda-t-elle en voyant son visage se crisper.

— J'ai toujours envie de toi, dit-il à mi-voix. En fait, si on avait le temps, je serais bien remonté tout de suite avec toi !

Elle le fixa, décontenancée, et avala de travers sa dernière bouchée de croissant. Prise d'une quinte de toux, elle but une gorgée d'eau pour s'éclaircir la gorge. Eh bien, concernant la suite des événements, elle venait d'avoir une réponse, mais jamais elle n'aurait pensé l'obtenir de façon aussi directe.

— Je suis un... passionné. Ça ne changera pas, fit-il d'une voix rauque. J'espère que tu éprouves la même chose.

Elle sentit son visage s'empourprer et se mordilla un instant la lèvre en sentant une tiède humidité sourdre entre ses cuisses et les pointes de ses seins se dresser contre son haut.

— Euh... Oui.

— Tu vois, dit-il d'un air satisfait, entre nous, il n'y a rien de compliqué.

Intelligent comme il l'était, comment pouvait-il se montrer si obtus ? Car leur relation était au contraire en train de devenir extrêmement compliquée, non seulement à cause du risque de grossesse, mais aussi en raison de sa volonté de coucher de nouveau avec elle malgré cet incident.

— Tu crois que je jouerai ta maîtresse de façon plus convaincante si je le suis pour de bon ? demanda-t-elle.

— Si je ne t'avais pas désirée, je ne serais pas ici avec toi, répondit-il, direct. Et je t'ai désirée dès l'instant où je t'ai vue.

Heureuse qu'il le reconnaisse, elle se tortilla sur son siège.

— Il est évident qu'il y a une forme d'alchimie entre nous, dit-il. De toute façon, j'aurais eu beaucoup de mal à faire semblant de vivre avec une femme qui ne m'aurait pas attiré.

— Évidemment, dit-elle.

Mais elle ne lui demanda pas s'il lui arrivait souvent de désirer une femme au premier coup d'œil. C'était sans doute le cas dix fois par jour ou davantage. Que c'était agaçant, de mordre à l'hameçon dès qu'elle était en sa présence. Elle s'inquiétait de chacun des mots qu'il lui adressait, elle qui, jusqu'à présent, adoptait une attitude froide et distante dans ses relations avec les hommes.

Mais avec Dante, tout était différent. Avec Dante, *elle* était différente. Il avait quelque chose de plus que tous les autres hommes qu'elle avait connus, il était plus beau, plus intelligent, plus sophistiqué, et incomparablement plus riche. Et, elle devait bien le reconnaître, elle aurait aimé être pour lui autre chose qu'une simple passade, même si ce désir la révoltait. Leur arrangement n'avait aucun avenir, et la dernière chose dont elle avait besoin, c'était bien de s'attacher à lui ou de nourrir des attentes irréalistes. Dans la vraie vie, Cendrillon épousait très rarement le prince.

— Les gens qui me connaissent vont déjà être stupéfaits que j'installe une femme chez moi, dit-il en se passant une main impatiente dans les cheveux. Je n'ai jamais caché mon manque d'intérêt pour le mariage et mon désir de vivre en toute liberté. Il va donc falloir nous montrer très convaincants en tant que couple stable.

— Toutes ces précautions me rendent très curieuse ! Tu sembles accorder beaucoup d'importance à cette affaire, et à la transaction qui en dépend. Ce doit être vraiment très sérieux pour que tu y consacres tant d'énergie.

— Le mari de Krystal, Eddie, possède une propriété que je tiens à récupérer.

— Récupérer ? demanda-t-elle, surprise.

Que voulait-il dire par là ?

— Oui, elle appartenait à mon frère, qui y était très attaché. Mes parents l'ont vendue pendant que je faisais des affaires à l'étranger. Ce ne sont pas de grands sentimentaux.

— Pourquoi ne leur as-tu pas directement racheté cette propriété ?

— Ils en auraient profité pour exiger que je me plie à leur volonté et je ne veux pas me retrouver en position délicate vis-à-vis d'eux, répondit-il d'une voix contrainte, les yeux rivés aux valises qu'un employé de l'hôtel transportait sur un chariot en direction de l'ascenseur. Mais je crois qu'il faut qu'on y aille.

Dante, qui passa tout le vol à travailler, leva à peine les yeux de son ordinateur tandis que Belle réfléchissait à la situation qu'elle allait affronter, la « fosse aux serpents », comme il l'avait décrite. Elle allait se trouver confrontée à des personnages odieux, semblait-il, les parents indignes de Dante et son ex, teigneuse et embarrassante. Mais après tout... S'il ne s'entendait pas avec ses parents, tout issus de la noblesse qu'ils soient, sans doute n'aurait-elle pas à les rencontrer. Mieux valait donc se concentrer sur ses prochaines retrouvailles avec Charlie.

À la sortie du couloir VIP de l'aéroport, ils furent accueillis par un concert de cris. Le tohu-bohu des journalistes et des photographes ramena immédiatement Belle à la réalité.

— Prends l'air heureux, lui glissa Dante à l'oreille en la prenant par le bras.

Elle se mit à sourire et tous les flashs se déclenchèrent. Dante ne s'arrêta pas pour répondre aux questions qui fusaient de toute part, et le personnel de la sécurité les escorta jusqu'à la limousine qui les attendait.

— Tu es une vraie célébrité, en Italie. Tu aurais dû me prévenir.

— Les paparazzis s'intéressent bêtement à ma vie privée, mais, pour une fois, je vais de mon plein gré leur donner quelque chose à se mettre sous la dent... grâce à toi.

— Qu'ai-je à voir dans tout ça ?

— Tu as insisté pour que je te laisse être toi-même, alors, conformément à ton vœu, quand ils ont demandé des renseignements sur toi, mes attachés de presse leur ont dévoilé que tu étais serveuse et que je t'avais rencontrée en France. La presse adore ce genre de romance à l'eau de rose, répondit-il avec un sourire cynique.

— Je ne m'attendais pas à ce que le public s'intéresse à ce point à ta vie, dit-elle.

Devait-elle regretter d'avoir tant insisté pour accompagner Dante sous sa véritable identité ?

Et si son père à elle obtenait de ses nouvelles en lisant le journal ? Certes, elle ne l'imaginait pas lisant la presse à sensation, mais, au fond, que savait-elle de lui ? Si peu. Heureusement, seuls les journaux italiens la mentionneraient. Néanmoins, l'idée qu'Alastair Stevenson puisse apprendre qu'elle vivait avec un milliardaire la chagrinait ;

il en conclurait certainement qu'elle marchait sur les traces de sa mère. Pas question qu'il y voie une justification de ne pas entretenir de relations normales avec elle. Elle souffrait encore qu'il l'ait rejetée, comme si elle était responsable des erreurs de sa mère.

Lorsque Belle arriva dans le chenil de luxe, Charlie lui fit la fête comme s'ils avaient été séparés des mois durant. Elle le caressa pour le calmer, puis se tourna vers Dante.

— Puisque nous sommes ici, si nous allions dire bonjour aux chiens de ton frère ?

— Je ne crois pas qu'ils..., fit-il en fronçant les sourcils.

— Allons, sois gentil ! Imagine un peu comme ils doivent s'ennuyer toute la journée. Ils vont être tellement heureux d'avoir de la visite.

Il écarta les bras en un geste de frustration et d'agacement.

— Cinq minutes, alors... D'ailleurs, tu n'en demanderas pas plus, tellement ces bestioles sont mal élevées !

— Nous allons mettre Charlie dans sa cage de transport pendant que nous irons les voir. La vue de ce chien bizarre risquerait de les perturber, dit-elle en faisant entrer Charlie dans la caisse. Mais tu sais, Dante, les chiens peuvent très bien être éduqués. Après un petit dressage, tu les trouveras sans doute parfaitement acceptables. Je veux bien t'aider, si tu veux.

— Pas question de les ramener chez moi ! dit-il, agacé.

Ainsi, s'il donnait le petit doigt à Belle, elle lui prenait tout le bras.

— J'ai compris, répondit-elle calmement en tentant d'évaluer le temps qu'elle mettrait à le faire changer d'avis.

Le propriétaire du chenil les guida vers une autre partie du domaine.

— Ils vont te sauter dessus et te mettre des poils partout, fit Dante, furieux de devoir se plier à ce nouveau caprice.

Elle ne s'était pas demandé quelle race de chien possédait

le frère de Dante et, à sa grande surprise, découvrit deux minuscules chihuahuas à poil ras, l'un brun et l'autre noir et blanc, douillettement installés dans un extravagant panier rose. Ils en sortirent précipitamment et se ruèrent sur Dante avec un enthousiasme qu'il était loin de partager, mais Belle s'accroupit en travers de leur chemin. Quelques secondes plus tard, elle serrait dans ses bras les deux chihuahuas tout excités et elle s'assit à même le sol du couloir sous les yeux incrédules de Dante pour les rasséréner d'une voix tranquille mais ferme.

— Tu veux les prendre, maintenant qu'ils se sont calmés ? lui demanda-t-elle par-dessus son épaule.

— Non, répondit-il platement.

Ne pouvait-il pas faire un effort ? Elle se retint de le lui demander et caressa simplement les deux petits animaux. Vraiment, il était insensible à leurs grands yeux noirs suppliants alors que cela faisait un an qu'il leur rendait visite ?

— Avec moi, ils ne se comportent pas aussi bien. Tu es vraiment la femme qui chuchote à l'oreille des chiens.

En soupirant, elle les reposa dans leur cage. Immédiatement, ils se mirent à gémir et à griffer le grillage en signe de déception.

— Je m'imaginais ton frère avec des chiens de chasse, de gros chiens virils.

— Cristiano adorait les petits chiens. Il était gay et, plus nos parents le critiquaient, plus il se montrait extravagant.

— Ils ne pouvaient pas l'accepter tel qu'il était ?

— En public, ils se montrent très libéraux, très ouverts, ils ont des tas d'amis gays, mais concernant leur fils aîné et héritier, il en allait tout autrement, répondit-il avec un sourire amer. Ils ont même essayé de le déshériter et de changer les règles de la succession pour éviter qu'il hérite du titre de mon père, mais ils n'ont pas trouvé de recours légal. D'une certaine façon, sa mort tragique les a soulagés.

— Je suis désolée.

Elle lui prit le bras et ils retournèrent à la limousine. Charlie agitait bruyamment la queue dans sa caisse.

— Quand nous étions enfants, jamais nous n'avons eu d'animaux, ma mère en avait horreur. Tito et Carina ont été la première marque de rébellion de Cristiano. Il plaisantait souvent en disant qu'au moins, leur présence lui épargnait toute visite impromptue de notre mère dans son appartement de Florence.

— Il avait le sens de l'humour !

— Quand il était de bonne humeur, il dévorait la vie à pleines dents, mais il n'a jamais eu une très haute opinion de lui-même. Quand il était déprimé, il se faisait de terribles reproches.

— Et toi, ta mère vient te voir à l'improviste ? demanda Belle avec appréhension.

— Elle ne l'a pas fait depuis longtemps, n'aie crainte ! Mais si elle se montre, je me chargerai d'elle, répondit-il d'un ton rassurant.

— Le chenil est loin de chez toi ?

— Dix minutes en voiture. Mais je vais tâcher de leur trouver un endroit plus agréable. Tu as raison, ce n'est pas ce que Cristiano aurait souhaité pour eux.

Dante n'avait pas l'habitude des animaux, puisqu'il n'en avait jamais eu enfant, et elle sentit son cœur se serrer en découvrant la violence du chagrin et de la culpabilité qui le taraudaient. Il se révélait tellement différent de ce qu'elle avait cru, tellement plus sensible. Il n'y avait rien de superficiel en lui. S'il s'avérait qu'elle était enceinte, il ne tenterait pas de la convaincre d'agir contre son gré, elle en était convaincue, et c'était déjà un grand soulagement. Une de ses amies avait avorté parce que son amant le lui demandait, et qu'elle pensait ainsi sauver leur relation. Hélas, il n'en avait rien été, et elle avait mis très longtemps à s'en remettre. Belle n'avait aucune envie de se retrouver dans cette position, même si, dans son cas, il n'y avait même pas de relation à sauvegarder.

La limousine avait grimpé une route avec des virages en épingle. Juste avant d'arriver au sommet de la colline, elle s'engagea dans une allée adjacente et Belle se retourna pour admirer le magnifique paysage : des collines verdoyantes, des vallées plantées de cyprès et de petits villages perchés où s'étageaient des maisons aux toits de tuiles et aux murs de pierre dorée.

— Bienvenue au Palazzo Rosario, dit Dante dans un murmure.

En tournant la tête, elle aperçut une magnifique demeure au bout d'une allée et ne put cacher son émerveillement.

— Tu aurais pu me dire que c'était une maison palladienne.

— Comment sais-tu qu'il s'agit d'une œuvre de Palladio ?

— Tu t'imagines qu'une serveuse n'a pas ce genre de connaissances ? répondit-elle en rougissant.

— Rares sont ceux qui en identifient une du premier coup d'œil, dit-il. Je serais curieux de savoir d'où tu tires ta science.

— Mon grand-père était fou d'architecture, il avait toute une collection de livres sur le sujet. Il aurait bien aimé devenir architecte, mais ce n'était évidemment qu'un rêve.

— Pourquoi ?

— À son époque, les garçons issus de la classe ouvrière travaillaient dès qu'ils avaient l'âge de quitter l'école, même s'ils étaient très intelligents. Les études n'étaient pas gratuites et il n'a pas eu le choix. Il a dû travailler toute sa vie comme comptable dans un bureau.

— Mais il t'a initiée à l'histoire de l'architecture.

— C'était son jardin secret. Il économisait pour acheter

de beaux livres, qu'il me montrait ensuite en les commentant longuement, dit-elle avec tendresse.

Quelle chance d'avoir eu des grands-parents comme les siens. Elle se le disait souvent.

— Moi aussi, j'ai appris de bonne heure. Le *palazzo* appartenait à l'un de mes oncles du côté maternel, Jacopo Rozzi, un historien d'art. Il ne s'est jamais marié et, à sa mort, il m'a légué sa propriété, ce qui m'a permis d'être indépendant de ma famille. Je lui suis très redevable de s'être montré si généreux envers moi.

— C'est grâce à lui que tu as pu monter ton affaire ? demanda Belle avec curiosité en descendant de la limousine pour admirer la façade ornée d'une superbe colonnade et de deux rangées de hautes fenêtres parfaitement symétriques.

— Jacopo a investi dans mon affaire quand j'étais encore à la fac, ça m'a permis de prendre un bon départ.

Dante, charmé par l'habituelle exubérance de Belle, l'observait, perplexe. Jamais de sa vie il n'avait tant bavardé avec une femme. Elle était très naturelle avec lui, contrairement à celles qu'il avait connues. Même l'attention qu'elle accordait au *palazzo* – plus qu'à lui d'ailleurs – était étonnante et presque dérangeante.

— Belle... ? fit-il d'une voix sourde en la voyant s'élancer vers le perron tandis que Charlie, récemment libéré, dansait sur ses talons.

Elle se retourna vers lui en ouvrant ses grands yeux violets, qui étincelaient sous ses boucles rousses. Il la fixa de ses prunelles sombres et sentit une flamme irrésistible monter en lui avec la force d'un volcan. Alors il attira Belle à lui et prit son visage en coupe entre ses mains pour poser ses lèvres sur sa bouche. Surprise, elle se raidit avant de s'abandonner contre lui, consciente du désir qu'il éprouvait pour elle et qu'elle-même ressentait au plus intime de son corps, si puissamment que c'en était presque douloureux.

Figée dans cette étreinte, elle vacilla lorsqu'il la lâcha. Il la souleva alors dans ses bras et lui fit gravir le perron tandis que Charlie se précipitait derrière eux en aboyant avec frénésie. Belle éclata de rire, car leur arrivée n'était pas passée inaperçue, loin de là : le groupe d'employés qui les attendait en haut des marches les contemplait avec stupéfaction.

Belle, écarlate, gênée par le comportement trop fougueux de Dante, se laissa glisser hors de ses bras. Mais la sincérité des sourires qui l'accueillirent suffit à la rassurer. Pendant qu'on déchargeait leurs bagages, elle le suivit à l'étage. Alors seulement elle prit conscience que ce baiser en apparence si passionné était sans doute seulement destiné à convaincre l'assistance qu'ils formaient un couple réellement amoureux. Une comédie, rien de plus. Comment avait-elle pu une seule seconde croire qu'il avait simplement cédé au désir qui le tenaillait ?

Le palier du premier étage ouvrait sur le *piano nobile*, la salle de réception, conformément à l'architecture des maisons palladiennes. C'était un espace immense et richement meublé. Envoûtée par les fresques colorées, les statues classiques et les détails architecturaux inattendus, elle ne savait plus où poser le regard.

— C'est la salle de réception ? demanda-t-elle.

— Je ne l'utilise que quand je donne une fête, ce qui n'arrive pas très souvent. Sinon, je vis plutôt au rez-de-chaussée, je l'ai fait aménager. Jacopo m'a laissé ce trésor et je n'avais pas envie de faire de transformations, mais comme il faut bien que j'y vive, il a fallu l'adapter, dit-il en suivant leurs bagages jusque dans une pièce aux vastes proportions.

Ce ne fut qu'à cet instant qu'elle comprit qu'ils allaient partager la même chambre, mais quand elle aperçut l'immense lit à baldaquin drapé de brocard pourpre et or, elle éclata de rire. Elle n'avait pas pu se retenir. Comme s'il n'était pas assez imposant, il reposait sur une estrade.

— S'il te plaît... Dis-moi que je ne vais pas devoir dormir dans une pareille monstruosité !

— C'est un authentique lit Louis XIV, répondit Dante, amusé, et figure-toi qu'il est très confortable... Regarde, même Charlie est de cet avis.

— Charlie ! Nooon ! s'écria-t-elle, horrifiée.

Le terrier, à la recherche de l'endroit le plus accueillant de la pièce, n'avait pas hésité à grimper dans le lit, où il avait l'air comme chez lui. Elle le prit et le reposa par terre.

— Alors, tu vis comme dans un livre d'histoire. Jamais je n'aurais cru ça de toi, dit-elle, sincèrement surprise.

— La maison de mes parents est à quelques kilomètres, je connais celle-ci depuis toujours. Je reste très reconnaissant à mon oncle de m'avoir témoigné l'affection dont j'étais privé chez moi. J'ai été élevé par des gouvernantes plus ou moins sympathiques, mais peu sont restées longtemps, en raison des exigences de ma mère. Quand Cristiano et moi avons été mis en pension, Jacopo venait souvent nous chercher pour la journée. Il était très gentil et notre sort le désolait.

— Il était proche de vos parents ?

— Non. Que j'hérite de lui les a rendus furieux, ils s'étaient toujours imaginé que cette propriété leur reviendrait. Et que je sois si jeune et, de plus, rebelle n'a pas arrangé les choses à leurs yeux.

— Quel âge avais-tu quand il est mort ?

— Vingt et un ans.

Elle écarquilla les yeux, sous le choc. Comment imaginer ce qu'on pouvait éprouver en héritant si jeune d'un tel bien ?

— À moins de trente ans, tu as déjà vécu des événements hors du commun, Dante. Tu n'as peut-être pas eu de chance du côté de tes parents, mais tu as bénéficié d'autres avantages.

— Tu préfères faire la visite officielle tout de suite ou plus tard ?

— Plus tard, je suis un peu fatiguée. J'aimerais prendre une douche et faire une petite sieste.

— Le dîner est à 8 heures.

En réalité, elle avait besoin de reprendre ses esprits et de faire le point. Si elle était au Palazzo Rosario, c'était pour y jouer un rôle, celui de la petite amie officielle de Dante. C'était ce qu'il avait voulu lui rappeler en la prenant dans ses bras pour lui faire gravir le perron. Jamais il ne se serait laissé aller à une démonstration en public si exagérée, s'il n'avait pas joué la comédie pour prouver qu'ils étaient un vrai couple. Les vrais couples s'embrassaient, riaient et s'amusaient de cette façon, mais il fallait absolument qu'elle garde en tête que, contrairement aux apparences, ils n'étaient pas un vrai couple.

Elle ouvrit une porte et découvrit une salle de bains superbement aménagée : marbre de Carrare et baignoire de cuivre que le soleil qui entrait par la fenêtre faisait briller. Un pur rêve mais, trop fatiguée pour prendre un bain, elle remit ces délices à plus tard.

Sous la douche, son esprit troublé revint sans cesse à Dante. À son grand regret, le sexe avait fait de leur arrangement une zone de confusion. Soudain, elle ne savait plus comment se comporter, ni ce qui était acceptable et ce qui ne l'était pas. S'attendait-il à ce qu'elle se cramponne à lui dès que quelqu'un montrerait le bout de son nez ? Sans doute pas, décida-t-elle, surtout après l'entrée qu'ils avaient faite dans la maison. Peut-être espérait-il qu'elle se fondrait dans le paysage tandis qu'il reprendrait sa vie normale en attendant le moment crucial, dix jours plus tard, quand ses invités arriveraient... À peu de chose près quand elle saurait enfin si elle était ou non enceinte !

Quel était le risque ? Rien n'était certain, mais elle avait déjà calculé que l'accident s'était produit pendant la période la plus fertile de son cycle, ce qui n'était guère encourageant.

La porte s'ouvrit et elle s'immobilisa. Pourquoi ne l'avait-elle pas verrouillée ? Mais ce n'était que Dante, qui lui sourit par-dessus le mur de séparation de la douche.

— J'ai décidé de faire la sieste, moi aussi, dit-il en ôtant son T-shirt d'un geste élégant qui mit son impressionnante musculature en valeur.

Elle frémit et, comprenant qu'il plaisantait en parlant de sieste, rougit comme une pivoine. Elle avait cru devoir attendre le soir pour se retrouver avec lui dans ce lit impressionnant, mais, avec Dante, inutile de se perdre en conjectures. Il ne lui avait pas caché qu'il était passionné et qu'il aimait le sexe… et aussi qu'il l'avait désirée dès l'instant où il l'avait vue. D'ailleurs personne ne l'avait jamais désirée aussi violemment. Et après tout, pourquoi ne pas profiter de l'instant présent ? Le jean de Dante glissa sur le sol, dévoilant son bassin étroit, et elle éprouva au creux du ventre une sensation aussi forte que déstabilisante. Le souffle court, elle le découvrait pour la première fois entièrement nu, en érection, et il semblait avoir tout autre chose en tête que de faire une sieste.

Il entra dans la douche et repoussa Belle contre le mur carrelé, la dévorant du regard avant de se plaquer si étroitement contre elle qu'elle en eut le souffle coupé. Une douce chaleur l'envahit et, de nouveau, elle fut en proie à la même sensation bizarre. La veille, elle était encore une vierge timide et ignorante, mais désormais elle n'était déjà plus si naïve, et devant Dante, avec son grand corps nu et humide et si visiblement prêt, que faire ?

Il lui prit le menton et lui fit lever la tête pour la fixer droit dans les yeux.

— Tu es trop fatiguée ?

— Euh… Non, répondit-elle d'une voix tremblante en essayant de reprendre sa respiration.

— Tu as mal ?

Elle rougit et fit non de la tête, ce qui n'était que partiellement vrai. Sa chair était encore meurtrie et gardait la sensation de ce qu'ils avaient fait quelques heures plus tôt. Pourtant, son corps avait de nouveau envie de lui, comme d'une drogue dangereuse, comme si ce premier moment d'intimité avait détruit toutes ses défenses, toutes ses inhibitions, tous ses doutes.

Néanmoins, elle était douloureusement consciente d'attendre davantage de lui qu'il ne voulait lui donner et cela l'inquiétait. Il ne s'intéressait qu'au sexe, sans ressentir l'attirance magnétique, l'attachement qu'elle éprouvait, malgré tout le mal qu'elle se donnait pour y résister. Il l'avait choisie afin qu'elle joue le rôle pour lequel il la payait, un rôle qui avait pris de la réalité, mais elle n'était absolument pas sa petite amie. Il ne l'avait pas réellement invitée à séjourner chez lui et dans dix jours, ce serait terminé et elle devrait partir.

Mais pour autant elle était disposée, comme Tracy, à se contenter de servir de jouet à un homme durant un petit moment et à profiter des sorties et des coûteux cadeaux qu'il était prêt à lui offrir en récompense… Elle eut un frémissement d'horreur.

— Qu'est-ce qui ne va pas ? demanda-t-il d'une voix rauque en lui prenant les bras pour les nouer autour de son cou, comme si elle était une poupée.

Puis il la souleva contre lui et sentit alors la tension en elle, les petits frissons dont elle était parcourue.

— Rien, répondit-elle d'une voix tremblante, tout en luttant contre une culpabilité qu'elle savait infondée.

Non, rien de ce qui s'était produit entre eux n'avait été

volontairement programmé par l'un ou par l'autre. C'était le hasard qui avait tout improvisé du début à la fin.

— Ce baiser... dehors... Ça m'a terriblement excité. Et à l'idée que tu étais là-haut, dans ma douche, en train de te déshabiller...

— Alors à partir de maintenant, je ne vais plus pouvoir me déshabiller ? demanda-t-elle avec un petit rire de gorge.

— Au contraire, sinon je risque de me transformer en homme des cavernes et de t'arracher tous tes vêtements, dit-il en l'embrassant dans le cou, ce qui fit sourdre une tiède humidité entre ses cuisses.

Il releva la tête pour la contempler d'un regard si brûlant de désir qu'elle ne put se retenir et se blottit contre lui pour l'embrasser. Il n'y avait dans ce baiser avide ni passé, ni présent, ni avenir, ni place pour l'incertitude. Tout simplement, elle était incapable de tenir plus longtemps sans goûter à cette bouche sensuelle. Inutile de chercher à s'y opposer, puisque, justement, elle ne pouvait pas résister à Dante.

Avec un grognement rauque, il la plaqua contre le mur avant d'appuyer son front au sien en soupirant.

— Je n'ai pas de préservatif sous la main... Je ne veux pas prendre de nouveaux risques.

— Non.

Lentement, il laissa le corps de Belle descendre le long de la paroi. En passant d'un tel degré d'excitation à ce qu'elle ressentit comme un abandon, elle eut l'impression que son corps se vidait.

Il sortit de la douche et elle l'entendit fouiller dans les tiroirs de sa chambre tandis qu'elle se rinçait les cheveux. Bizarrement, le shampoing ne l'avait pas dérangé. Elle fut surprise de sentir deux bras se refermer sur elle par-derrière et deux mains lui caresser tendrement les seins et en exciter les pointes. De nouveau, elle perçut une moiteur brûlante entre ses cuisses.

— J'ai eu du mal à retrouver mon portefeuille. Jamais je n'ai amené de femme ici. Tu es la première, dit-il.

— Tu les amènes où, alors ? demanda-t-elle, agacée de l'imaginer avec d'autres femmes et plus encore de s'en soucier.

Il était bien évident qu'il avait déjà eu de nombreuses autres femmes dans sa vie.

— On allait chez elles... toujours. Toi, tu es unique.

Oui, mais seulement parce qu'il n'avait pas eu le choix. Puisqu'elle devait endosser son rôle de petite amie officielle.

— Unique, dans tous les sens du terme, reprit-il en laissant glisser ses mains sur tout le corps de Belle à la recherche du point le plus sensible, sur lequel il s'attarda jusqu'à ce qu'elle se mette à gémir.

De nouveau il la prit dans ses bras, la souleva, les yeux brillants comme des étoiles, et l'appuya au mur avant de se glisser en elle en poussant un grognement de satisfaction. Gagnée par son excitation, elle s'abandonna à la sensation délicieuse qui avait envahi le bas de son corps. Mais elle en voulait davantage encore et il le lui donna, à grandes poussées, comme elle le voulait, jusqu'à ce qu'elle sente se dénouer la terrible tension qui l'habitait et qu'elle atteigne un orgasme qui la transporta littéralement.

— Tu vois, tu es unique, dit-il de nouveau d'une voix sourde dans le silence qui suivit. Tu ne cries pas. Tu ne brailles pas mon nom. Tu ne me dis même pas que tu me trouves fantastique. Alors que – suprême ironie – j'aurais justement envie que tu le fasses.

Durant le dîner, dans sa jolie petite robe neuve, à la douce lumière des bougies, tout en dégustant une nourriture exquise, elle repensa à cet aveu. Elle savait qu'elle ne crierait jamais son nom, qu'elle ne lui dirait jamais qu'il était fantastique, parce qu'à cet instant, elle deviendrait pareille à toutes les autres et qu'il ne la désirerait sûrement plus.

Elle paniqua à cette pensée et sentit son corps se glacer. Voilà qu'elle se mettait à penser comme une maîtresse, à dissimuler son enthousiasme dans l'espoir insensé que cette attitude ferait durer l'intérêt qu'il lui portait. Sa mère – qui avait été une maîtresse de profession ou presque – avait toujours essayé de harponner des hommes riches et de se rendre indispensable... Jusqu'à ce qu'ils rentrent tous finalement chez eux. Pour Tracy, plaire aux hommes était une véritable vocation et Belle était bien décidée à ne pas suivre sa trace. Ni comédie, ni dissimulation, ni mensonges. La vérité tout du long. Quand Dante finirait par la rejeter, elle saurait que c'était elle qu'il avait rejetée et pas le personnage qu'elle s'était forgé.

# 7

Quand Belle pénétra dans la salle à manger pour le petit déjeuner, Dante dut se retenir de sourire : il l'avait tenue éveillée la moitié de la nuit et elle était encore tout endormie. En remarquant ses yeux cernés et ses épaules tombantes, il éprouva pourtant une pointe de culpabilité : il s'était montré trop gourmand, il le savait, mais chaque fois qu'il la regardait, son désir se rallumait. Jamais il n'avait connu cela. D'habitude, au bout de quelques rendez-vous, il commençait à tiédir et à pressentir la fin de l'aventure, mais, inexplicablement, cette fois au contraire, plus le temps passait et plus il avait envie de Belle. Enfin, inutile de se faire du souci, dans deux semaines, sa belle ardeur se serait estompée. Il aimait trop sa tranquillité et serait sans aucun doute soulagé de retrouver son intimité. Cela lui rappela la pièce qu'il avait fait préparer à son intention.

— Belle, dit-il d'une voix douce en repoussant les journaux qu'il n'avait pas encore ouverts, je veux te montrer quelque chose.

Elle reposa sa tasse de thé pour se lever : il voulait sans doute l'emmener faire le tour du *palazzo* comme il le lui avait promis la veille. Elle avait d'étranges courbatures et un suçon dans le cou qu'elle avait failli dissimuler sous un foulard. Mais cette meurtrissure très caractéristique n'était qu'un signe délibéré de plus destiné à authentifier la comédie qu'ils jouaient au monde extérieur.

Dante lui ouvrit une porte et elle comprit, en découvrant dans la pièce les antiquités qu'ils avaient achetées à Paris – le fauteuil et les livres – qu'il s'agissait de sa chambre. Elle pourrait donc y jouir d'une certaine intimité, comme il le lui avait promis. Une vaste baie donnait sur le jardin intérieur à l'italienne, superbe avec ses parterres bordés de buis, ses plantes vertes et ses fleurs blanches.

— C'était le bureau de mon oncle, il aimait se promener de temps en temps dans le jardin quand il travaillait, lui dit Dante.

La pièce était magnifique et le jardin plus beau encore. Que Dante ait tenu à lui aménager une chambre à elle alors qu'elle n'était là que pour quinze jours la gênait. Enfin, ce n'était pas vraiment une chambre, mais une pièce où elle pourrait se retirer… Oui, mais quand ? En tout cas, même si cela faisait aussi partie de cette comédie, cela prouvait au moins qu'il tenait lui-même énormément à ce qu'on respecte sa propre intimité, sa vie privée. Il devait redouter qu'elle soit toujours dans ses pattes ; il faudrait qu'elle s'isole le plus souvent possible dans cette pièce pour lui laisser le champ libre. Dans le cas contraire, serait-elle perçue comme une intruse importune qui se cramponnait à lui ?

— C'est superbe, dit-elle en dépit de ces pensées moroses.

— Encore un peu vide, mais je trouverai des tableaux et quelques meubles supplémentaires.

— Ne perds pas de temps à ça. Je ne vais pas rester longtemps, inutile de tout chambouler. D'ailleurs, tu me disais que tu n'avais pas envie de trop toucher à la maison.

Un claquement de porte retentit alors dans le hall, suivi d'une voix féminine. Dante eut un rictus.

— Tu ferais mieux de rester ici. On dirait que ma mère nous fait le plaisir d'une de ses petites visites improvisées.

Il se dirigea vers le hall tandis que Belle, poussée par la curiosité, s'approchait du seuil. La voix féminine poussa des cris en italien, auxquels Dante ne répondit que par monosyllabes. Belle fit encore un pas en avant. Une femme, grande et excessivement mince, vêtue d'une robe ivoire très élégante, la gorge et les oreilles ornées de diamants, les cheveux platine, brandissait un journal en direction de Dante.

— C'est elle ? fit-elle brutalement en anglais en fixant Belle qui venait d'apparaître à l'autre extrémité du hall. Inutile de faire la timide devant moi. Une femme timide n'aurait pas réussi à lever un type dans un bar.

Dante se tourna vers Belle et lui tendit une main qu'elle saisit en redressant la tête.

— Permets-moi de te présenter à ma mère. Belle Forrester. Sofia Lucarelli.

Devant l'expression méprisante que prit le visage encore avenant de Sofia, Belle n'osa pas tendre la main. Cette femme n'était manifestement pas prête à lui souhaiter la bienvenue en Italie.

— Son Excellence, la princesse Sofia, corrigea la blonde avant de jeter ostensiblement le journal aux pieds de Belle. Une serveuse qui vivait dans un camping-car ? Ton oncle se retournerait dans sa tombe s'il voyait le genre de fille que tu introduis chez lui.

— Au contraire, je pense qu'il aurait beaucoup apprécié Belle, répondit Dante en la prenant par l'épaule pour la soutenir. Mais si tu n'as rien d'autre à nous dire, maman, je suggère que tu te retires.

— Quand je pense aux femmes que je t'ai présentées… Et voilà la créature que tu as choisie ! hurla-t-elle, au comble de la fureur.

Puis elle tourna les talons et se rua à l'extérieur vers un petit coupé rouge garé au milieu d'une allée.

— La femme qui vient de te reprocher ton immoralité s'est néanmoins autorisé un certain nombre d'aventures extraconjugales, dit Dante d'une voix dure tout en guidant Belle vers un élégant salon. Mon père a toujours fermé les yeux. Soit ça lui était égal, soit il en faisait autant, je n'en sais rien, et ça ne m'intéresse pas assez pour que je m'en soucie.

Belle ne fit pas de commentaire. À en croire le regard noir de Dante, c'était au contraire un sujet sensible.

— Tu ne parles pas beaucoup de ton père, dit-elle cependant.

— Ma mère a toujours été l'élément dominant de leur couple, il l'approuve dans tout ce qu'elle fait. Une fois, elle a frappé Cristiano si violemment qu'il a fallu l'emmener chez le médecin. Mon père a assisté à la scène sans intervenir. C'est un de mes plus anciens souvenirs.

— Je ne pensais pas qu'il y avait aussi des sévices, dit tout bas Belle en frissonnant. Personne ne l'a dénoncée ? Et vos gouvernantes ?

— Ne sous-estime pas la capacité des gens riches à dissimuler leurs fautes et à garder leurs secrets, répondit-il sèchement.

— Et toi, elle te battait ? demanda-t-elle d'une voix hésitante.

Elle aurait aimé lui exprimer sa sympathie, mais son visage prit une expression si tendue qu'elle regretta de lui avoir posé la question et détourna la tête.

— Je crois que je vais aller jeter un coup d'œil à mes nouveaux livres, dit-elle dans un murmure.

Elle était à genoux en train de parcourir les volumes quand la porte s'ouvrit soudain. Sous le coup de la surprise elle vacilla, mais Dante vint la prendre par la main pour la tranquilliser.

— Il est temps que tu me parles un peu de toi, lui dit-il d'une voix calme. Si tu t'intéresses beaucoup à mon passé, je ne sais pratiquement rien du tien. Cela risque de nuire à notre petite comédie.

Elle rougit et croisa nerveusement les doigts.

— Ce sont mes grands-parents qui m'ont élevée.

— Je sais. Mais j'aimerais savoir pourquoi. Qu'est-il arrivé à tes parents ? Ils sont morts ?

— Non, ils sont encore tous les deux en vie... pour autant que je sache, répondit-elle, crispée, en se dirigeant vers la porte-fenêtre car elle n'était pas encore prête à lui dire toute la vérité. Ma mère était mannequin, elle voyageait beaucoup. Mes parents ont rompu avant même ma naissance et mon père ne voulait pas assumer la responsabilité d'un enfant. Comme ma mère et moi avons passé très peu de temps ensemble, nous nous sommes peu attachées l'une à l'autre et quand j'ai été adulte, elle n'a plus souhaité garder le contact. Je ne sais même pas où elle vit.

— Tu as envie de le savoir ? demanda-t-il.

Il avait désormais le visage plus détendu.

— Pas vraiment, répondit-elle en toute honnêteté. Quand j'étais petite, j'attendais avec impatience ses visites, mais je me désolais toujours du peu d'intérêt qu'elle me témoignait. Je rêvais qu'elle s'intéresse à moi, et mon rêve était toujours déçu, alors j'ai fini par accepter de la voir telle qu'elle était vraiment.

— Tu as vécu avec elle ?

— Quand j'ai eu quatorze ans, elle m'a invitée à séjourner chez elle ; j'étais folle de joie à cette perspective. Elle vivait alors avec un type qui avait de jeunes enfants. Je me suis vite rendu compte qu'elle ne m'avait fait venir que pour m'occuper d'eux, mais sur le moment j'ai préféré faire comme si de rien n'était. Je n'étais pas là depuis deux semaines quand son petit ami a essayé de me draguer sous ses yeux. Le jour même, elle m'a dit de faire mes valises et m'a renvoyée chez mes grands-parents.

— Et son copain ?

— C'est moi qu'elle a accusée, pas lui ! Elle a prétendu que je flirtais avec lui et que ça expliquait son comportement... Leur histoire n'a d'ailleurs pas duré et c'est moi qu'elle a tenue pour responsable, j'en suis certaine.

— Une séductrice, comme ma mère ! Cela prouve bien que tout le monde n'est pas fait pour être parent. Moi en particulier.

Elle pâlit. Au moins, il ne faisait pas mystère de ses sentiments, et elle préférait qu'il soit sincère. Si elle était enceinte, ce serait probablement un père absent.

Avant de sortir, il s'arrêta sur le seuil.

— Demain soir, je dois assister à un gala de charité international. Tu m'accompagneras. Steve et sa femme, Sancha, seront là eux aussi. Peut-être voudras-tu aller chez le coiffeur auparavant ?

— C'est vraiment nécessaire ?

— Seulement si tu en as envie... Personnellement, je préfère tes cheveux au naturel, dit-il en lui caressant la tête. Mais il faut faire quelque chose pour tes ongles : ils sont complètement abîmés.

Elle fut tentée de mentir mais préféra reconnaître la vérité :

— J'ai essayé de ronger mes faux ongles pour arriver jusqu'aux vrais, mais ils n'ont pas très bon goût.

Il lui sourit d'un air narquois, détendu pour la première fois depuis le départ de sa mère.

— Je vais faire venir quelqu'un pour arranger ça. Mais la solution des faux ongles est la bonne, à mon avis : durant les dernières vingt-quatre heures, je ne t'ai pas vue les ronger une seule fois.

— Qu'est-ce que je pourrais faire d'autre si je me sens nerveuse ?

— Embrasse-moi ! dit-il en lui effleurant la lèvre du doigt. Je te garantis que tu oublieras vite tes ongles.

Elle sentit tout son corps frémir à ce contact et s'assit en toute hâte pour feuilleter un Jane Austen qu'elle n'avait pas lu depuis des années. La moindre caresse de Dante produisait sur elle un effet qui la terrifiait, et lui rappelait qu'avec lui, elle ne se contrôlait plus. Il fallait absolument qu'elle se mette des limites, et le plus vite possible. Comme elle vivait chez lui, leur petite aventure n'avait pas l'air sans importance, ce qui était pourtant le cas. Il ne fallait surtout pas qu'elle l'oublie et qu'elle se mette dans tous ses états dès qu'il l'approchait. Et il ne fallait pas non plus qu'elle tente d'éveiller son intérêt, ne serait-ce que pour préserver son équilibre personnel et son amour-propre. Elle était bien décidée à ne pas souffrir quand il en aurait assez d'elle et qu'il la renverrait en Angleterre.

Il l'observa un instant d'un œil circonspect car elle semblait avoir perdu sa joie de vivre et son mordant habituels. Puis il tourna les talons pour sortir de la chambre : une pile de dossiers l'attendait.

— Dante !

Il se retourna.

— Ça ne t'ennuie pas si je retourne voir les chiens de ton frère ?

— Demande à mon chauffeur. Il te conduira où tu voudras, répondit-il avec un haussement d'épaules.

Elle passa le reste de la matinée à lire et à jouer à la balle avec Charlie dans le jardin. Dante la rejoignit pour déjeuner dans la salle à manger. Elle resta silencieuse, se contentant de répondre quand il lui parlait. À la fin, n'en pouvant plus, il lui dit d'un ton sec :

— Écoute, je vois que tu es de mauvaise humeur ; si ça me concerne, j'aimerais que tu me dises où est le problème.

— J'ai du mal à supporter la façon dont tu me traites, répondit-elle.

— C'est-à-dire ?

— Nous ne devons nous comporter comme un couple que lorsque nous sommes en public, n'est-ce pas ? Mais ça déborde sur les moments privés que nous passons ensemble, et... ça... ça me trouble... Parce que nous n'avons pas de relation pour de bon.

— Tu crois ça ? Au contraire, moi, je croyais que nous avions une aventure, répondit-il, déconcerté par ce reproche et son regard fuyant. Mais si tu n'es pas d'accord, je suis prêt à faire marche arrière.

Bang ! Coup droit en plein sternum. Preuve évidente qu'elle n'avait aucune importance pour lui. Elle acquiesça, pâle comme un linge.

— Ça vaudrait sans doute mieux, pour toi comme pour moi.

Il fit la grimace, il était peu habitué à se sentir rejeté, et encore moins profondément troublé. Il s'efforça de respirer calmement. Qu'y avait-il de si déroutant dans cette histoire ? Mais son ego préféra ne pas chercher davantage d'explications. Si c'était ce qu'elle préférait, elle avait parfaitement le droit de rester seule, et le sexe n'avait jamais fait partie de leur arrangement. Mais comment pouvait-elle si facilement tourner la page ? Qu'avait-il dit ou fait pour la mettre dans cet état ? La nuit précédente, dans ses bras, elle avait eu l'air parfaitement heureuse. Mais sans doute la désirait-il davantage qu'elle ne le désirait. Et puis, elle aspirait peut-être à une bonne nuit de sommeil, paisible. S'était-il montré trop exigeant ? Trop brutal ?

Belle ravala ses larmes et monta dans le SUV pour rendre visite aux chiens de Cristiano. Dante n'avait pas cherché à discuter ni à la convaincre de changer d'avis, preuve qu'elle ne s'était pas trompée : pour lui, elle n'était qu'un jouet sexuel parmi d'autres. Pourtant elle valait mieux que cela. Ex-serveuse vivant dans un camping-car, sans doute, mais elle avait quand même une meilleure image d'elle-même que lui.

Tito et Carina furent ravis de la voir et elle les emmena dans la cour pour leur faire faire de l'exercice et commencer à les dresser. Elle les récompensait quand ils réussissaient, ce qui n'était pas très fréquent.

— Trop vieux et trop gâtés pour apprendre, dit la propriétaire du chenil dans un mauvais anglais tout en les observant de derrière la barrière.

Charlie pénétra dans le bureau de Dante sans qu'il le remarque et s'installa sur un coûteux tapis persan où il s'étirera à son aise. Quand enfin Dante le vit, il préféra faire comme si de rien n'était. Charlie en fit autant car il avait l'expérience du restaurant où les clients qui n'aimaient pas les chiens l'ignoraient eux aussi. Mais on apporta le café à Dante et, dès qu'il prit un biscuit sur le plateau, Charlie revint à la vie et adopta une posture discrètement quémandeuse.

— Tu es malin, dit Dante au terrier qui fixait un regard implorant sur le biscuit, avant de lui en donner un petit morceau.

Charlie lui accorda un regard reconnaissant puis retourna s'allonger sur le tapis. On frappa alors à la porte. Belle entra et aperçut son chien.

— Excuse-moi, je l'ai cherché partout. Je venais justement te demander si tu ne l'avais pas vu.

— Il n'est vraiment pas gênant, répondit Dante, qui aimait rendre à chacun son dû, tandis que Charlie se précipitait dans les bras de sa maîtresse. Et les deux autres monstres, comment vont-ils ?

— Très bien. Je leur ai fait faire un peu d'exercice.

— Jamais je n'aurais cru que ça leur plairait.

— Ça ne leur plaît pas beaucoup, mais quand ils sont fatigués, ils sont moins agités.

Ses cheveux lâchés sur les épaules encadraient l'ovale parfait de son visage. Elle portait un haut vert transparent et un jean taché d'empreintes de chiens qu'elle n'avait pas dû remarquer. Et elle était à couper le souffle. Sa bouche en bouton de rose, sa poitrine généreuse et ses fesses rebondies le plongèrent instantanément dans un état de cruelle frustration.

— Toujours optimiste. Tu as l'art d'avoir une approche positive des problèmes, n'est-ce pas ?

— C'est vrai, dit-elle.

— Sauf en ce qui me concerne. Moi j'ai été jugé et déclaré définitivement défectueux sans même avoir été entendu.

— Tu te fais des idées, répondit-elle en rougissant. J'ai seulement essayé de me montrer raisonnable.

— Explique-moi un peu, je t'en prie, dit-il en se levant pour venir vers elle.

— Vivre de cette façon – avec ces vêtements, ces bijoux, dans cette belle maison – ferait tourner la tête à n'importe quelle femme, mais c'est un peu comme dans le conte *Les Habits neufs de l'empereur*. Rien de tout cela n'est vrai, ce n'est pas à moi et ça ne va pas durer, dit-elle, mal à l'aise, en contemplant le beau visage de Dante, sombre et dévastateur. Et puis, je ne veux surtout pas tomber amoureuse de toi et en souffrir.

Un silence pesant se fit. Jamais auparavant aucune femme ne s'était montrée aussi franche avec lui, et cet aveu le troublait terriblement.

— Comment peux-tu dire une chose pareille ?

— Inutile de mentir, puisque de toute façon, tu ne dois pas souhaiter que je m'attache à toi. Mais pour moi, notre petit arrangement, comme tu dis, est très important, parce que je n'ai jamais eu de relation sérieuse... Oui, pour toi, c'est sans conséquence, je le sais, mais dans ma vie, ça risque de compter beaucoup plus.

— Peut-être, répondit-il en reculant d'un pas, les bras tendus, comme s'il redoutait une quelconque contagion. Pourtant, inutile de te faire des idées, ce n'est pas de l'amour mais une simple attirance, parce que j'ai été ton premier amant. Tu oublieras tout ça bien vite.

— Merci pour cet excellent conseil, répondit-elle avant de rappeler Charlie et de sortir aussi dignement qu'elle le put.

Dante reprit son souffle. Jamais il n'était tombé amoureux, contrairement à Cristiano qui avait enchaîné les coups de cœur, en quête du grand amour. Grâce à lui, Dante avait vite appris que l'amour n'était qu'un faux-semblant : à un espoir insensé succédait une cruelle désillusion quand les défauts de l'être aimé se révélaient petit à petit. Évidemment, Belle n'était pas amoureuse de lui, mais après cet aveu, plus question de la toucher. Au fond, peut-être ne lui avait-elle tenu ces propos étranges que pour le dissuader d'aller plus loin. Il joua un quart de seconde avec cette idée, mais passa rapidement à autre chose.

Que lui arrivait-il donc ? Il se sentait très bizarre, comme écrasé sous un énorme roc. Il allait devoir rapidement trouver une autre femme à laquelle s'intéresser, pour oublier Belle et cette folle semaine, même si cela risquait d'être un peu difficile. Adieu le passé, bonjour l'avenir, telle avait toujours été sa devise.

Belle se pelotonna avec son livre. Comment réussirait-elle à regarder Dante pendant le dîner ? Elle pressa des deux mains ses joues brûlantes en poussant un petit gémissement. Comment avait-elle pu lui faire un aveu pareil, si humiliant pour elle ? Il était néanmoins vrai qu'elle commençait à éprouver des sentiments déplacés pour lui.

Il fallait que cela cesse et le seul moyen était de mettre fin à toute intimité entre eux. Mais elle serait bien obligée de continuer à partager son lit, pour la galerie.

Elle dîna seule, après avoir pris un long bain, et se coucha de bonne heure. Dante se rendit dans les clubs qu'il fréquentait assidûment d'ordinaire, avant d'assister à une réception à Florence. Chaque fois qu'une femme le regardait d'un air intéressé, cela lui mettait les nerfs en pelote, jusqu'au moment où il prit conscience que la seule femme qui lui plaisait se trouvait précisément chez lui, dans son lit… mais qu'il ne pouvait pas l'avoir. Mais n'était-ce pas précisément la raison pour laquelle il la trouvait si désirable ? Parce qu'elle l'avait rejeté et que son ego se rebellait ?

Ou était-il plus bienveillant qu'il ne l'imaginait ? Il ne voulait pas qu'elle souffre, reconnut-il après son cinquième verre. Il prit une chambre pour la nuit dans un luxueux hôtel pour mettre de la distance entre elle et lui, mais ne put trouver le sommeil. Il l'imaginait dans son lit et se rappelait l'effet qu'elle lui faisait. Un effet très bizarre, décida-t-il pour finir juste avant l'aube.

Belle se réveilla dans un lit vide. Où Dante avait-il passé la nuit ? Elle culpabilisait de l'avoir mis mal à l'aise dans sa propre maison. En descendant déjeuner, elle le croisa dans l'escalier. Sans cravate, avec sa veste froissée et sa barbe de la veille, il avait une drôle d'allure. Il lui jeta un regard noir et elle fila vers la salle à manger. Peut-être avait-il passé la nuit avec une autre femme. Quelle idée déchirante !

La manucure arriva en fin de matinée et peignit les ongles de Belle d'un beau vernis bleu foncé qu'elle préféra au rose bonbon, pourtant assorti à sa robe du jour. Cette fois, elle se jura de ne pas les abîmer : après cette manucure sophistiquée, ses mains avaient indubitablement meilleure allure. Elle porterait aussi le ravissant pendentif et les boucles d'oreilles que Dante lui avait offerts, bref, elle ferait son possible pour prétendre appartenir à ce milieu aisé où elle se sentait si mal à l'aise. Inutile d'avoir peur de faire honte à Dante en public : après tout, s'il l'avait engagée, c'était en toute connaissance de cause, pour faire comme s'ils vivaient en couple. Elle devait simplement se comporter en maîtresse pas trop envahissante.

Une fois habillée, elle aperçut depuis le haut de l'escalier Dante qui faisait les cent pas dans le hall. Son smoking soulignait sa large carrure et ses longues jambes, et sa chemise blanche faisait ressortir son hâle. Il était beau à mourir, mais mieux valait ne plus y penser ni même le regarder. Il fallait simplement faire preuve d'un peu de volonté.

Dante se retourna pour contempler Belle et sa beauté, dans sa robe toute simple, très stylée, lui fit l'effet d'un coup à l'estomac. Elle avait dénoué ses cheveux comme il aimait et sa jupe fendue dévoilait ses jambes parfaites, mais son regard semblait avoir perdu son éclat, cette lueur pleine de vitalité qu'il avait auparavant. Comme il l'avait prévu, souhaité même, elle avait sans doute réussi à se débarrasser de ce sentiment stupide qu'elle était trop naïve pour identifier. Il aurait dû en être soulagé, mais il serra les poings. Il ne s'était pas attendu à ce qu'elle s'en libère aussi vite et, bizarrement, cela ne fit qu'accentuer sa mauvaise humeur.

— Steve et Sancha nous ont réservé une table de quatre. Au moins, tu seras avec des amis, dit-il comme s'il devinait son angoisse à l'idée d'assister à un événement qui ne rassemblait que des nantis.

Elle releva le menton et faillit répondre que Steve et Sancha n'avaient jamais été ses amis, mais des clients VIP qu'elle servait au restaurant. Des gens charmants mais très loin d'elle. Cependant, de peur qu'il ne devine sa nervosité, elle garda le silence. Elle n'avait jamais assisté à ce genre d'événement, qui se tenait ce jour-là dans la splendide salle de bal d'un bâtiment public. Des fresques magnifiques et de gigantesques lustres de cristal décoraient le plafond. Il y avait beaucoup de monde, des groupes d'hommes en smoking, des femmes superbes dans leurs robes haute couture et leurs bijoux étincelant sous les lumières.

À sa grande surprise, Dante lui prit la main et la guida à travers la foule. Steve Cranbrook se leva de la table à laquelle il était assis auprès de son épouse espagnole.

— Ils savent que nous jouons la comédie ? demanda Belle en chuchotant à l'oreille de Dante.

— Oui, mais ils sont les seuls.

Elle se détendit à l'idée qu'elle n'aurait pas à faire semblant devant eux. Sancha, une petite brune aux courbes épanouies, se mit immédiatement à lui parler de la fondation en faveur de laquelle était organisé le gala et qui luttait contre la faim dans le monde. Belle lui demanda des nouvelles de ses quatre enfants, des petits blonds adorablement frisés qu'elle avait souvent vus jouer au bord du lac avec leur mère. Tandis que les gens s'installaient autour des tables pour écouter les discours, qui furent heureusement courts, Belle aperçut la mère de Dante. À son attitude, personne ne pouvait ignorer son statut de princesse. Elle était assise à côté d'un homme aux cheveux gris doté du même profil classique que Dante, son père sans aucun doute.

L'attention de Belle se reporta vers les tables les plus proches et le cœur lui manqua soudain. Un homme assis non loin d'eux gardait les yeux fixés sur elle. Impossible que ce soit… Mais si… Son père… À quand remontait son unique rencontre avec Alastair Stevenson ? Neuf ans ? Ses cheveux roux, dont elle avait hérité, grisonnaient désormais, mais son regard était toujours aussi vif et son visage à peine marqué de quelques rides. Il devait avoir un peu moins de cinquante ans car il était beaucoup plus jeune que sa mère, et le temps semblait l'avoir épargné.

Belle, l'estomac chaviré, baissa les yeux. Ce père l'avait rejetée sans ménagement, déclarant qu'il ne voulait rien avoir à faire avec « la fille de Tracy », comme si elle n'était pas également la sienne. La cruauté de ce rejet avait profondément affecté Belle, et son père était sans doute très étonné que cette fille inconnue et non désirée assiste à un gala de charité aussi huppé. Quelle horrible coïncidence ! Pourtant, neuf ans avaient passé, et elle aurait dû se sentir assez forte pour rester impassible sous le regard de cet homme.

L'orchestre se remit à jouer et quelques couples se dirigèrent vers la piste. Steve prit la main de sa femme pour l'y entraîner en riant.

— Excuse-moi, dit Belle à Dante en se levant elle aussi.

— Que se passe-t-il ? Où vas-tu ? demanda-t-il, visiblement contrarié qu'elle ne reste pas auprès de lui.

— Où sont les toilettes ? demanda-t-elle.

Il lui lâcha le poignet et se leva poliment sans cesser de la fixer d'un regard inquiet.

— Tout va bien ?

Jamais il ne l'avait vue si pâle : chacune de ses taches de rousseur ressortait sur ses joues blêmes.

— Tout va bien, répondit-elle pour le rassurer tout en s'éloignant à la hâte.

# 8

Après s'être rafraîchi le visage et avoir pris quelques profondes inspirations, Belle sentit que le choc qu'elle venait d'éprouver en revoyant son père après tant d'années commençait à se dissiper. Elle se sentait de nouveau d'attaque. Elle se fraya un passage à travers la foule en direction du hall d'entrée, mais s'arrêta net. L'homme qu'elle cherchait à éviter se dressait devant elle. Elle baissa la tête en faisant un écart pour le contourner, mais une main se posa sur son bras.

— Belle ?

Elle avait presque oublié cette voix profonde. Ses yeux croisèrent des yeux identiques aux siens et elle s'immobilisa comme au bord d'un gouffre.

— Euh... Monsieur Stevenson ? demanda-t-elle sur un ton cassant.

— Si tu savais depuis combien d'années je suis à ta recherche ! dit-il d'une voix brisée. Cela fait si longtemps ! Et à peine m'as-tu adressé la parole que je me sens terriblement coupable. Totalement coupable, tu as raison, mais si je suis là, c'est pour te demander de m'accorder quelques minutes. Accepteras-tu ?

Belle n'en revenait pas. Alastair Stevenson l'avait recherchée ? Plus étonnant encore, une puissante charge d'émotion émanait de lui, alors qu'elle avait toujours gardé de lui le souvenir d'un homme froid, amer et hostile.

— Je t'en prie, dit-il d'une voix hésitante, rompant le silence qui s'était établi entre eux.

De son côté, Dante, à l'autre bout de la salle, se demandait pourquoi Belle tardait tant à le rejoindre. Lui était-il arrivé quelque chose ? Il était certain que ça n'allait pas, il l'avait bien senti... Était-elle malade ? Ou contrariée ? Au même moment, Steve réapparut avec Sancha.

— Je ne savais pas que Belle était en si bons termes avec Alastair Stevenson, dit-il à Dante, à qui ce nom parut vaguement familier.

Brusquement il se souvint : c'était un homme d'affaires, très connu en Angleterre, et puissant gestionnaire d'un fonds spéculatif.

— Alastair Stevenson ? Mais qu'a-t-il à voir avec Belle ?

Steve fit un signe de tête en direction de la piste de danse, où Dante eut la surprise d'apercevoir Belle à côté d'un inconnu. Ils ne dansaient pas vraiment, mais restaient debout, immobiles, penchés l'un vers l'autre comme s'ils essayaient de se parler malgré la musique. Tandis que Dante, incrédule, les observait, Alastair Stevenson prit la main de Belle et lui dit quelque chose à l'oreille tout en l'entraînant hors de la piste.

Dante poussa une longue série de jurons en italien.

— De toute évidence, elle le connaît très bien, dit Steve, car jamais je n'ai vu Stevenson main dans la main avec une autre femme que la sienne. Peut-être est-il son parrain, ou un parent ?

— Je ne crois pas, répondit Dante en tentant de maîtriser la fureur qu'il sentait monter en lui. Elle me l'aurait dit.

— Ils sortent de la salle, dit Steve.

— Comment ? s'exclama Dante, outré.

Belle franchissait les portes-fenêtres qui avaient été

ouvertes sur la terrasse pour faire entrer l'air frais de la nuit. Et en plus, elle se rongeait les ongles !

Soudain il réalisa que, bizarrement, il ne détestait pas cette petite faiblesse. Ainsi, lorsqu'il la voyait céder à cette activité interdite, il savait qu'elle se sentait nerveuse ou effrayée. Mais pourquoi s'isolait-elle ainsi avec cet homme marié ? C'était incompréhensible. Et puis, ce n'était pas du tout son genre… Non, elle n'était pas du style à bondir sur un homme riche à la première occasion. Mais, à bien réfléchir, elle n'était plus liée à lui que pour une semaine et, au-delà de cette date, elle serait libre de ses mouvements. Qu'elle ait encore été vierge à vingt-deux ans ne faisait pas forcément d'elle une sainte ou un modèle de fidélité. Comme il s'était montré naïf, lui qui ne l'était pourtant jamais concernant les femmes et leur extraordinaire pouvoir de nuisance !

Belle et Alastair s'assirent à une table de la terrasse et il fit signe au serveur de venir prendre la commande.

— De l'eau pour moi, merci, dit Belle. Donc, l'agence d'investigations privées à laquelle tu t'es adressé pour me retrouver m'a identifiée grâce à des photos publiées dans la presse, mais depuis hier seulement ?

— Oui. J'ai tout laissé tomber et je me suis précipité ici, de peur de perdre de nouveau ta trace. J'ai acheté une place pour le gala de ce soir en espérant que tu y accompagnerais Lucarelli, parce que je n'avais pas envie d'aller te trouver chez lui, répondit Alastair en faisant la grimace. J'ai besoin de te parler en toute intimité, même si je ne veux pas te faire du mal en étant trop franc au sujet de ta mère et de la relation désastreuse que nous avons entretenue après ta naissance.

— Je n'ai pas revu Tracy depuis l'enterrement de mon

grand-père, rien de ce que tu pourrais me dire à son sujet ne saurait me faire de mal.

— Quand Tracy est tombée enceinte, j'étais jeune et naïf. Je n'ai signé aucun arrangement légal avec elle parce que je tenais à ce que personne ne soit au courant de cette aventure, mais j'ai accepté de payer toutes les factures monstrueuses qu'elle m'envoyait. Quand je lui ai proposé de prendre des dispositions légales pour subvenir aux besoins de l'enfant, elle m'a menacé de tout révéler à ma femme, Emily, que j'avais rencontrée et épousée un an après ma rupture avec elle. Je ne voulais pas qu'Emily découvre ton existence. Ni personne d'autre, d'ailleurs, parce que j'avais trop l'impression de m'être fait berner par Tracy.

— Pourquoi avais-tu si peur qu'elle mette ta femme au courant ?

— Emily a longtemps souffert de dépression, elle est très fragile. De plus, elle a toujours rêvé d'avoir un enfant mais, après plusieurs fausses couches, elle a mis au monde un bébé mort-né, dit tristement Alastair. J'aurais dû lui parler de toi avant qu'on se marie, et après, je n'ai jamais eu le courage de lui avouer que j'avais déjà un enfant.

— Je peux comprendre que tu aies voulu protéger ta femme, répondit Belle en hochant la tête.

— Aujourd'hui, Emily est au courant et Tracy ne peut plus rien contre moi. Donc, après avoir tout avoué à ma femme, je me suis lancé à ta recherche, mais je ne suis malheureusement pas parvenu à te retrouver. Alors j'ai payé ta mère pour savoir où et quand elle t'avait vue pour la dernière fois. En enquêtant, j'ai découvert qu'elle me mentait depuis ta naissance, qu'elle m'avait donné de fausses factures. Je n'ai découvert que très récemment que tu avais été élevée par tes grands-parents, que tu avais toujours fréquenté l'école publique et que tu avais dû abandonner tes études à seize ans.

— Des fausses factures ? demanda Belle en fronçant les sourcils.

— Oui, des salaires de gouvernantes, des frais de scolarité dans des pensions huppées, des soins en médecine privée, des vacances. Chaque fois qu'elle avait une nouvelle idée, je recevais une facture sans que tu en bénéficies, toi, le moins du monde. Mais j'étais l'imbécile qui payait sans fin, à une époque où j'étais beaucoup moins riche qu'aujourd'hui et où je devais batailler pour verser ces sommes considérables. J'ai fini par haïr Tracy parce qu'elle me soutirait tout l'argent qu'elle pouvait. Et c'est dans cet état d'esprit qu'a eu lieu ma première rencontre avec toi. J'ai déversé sur toi toute mon amertume, ce qui était injuste et cruel ! Tu n'étais qu'une gamine heureuse de connaître enfin son père.

— J'ai dépassé ça, répondit Belle en posant la main sur son bras pour l'apaiser.

Maintenant qu'elle comprenait ce qui s'était passé, cela modifiait entièrement tout ce qu'elle avait pu s'imaginer au sujet de son père biologique. Tracy avait menti et l'avait fait chanter pour lui soutirer un maximum d'argent et le détourner à son usage personnel.

— Tracy est d'une avidité monstrueuse, dit-elle.

— Oui. Elle t'a laissée sans un sou après la mort de ton grand-père, et elle a disparu avec tout l'argent qu'elle m'avait volé. Ce n'est d'ailleurs pas une surprise, dit-il, sarcastique. Mais mieux vaut ne plus parler de tout cela. Je regrette terriblement la façon dont je t'ai traitée la première fois que nous nous sommes vus. Est-il possible de dépasser aussi le mal que cette première rencontre a pu te faire ? Emily et moi voudrions faire ta connaissance. Après tant d'années, est-ce trop tard ? Ou accepteras-tu de nouer une relation avec nous ?

Belle fondit en larmes. Il lui prit la main et la serra en la dévorant du regard, les yeux pleins d'espoir.

— Nous pouvons au moins essayer, répondit-elle d'une voix étranglée, les yeux encore brillants de larmes, tout en lui adressant un sourire radieux. Ça me rendrait tellement heureuse.

— Regarde la traînée que tu as choisi de faire entrer chez toi, fit la princesse Sofia d'une voix méprisante à l'oreille de son fils en le croisant sur la terrasse où Belle était en grande conversation avec Alastair Stevenson.

Ils se tenaient les mains et la jeune femme semblait aveugle à la présence de Dante, pourtant debout à quelques mètres d'elle, prêt à se jeter sur le vieil homme pour le rouer de coups de poing.

Heureusement, Steve, qui avait observé la scène de loin, prit Dante par le bras et lui conseilla de s'expliquer calmement avec Stevenson sans se laisser aller à la colère. C'était la voix même de la raison, mais Dante se sentait habité par un instinct quasi-animal. La main d'Alastair touchait celle de Belle, et il ne pouvait pas le supporter. Être témoin d'un tel sacrilège, c'était comme si on lui enfonçait des clous dans la chair. Et, pire que tout, Belle souriait à Stevenson, d'un sourire doux, tendre et confiant, comme elle n'avait jamais souri à Dante.

Échappant à la poigne de Steve, il se dirigea, les yeux brillants de fureur, vers Alastair et Belle.

— Qu'est-ce qui vous arrive ?

Alastair sursauta et repoussa sa chaise pour se lever.

— Excusez-moi, je n'aurais pas dû monopoliser Belle ainsi, mais l'occasion était trop belle, je n'ai pas pu m'empêcher de parler enfin à ma fille. Je suis Alastair Stevenson, dit-il en tendant poliment la main à Dante.

Belle s'était levée à la hâte et avait lâché la main de son père en découvrant la fureur qui crispait le beau visage de Dante. En croisant son regard étincelant de fureur, elle s'était sentie frémir.

— Belle avait... disparu.

Tout en articulant ces mots, Dante sentit le mot *fille* s'insinuer dans son cerveau et y semer soudain le doute. Sa colère s'évanouit pour laisser place à la confusion et à l'incrédulité.

— J'étais inquiet, dit-il en saisissant après quelques secondes d'hésitation la main qu'on lui tendait. Dante Lucarelli.

— J'espère pouvoir passer un peu de temps avec Belle demain matin avant de reprendre l'avion, dit Alastair avec un sourire apaisant.

— Bien sûr. Vous serez le bienvenu, répondit Dante en tentant de maîtriser les sentiments confus et contradictoires qui l'habitaient.

Maintenant, il en voulait surtout à Belle de lui avoir extorqué l'essentiel de ses secrets tout en évitant soigneusement de lui révéler les siens.

— À demain, dit Alastair en souriant à sa fille.

Dante prit la main de Belle qui finit par s'écarter du vieil homme et referma les doigts sur les siens. Steve s'était prestement éloigné, mais Sofia, à qui la diplomatie était étrangère, se tenait toujours à côté d'eux.

— Eh bien, en voilà, une agréable surprise, dit la princesse en fixant sur Belle un regard froidement appréciateur.

Celle-ci venait visiblement de progresser dans l'estime de la princesse grâce à la découverte de ce père gestionnaire d'un fonds spéculatif.

— Oui, très agréable et très surprenante, dit Dante à l'oreille de Belle qui frémit à ce contact et ne put s'empêcher de rougir.

— Je ne m'attendais pas à le voir, j'ai été bouleversée.

— Moins bouleversée que moi quand je l'ai vu te prendre

la main, répondit-il sur un ton sec. Tu m'as caché beaucoup de choses.

— Ça n'avait rien de très intéressant, fit-elle, sur la défensive.

— Figure-toi que savoir qui est ton père m'intéresse pourtant davantage que connaître ta couleur préférée ou ton signe du zodiaque, dit-il, dépité.

L'agacement montait en elle. La soirée avait été rude, avec ce trop-plein d'émotions, et elle n'était pas prête à se laisser reprocher ces vingt minutes passées avec son père dans un lieu public.

— D'ailleurs, tout ça ne te regarde pas, dit-elle résolument en guise de conclusion.

Non, ça ne le regardait absolument pas. Il l'avait engagée pour jouer la comédie un week-end, et il n'était ni son mari, ni son petit ami ; pour elle, il n'était rien du tout. Il fallait qu'elle garde bien ce fait en tête et qu'elle arrête de lui accorder une importance qu'il ne méritait pas, et dont il ne voulait pas.

Il prit une profonde inspiration, dans l'espoir de se calmer. Avait-il jamais éprouvé tant d'émotions contradictoires en si peu de temps ? D'abord de l'inquiétude et de la fureur, puis de la stupéfaction et de l'incrédulité et enfin une sourde colère qu'elle lui ait caché quelque chose d'aussi important. Du soulagement aussi, même s'il n'en comprenait pas très bien la raison.

Certains invités commençaient à partir et Dante saisit ce prétexte pour retourner à leur table et souhaiter bonne nuit à Steve et Sancha. Une fois dans la limousine, ce fut Belle qui rompit le silence.

— Je ne comprends pas pourquoi tu t'es mis en colère.

— Heureusement que ton père m'a dit tout de suite qui il était, répondit-il, les dents serrées. J'étais sur le point de le frapper.

Elle le contempla d'un air ébahi.

— Pourquoi aurais-tu fait ça ?

— Tu lui tenais la main, répondit-il.

— Et alors ? fit-elle en haussant les sourcils. Qu'est-ce que ça peut bien te faire ?

À cet instant, et pour la première fois de sa vie avec une femme, il eut l'impression qu'il ne contrôlait plus la situation.

— Aucun homme n'a le droit de toucher ce qui m'appartient !

— Eh bien, figure-toi que je ne t'appartiens pas. Rappelle-toi que tu m'as engagée pour que je fasse semblant de t'appartenir, comme tu dis si bien.

— On ne peut pas dire que, ce soir, tu t'es montrée à la hauteur, tu ne trouves pas ? dit-il en la fusillant du regard.

— Désolée si mon comportement a pu t'embarrasser !

Elle était trop furieuse contre lui pour être le moins du monde désolée, et la migraine commençait à lui serrer les tempes.

Dante leva les yeux au ciel comme pour y trouver le calme auquel il aspirait, mais au même moment la limousine s'immobilisa devant le *palazzo* et Belle en jaillit plus rapidement que Charlie quand on lui tendait un biscuit. Elle gravit quatre à quatre les marches du perron et Dante la suivit au premier étage. Il était impatient de se retrouver en tête à tête avec elle là où personne ne risquerait de les entendre, surtout pas son épouvantable mère. Un endroit où il pourrait enfin lui parler calmement et retrouver une Belle aussi enjouée que d'habitude.

— Tu as mis Alastair au courant de notre arrangement ? demanda-t-il.

Elle se débarrassa des escarpins qui lui torturaient les pieds puis se tourna vers lui. Une fois à plat, elle était beaucoup plus petite et il la dominait de toute sa hauteur, comme une solide colonne de granit.

— Bien sûr que non ! répondit-elle, surprise qu'il lui pose la question. Comment pourrais-je avouer une chose pareille à mon père ? Qu'est-ce qu'il penserait de moi ?

— Je me moque bien de ce qu'il peut penser de toi.

— Peut-être, mais pas moi.

— Il n'y a d'ailleurs rien de sordide dans notre arrangement, dit-il, visiblement outré.

— Je doute que cela lui plaise, surtout s'il savait ce qui se passe entre nous. À mon avis, mieux vaudrait qu'il continue à nous prendre pour un vrai couple.

— Nous pourrions très bien en être un. D'ailleurs, nous nous disputons déjà comme un vrai couple et j'ai même l'impression que nous n'allons pas tarder à nous réconcilier sur l'oreiller, dit-il, les yeux rivés sur les fesses rebondies de Belle qui se tortillait pour atteindre la fermeture à glissière dans le dos de sa robe. Si tu veux bien m'autoriser...

Dès qu'il eut descendu la fermeture, elle se débarrassa de la robe qu'elle déposa sur une chaise. C'était tellement embarrassant, de se retrouver devant lui en petite tenue maintenant que cet aspect de leur relation n'était plus d'actualité.

— Contrairement à ce que tu crois, je n'ai aucun projet de réconciliation sur l'oreiller, dit-elle.

Il s'avança vers elle avec une grâce féline de prédateur. Son beau visage sombre était fermé et il riva sur elle son regard d'or qui étincelait à la lumière de la lampe.

— Même si je te désire en cet instant davantage que j'ai jamais désiré aucune autre femme ?

— Aucune autre ? Sérieusement ?

— Sérieusement, répondit-il en prenant son visage rougissant entre ses mains. Si j'ai failli massacrer ton père, c'est que j'étais jaloux de lui, et ça aussi, pour moi, c'est une première.

À peine l'eut-elle entendu que son angoisse s'envola pour faire place à une étrange sensation de paix.

— Jaloux ? répéta-t-elle, stupéfaite. Je ne comprends pas.

— Tu as dû être la seule à ne pas le comprendre. Je me suis ridiculisé en agressant ton père, dit-il. Mais tu lui souriais d'une façon...

— Vraiment ? murmura-t-elle en frémissant au contact de ce grand corps si proche du sien.

Brusquement, il lâcha son visage pour la prendre par les hanches et la plaquer contre lui. Elle sentit le tissu de son pantalon se tendre contre son ventre, preuve indéniable de son émoi, et il l'attira plus près encore avec un grognement rauque et terriblement excitant.

— Où étais-tu la nuit dernière ? demanda-t-elle abruptement. Avec une femme ?

— Je me suis soûlé et j'ai passé la nuit à l'hôtel. Pas avec une femme. J'avais envie de toi, mais c'était impossible, lui rappela-t-il d'un air sombre.

Elle sentit s'évanouir en elle le reste de tension.

— Plus tard, tu m'expliqueras pourquoi tu ne m'as rien dit au sujet de ton père, dit-il dans un souffle.

— Plus tard ?

— Pour le moment, nous avons quelque chose de plus urgent au programme, répondit-il en la débarrassant de son soutien-gorge.

Il lui prit les seins à pleines mains et en agaça les bouts roses.

— Mais nous étions censés...

— Plus de contraintes ni d'interdits, dit-il en cherchant les lèvres de Belle, qui se lova contre lui avec un petit gémissement. Je ne sais pas où tout ça va nous mener, mais je peux te jurer que rien ne nous arrêtera avant que nous ayons fait le tour de la question, parce que c'est trop bon.

Au fond de son cœur, elle comprit qu'il venait de marquer

un point : c'était elle qui avait voulu tout arrêter en croyant ainsi se protéger. Mais sans doute cette décision était-elle venue trop tard pour être efficace : l'alchimie et la passion qu'il avait éveillées en elle échappaient déjà à son contrôle. Et comment ne pas être flattée qu'il se soit senti jaloux ? Cela prouvait assurément qu'elle représentait davantage pour lui qu'une simple aventure passagère.

Après lui avoir ôté sa culotte, il l'étendit sur le lit avant de se déshabiller lui-même à la hâte, la couvant d'un regard possessif infiniment troublant. Elle le contemplait elle aussi, si excitée qu'elle ressentait une sorte d'ivresse sans avoir bu la moindre goutte d'alcool. Mais c'était l'effet que Dante produisait sur elle, un désir si puissant qu'elle ne se sentait plus dans son état normal. Entre ses cuisses, la pulsation se fit douloureuse, presque insupportable.

Il s'allongea auprès d'elle, nu et bronzé, le corps brûlant contre sa peau fraîche, et découvrit que, dans l'état dans lequel elle était, les préliminaires étaient superflus. Il plongea donc aussitôt en elle, dur et profond, et elle s'arqua contre lui, dévastée par le plaisir qui l'envahissait déjà, dans un élan sauvage. Impossible de s'y opposer, et d'ailleurs, elle n'en avait aucune envie. Leurs corps s'unirent dans une étreinte qui leur coupa le souffle et leurs cœurs se mirent à battre à un rythme fou. Dans cet orgasme, elle découvrait de nouveaux sommets et tout son corps fut parcouru de spasmes délicieux.

— Ce n'était pas trop violent ? demanda-t-il quand il se fut retiré, tout en continuant d'embrasser ses lèvres closes.

— Non, ça m'a plu.

— Tu m'as trouvé génial ?

— Ce n'est pas le mot que j'emploierais.

— Quand même, je t'ai fait crier, fit-il avec un petit sourire satisfait.

Elle avait trop perdu le contrôle pour savoir ce qu'elle

avait fait exactement, et préféra donc lui accorder cette satisfaction. Il se leva et eut une brève conversation avec le téléphone intérieur avant de la porter sous la douche avec lui.

— Il est temps que tu me parles de ton père et que tu m'expliques pourquoi il a l'air de n'avoir jamais été partie prenante de ta vie.

— Non, il n'en a jamais fait partie. Avant ce soir, je ne l'avais vu qu'une seule fois.

— Une seule fois ?

— Tracy a toujours été très réticente pour me fournir des détails le concernant, même si son nom figurait sur mon acte de naissance. Elle a même dit et répété à ses parents que c'était un mauvais père. Elle est venue nous voir une fois quand j'avais treize ans, furieuse parce qu'Alastair refusait de payer quelque chose, et dans sa rage, elle a laissé échapper quelques détails sur le lieu où il travaillait. À l'école, j'ai fait semblant d'être malade et j'ai pris le train pour Londres, dans l'espoir de le rencontrer. J'étais curieuse de...

Elle se tut et son visage se ferma.

— C'est normal. Et alors ?

— Je vais te donner sa version à lui de l'épisode, celle qu'il m'a exposée ce soir, parce que je ne veux pas que tu aies une trop mauvaise opinion de lui.

Tout en se lavant les cheveux, elle lui raconta comment sa mère avait usé de ruses et de menaces pour se faire épouser par son père. En vain.

— Après ça, je comprends qu'il ne l'adore pas, dit Dante. Et comment s'est-il comporté avec toi quand il a fait ta connaissance ?

— Il a cru que je venais lui demander de l'argent, ce que je ne pouvais pas comprendre car j'ignorais que la pension que Tracy versait à mes grands-parents venait de lui, et qu'en fait, c'était une toute petite partie de ce qu'il lui donnait. Il a dit qu'il ne voulait pas d'une fille, que j'avais été... une erreur qui lui avait déjà coûté une fortune et qu'il ne désirait pas avoir de relation avec moi, répondit-elle d'une voix tremblante avant de suivre Dante dans la chambre où les attendait déjà le souper qu'il venait de commander.

— Tu avais treize ans, protesta-t-il. C'est impardonnable de sa part.

— J'étais anéantie, répondit-elle en hochant la tête, les yeux dans le vague, happée par ce douloureux souvenir. Je savais déjà que ma mère n'avait aucune affection pour moi, mais c'était plus douloureux encore de me sentir froidement rejetée par mon père de cette façon.

— Finalement, je regrette de ne pas l'avoir frappé, dit Dante. Ta mère lui a sans doute mené la vie dure, mais tu étais quand même sa fille. Et après avoir constaté à quel point Tracy pouvait être horrible, il aurait pu penser d'abord à toi plutôt qu'à garder le secret de ta naissance vis-à-vis de sa femme. Comme si tu étais responsable de la cupidité de ta mère !

— Quelle importance désormais ? Le temps a passé et j'ai envie de lui donner une chance. Je n'ai plus d'autre famille que lui, Dante...

— Et à moi, accepterais-tu de donner une seconde chance ? demanda Dante presque malgré lui. Comme ça, je ne pourrai plus te reprocher ton indulgence envers lui. De toute façon, il a fini par avouer ton existence à sa femme.

— Oui, dit Belle d'une voix ensommeillée en reposant sa tasse avant de se blottir contre lui.

Elle adorait les câlins, même si ce n'était pas trop son style à lui. Il la laissa s'endormir avant de lui ôter son peignoir en éponge, de la glisser entre les draps et de s'allonger de l'autre côté du lit. Mais dix minutes plus tard, elle revint se blottir contre lui. Il était désormais embarqué dans le genre de relation qu'il avait toujours tenu à éviter, sans vraiment savoir comment il en était arrivé là.

D'un autre côté, Belle était de nouveau dans son lit, et c'était ce qui comptait. Jamais il n'avait autant apprécié faire l'amour qu'avec elle, elle éveillait même en lui une jalousie jusque-là inconnue. D'autre part, il appréciait beaucoup sa personnalité, ce qui n'avait pas été le cas pour la plupart de ses maîtresses précédentes. Elle le faisait rire, et il parvenait même à supporter Charlie qui dormait en ce moment même sous le lit comme un bienheureux.

Pourtant, il n'était pas amoureux et ne le serait jamais, même s'il comprenait que c'était ce qu'elle aurait voulu. L'amour n'était pas comme le lapin que le prestidigitateur peut faire sortir de son chapeau quand il le désire. Non, lui, il n'était plus capable d'aimer. Petit, il avait aimé ses parents, ses gouvernantes aussi, même si elles étaient souvent parties sans même lui dire au revoir. Et à l'exception unique de son frère Cristiano, il avait appris à ne pas trop s'attacher car l'amour ne pouvait mener qu'à se sentir trahi ou à perdre ses illusions dans l'amertume.

Le lendemain matin, Belle, sur les nerfs, attendait l'arrivée de son père.

— Que vais-je lui dire s'il m'interroge à notre sujet ? demanda-t-elle à Dante au petit déjeuner. Je suis presque sûre qu'il va me poser la question. Que puis-je lui répondre ?

Dante haussa les épaules avec son fatalisme habituel.

— Dis-lui qu'il s'agit d'une petite aventure sans lendemain et que tu seras bientôt de retour à Londres où tu pourras le revoir, répondit-il sans paraître s'en soucier plus que cela.

Elle pâlit, le cœur serré, et fit mine de se concentrer sur les superbes broderies de la nappe. En quelques mots, il venait d'anéantir tous ses espoirs. Une petite aventure ? Alors qu'il lui avait promis de réfléchir aux conséquences de leur relation ? Une relation qui ne risquait pas de le mener très loin, c'était évident.

Dante l'imaginait donc rentrant à Londres et disparaissant de sa maison et de sa vie bien plus vite qu'elle ne l'avait naïvement envisagé. Pour lui, ils n'avaient aucun avenir en commun. Elle s'était trompée sur ce qu'il avait voulu lui dire la nuit précédente et l'avait interprété de façon complètement erronée.

# 9

Toujours aussi superbe en jean et chemise bleue, Dante arpentait la salle d'attente sous le regard de Belle. Son physique exceptionnel faisait tourner la tête à toutes les femmes qu'il croisait, les passantes dans la rue, la réceptionniste qui les avait accueillis et même l'infirmière qui s'occupait d'eux.

Pourvu que le test se révèle négatif et qu'elle ne soit pas enceinte. Que souhaiter d'autre alors que sa vie s'effondrait ? Non, elle n'avait pas le droit d'espérer être enceinte de Dante alors qu'il était clair que, de son côté, il ne le souhaitait pas.

Elle n'avait que deux jours de retard, mais elle connaissait les symptômes de la grossesse et ses seins lui semblaient spécialement tendus et gonflés. Elle croisa les mains sur ses genoux en espérant que Dante finirait par se calmer et s'asseoir.

Une semaine s'était écoulée depuis la visite d'Alastair Stevenson au *palazzo.* Le père et la fille avaient fini par se retrouver, Alastair avait admis qu'il s'inquiétait de sa relation avec Dante et l'avait si habilement questionnée qu'elle s'était crue obligée de lui avouer la vérité. Même si elle était adulte et que cela ne le regardait pas, il redoutait tant qu'elle en souffre qu'il n'avait pu taire son appréhension. Néanmoins, il ne lui avait rien dit d'autre que ce qu'elle s'était déjà dit cent fois à elle-même.

Elle était parfaitement consciente que, concernant Dante, elle s'était montrée naïve, impulsive et trop prompte à croire ce qu'elle avait envie de croire. Durant la semaine précédente, cependant, elle avait réussi à oublier la situation. Dante avait clairement exprimé ses intentions et elle devait faire face du mieux qu'elle pourrait. Ironie du sort, depuis qu'il avait détruit ses illusions, il se montrait particulièrement prévenant et attentif. Sans doute s'entraînait-il à jouer la comédie pour ses invités, Eddie et Krystal, qui étaient attendus le soir même pour le dîner. Belle redoutait leur arrivée car, en leur présence, il lui faudrait surveiller chacun de ses gestes, chacune de ses paroles.

L'infirmière revint et les dirigea vers le médecin anglophone choisi par Dante pour pratiquer le test de grossesse. La gorge serrée, Belle s'assit en face de lui.

— Félicitations, dit-il avec un large sourire.

Elle n'osa pas regarder en direction de Dante qui, à sa grande surprise, lui prit la main. Durant tout le reste de la consultation, elle se sentit comme dans une bulle, hors du monde réel. C'était le choc, sans doute, et même si elle se doutait déjà de la vérité, cette confirmation, comme l'annonce de la date probable de la naissance, lui fit l'effet d'un coup de massue.

— C'était instructif. En définitive, nous allons pouvoir continuer à faire l'amour, dit Dante en l'aidant à monter dans le coupé qu'il conduisait lui-même.

— Mais je ne serai plus là pour faire l'amour avec toi, répondit-elle d'un ton acerbe. Je vais rentrer à Londres.

Comment pouvait-il réagir à l'annonce de cette grossesse accidentelle en disant simplement : « En définitive, nous allons pouvoir continuer à faire l'amour » ?

Dante observa Belle. Malgré son sens de l'humour à toute épreuve, elle n'avait pas réagi comme il l'attendait. Elle était pâle comme un linge et dès les premiers mots du médecin, elle semblait s'être transformée en zombie, comme s'il venait de lui annoncer qu'elle n'avait plus que quelques jours à vivre. Peut-être n'aimait-elle pas du tout les enfants ? Pourquoi n'avait-il pas abordé ce sujet au cours de la semaine précédente ? Peut-être était-elle horrifiée à la perspective de devenir mère et d'avoir à subir tous les aléas de la maternité.

Il avait passé toute la matinée à se demander comment elle allait réagir s'il se confirmait qu'ils deviendraient parents dans quelques mois, sans s'interroger sur sa réaction à lui. Il avait pourtant pensé à celle de ses parents, qui triompheraient certainement en apprenant que leur précieuse lignée subsisterait, ce qui avait plutôt tendance à irriter Dante. De son côté, après s'être longtemps promis, à l'époque de sa jeunesse rebelle, de se faire vasectomiser par pur désir de vengeance, à vingt-huit ans, il avait d'autres buts dans l'existence que de marquer des points contre son père et sa mère, si odieux soient-ils. Après tout, rien ne ramènerait jamais Cristiano à la vie ni ne ferait de ses parents des gens bien.

Et lui, qu'avait-il ressenti en apprenant cette nouvelle ? De l'appréhension devant les défis qu'il allait devoir relever, car rien dans son éducation ne l'avait préparé à être un bon père. Mais il pourrait toujours apprendre, et à plus courte échéance, il y avait quelque chose d'excitant à penser que Belle portait son enfant. Non seulement il se sentait plus possessif encore vis-à-vis d'elle, mais des images de cet enfant avaient commencé à envahir son cerveau, sans doute sous le choc de la révélation.

— Nous ferions mieux de ne plus penser à tout cela jusqu'au départ de nos invités, dimanche, dit-il doucement.

C'est un sujet très déstabilisant qu'il vaudrait mieux aborder plus tard.

Belle, le cœur chaviré par les virages, contemplait sans la voir la superbe campagne toscane qu'ils traversaient. Il ne voulait absolument pas aborder le sujet. Ou tout simplement, il avait peur de la mettre de mauvaise humeur juste avant l'arrivée d'Eddie et Krystal. Mais pourquoi avait-il employé le terme « déstabilisant » ? Envisageait-il un avortement ? Un frisson glacé la parcourut des pieds à la tête.

« En définitive, nous allons pouvoir continuer à faire l'amour. » Mais existait-il une circonstance dans laquelle il aurait pu ne pas vouloir faire l'amour ? La semaine précédente, il n'avait eu de cesse de l'interrompre dans tout ce qu'elle faisait pour l'entraîner dans un coin sombre, ou dans un lit, sur un canapé, sous la douche. Et ça s'était même passé dans le jardin alors qu'elle était en train de jouer avec Charlie.

— Je t'ai aperçue et je n'ai pas pu résister, *cara mia*, avait-il chuchoté en la prenant par les hanches pour la faire aller et venir jusqu'à ce qu'elle perde toute notion de ce qui les entourait et toute capacité de protester.

Il paraissait insatiable, et elle était incapable de lui résister, il fallait bien le reconnaître, même si elle avait tenté de garder ses distances pour réduire au maximum ces occasions d'intimité. En fait, elle avait passé la plus grande partie de son temps à lire dans sa chambre, pelotonnée dans un fauteuil, mais elle s'était vite rendu compte que ce n'était pas vraiment *sa* chambre : Dante y entrait sans cesse sous prétexte de lui demander ce qu'elle faisait, alors qu'il le savait parfaitement. Il qualifiait ses lectures de déprimantes et l'invitait à aller se promener ou à déjeuner avec lui à Florence. Une fois, il l'avait même emmenée prendre un café avec son « amie » Liliana. Mais Liliana n'avait rien d'une « amie » : cette brune, avocate, superbe, avait scruté

Belle d'un regard à la fois plein de mépris et d'envie, sans pratiquement lui adresser la parole. Elle réservait visiblement toute son attention à Dante, qui n'avait pourtant pas semblé remarquer la tension entre elles deux.

Sans parler de tous les cadeaux qu'elle n'avait ni désirés ni appréciés, dont une petite réplique en or de Charlie au bout d'une chaîne. Un châle en cachemire qu'il avait acheté un matin, convaincu qu'elle avait froid parce qu'elle avait frissonné quand il lui avait caressé le dos d'une main distraite et qu'elle avait été trop embarrassée pour lui dire la vérité. Un sac à main qu'elle avait admiré un instant dans une vitrine avant de comprendre qu'avec Dante, mieux valait ne pas regarder le moindre objet si elle ne voulait pas qu'il coure l'acheter. Même si elle appréciait sa générosité, il allait trop loin.

Hélas, tout ça ne voulait pas dire qu'il l'aiderait à élever leur bébé. Il n'avait sans doute pas la moindre envie de les fréquenter pendant des années, cet enfant et elle. Si elle avortait, elle partirait et la vie de Dante reprendrait son cours habituel. Leur relation serait définitivement terminée. Au fond n'était-ce pas de cette façon qu'il s'était toujours comporté avec les femmes ?

Conserver à tout prix sa liberté, c'était bien son but essentiel dans l'existence et la raison pour laquelle, au départ, il l'avait engagée.

« Si je vous offre ce travail, c'est justement parce que vous êtes une étrangère pour moi et que je vous paierai pour fournir la prestation dont j'ai besoin. Une fois votre travail terminé, comme je ne vous connais pas, vous partirez sans poser de problème. Vous ne vous accrocherez pas à moi, vous ne vous imaginerez pas que j'ai des obligations envers vous ni que le fait de m'avoir aidé a pu créer une relation particulière entre nous. »

Un bébé était bel et bien une obligation sur le long terme

dont il n'avait aucun désir de s'encombrer, pas plus que son père à elle quand il était jeune.

— Il faut que je te dise une chose, dit-elle tout bas. Je n'envisage pas d'avorter.

— Je n'avais pas l'intention de te le proposer, répondit-il d'une voix tendue. Il n'en est pas question.

— Oh...

Soudain tout son corps se détendit : elle allait pouvoir désormais penser au bébé qu'elle portait sans redouter un conflit et sans culpabilité. Son bébé, sa petite famille. Au fond, même s'il n'avait pas été prévu ni conçu comme elle l'aurait désiré, quelle importance ? Ce qui comptait, c'était qu'il soit en bonne santé et qu'elle soit pour lui une mère plus aimante que la sienne l'avait été.

— Où vas-tu ? demanda Dante en la voyant monter l'escalier dès qu'ils furent arrivés au *palazzo*.

— J'ai envie de faire une petite sieste. Je ne veux pas m'endormir ce soir devant tes invités.

— *Nos* invités.

— Tu as raison. Je dois vraiment assumer mon rôle, répondit-elle à regret.

Son rôle : une femme amoureuse, bien dans sa peau et sûre d'être aimée par Dante, exactement l'inverse de ce qu'elle ressentait en cet instant. Qu'éprouvait-il, lui, de son côté ? Mais il ne servait à rien d'y penser avant la fin du week-end.

Dante se plongea dans son travail, refusant de réfléchir à ce qu'ils venaient de découvrir. C'était comme ça et il faudrait bien faire avec, telle avait toujours été sa ligne de conduite en cas de problème. Il ne s'énervait pas, il ne se mettait pas en colère, il ne se plaignait pas. Il suivait le cours des événements en essayant de faire les meilleurs choix.

Eddie Shriner était un quadragénaire lourdement bâti aux cheveux bruns, aux yeux gris et au regard vif, et Krystal une petite blonde aux yeux bleus et aux courbes voluptueuses parfaitement mises en valeur par une jupe ajustée et un décolleté profond. Elle avait une voix basse et rauque de séductrice. Une beauté classique, Belle devait bien le reconnaître, même si elle se sentait mal à l'aise à l'idée que Dante avait couché avec cette femme.

Krystal n'avait pour sa part pas l'air gênée de se retrouver en compagnie de son mari et de son ancien amant. Dès le seuil franchi, son regard d'aigle en chasse se riva à Dante et elle ignora pratiquement Belle lors des présentations. Elle ne releva même pas le fait qu'elles étaient toutes deux anglaises. Durant le dîner, elle fit tout pour attirer l'attention de Dante, interrompant régulièrement la conversation des deux hommes avec des propos aguicheurs. Elle s'attendait visiblement à susciter l'intérêt des mâles, et s'intéressait peu aux autres femmes : c'était tout juste si elle répondit à Belle quand celle-ci tenta d'engager la conversation.

Quand un employé vint servir le vin, Belle posa la main sur son verre et demanda de l'eau. Krystal leva vers elle un regard surpris.

— Vous ne buvez pas ?

— Non.

Même avant d'être enceinte, elle n'avait jamais beaucoup bu car elle supportait mal la sensation de perte de contrôle que l'alcool lui donnait.

— Je vois, vous avez un problème, insinua Krystal d'un air narquois. Ça ne doit pas vous faciliter la vie en société.

— Vous avez raison, répondit Belle qui lui aurait volontiers jeté son verre d'eau à la figure.

Krystal semblait ravie d'avoir découvert une faille chez sa rivale, et prête à enfoncer le clou pour l'humilier en public.

— Si je ne bois pas, continua Belle, c'est que Dante et moi attendons notre premier enfant...

En entendant cela, Dante, la mâchoire serrée et le regard étincelant, tourna la tête de leur côté tandis qu'Eddie les félicitaient chaleureusement. Comme il n'était pas complètement aveugle au penchant de sa femme pour Dante, il accueillit la nouvelle avec une satisfaction non dissimulée et sembla se détendre sur son siège.

Krystal, au contraire, les lèvres serrées, se raidit et riva sur Belle son regard bleu, tranchant comme une lame.

— Dites donc, vous allez vite en besogne, s'exclama-t-elle. Je croyais que ça faisait à peine quelques semaines que vous étiez ensemble !

— Parfois, répondit Dante en voyant rougir Belle, on comprend tout de suite ce qu'il en est.

— C'est vrai, personnellement, dès que j'ai rencontré Krystal, j'ai su qu'elle était la femme de ma vie, dit gaiement Eddie.

— Tu n'aurais pas dû leur parler du bébé, dit Dante à Belle un peu plus tard dans la soirée, quand elle sortit de la salle de bains.

Elle était vêtue d'un vieux pyjama qu'elle s'obstinait à porter parce qu'elle le trouvait confortable, au lieu des nuisettes sexy qui faisaient désormais partie de sa garde-robe. Pas question de se comporter ni de s'habiller comme une « maîtresse » qui se servait de son corps exclusivement pour attirer son amant, le garder et le maintenir sous sa coupe. Jamais elle ne tomberait aussi bas.

— Tu aurais dû me préciser que je devais garder le secret, répondit-elle, même si, tout au fond de son cœur, elle savait pertinemment qu'elle l'avait divulgué par pure jalousie, pour rendre à Krystal la monnaie de sa pièce.

— Je ne m'attendais pas à ce que tu leur annonces la nouvelle.

— Rien ne nous donnera mieux l'apparence d'un couple définitif qu'un futur bébé, répondit-elle tout en essayant de passer le peigne dans ses cheveux pour les dompter. Krystal était stupéfaite... et furieuse.

— Maintenant, elle va s'en prendre à toi plutôt qu'à moi.

— Cela vaut mieux. Moins elle s'occupera de toi, plus son mari sera content, dit Belle qui avait observé avec attention la partie qui se jouait pendant le dîner.

— Je ne suis pas certain que tu sois à la hauteur pour te défendre contre sa langue de vipère, répondit doucement Dante en lui prenant le peigne des mains. Arrête, laisse-moi faire ou tu ne vas plus avoir un cheveu sur le crâne.

Elle s'immobilisa le temps qu'il démêle avec beaucoup de douceur ses boucles cuivrées. Puis il reposa le peigne.

— Merci. Mais tu sais, Dante, j'ai déjà croisé pas mal de vipères dans ma vie, et je n'ai rien d'une victime incarnée : je sais parfaitement me défendre.

— Heureusement, demain, nous aurons quelque chose à faire puisque nous allons survoler la région. Tu ne devrais pas trop avoir à te mesurer à elle.

— Je suis coriace, et d'ailleurs, c'est la mission pour laquelle tu m'as engagée, lui rappela-t-elle sèchement.

— Inutile de me le rappeler, dit-il en arrachant une feuille à un bloc posé sur une table. Fais tout de suite la somme de ce que je te dois et je te paye immédiatement... D'accord ?

Prise de court, les joues en feu, la bouche tremblante, terriblement mortifiée, elle fixa la feuille blanche. Il était toujours décidé à la payer, mais elle répugnait désormais à accepter cet argent qui lui rappelait la façon dont ils s'étaient rencontrés et l'arrangement qu'ils avaient conclu, puisque rien ne s'était passé comme prévu.

— Je ne veux plus de ton argent. Ce serait comme si tu me payais pour faire l'amour.

— Jamais je n'ai payé pour faire l'amour ! Pourquoi déformes-tu tout ? Pourquoi m'accuser d'une chose pareille ? demanda-t-il, rouge comme un coq.

— C'est la façon dont moi, je le ressens !

— Cette somme, je te la dois, et je paie toujours mes dettes. Inutile d'en faire toute une histoire ! D'ailleurs, nous avons déjà assez de problèmes pour ne pas perdre de temps en discussions sans intérêt !

Allusion au bébé, évidemment, ce bébé qu'il considérait comme un problème alors que, pour elle, c'était une chance. Puisqu'il était si décidé à lui donner cet argent, se dit-elle, le cœur lourd, elle ferait mieux de l'accepter et de l'économiser pour le bébé. Dante sortit de la chambre et elle finit par se mettre au lit, trop épuisée pour se tracasser plus longtemps. Et puis, pas question d'arriver au petit déjeuner devant Krystal avec les yeux cernés, signe qu'elle aurait passé une mauvaise nuit. Un texto bipa sur son téléphone, ce qui la fit réagir car elle n'en recevait pas si souvent : depuis qu'elle était en France, elle avait peu à peu perdu le contact avec ses amis londoniens.

Elle se redressa et attrapa son téléphone avec un soupir. C'était un numéro inconnu. Étonnant. Puis elle afficha le message et tressaillit. C'était Tracy, sa mère, qui ne l'avait pas appelée depuis trois ans et ne répondait pas aux messages qu'elle lui envoyait de temps en temps.

À la lecture du texto, Belle sentit tout son corps se raidir : Tracy était en Italie, et demandait à la voir pour renouer le contact. Mais pour quelle raison ? Et comment sa mère savait-elle où elle était ? Après ce que lui avait raconté son père, elle ne voulait plus rien avoir à faire avec sa mère, et elle n'avait aucune envie de la rencontrer pour le lui dire. Elle rédigea un message pour lui demander de l'excuser, prétextant qu'elle n'aurait pas le temps, avant de se remettre au lit. Mais comment ne pas être déstabilisée par les souvenirs désagréables que lui avaient laissés Tracy et ses absences au long cours ?

Tandis que Belle s'efforçait de dormir, Dante, les nerfs à vif, tournait en rond dans son bureau. Une fois de plus, il avait tout fait échouer avec Belle parce qu'il avait mal prévu sa réaction. Les femmes étaient tellement susceptibles – ou du moins, c'était le cas de Belle. Elle interprétait si souvent ses actions à lui d'une façon qui ne lui serait même pas venue à l'esprit. S'il voulait lui donner cet argent, c'était pour qu'elle ne se sente pas prise au piège. Ainsi, elle n'aurait pas à demander d'aide financière à son père : cela faisait trop peu de temps qu'elle était en relation avec Alastair Stevenson et la cupidité de sa mère rendait toute sollicitation très délicate. Dante n'en revenait pas. Comment pouvait-il adorer cette fille qui traitait sa richesse comme une tare ? Chaque fois qu'il voulait lui faire un cadeau, elle refusait, comme si elle était décidée à ne rien accepter de lui. Cela n'augurait rien de bon pour l'avenir.

Le lendemain matin, Belle se réveilla dans un lit vide, même si un creux dans l'oreiller prouvait que Dante avait fini par la rejoindre et s'était levé avant elle. Qu'il ait pu garder toute la nuit ses distances était inhabituel. La découverte de sa grossesse l'incitait-elle déjà à s'éloigner ?

Elle descendit déjeuner dans sa plus jolie robe, car à côté de Krystal, si féminine, elle avait peur de perdre tout éclat. Elle s'attendait à retrouver Dante, mais seule Krystal l'attendait, assise à la table dressée dans la loggia qui ouvrait sur un paysage magnifique.

— J'ai dû semer la panique en cuisine quand je suis descendue, dit Krystal sur un ton fort amical, je suis très matinale !

Elle observa Belle à qui on servait un thé accompagné d'un croissant.

— Vous n'avez pas l'air de souffrir de nausées matinales.

— Pas encore, sans doute, mais d'après le médecin, ça ne se produit pas forcément, répondit Belle d'un ton léger.

— Espérez-vous que Dante va vous demander en mariage ? demanda Krystal abruptement.

— Non, je n'y ai même pas pensé. Je suis très indépendante.

— Tant mieux pour vous, il a toujours été contre le mariage. Il est allergique à tout engagement, ce qui explique que je l'ai quitté, dit Krystal avec un petit frémissement des épaules qui laissait entendre que leur relation avait duré bien plus longtemps qu'en réalité. Évidemment, avec l'éducation qu'il a eue, on ne peut pas s'attendre à autre chose. Son frère avait été conditionné pratiquement depuis sa naissance à se marier et à donner un héritier à la famille. Maintenant qu'il est décédé, Dante est censé reprendre le flambeau… Sauf qu'il a toujours juré qu'il ne se marierait jamais et qu'il n'aurait pas d'enfant.

— C'est vrai, répondit Belle tranquillement, comme si rien de tout cela n'était une révélation pour elle.

Toutefois, elle n'avait pas fait le rapprochement entre l'enfance de Dante, la mort de son frère, et son rejet de l'engagement et de la paternité. Mais Krystal avait raison, vu son passé, c'était normal qu'il n'ait pas envie d'exaucer le vœu le plus cher de ses parents et de perpétuer la lignée familiale. Heureusement pour Belle, jamais elle n'avait même songé à l'épouser.

— Aujourd'hui, on ne se marie plus parce qu'il y a un enfant en route, dit Belle, ravie de voir le regard de Krystal se durcir devant son absence de réaction.

Dante apparut alors en compagnie d'Eddie, à qui il avait apparemment fait faire le tour du *palazzo* et de la propriété. Un hélicoptère les attendait et, tandis que Dante aidait Belle à monter à bord, elle regretta de ne pas avoir choisi une tenue plus pratique. Mais elle eut bientôt un souci d'un autre ordre : elle avait du mal à supporter les trépidations de l'hélicoptère. Eddie s'extasiait en découvrant du ciel les centaines d'hectares de terre toscane sauvage qui lui appartenaient, mais Belle était au bord de la nausée.

Dès que l'appareil se fut posé, elle descendit en chancelant et courut se cacher derrière un arbre pour vomir tranquillement. Soudain, une main secourable lui écarta les cheveux du visage et lui caressa le dos.

— Tu es devenue verte dans l'hélicoptère et j'ai compris que tu étais malade, dit Dante. Mais j'ai préféré ne rien dire...

Comme la tête lui tournait, elle s'appuya à lui.

— Comment se présente ton affaire ? demanda-t-elle à voix basse pour changer de sujet.

— Eddie veut me vendre l'ensemble de la propriété, pas seulement la partie qui appartenait à Cristiano, et j'ai accepté son offre. Je vais transformer l'essentiel en réserve naturelle, mais je garderai pour moi la forêt que mon frère aimait tant.

— C'est une charmante façon de perpétuer son souvenir.

— J'aimerais te montrer le chalet qu'il habitait, dit Dante. Nous allons rentrer par la route, comme ça, tu n'auras pas à reprendre l'hélicoptère.

Une fois de plus, il se révélait attentionné au moment où elle s'y attendait le moins, se dit-elle tristement en appuyant la tête contre son épaule. Elle luttait pour prendre ses distances alors qu'elle aurait plutôt eu envie, comme les autres, de s'accrocher à lui. Elle huma son odeur familière – eau de Cologne et pure virilité – qui lui faisait tourner la tête de désir. Sans doute était-il de bonne humeur parce que leur petite comédie lui avait permis d'obtenir ce qu'il voulait ; Eddie avait accepté de lui vendre la propriété. Concernant leur relation, Dante s'était montré honnête avec elle dès le début, mais il était désormais bien obligé de transiger : il pouvait difficilement exprimer ce qu'il ressentait au sujet de leur enfant.

Mais elle-même, avait-elle toujours admis la vérité concernant ses sentiments envers lui ? Elle rejoignit à pas lents les invités pour admirer le fabuleux paysage du haut de la colline. À quel moment précis était-elle tombée amoureuse de Dante ? Sans doute à Paris, bien avant qu'elle en ait réellement conscience, quand il s'était enfin ouvert à elle et lui avait parlé de son frère et de sa famille. Lentement mais sûrement, elle avait compris que, pas plus qu'elle, il n'avait reçu dans son enfance l'amour que tout enfant devrait recevoir, l'amour de ses parents. Et c'était pour cette raison qu'il se gardait des sentiments et se méfiait au plus haut point de tout attachement.

Les grands-parents de Belle avaient eu beau l'aimer, en grandissant, elle s'était sentie terriblement coupable : comme sa mère ne s'intéressait pas à elle, ses grands-parents avaient été forcés de l'élever alors qu'ils étaient déjà à la retraite. Dante, lui, n'avait été aimé que par son frère, et comme leurs parents ne leur montraient aucun amour, il leur était difficile d'en ressentir. Pourtant, plus Belle en apprenait sur lui, plus elle l'aimait. Et, du fait de leur intimité feinte, elle se sentait de plus en plus proche de lui, même si lui ne l'aimait pas.

Krystal et Eddie reprirent l'hélicoptère pour aller déjeuner à Florence tandis que Dante et Belle s'arrêtaient dans une clairière qui surplombait un petit lac tranquille. Une maison de bois à deux étages se trouvait là.

— C'est un bâtiment très moderne, dit Belle, surprise.

— Quand Cristiano l'a construit, il n'y avait ni électricité ni chauffage. À la fin d'une semaine éprouvante pour lui à la banque, il aimait venir y décompresser. Après en avoir discuté avec lui, j'ai fait installer par mon entreprise une éolienne et des panneaux solaires.

Elle contempla les grands arbres. L'endroit était merveilleusement tranquille.

— N'aurions-nous pas dû rester en compagnie d'Eddie et de Krystal ? demanda-t-elle.

— Non. Krystal a dit qu'elle avait suffisamment profité de la campagne pour le reste de sa vie et Eddie a préféré l'emmener faire du shopping en ville dans l'espoir que ça la mettrait de meilleure humeur, répondit Dante en ouvrant la porte de la maison. Ce n'est pas très grand...

Belle pénétra dans la salle confortablement équipée. Posés sur la table, près de la cheminée, un panier de pique-nique et une bouteille de vin glacée les attendaient.

— C'est pour qui ? D'où ça vient ? demanda-t-elle.

— Un employé l'a apporté pour notre déjeuner. Il faut que tu manges. Tu préfères à l'intérieur ou à l'extérieur ?

— Dehors, à l'ombre.

La maison avait été pratiquement vidée de tout objet personnel, il n'y restait que quelques meubles.

Dante étala une couverture dans l'herbe ; Belle ôta ses chaussures et s'assit par terre pour examiner le contenu du panier.

— Quel bel endroit, dit-elle en en sortant des assiettes. Tu venais souvent voir Cristiano ici ?

— Oui. En été, il aimait bien dormir sur le toit terrasse, il mettait un point d'honneur à ne pas utiliser l'électricité que je lui avais fait installer ! Ici, il avait la paix, il se sentait bien.

— Ses chiens devaient aussi s'y plaire, dit-elle.

Pourquoi Dante ne s'asseyait-il pas ? Pourquoi avait-il l'air aussi tendu ?

— Il faut que nous discutions sérieusement, toi et moi, dit-il soudain.

— Je croyais qu'il valait mieux attendre le départ d'Eddie et Krystal.

— La nuit dernière, je me suis dit que je ne pouvais plus attendre davantage. Il faut qu'on parle de notre enfant.

— Je m'occuperai de lui procurer tout le nécessaire, dit-elle en lui faisant passer l'assiette qu'elle lui avait préparée. Tu n'as pas faim ?

— Pas vraiment. Cet enfant est aussi le mien, reprit-il après un long silence. Je veux participer pleinement à sa vie.

— Toi ? fit-elle sans cacher sa stupéfaction.

Il s'allongea à côté d'elle. Son jean noir mettait ses longues cuisses musclées en valeur et elle s'efforça de repousser la bouffée de désir qui monta en elle.

— Un enfant n'a pas besoin d'être programmé pour être désiré, dit-il d'une voix douce mais ferme. Belle, je veux t'épouser…

— Tu sais bien que ce n'est pas vrai, répondit-elle d'un ton définitif, alors même que cela lui brisait le cœur. Allons, même les paparazzis sont sidérés que tu m'aies fait venir au *palazzo* tellement tu as l'engagement en horreur. Un homme comme toi n'est pas suffisamment disponible pour offrir une place dans sa vie à un enfant. C'est une responsabilité trop lourde, et qui, de plus, dure. Je t'en prie, n'invente pas des mensonges polis pour me manipuler.

— Je ne cherche pas à te manipuler. La vérité, c'est que, depuis que tu es entrée dans ma vie, tout a changé…

— Mais oui, j'ai tout fait rater, dit-elle sèchement.

Il fallait qu'elle se protège, qu'elle ne commette pas la terrible erreur d'épouser un homme qui ne s'y résignait que par obligation, un homme qui ne l'aimait pas.

— Je suis tombée enceinte et toi, tu t'en sens responsable.

— Absolument pas.

— Mais si ! Tu envisages même d'aller contre ta vraie nature et tu me proposes une solution qui te fait horreur, répondit-elle, le cœur serré.

Seule la pitié le faisait réagir ainsi, il était convaincu qu'elle ne saurait pas s'en sortir toute seule. Quelle humiliation ! Mais elle se reprit.

— Mais je suis tout à fait capable de rentrer vivre en Angleterre et d'élever seule mon enfant.

— Bien sûr que tu en es capable, mais ce ne serait la meilleure solution ni pour toi ni pour moi. Je tiens à être avec toi, et avec mon enfant, répondit-il, furieux.

Il ne s'était pas attendu à ce qu'elle se montre enthousiaste, mais la discussion tournait plus mal encore qu'il ne l'avait redouté.

— Si tu me connaissais vraiment, dit-elle, tu saurais que jamais je ne chercherai à me mettre entre toi et notre enfant. Au contraire, j'accepterai n'importe quel arrangement raisonnable qui te permettra de garder le contact avec lui.

— Ça ne me suffit pas, dit-il en se levant.

Il alla se servir un verre de vin glacé et la dévisagea.

— Jamais je ne céderai sur ce point, tu sais : quand tu me défies, ça me rend d'autant plus obstiné, dit-il.

Elle détourna le regard et prit une très lente inspiration en clignant des yeux pour ravaler ses larmes. Pas question d'épouser Dante parce qu'elle était enceinte, ni de laisser l'attirance qu'elle éprouvait pour lui s'éteindre peu à peu jusqu'à ce qu'ils n'aient plus rien en commun que leur enfant. Il méritait mieux que d'épouser une femme qu'il n'aimait pas. Et elle aussi, méritait mieux que de se marier avec un homme qui ne l'aimait pas.

— Je te laisse jusqu'à demain soir pour réfléchir à ma proposition, déclara-t-il d'une voix ferme. Demain, je dois assister à des obsèques en Bretagne. Je partirai de bonne heure.

— Les obsèques de ton employé ?

— Oui. C'était un type bien. Et il aurait pu occuper un autre poste, qui ne l'aurait pas contraint à travailler en hauteur.

C'était pour cela qu'elle l'aimait, parce qu'il tenait vraiment à ses employés, si nombreux soient-ils, et que sa peine était sincère. Même s'il répugnait à le reconnaître, il avait du cœur, et c'était pour cette raison qu'elle voulait se comporter correctement envers lui. Il croyait devoir l'épouser parce qu'elle était enceinte, mais c'était une idée dépassée. Elle saurait très bien se débrouiller seule, et elle souffrirait moins que si elle l'épousait pour le perdre ensuite.

Krystal et Eddie partirent le lendemain matin de bonne heure, et Dante juste après eux. À son attitude distante, Belle comprit qu'il était mécontent qu'elle ait refusé de l'épouser ; pour lui, c'était la solution miracle aux problèmes que cet enfant risquait de lui poser. Mais un mariage ne résoudrait aucune complication, bien au contraire.

L'après-midi, Belle rendit visite aux chiens de Cristiano. À son retour au *palazzo*, on lui apprit qu'une visiteuse l'attendait. En découvrant Tracy assise confortablement dans le salon, feuilletant un magazine tout en dégustant une tasse de thé, elle fut absolument consternée.

— J'espère que tu as enfin repris tes esprits, lui dit sa mère d'un air narquois en posant son magazine.

# 10

— Allons, allons, détends-toi, dit la blonde Tracy, avant même que Belle ait pu ouvrir la bouche. J'ai fait preuve de discrétion, je me suis présentée comme une de tes amies. Je suis certaine que tu n'as rien dévoilé à Dante de tes origines douteuses : mieux vaut ne pas révéler à un homme qu'on vient de plus bas que lui.

— Qu'est-ce que tu viens faire ici ?

Le regard vert de Tracy, qui faisait bien dix ans de moins que son âge, se durcit.

— C'est ta faute, répondit-elle. Tu as prétendu être trop occupée pour me voir ! Que pouvais-je faire ?

— Prendre tes cliques et tes claques et me laisser tranquille, répondit Belle sans ambages. Comme il y a trois ans, quand tu as quitté Londres en m'abandonnant alors que je n'avais même pas un lit où dormir.

— Tu restes quand même ma fille.

— Une fille dont tu n'as jamais voulu. Même si tu t'es servie de moi pour arracher à mon père des dizaines de milliers de livres sans rien donner ou presque à grand-père et grand-mère qui m'élevaient.

— Alors comme ça, tu as rencontré Alastair et tu as cru à ses mensonges, fit Tracy d'une voix mauvaise.

— Exactement. Et je n'ai rien d'autre à te dire. Je ne comprends même pas ce que tu es venue faire ici.

— Tu ne peux pas être à ce point stupide ! Bien évidemment, je veux ma part de la mine d'or dans laquelle tu vis.

— Je n'ai rien à partager avec toi.

— Il doit quand même te verser une petite pension !

— Non, il est terriblement radin.

— Le restera-t-il si je menace de contacter la presse et de révéler l'histoire de tes origines ? Et crois-moi, il y a des détails sordides que tu ignores.

Belle avait pâli, mais elle resta ferme.

— Ça lui sera bien égal, répondit-elle. Et je sais que jamais il ne te laissera exercer un tel chantage, ni sur lui ni sur moi.

— Si tu changes d'avis, tu as mon numéro de téléphone, dit Tracy en empoignant son sac. À bientôt !

Belle ne respira vraiment qu'en voyant sa mère monter dans le taxi qu'elle lui avait commandé. Cette visite la rendait à proprement parler malade, d'autant que Tracy ne lui avait même pas demandé comment elle allait, ni comment se passait sa relation avec Dante. Elle ne voyait en elle qu'une source de revenus supplémentaires, comme toujours, une vache à lait qui lui permettait en plus de punir Alastair Stevenson de ne pas l'avoir épousée. Ravalant ses larmes, Belle regretta d'être aussi faible : elle aurait dû arrêter depuis bien longtemps de se faire la moindre illusion sur sa mère.

Cependant, elle était horrifiée à l'idée que Tracy mette sa menace à exécution et contacte la presse pour vendre une histoire aussi sordide que mensongère à son sujet. Cela gênerait certainement Dante, et Belle ne pouvait le supporter. Même si Tracy était une croix, c'était la sienne, il n'avait pas à en pâtir. Mais la seule façon de le protéger, c'était de le quitter : si elle ne vivait plus avec lui, aucun journal ne s'intéresserait à sa vie si ordinaire.

Peut-être Tracy lui avait-elle rendu service en la poussant

à quitter son nid douillet du *palazzo*. Maintenant que sa tâche était terminée, elle n'avait plus rien à y faire. Eddie avait accepté de vendre la propriété de Cristiano à Dante et ce dernier allait lui verser, à elle, une jolie somme pour les deux semaines passées en sa compagnie, ce qui lui permettrait d'assurer un petit nid confortable à leur bébé.

Oui, il fallait qu'elle quitte Dante. Naturellement, dans quelques mois, elle reprendrait contact avec lui. Entre-temps, la situation aurait évolué et il aurait compris que ce mariage n'était pas une bonne idée. À quoi bon rester ? Si elle partait, il retrouverait sa liberté. Rester, c'était tenter de se cramponner à lui. D'ailleurs, il ne le lui avait pas demandé et il l'avait déjà payée pour la comédie qu'elle avait jouée.

Et puis, si elle partait dès maintenant, elle l'oublierait plus vite. Si elle restait, au contraire, elle finirait par céder et par l'épouser, et elle risquait de l'aimer de plus en plus. Si elle devenait sa femme – même pour peu de temps –, si elle s'habituait au bonheur d'avoir une place dans sa vie, le quitter serait d'autant plus douloureux. Il serait plus facile de l'oublier si elle le quittait aujourd'hui que si elle acceptait un mariage qui se terminerait fatalement quand il se serait lassé d'elle.

Hélas, rentrer rapidement était impossible du fait des règlements qui conditionnaient le retour de Charlie en Angleterre. En revanche, voyager en France serait plus facile et moins coûteux. Elle allait partir par le train et retourner vivre dans son camping-car jusqu'à l'obtention des documents qui lui permettraient de ramener Charlie en Angleterre. Inutile de se charger de trop de bagages ; dans quelque temps, elle ne pourrait plus rentrer dans ses vêtements. Et il n'était pas question d'emporter les bijoux que Dante lui avait offerts. Pourtant, peut-être ferait-elle mieux de les prendre et de les revendre plus tard, pour le bébé, même si Dante lui paierait sûrement une pension ?

En tout cas, il serait certainement soulagé de voir son problème le plus encombrant disparaître de son toit avec elle.

Les yeux brouillés par les larmes et la gorge serrée, accablée à la perspective de devoir vivre sans lui, elle remplit une petite valise. Ils n'avaient vécu que deux semaines ensemble, mais elles avaient suffi à bouleverser sa vie. Il était entré définitivement dans son cœur et elle ne pouvait plus imaginer la vie en son absence, exactement comme toutes les malheureuses qu'il méprisait parce qu'elles s'accrochaient à lui.

Pourtant, elle avait vécu des années seule, il lui suffirait de recommencer. Deux semaines seulement. Il fallait qu'elle redevienne la femme sensée et pratique qu'elle était avant de le connaître. Convaincue que cela était possible, elle ouvrit l'ordinateur qu'il lui avait donné et consulta les horaires des trains.

À son retour, Dante apprit que Belle avait quitté le *palazzo* un peu plus tôt avec Charlie et une valise.

Il mit un moment à enregistrer l'information. Elle ne pouvait pas être partie ainsi, parce que aucune femme ne l'avait jamais quitté. C'est lui qui partait, quand ça l'arrangeait. Mais cette fois, la roue semblait avoir tourné. Dans la chambre, il découvrit un billet posé sur les bijoux qu'il lui avait offerts, « Merci pour l'argent. Je te recontacterai », qui n'eut pas l'effet espéré par Belle.

Ainsi, elle avait refusé de seulement réfléchir à la possibilité de l'épouser. D'emblée, il avait compris qu'elle n'était pas intéressée, même si elle avait accepté son argent avant de partir. Ce qui l'avait contrariée, c'était la demande en mariage, mais pas suffisamment pour qu'elle l'abandonne sur-le-champ. S'il avait eu le cœur à rire, il aurait apprécié que devenir sa femme l'ait irritée plutôt que ravie. Lui qui était considéré comme un gros gibier dans la chasse au mari, la cible idéale de toute célibataire, il s'était fait descendre en flammes. Hélas, devant son lit vide, il n'avait pas envie de rire.

À mi-chemin de l'enterrement en Bretagne, il avait compris qu'il n'avait pas correctement formulé sa demande en mariage, ni dit le dixième de ce qu'il aurait dû. Par orgueil, il n'avait pas avoué à Belle qu'il l'aimait. Il tenta de se représenter la vie sans elle et jura entre ses dents. C'était une vie si lugubre qu'il en devint livide. Et elle avait même emmené le chien.

Il descendit en courant de l'étage et se précipita sur l'ordinateur qu'il lui avait donné pour faire défiler l'historique. Il sourit en découvrant ses projets de voyage. Elle était rentrée en France. Pourquoi la France plutôt que l'Angleterre, c'était un mystère, mais il croyait savoir où elle était. Il y serait avant elle et attendrait son arrivée.

Le lendemain en fin d'après-midi, Belle, très angoissée, descendit d'un taxi devant le restaurant. Comment ferait-elle pour manger les jours suivants ? L'argent de Dante n'était pas encore arrivé sur son compte alors que le voyage lui avait coûté davantage que prévu. Dès qu'elle libéra Charlie de sa caisse de transport, celui-ci, fou de joie, se mit à bondir dans tous les sens avant de se précipiter vers la plage. Qu'est-ce qui pouvait bien l'attirer dans cette direction ? Soudain, elle aperçut une haute silhouette noire plantée au milieu des pins. Le terrier se mit à sauter autour de l'homme en poussant des aboiements pleins de sympathie.

Elle ne connaissait qu'un homme capable de susciter un tel enthousiasme chez Charlie : Dante avait beau ne guère s'intéresser à lui, Charlie, inexplicablement, l'avait toujours adoré. Mais ce ne pouvait pas être Dante ! Le cœur battant, elle descendit vers la plage. L'homme se déplaça vers une zone plus ensoleillée et elle n'en crut pas ses yeux : ces cheveux sombres, ce visage superbe et hâlé... Le souffle coupé, elle sentit sa gorge se serrer tandis qu'il venait vers elle.

— On se croirait revenus deux semaines en arrière, tu ne trouves pas ? dit-il. On ne se connaissait pas encore et on ne savait pas ce qui nous attendait.

— Comment as-tu su que je viendrais ici ?

— J'ai regardé l'historique de tes recherches sur l'ordi. Tu aurais dû l'emporter, mais je suis ravi que tu ne l'aies pas fait, sinon j'aurais perdu du temps à te chercher en Angleterre. Pourquoi es-tu revenue ici ?

— Il fallait que je règle des formalités pour Charlie, mais je n'avais pas encore l'argent nécessaire pour entamer les démarches, répondit-elle en rougissant.

— Donc, si je veux te garder, il faut que tu restes pauvre ?

— Mais tu ne veux pas vraiment me garder.

— Dans ce cas, que suis-je venu faire ici ?

— Rendre notre séparation plus dure encore.

— Mais je ne veux pas qu'on se sépare, au contraire, je ferai tout mon possible pour te garder, même si je dois me ridiculiser complètement, répondit-il avec la plus grande détermination. Je vais continuer à te demander en mariage, et je ne te cache pas que c'est mon but.

— Je ne comprends pas.

— Tu es toute pâle, dit-il en la dirigeant vers un banc sous les arbres. Assieds-toi et écoute-moi bien.

Il s'accroupit devant elle et lui prit la main.

— Je veux t'épouser parce que je t'aime, dit-il en la fixant droit dans les yeux. C'est un engagement auquel je tiens beaucoup, mais si la bague te fait peur, je me satisferai que tu vives avec moi pour toujours. Tu n'as pas d'autre issue.

Elle le contempla, stupéfaite.

— Tu es amoureux de moi ?

— Sans aucun doute. Je ne sais pas comment c'est arrivé, mais ça a été très vite, dit-il en levant un sourcil plein d'autodérision. Je croyais vivre seul jusqu'à la fin de mes jours et brusquement, tout a changé. Je veux passer tout mon temps avec toi. Tu es entrée dans ma vie et depuis, je n'ai rien de plus précieux que toi.

— P-précieux ? balbutia-t-elle.

— Terriblement, répondit-il en lui prenant la main pour lui baiser le bout des doigts. Mais tu te ronges de nouveau les ongles !

— Oui... Le stress..., murmura-t-elle.

Pouvait-elle le croire ? Était-il possible qu'un homme comme lui soit amoureux d'une femme aussi ordinaire qu'elle ?

— Mais si tu te trompes en te croyant amoureux de moi ?

— Comment me tromperais-je puisque, au départ, je ne voulais pas être amoureux ?

— Peut-être... parce que je suis enceinte ?

— Une fois passée la première surprise, ça n'a fait qu'accroître mon désir, c'est vrai, dit-il, mais j'étais déjà amoureux de toi et je cherchais à m'en empêcher, parce que je ne m'étais jamais autorisé à éprouver un sentiment pareil...

— Mais tu m'as encore dit que je ferais mieux de rentrer en Angleterre !

— Je tentais de juguler mes émotions, mais je n'avais pas envie de te laisser partir pour de bon, répondit-il d'une voix assurée. Avant que tu fasses irruption dans ma vie, j'étais un solitaire, mais tu m'as arraché à moi-même pour me rendre heureux. Avant toi, seul Cristiano en avait été capable. Alors je me battrai jusqu'à mon dernier souffle pour te garder. Nous sommes faits l'un pour l'autre, je le sais, et je ne te laisserai plus partir.

— Oh, Dante, dit-elle dans un souffle, j'ai terriblement souffert de te quitter, mais j'ai cru que ça valait mieux pour nous deux. Si Krystal ne m'avait pas rappelé à quel point tu détestais le mariage et si ma mère ne s'était pas montrée...

— Ta mère ?

— Oui... Tracy... Hier, elle est venue au *palazzo* essayer de me soutirer de l'argent. Je ne sais pas comment elle a découvert que j'étais avec toi...

— Un ami m'a appelé pour me dire qu'un tabloïde anglais avait publié une photo de nous deux.

— Ah bon ? Elle m'a menacée de vendre des histoires à la presse, des mensonges évidemment.

— Elle a essayé de te faire chanter ? Comme avec ton père ! Mais désormais, tu n'auras plus à t'occuper d'elle, c'est moi qui m'en chargerai. Elle peut vendre tous ses mensonges aux journaux, je m'en fiche, mais si elle raconte des histoires à ton sujet, je la traînerai devant un tribunal.

— Que pensera ta famille ?

— Ça m'est bien égal. Ce qui s'est passé chez moi, derrière nos portes closes, pendant mon enfance, est bien pire que tout ce qu'on pourra jamais te reprocher. Ma mère nous a maltraités émotionnellement, mon frère et moi, elle a enchaîné les liaisons durant toute notre jeunesse et dégradé ma vision des femmes. Mes propres aventures ne l'ont pas améliorée, loin de là, car, pour être honnête, je choisissais des maîtresses qui s'intéressaient essentiellement au sexe et à ma fortune. Puis je t'ai rencontrée et, grâce à toi, j'ai découvert qu'il existait une autre sorte de femme, chaleureuse, fiable, aimante et désintéressée.

Les yeux violets de Belle s'emplirent de larmes.

— Quel éloge ! Tu es certain que tu ne me vois pas à travers des lunettes roses ?

— Absolument pas. La preuve, tu t'entiches bien trop

des animaux à mon goût, tu te ronges les ongles et tu es terriblement désordonnée.

— Pas du tout ! Et j'ai arrêté de me ronger les ongles ! Mais je suis sûre que tu n'as pas encore remarqué tous mes défauts. Même si je t'aime... horriblement.

— Alors pourquoi t'es-tu enfuie ? Et pourquoi as-tu refusé de m'épouser ?

— Je croyais vraiment que tu ne voulais ni te marier ni avoir d'enfant.

— Je le croyais aussi, jusqu'à ce que je te rencontre, mais c'était surtout pour décevoir mes parents, pour les punir de ce qu'ils nous ont fait, à mon frère et à moi, dit-il. Pourtant, avec toi, c'est tout le contraire, j'ai envie de fonder une famille. Évidemment, je regrette que ça réjouisse ma mère, mais pas au point de sacrifier mon bonheur pour la punir.

— Peut-être, avec le temps, finirez-vous par vous réconcilier ? dit Belle d'une voix incertaine.

— Jamais. Et jamais elle n'approchera notre enfant. Je préfère tenir mes parents à l'écart, répondit-il fermement.

— Quand as-tu décidé que tu voulais m'épouser ?

— À l'instant où je me suis enfin senti chez moi dans ma propre maison, parce que toi aussi, tu t'y trouvais.

Il baissa la tête pour poser sa bouche sur celle de Belle, qui noua les bras autour de son cou. Enfin, elle s'autorisait à croire qu'il l'aimait.

— Tu ne te fais vraiment aucun souci au sujet de Tracy ? insista-t-elle. Tu sais, c'est en grande partie à cause d'elle que je suis partie, pour te protéger d'elle.

Il lui caressa les cheveux d'une main apaisante.

— Non, aucun souci au sujet de Tracy. Je sais comment m'y prendre avec elle et je suis là pour te protéger.

— Pourquoi as-tu tant insisté pour me donner cet argent ? Ça m'a choquée.

— Je ne l'ai pas vu sous cet angle. Je te devais ce salaire et je ne voulais pas que tu te sentes prise au piège au *palazzo* parce que tu étais enceinte et financièrement dépendante de moi. Je tenais à ce que tu aies le choix, parce que toi, tu n'as jamais eu le choix. Mais si j'avais su que tu allais me quitter, je ne t'aurais pas donné le moindre sou.

— Quels sentiments éprouves-tu vraiment à l'égard de notre enfant ?

— Je suis ravi... Mais je t'en supplie, pas de jumeaux avant que j'aie appris les règles pour être un bon père ! Heureusement, je les apprendrai avec toi et au moins, grâce à ce que nous avons vécu, nous savons tous les deux ce qu'il faut à tout prix éviter.

— C'est vrai, dit-elle. Mais où allons-nous passer la nuit ? Je crains que mon camping-car ne soit pas à la hauteur de tes attentes.

— Quelles attentes ? Et de toute façon, j'ai appelé Steve. Ils nous proposent la suite de leur pool house, qui me paraît très suffisante. Hélas, quand il saura qu'on va se marier, il me répétera jusqu'à plus soif qu'il me l'avait bien dit : il a toujours prétendu qu'une femme m'attendait forcément quelque part. À propos, j'allais oublier...

Il fouilla dans la poche de son jean et en sortit une bague qu'il passa sans autre cérémonie au doigt de Belle.

Elle contempla, ébahie, le bijou. Un saphir entouré de diamants qui étincelaient à son annulaire.

— Je te ferai remarquer que je n'ai toujours pas dit oui.

— Tu tiens vraiment à ce que je mette un genou en terre ? demanda-t-il en maugréant.

— Pas du tout, mais je veux que tu me promettes de m'aimer chaque jour, et de mon côté, je te ferai la même promesse, murmura-t-elle avec un grand sourire.

— Très bien. Je t'aime bien plus que je croyais pouvoir jamais aimer, *cara mia*. Je croyais mon cœur glacé pour l'éternité, mais tu as su faire fondre la glace. Et maintenant que nous sommes engagés dans une relation sérieuse, puis-je t'entraîner sous ces arbres et m'abandonner à mes vilains penchants pour célébrer ma victoire ?

— Pas question ! Je ne veux pas à arriver au château couverte de sable et les cheveux en bataille. Je préfère attendre le confort du pool house. En fait, je commence à apprécier le luxe, dit-elle en prenant Charlie dans ses bras.

Ils se dirigèrent vers le camping-car garé devant le restaurant pour prendre la valise de Belle au passage.

— Comme ça, ma future femme apprécie le luxe, dit Dante en la prenant d'un air possessif par les épaules. J'en suis absolument ravi.

Elle se haussa sur la pointe des pieds pour l'embrasser.

— À propos, tu ne crois pas qu'on pourrait aussi emmener les chiens de Cristiano chez nous ?

— Oui. Ça fait déjà une semaine que je m'y suis plus ou moins résigné. Charlie sera heureux d'avoir de la compagnie. Mais attention, il est hors de question qu'ils dorment dans notre chambre, répondit Dante sur le ton le plus ferme.

Belle lui caressa la cuisse en le fixant d'un air très suggestif.

— Bon, si tu emploies les grands moyens, je vais peut-être y réfléchir à nouveau, fit-il d'une voix troublée.

# Épilogue

Dante avait à peine franchi la porte d'entrée du *palazzo* qu'il fut littéralement pris d'assaut par une nuée de chiens et d'enfants, sous les yeux de son épouse aimante et parfumée.

— Tu ne nous avais pas dit que tu arriverais aussi tôt ! s'écria Belle, tout excitée de le voir surgir pour déjeuner un 24 décembre.

— J'aime bien te faire des surprises.

— Il ment, dit joyeusement Steve Cranbrook qui se tenait debout sur le seuil du salon. Quand il reste loin de toi trop longtemps, ça le rend nerveux. Après cinq ans de mariage, il n'est toujours pas calmé. Je me demande d'où tu tires une pareille énergie, Dante !

— Je tourne à plein régime, répondit celui-ci en serrant contre lui le corps sensuel de Belle.

Derrière elle, le hall était magnifiquement paré et elle avait décoré le splendide sapin de Noël avec autant de soin que d'enthousiasme.

En cinq ans, Belle avait totalement chamboulé sa vie mais il adorait ça, et les enfants avaient été sa plus grande révélation. Luciano était né le premier, un roux aux yeux sombres, suivi par Cristiano, aux cheveux aussi noirs que ses yeux. Puis la petite Violet, un bébé potelé qui suçait son pouce en s'accrochant à la jambe de Dante pour se tenir debout et qui avait les mêmes yeux et la même chevelure que sa mère. En comparaison de ses frères tellement pleins d'énergie, elle avait l'air si calme qu'elle semblait passer sa vie à dormir. Dante ne s'attendait pas à ressentir autant d'amour pour ses enfants ni à tant s'intéresser au développement de leurs personnalités et à leurs caractères si différents.

Tito et Carina, qui avaient pris de l'âge, se contentèrent pour l'accueillir de se trémousser sur son passage. Ces derniers temps, ils n'étaient plus très vaillants et restaient généralement à se prélasser sur leurs coussins. Même Charlie avait légèrement baissé de régime. Avec sa nouvelle compagne, ils avaient donné naissance à une lignée de chiots dont Belle avait eu bien du mal à se séparer, ce qui avait poussé Dante à déclarer un moratoire sur l'élevage. Ils avaient donc quatre chiens, mais il devait toujours batailler pour en limiter le nombre, car Belle s'occupait d'un refuge d'animaux abandonnés et terriblement attendrissants. Quant au jardin du *palazzo*, il accueillait déjà deux tortues, des lapins et des cochons d'Inde recueillis par les enfants.

Belle et Dante se dirigèrent vers l'escalier.

— Emily et mon père nous rejoindront pour le thé. Ils ont été retenus à Londres, dit-elle en élevant la voix pour couvrir les cris des enfants – ceux de Steve et Sancha et les leurs – qui jouaient à chat au rez-de-chaussée.

— Il faut que je prenne une douche, répondit-il. Mais auparavant…

— Auparavant…, répéta-t-elle en le regardant comme s'il venait de décrocher la lune.

Jamais il ne se lasserait qu'elle le dévore ainsi du regard. Bien sûr, il ne le méritait pas, pas plus qu'il ne méritait l'incroyable bonheur qu'elle avait apporté dans sa vie. Il savait aussi que, s'il la touchait, il ne pourrait plus la lâcher parce que cela faisait quatre jours qu'il était loin d'elle, et qu'il avait déjà eu beaucoup de mal à tenir si longtemps sans sa femme si belle et si terriblement sexy.

Belle respira à pleins poumons l'odeur de son mari – une véritable drogue pour elle.

— Tu sens merveilleusement bon… La douche peut attendre, et tu es tellement sexy, avec cette barbe naissante !

Gagné ! Vaincu sans avoir cherché à résister, il la poussa vers le lit et l'enlaça avec passion pour assouvir le désir qui ne le quittait jamais tout à fait.

— *Dio*… Je t'aime tellement, *cara mia*. Jamais je ne me lasserai de toi.

Un peu plus tard, il bondit du lit, nu et bronzé, pour attraper sa veste dont il tira un écrin.

— Noël avant l'heure, dit-il en y prenant un bracelet de diamants qui étincela comme une rivière de feu sur la peau mate de ses doigts.

Belle, repue, se blottit contre lui en tentant de rassembler l'énergie nécessaire pour retourner à ses invités et superviser les mille tâches qui lui revenaient en tant qu'épouse, mère et hôtesse. Les diamants luirent à son poignet et le visage sombre de Dante s'éclaira, il aimait la voir porter les bijoux qu'il lui offrait.

— J'aimerais pouvoir te ligoter sur ce lit avec une chaîne en diamants, pour ne plus te partager avec personne.

Savourant son bonheur, elle se laissa aller sur leur couche. Au fond, quelle importance d'avoir vécu jadis dans une douloureuse solitude, puisque désormais elle menait une vie de rêve avec Dante ?

Son père et sa femme, Emily, faisaient désormais partie de la famille. Emily était très gentille, et adorable avec les enfants, et Belle se sentait beaucoup plus proche d'elle que de sa mère. Dante avait eu un entretien avec Tracy, durant lequel il l'avait dissuadée d'entreprendre quoi que ce fût qui puisse leur nuire, et ils n'avaient plus entendu parler d'elle. Petit à petit, Belle avait appris à connaître son père et, quand Dante allait en Angleterre pour son travail, elle l'accompagnait souvent pour aller le voir, lui et sa femme, à Londres. De leur côté, Alastair et Emily leur rendaient de fréquentes visites en Italie. Quand Luciano était né, ils étaient même venus à l'hôpital pour partager leur joie lors de la naissance de leur premier enfant. Ils avaient manifesté les mêmes marques d'intérêt vis-à-vis de Cristiano et de Violet, et Belle appréciait sincèrement les efforts qu'ils faisaient pour se comporter en véritables grands-parents.

Steve et Sancha étaient également très proches d'eux, et s'occupaient de leurs enfants quand, de temps en temps, Dante et Belle ressentaient le besoin de se retrouver seuls ; ils partageaient aussi très souvent leurs vacances en famille avec eux. Lors de leur dernier anniversaire de mariage, Dante et Belle avaient passé un week-end splendide à se redécouvrir sur une île grecque. La cabane de Cristiano avait été agrandie et, en été, ils allaient fréquemment y dormir sur le toit, sous les étoiles. Ils passaient ces week-ends de liberté dans la nature à explorer la forêt et à pêcher avec les enfants, qui adoraient ça.

Quant à la mère de Dante, ils la croisaient parfois au hasard d'un événement public et échangeaient quelques mots polis avec elle. Le père de Dante était mort deux ans plus tôt d'un infarctus massif. La princesse Sofia ne manquait jamais d'envoyer un superbe cadeau à son fils à chaque nouvelle naissance, et elle avait même débarqué un jour à l'improviste au *palazzo* pour s'assurer que ses petits-enfants n'ignoraient rien de leurs remarquables ascendants. Mais même si Dante était devenu prince à la mort de son père, il refusait d'user de ce titre. Pour lui, c'était cette prétendue supériorité qui avait gâté ses parents et les avait convaincus d'avoir des enfants qu'ils ne désiraient pas vraiment, pour perpétuer la lignée familiale.

— Encore un merveilleux Noël, dit gaiement Belle à Dante en émergeant de la douche. Toute la famille et les amis réunis à table, heureux et en bonne santé.

— Autrefois, j'étais un loup solitaire, c'est toi qui as rendu ce miracle possible, répondit Dante en la suivant du regard tandis qu'elle parcourait la pièce à demi-nue.

— Toi aussi, répondit-elle tendrement. Pour que notre vie puisse commencer, tu as dû ouvrir ton cœur à l'amour…

— Mon cœur, ce n'est pas moi qui l'ai ouvert. Quand je t'ai rencontrée, tu y as pénétré comme une tornade et ma vie en a été bouleversée.

Elle lui prit la main et déposa un tendre baiser sur sa joue.

— Je t'aime tellement, dit-elle dans un murmure avant de pousser un petit gloussement de plaisir en le dévorant du regard. Tellement…

— Peut-être, mais jamais tu ne pourras m'aimer autant que je t'aime, répondit Dante, le cœur débordant de bonheur.

SUSAN CARLISLE

# Une île pour deux médecins

*Traduction française de*
MARIE-JOSÉ LAMORLETTE

HARLEQUIN

*Titre original :*
PACIFIC PARADISE, SECOND CHANCE

*Ce roman a déjà été publié en 2021.*

# 1

Landon Cochran fit de nouveau défiler sur sa tablette le dossier de l'hôpital de Saipan et fixa longuement l'un des noms figurant dans l'organigramme.

Infirmière en chef : Macie Beck

Il ne s'agissait sûrement pas de la même femme ! Il devait y avoir un tas de Macie Beck dans le monde. Quelles étaient les chances pour que celle qu'il avait connue se trouve en ce moment dans les Mariannes du Nord, et plus précisément encore sur la petite île de Saipan ?

Non, ça ne pouvait pas être elle !

Tandis que l'avion se positionnait pour atterrir sur l'unique piste de l'aéroport, il contempla par le hublot l'île luxuriante au-dessous de lui.

Ce bout de piste aménagé sur une hauteur n'avait rien à voir avec les aéroports très fréquentés auxquels il était habitué. Il n'y avait même pas un autre avion en vue !

Quand l'avion eut atterri et que les passagers furent invités à débarquer, il prit sa sacoche, espérant que son sac était bien à bord de l'appareil.

Bien que territoire américain, Saipan était plus proche de la Chine que d'Hawaï. Dans cette partie du monde, il advenait souvent que des bagages retenus au départ arrivent par l'avion suivant, le lendemain si l'on avait de la chance.

Cela lui était arrivé une fois, et depuis il emportait une tenue de rechange dans son bagage à main.

En descendant l'escalier métallique, il observa la végétation dense qui entourait l'aéroport.

Cette partie du monde était chaude et humide. Bienvenue sous les tropiques !

Il suivit les autres passagers à travers le tarmac pour rejoindre le terminal. Vingt minutes plus tard, sa valise à roulettes à la main, il sortait sur le parking.

Une légère brise océanique atténuait la chaleur de la fin d'après-midi. De l'autre côté de la rue, la structure inachevée d'un hôtel se dressait, laissée à l'abandon. Il avisa un homme au teint cuivré qui brandissait une pancarte avec son nom dessus.

— Je suis le docteur Cochran, dit-il en s'approchant de celui-ci.

L'homme le salua et prit sa grosse valise avant de lui indiquer du menton la direction de sa voiture.

— Bienvenue à Saipan. Je suis Mario, dit-il avec un léger accent.

Pendant que Mario mettait le sac dans le coffre, Landon s'assit à l'avant pour se faire plus vite une idée de l'endroit.

Il n'était pas là pour se faire dorloter. Un dur travail l'attendait, et il avait besoin de se familiariser dès que possible avec les gens et l'île.

Tandis que Mario descendait la route tortueuse vers la côte, ils dépassèrent de petites maisons carrées en moellon, les unes entourées de terrain herbeux, les autres de basses-cours pleines de poulets. Ils tournèrent au sud pour prendre la route qui suivait la côte, plus large et jalonnée de commerces et de palmiers qui s'agitaient au vent.

La circulation était étonnamment dense.

Pour Landon qui avait grandi dans le Midwest, c'était là un environnement complètement dépaysant. Quand il était dans la marine, il avait été envoyé à Hawaï, où il avait adoré la chaleur, la brise et l'océan. Apparemment, il aurait tout cela en abondance ici... S'il avait une chance de sortir un peu de l'hôpital pour en profiter !

Il était venu pour évaluer l'hôpital de Saipan et s'assurer que l'établissement reçoive les améliorations nécessaires pour fournir les meilleurs soins possible aux habitants de l'île et des îles voisines. Si tout se passait bien lors de cette mission, il obtiendrait la promotion en vue de laquelle il avait œuvré pendant des années.

Bientôt apparut un bâtiment blanc avec des rangées de fenêtres sur le devant. Mario engagea la voiture dans l'allée circulaire et s'arrêta sous la porte cochère en brique.

— Nous y sommes, dit-il en décochant un autre grand sourire à Landon, avant de sortir de la voiture.

Landon l'imita et le retrouva à l'arrière du véhicule.

— Merci, dit-il en prenant sa valise.

À l'intérieur du bâtiment, il faisait frais. Dans le long couloir carrelé, la pharmacie était indiquée sur la gauche, et la salle d'attente des urgences sur la droite, mais il n'y avait aucune indication des bureaux de l'administration qu'il cherchait. Il décida au hasard de tourner à gauche, s'engagea dans le couloir et trouva tout au bout le service administratif.

Il poussa la porte vitrée et s'adressa à la mince jeune femme saipanaise installée derrière un bureau.

— Je suis le Dr Landon Cochran, de l'Organisation Mondiale de la Santé. Macie Beck devrait m'attendre.

Une nouvelle fois, l'idée qu'il puisse s'agir de la Macie qu'il avait connue l'emplit d'appréhension.

Il n'était pas fier de la façon dont il l'avait quittée. Après une nuit de passion, il lui avait promis de l'appeler à la fin de son service à l'hôpital, et il ne l'avait jamais fait.

La réceptionniste jeta un coup d'œil à une porte fermée.

— Macie n'est pas là pour l'instant.

— Je suppose qu'elle m'attend.

— Euh... Oui, elle vous attendait, mais on a eu besoin d'elle aux urgences, et elle est descendue.

La jeune femme décrocha son téléphone d'un air hésitant.

— Je vais la prévenir que vous êtes ici.

Il secoua la tête.

— Ne l'interrompez pas si elle travaille.

La réceptionniste parut soulagée. Elle se leva et contourna le bureau.

— Votre bureau est par là.

Elle le conduisit jusqu'à une porte de l'autre côté de la salle d'attente.

— Vous pouvez vous installer, dit-elle avant de disparaître.

Landon entra dans la pièce.

C'était un petit espace, mais cela lui convenait. Son travail d'administrateur par intérim de l'hôpital de Saipan n'exigeait pas un bureau grandiose. Un bureau et un fauteuil tout simples étaient installés face à la porte. Une bibliothèque contenant des dossiers occupait le mur derrière le bureau. Deux chaises qui n'avaient pas l'air confortable étaient disposées devant. Il y avait une fenêtre sur un côté. Sur l'autre, une petite porte devait conduire à la salle de repos.

La réceptionniste revint peu après.

— J'ai parlé à Macie. Elle a dit qu'elle viendrait dès qu'elle pourrait s'échapper. Elle m'a demandé de vous assister de mon mieux.

Landon posa sa valise à côté du bureau et passa derrière.

— Très bien, alors commençons par votre nom.

— Je suis Tatiana Yuka.

— Ravi de vous connaître.

Devant son sourire, la jeune femme sembla se détendre.

— Moi aussi, docteur. Aimeriez-vous que je vous montre les lieux ?

— J'aimerais d'abord voir le manuel de politique générale et de procédures, dit-il en quittant sa veste.

— Il est juste là.

Tatiana indiquait un épais cahier blanc rangé sur une étagère. Landon le prit et s'assit.

— Merci. Veuillez m'avertir quand Mme Beck arrivera.

— Oui, docteur.

Il se mit au travail.

Au bout d'un long moment, il leva les yeux et vit que deux heures avaient passé.

Toujours pas de Macie Beck ? Il était temps d'aller à sa recherche. En général, les gens ne le faisaient pas attendre lorsqu'il voulait les voir.

— Tatiana ? dit-il en sortant de son bureau

— Docteur ?

— Si l'on a besoin de moi, je serai aux urgences.

Elle prit un air inquiet.

— Oui, docteur. Vous savez où c'est ?

— Oui. J'ai vu le panneau en arrivant.

Il tourna à droite et suivit le long couloir qui menait à l'avant de l'hôpital. Cette fois, il observa avec plus d'attention les zones qui constituaient l'établissement. Des chambres donnaient des deux côtés sur le couloir. Elles semblaient abriter des patients de médecine générale. Il salua d'un signe de tête le personnel et les gens qu'il croisa. Ils lui jetèrent tous un regard curieux.

À une intersection avec un autre couloir, il s'arrêta et regarda des deux côtés. L'aile gauche abritait le service pédiatrique, et l'aile droite le service gériatrique. Il continua jusqu'à ce qu'il aperçoive la double porte coulissante de la salle d'attente des urgences. À ce moment-là, il entendit dans le lointain la sirène d'une ambulance.

Il entra dans la salle d'attente et s'adressa à l'homme posté derrière le bureau d'enregistrement.

— S'il vous plaît, pouvez-vous m'indiquer où est Macie Beck ?

L'employé parut hésiter.

— Euh... Elle est occupée pour l'instant.

Landon sentit sa patience s'amenuiser.

Macie Beck savait qu'il était arrivé à Saipan, et cela faisait plus de deux heures qu'on l'avait informée qu'il voulait la voir. Il était en droit d'aller la trouver.

— Je pense qu'elle pourra prendre un moment pour moi. Je suis l'administrateur par intérim, le docteur Cochran.

L'homme ouvrit de grands yeux et lui indiqua une direction derrière lui.

— Euh... Bonjour, docteur. Laissez-moi vous accompagner.

Landon le suivit dans une grande pièce subdivisée en petites cabines par des rideaux. Un bureau circulaire occupait le centre de l'espace. Là se tenait une femme menue portant le même uniforme vert clair que le reste du personnel. Elle leur tournait le dos, mais il sentit son cœur tambouriner dans sa poitrine.

Il reconnaissait ces cheveux châtain foncé relevés, cette jolie nuque, ces courbes féminines. C'était *sa* Macie Beck.

Elle se retourna, et son regard rencontra le sien.

Dire que, de toutes les îles du monde, c'était sur celle-là qu'il avait été envoyé ! Maintenant, il savait ce que Rick avait ressenti, dans *Casablanca*, quand Ilsa était apparue dans son bar.

Macie resta un instant incapable de la moindre réaction.

Aïe aïe aïe... C'était donc bien le Landon Cochran qu'elle connaissait !

Celui qui l'avait laissée en plan huit ans plus tôt quand elle travaillait à l'hôpital des vétérans d'Hawaï. Même une lettre de rupture aurait mieux valu que le « rien » auquel elle avait eu droit après leur seule et unique nuit ensemble. Non seulement Landon l'avait ignorée, mais en plus il avait quitté l'île. Il avait tamponné sa carte « Il ne faut pas se fier aux hommes », et il avait disparu.

À ce moment-là, l'affaire de son père l'avait rendue vulnérable, et l'abandon pur et simple de Landon l'avait dévastée. Sa fierté en avait pris un nouveau coup. Il avait fallu des semaines de collaboration avec Landon pour qu'elle commence à lui faire confiance. Elle ne se fiait pas à son jugement sur les gens et restait d'ordinaire méfiante, et il avait réussi à contourner cet obstacle. Mais lorsqu'il était parti si brusquement, elle avait supposé qu'il avait découvert ce que son père avait fait et qu'il ne voulait plus avoir affaire à elle. Il n'aurait pas été le premier. Elle avait pourtant espéré qu'Hawaï serait assez loin pour échapper à l'ombre criminelle de Jason Beck...

Mais tout cela remontait à huit ans. Le ciel la protège, Landon était toujours aussi beau. Il était devenu plus robuste. Ses épaules paraissaient plus larges, et son corps plus solide. Cependant il avait quelque chose de dur, dur comme du granit, comme s'il avait traversé des épreuves. Ses cheveux aux reflets cuivrés portaient encore une trace des ondulations désordonnées qu'elle se rappelait si bien.

Il se passa la main dedans. C'était la même main douce qu'elle avait vue à l'œuvre avec des patients et qui lui avait pris la joue avant de l'embrasser...

Le son d'une sirène d'ambulance lui parvint, mettant un terme à la stupeur dans laquelle la vue de Landon l'avait plongée.

Mieux valait éviter de penser à tout cela. Elle n'avait pas le temps pour le moment de se préoccuper de Landon.

Elle se secoua et leva le menton.

— Docteur Cochran, j'espère que vous n'avez pas oublié vos aptitudes médicales en vous occupant de paperasse.

Cela pourrait nous être utile. Accident de voiture. Trois blessés dont un enfant.

Elle se hâta vers l'entrée des urgences où les patients allaient arriver. En passant près du chariot de fournitures, elle prit un masque et des gants, tendit une blouse à Landon et le laissa se charger du reste.

— Mettez le garçon en salle d'examen 2, l'homme en 3, la femme en 6.

Elle suivit le chariot sur lequel le jeune garçon était allongé. Une fois en salle 2, elle le relia aux moniteurs. La voix grave que, le cœur brisé, elle avait convoquée en pensée durant des mois, sinon des années, s'éleva derrière elle.

— Qu'avons-nous, ici ?

— Un garçon de huit ans avec des lacérations à la jambe, au visage et à la main.

Landon se plaça à côté d'elle. Trop près.

— Avant que je commence à recoudre, j'ai besoin d'une radio pour vérifier qu'il n'y a rien de cassé. Démarrez les perfusions par intraveineuse et donnez-lui des antalgiques s'il le faut. Un petit calmant, aussi.

— Il va falloir le descendre en radiologie.

Macie appuya sur des boutons pour mettre les moniteurs en route.

— Où est la radio portative ? demanda Landon par-dessus son épaule.

— Nous n'en avons pas, déclara-t-elle à contrecœur.

— Veillez à ce que ce soit fait pendant que je vais voir si les médecins urgentistes ont besoin d'aide avec les deux autres patients, dit-il en s'en allant.

Elle administra les médicaments qu'il avait prescrits tout en rassurant le petit garçon sur le fait que sa maman allait bien. Après quoi elle se mit à nettoyer ses blessures.

Landon revint au bout d'un quart d'heure.

— Il a passé sa radio ?

— Non… Les brancardiers sont débordés, répondit-elle en continuant à travailler.

Les lèvres de Landon se pincèrent.

— Débranchez-le. Attrapez le haut de son lit et le pied à perfusion.

— Que faisons-nous ? demanda-t-elle tout en obéissant.

— Nous l'emmenons nous-mêmes à la radio.

Elle était entièrement d'accord. En tant qu'infirmière en chef, elle avait de l'autorité, mais ne pouvait pas enfreindre les procédures comme Landon le faisait.

— Bien, docteur.

Elle se souvenait de la rapidité avec laquelle il prenait des décisions. Le temps n'avait pas atténué cette facette de sa personnalité. Elle l'avait appréciée par le passé, et elle l'appréciait toujours maintenant. Alors, pourquoi ne lui avait-il pas dit adieu, à l'époque ? Ça ne lui ressemblait pas.

Ensemble, ils firent rouler le petit garçon hors du service et dans le couloir.

— De quel côté ? demanda-t-il.

— Sur la droite.

Un instant plus tard, ils entraient en radiologie.

Landon s'adressa à Yuri, la femme assise au bureau.

— Ce patient doit passer une radio tout de suite.

Yuri battit des cils et se leva.

— Vous ne pouvez pas entrer ici et…

— Je suis le docteur Cochran, l'interrompit Landon. Cet enfant a besoin d'une radio avant que je le recouse. Maintenant !

Aïe ! Landon se heurtait à la femme la plus redoutable de l'hôpital. Ça risquait de mal se passer.

Macie, qui se tenait derrière lui, intervint précipitamment.

— Yuri ? Le Dr Cochran est notre nouvel administrateur.

Les yeux de Yuri s'élargirent.

— Venez par là. Un brancardier allait justement monter chercher ce garçon.

— Nous lui avons évité le dérangement, grommela Landon en passant sans s'arrêter devant le bureau. Macie et moi pouvons nous en occuper.

Quelques minutes après, l'enfant était allongé sur la table. Macie resta avec lui pendant que Landon prenait les radios. Quand ce fut fini, il étudia les clichés. Puis il les rejoignit en souriant et annonça gaiement au petit garçon :

— Il n'y a rien de cassé.

Macie tapota l'épaule de celui-ci.

— C'est une bonne nouvelle ! Maintenant, nous allons te ramener aux urgences. Ne t'inquiète pas, le Dr Cochran va bien te soigner. Ensuite, tu pourras aller voir ta maman.

L'enfant hocha la tête, des larmes dans les yeux. Avant de repartir dans le couloir, elle leva les yeux et vit que Landon les observait.

Elle avait oublié à quel point il était attentif avec les gens. Elle-même avait été très sensible à la douceur qu'il lui avait montrée. Comme s'il avait perçu sa souffrance à elle aussi.

Elle était dans un état catastrophique, alors. L'année précédente, elle avait appris que son père qu'elle idolâtrait était un escroc. Elle avait vécu une vie d'emprunt : la grande maison, les meilleures écoles, sa première voiture, une voiture de sport, tout cela était usurpé. Sa famille voyageait beaucoup. Sa mère était membre de nombreux comités de bienfaisance. Son frère, sa sœur et elle faisaient partie des jeunes gens branchés de la ville. Elle n'aurait pu rêver meilleure vie, jusqu'à ce qu'elle apprenne que tout était faux, fondé sur des mensonges. Son père avait bâti leur existence sur du vent. Quand son monde avait implosé, le scandale avait été d'ampleur. Elle était à vif. Si Landon ne l'avait pas su, il l'avait peut-être senti.

De retour dans la salle de soins, Landon et elle installèrent le petit garçon.

— Je vais commencer par ta jambe, annonça Landon. Ensuite, je soignerai ta tête et ta main. Tu n'auras pas mal, je te le promets. Mais il va falloir que tu te tiennes très tranquille.

L'enfant hocha la tête, ses yeux se fermant. Les antalgiques faisaient effet.

— J'ai besoin d'un kit de suture, dit Landon en tirant un tabouret à côté du lit.

Elle l'avait déjà préparé.

Il entama son travail de précision. Une demi-heure plus tard, elle regarda la jambe du petit patient.

— Je vois que tu n'as rien perdu de ton habileté.

Sans réfléchir, elle s'était remise à le tutoyer comme autrefois.

Landon s'écarta, arqua le dos et s'étira. Sa tunique se tendit sur son torse, révélant des muscles bien dessinés. Il se redressa et passa à la tête du jeune garçon.

— Nous verrons quand j'aurai fini. Au moins, cette suture-là sera à la racine de ses cheveux, il ne sera pas embêté par une cicatrice… Et je constate que tu es toujours aussi efficace, ajouta-t-il, voyant qu'elle avait déjà remplacé le kit de suture utilisé par un neuf.

— Je n'étais pas sûre que tu te souviennes de moi.

Elle inspira, mortifiée.

— Je ne peux pas croire que je viens de dire ça. Ce n'est ni le moment ni l'endroit.

Par chance, à ce moment, une infirmière passa la tête dans la salle.

— Macie, la mère demande des nouvelles de son fils.

Heureuse de cette diversion, Macie réagit au quart de tour.

— Liz, s'il vous plaît, assistez le Dr Cochran pendant que je vais parler à cette dame.

Elle ne revit Landon qu'une heure plus tard. Elle venait de raccrocher son téléphone après s'être assurée que les chambres étaient prêtes pour les trois accidentés quand il s'approcha d'elle.

— Macie, si tout est sous contrôle, il faut que nous parlions, maintenant.

Elle ne voulait surtout pas parler de ce qui s'était passé entre eux huit ans plus tôt.

Elle s'efforça d'empêcher ses mains de trembler.

— Parler ?

Le mot était sorti comme un couinement.

Landon l'observa comme s'il n'était pas sûr qu'elle l'avait compris.

— Oui, de l'hôpital. Tu es l'infirmière en chef, et je suis l'administrateur par intérim.

Elle sentit le soulagement l'envahir.

Une discussion professionnelle, elle pouvait gérer. Le tout était d'éviter les conversations personnelles, malgré sa bévue. Mais elle ne pouvait pas s'empêcher de se demander pourquoi il l'avait laissée comme il l'avait fait. Elle avait cru qu'il avait apprécié autant qu'elle leur nuit ensemble. Elle avait pensé qu'ils avaient partagé quelque chose de spécial. Du moins, cela avait été spécial pour elle. Maintenant encore, la présence de Landon accélérait le débit de son sang.

Elle avait besoin d'avoir la tête froide avant de discuter de quoi que ce soit avec lui, y compris du travail.

— Je suis de service depuis plus de seize heures. Ce qu'il me faut maintenant, c'est un peu de repos. Notre conversation peut sûrement attendre demain. Il faut encore que je te montre où tu vas loger pendant que tu es ici.

— D'accord, cette discussion attendra. Dans l'immédiat. Je me reposerais volontiers aussi.

— Alors je vais te conduire jusqu'à ta maison, et nous

nous verrons demain. Je dois passer à mon bureau. Je te retrouverai à la porte d'entrée dans dix minutes.

Cela lui laisserait un délai pour rassembler ses esprits.

— Il faut que je récupère ma valise. Elle est dans mon bureau. Je vais avec toi.

Apparemment, elle n'aurait pas ces quelques minutes de répit dont elle avait besoin.

Il accorda son pas au sien, et tandis qu'ils se dirigeaient vers le bureau de Landon, elle hocha la tête.

— Merci d'être intervenu, tout à l'heure.

— Pas de problème. Il y avait longtemps que je n'avais pas éprouvé cette décharge d'adrénaline.

— Depuis combien de temps travailles-tu pour l'OMS ?

— J'ai eu l'occasion d'y entrer il y a quatre ans. Et je ne suis pas un homme de paperasse.

— Un homme qui taille dans le vif, plutôt ?

Il fronça les sourcils.

— Non. Pourquoi penses-tu ça ?

Elle s'efforça de garder un ton léger.

— Ce n'est pas ce que tu fais ? Fermer des hôpitaux ?

— Encore une fois, non. Je suis ici pour auditer l'hôpital de Saipan. Passer en revue ce qui doit être fait afin qu'il fonctionne mieux. Voir ce que je peux faire pour le dynamiser. Le fermer n'a jamais été sur la table.

Au moins, cela semblait positif.

Elle en était venue à aimer cette île et ses habitants, et elle ne permettrait pas qu'on leur nuise si elle pouvait l'empêcher. Landon avait dit ce qu'il fallait. Pourvu qu'il fût honnête et pas seulement diplomate !

— Tu sais sans doute que nous avons eu quatre administrateurs en quatre ans.

— Oui. Je projette d'améliorer l'hôpital et de lui obtenir les financements dont il a besoin afin qu'un administrateur permanent ait envie d'y rester.

— Ainsi, il suffit que tu arrives en piqué comme Superman pour que tout aille mieux ?

Elle avait laissé percer son amertume, ce qui, elle le savait, n'était pas la meilleure manière d'influencer Landon.

— Alors là, Macie, je ne me serais jamais imaginé que tu deviendrais cynique ! Je suis navré d'entendre ça. Je ne suis pas Superman, mais on m'a assigné cette mission parce que le conseil d'administration de l'OMS a jugé que je pourrais agir ici dans le bon sens.

Comme ils étaient arrivés à leurs bureaux, elle s'immobilisa.

— Je ne suis pas cynique, je suis pragmatique. Je te retrouverai à la porte d'entrée.

Et elle le quitta pour regagner la sécurité de son bureau, dont elle ferma la porte.

Une demi-heure après, Macie conduisait sur la route sinueuse située de l'autre côté de l'île. Ce secteur était loin d'être aussi habité, et la route s'élevait haut au-dessus de l'océan, ménageant une vue somptueuse sur le couchant.

Lorsque le soleil eut sombré sous l'horizon, Landon, assis à la place du passager, rompit le silence.

— Quand j'ai vu ton nom dans les dossiers de l'hôpital, je me suis demandé si c'était toi. Je reconnais que je suis étonné de te retrouver toujours aussi loin du continent.

Crispée, elle lui lança un coup d'œil.

— Et j'imagine que tu n'avais jamais envisagé de me revoir nulle part.

Il bougea ses longues jambes dans l'espace confiné de la petite voiture.

— Ce n'est pas ce que je voulais dire. J'ai conscience de ne pas être parti comme il fallait.

Non, en effet. Promettre à une femme avec qui il venait

de coucher de l'appeler et ne pas le faire le classait dans la pire catégorie des mâles. Encore plus bas que son père. Le charmant Dr Cochran l'avait grugée comme son père l'avait fait avec tous ces gens qu'il avait volés. Ce dernier avait usé de son charme pour spolier ses victimes, Landon avait usé du sien pour l'amener à se donner à lui. À l'époque, elle avait été trop faible pour se rendre compte qu'elle était utilisée.

Mais les choses étaient différentes, maintenant ! La leçon lui avait servi. Il était temps d'avancer, tout comme elle s'était évertuée à le faire en ce qui concernait son père.

— Nous avons tous les deux un travail à superviser, ici. Concentrons-nous là-dessus.

Landon se tortilla de nouveau sur son siège.

— Entendu... Je pense que j'aurais été plus à l'aise attaché sur le toit. S'agit-il de la plus petite voiture jamais construite ?

Elle eut un rire bref.

— Presque. Rappelle-toi que Saipan est une île et que tout doit être importé par bateau. La taille compte.

— Compris. Pas de gros SUV.

— Quelques-uns, mais surtout pour les touristes.

À son vif soulagement, ils arrivaient à la maison de Landon. Elle engagea la voiture dans l'allée et s'arrêta derrière une autre petite voiture.

La maison, bâtie sur une falaise, possédait une des plus belles vues de l'île. Elle servait de logement aux administrateurs de l'hôpital, permanents ou intérimaires. Elle y était venue plus d'une fois pour des réceptions. Le porche, avec ses fauteuils à bascule et sa balancelle en rotin blanc, était son endroit préféré. Elle avait toujours pensé que ce serait un lieu merveilleux où dormir par une nuit pluvieuse.

Mais Landon n'y songerait même pas. Il était ici pour affaires, rien d'autre.

La maison était construite en parpaing, comme beaucoup d'autres à Saipan. Elle avait vite appris que c'était le matériau le plus solide pour résister au climat tropical et à l'eau salée. Un petit terrain gazonné l'entourait, et partout s'épanouissaient des bougainvillées.

Elle sortit de la voiture, et Landon l'imita en grognant.

— J'aurais pu appeler Mario.

Elle ferma sa portière et s'avança vers la maison.

— Tu l'attendrais encore. À cette heure, il est avec sa famille. Viens, je vais te faire faire le tour avant de rentrer.

Il prit son sa valise sur la banquette arrière.

— Où habites-tu ?

— Pas loin de l'hôpital.

Elle sortit la clé de son sac, ouvrit la porte, passa dans le séjour qui occupait l'avant de la maison et alluma la lumière.

— L'endroit est meublé et entretenu, toujours prêt à servir. Les chambres sont par là, la cuisine par ici.

Landon posa ses bagages dans l'entrée et la suivit.

— Cette maison a l'air d'être faite pour une famille ! C'est beaucoup plus qu'il ne m'en faut.

— Peut-être, mais les administrateurs occupent un certain rang sur l'île. Ils doivent pouvoir recevoir.

Elle alla jusqu'aux portes-fenêtres et sortit sous le porche. Prenant une grande inspiration, elle contempla au-delà de la falaise la végétation luxuriante et l'océan bleu-vert.

Cette vue faisait paraître ses problèmes tout petits.

Landon vint se placer près d'elle.

— C'est splendide.

— Je suis aussi de cet avis. Quand on me demande pourquoi je vis si loin de la civilisation, je décris cela.

— Pourquoi vis-tu si loin de la civilisation ?

Elle haussa les épaules.

Ça ne l'intéressait pas de parler à Landon des raisons pour lesquelles elle s'était réfugiée dans cette île. C'était le secret qu'elle avait à garder. Et puis, le revoir était un bouleversement suffisant pour la journée.

Il recula, gêné.

— Pardon. Ça ne me regarde vraiment pas.

Ils étaient d'accord sur ce point.

Elle se tourna et se dirigea vers la porte.

— Je vous verrai demain, docteur Cochran. Les clés de votre voiture sont accrochées près de la porte. Si vous avez besoin de quelque chose, appelez l'hôpital. J'enverrai quelqu'un.

— Très bien. marmonna Landon, l'air déconcerté.

Lorsqu'elle eut fait marche arrière dans l'allée et repris la route, elle inspira à fond pour calmer son esprit emballé.

Comme si ce n'était pas déjà assez ennuyeux de l'avoir de retour dans sa vie, il avait fait coup double en lui faisant repenser à son père. Les deux événements les plus douloureux de son existence s'étaient retrouvés amalgamés dans la journée.

# 2

Landon travaillait depuis deux heures dans son bureau, lorsqu'il leva les yeux et vit Macie se diriger vers le sien.

Il consulta sa montre.

7 heures. Elle s'était levée tôt, elle aussi.

Il fallait qu'il avance. S'il pouvait mettre en place quelques innovations peu coûteuses et à forte portée, cela lui assurerait le poste qu'il convoitait au sein de l'OMS, à Washington. Son objectif était d'améliorer les conditions médicales dans des zones défavorisées et faiblement peuplées. Il pouvait dire avec fierté qu'il avait réussi jusqu'ici. L'hôpital de Saipan ne devrait pas faire exception.

Il alla jusqu'à la porte de Macie et s'appuya au chambranle.

Il n'avait pas oublié à quel point elle était séduisante. Lorsqu'ils s'étaient rencontrés à l'hôpital où ils travaillaient, il l'avait vue comme une très jolie femme, mais au regard si triste...

Alors qu'ils se connaissaient depuis quelques semaines, ils avaient assisté tous deux à une fête donnée par un collègue. Ils s'étaient rapprochés et avaient passé la majeure partie de la soirée à parler ensemble. Comme la fête avait lieu dans l'immeuble où ils habitaient, il l'avait raccompagnée chez elle. Sur une impulsion, il lui avait demandé de sortir avec lui, et le mois suivant ils s'étaient fréquentés autant que leur emploi du temps le leur permettait, et une chose en avait entraîné une autre… Avec elle, il avait ressenti une étincelle particulière qui n'avait pas disparu.

Il la regarda avec plus d'attention, et elle leva les yeux.

Leur tristesse d'autrefois était remplacée par du défi, de la détermination, peut-être par un certain malaise, ce qui le déstabilisa plus qu'il ne l'aurait cru.

Il battit des cils et se redressa.

— Ça t'ennuierait si nous avions notre conversation en mangeant quelque chose ? J'ai faim.

Cela ne parut pas la rassurer.

— Ne devrions-nous pas parler en privé ?

— Je ne pense pas que ce que nous dirons à ce stade sera sensible à ce point. Nous n'allons pas nous quereller en public, n'est-ce pas ?

— Je ne sais pas, dit-elle en levant le menton. Je n'ai pas encore entendu ce que tu as à proposer.

Cette Macie franche et directe lui plaisait. Quand il l'avait rencontrée, elle était si pusillanime et peu sûre d'elle… Macie serait un élément-clé dans le succès de sa mission. D'une manière ou d'une autre, il devait la gagner à sa cause.

— Ce qui m'intéresse surtout, c'est de savoir ce qui doit être fait, à ton avis.

Ses beaux yeux bleus s'élargirent.

— J'ai quelques idées, en effet.

Il hocha la tête.

— C'est bien ce que je pensais.

Elle le regarda bien en face.

— Tu ne me connais pas assez aujourd'hui pour savoir ce que je peux avoir dans la tête.

— Touché. C'est peut-être vrai, mais j'ai vu ta détermination aux urgences et ta mine quand tu as été obligée de m'avouer qu'il n'y avait pas de radio portative. Ce qui me permet de deviner que tu réfléchis à ce qui pourrait améliorer les soins dans cet hôpital.

Elle pinça les lèvres, pensive.

De la main, il l'encouragea à le rejoindre.

— Allez, vis dangereusement et viens prendre ton petit déjeuner avec moi.

Elle hésita à peine un instant avant de repousser sa chaise et de se lever.

Il se garda de montrer sa satisfaction, de crainte qu'elle ne change d'avis.

Elle sortit la première de son bureau, tourna à gauche dans le couloir et s'engagea sur une passerelle.

— Je vois que tu as su revenir à l'hôpital ce matin.

Il ajusta ses enjambées aux siennes.

— Oui. Je me suis trompé deux ou trois fois, mais j'y suis arrivé. Ce qui est bien sur une île, c'est que si tu continues dans une direction, tu es sûr d'arriver là où tu veux aller.

Elle ouvrit une porte, et ils pénétrèrent dans un autre bâtiment où se trouvait la cafétéria. Lorsqu'ils eurent choisi leurs plats, Macie l'entraîna dans un patio garni de palmiers.

Il posa son plateau sur une table en ciment.

— C'est agréable par un si beau temps ! Il est rare que je prenne un repas dehors.

Elle s'assit en face de lui.

— C'est un des avantages de vivre si près de l'équateur. Il fait chaud toute l'année. Nous avons la température la plus stable du monde, à ce que l'on dit.

Ils mangèrent pendant quelques minutes avant que Macie se lance.

— Alors que viens-tu faire ici, Landon ? Nous sauver de nous-mêmes ?

Il la fixa d'un regard tranquille.

— Je ne pense pas que tu abordes le sujet avec la bonne attitude.

— La seule attitude que j'ai, c'est le scepticisme. J'ai vu des administrateurs arriver, persuadés qu'ils pouvaient tout rénover de fond en comble, puis s'en aller. Aucun ne reste assez longtemps pour opérer un changement significatif. Ce dont cet hôpital a besoin, c'est de quelqu'un qui tienne sur le long terme. Nous, derrière, nous continuons de faire de notre mieux pour nos patients avec les moyens existants.

— Je vois. Nous devons rendre la mission attractive pour qu'un administrateur reste. Je mets ça en haut de la liste.

Elle posa sa fourchette et se pencha en avant.

— Si tu fais une liste...

Il prit une bouchée d'œufs brouillés et la regarda.

— Je peux t'assurer que j'en fais une.

— Alors nous avons besoin d'équipements. Et plus exactement d'argent pour en acheter, dit-elle d'un ton dur.

— Très bien. Je vais ajouter ça à la liste.

Il continua à l'observer.

C'était quelque chose qu'il avait toujours aimé faire. Son visage était si expressif. À l'instant où il avait pénétré en elle, en particulier, elle avait paru transportée. Après toutes ces années, il s'en souvenait encore clairement.

Il secoua la tête pour chasser cette pensée.

— Et de spécialistes, mais qui acceptent aussi de faire de la médecine générale.

Le débit de Macie s'accélérait.

— D'accord.

Elle se pencha vers lui dans son enthousiasme.

— On doit mettre en place des incitations financières pour les attirer et les faire rester assez longtemps.

— Autre chose ?

Elle pinça les lèvres et se redressa.

— Je pense que c'est tout pour l'instant.

— Tu te sens mieux ?

— En fait, oui, répondit-elle en souriant.

Il hocha la tête.

— J'ai passé en revue les protocoles, les postes, et le

nombre d'employés. Je crois qu'il y a des domaines qui peuvent être améliorés. J'aimerais que nous nous asseyions ensemble pour évaluer individuellement chaque service. J'aimerais avoir ton avis sur chacun d'eux.

— D'accord. Et quand ferai-je mon travail, d'après toi ?

— Tu n'as pas quelqu'un que tu peux appeler en renfort ?

— Je le pourrais, mais ils ont aussi leur travail.

Elle n'allait pas lui rendre les choses faciles. Il ne souhaitait pas avoir à faire appel à son autorité pour obtenir sa coopération.

Elle repoussa son plateau et croisa les bras sur la table, le regardant bien en face.

— Tu as toujours le droit d'exercer la médecine ?

Elle aurait dû poser la question la veille, aux urgences.

— Oui.

— Alors, pourquoi ne prendrais-tu pas quelques jours pour travailler dans chaque service et te faire une idée sur le terrain, au lieu de manipuler des chiffres ? Tu pourrais voir vraiment ce qui se passe. Nous sommes à court de personnel. Tu ferais quelque chose qui compterait réellement pendant que tu es ici.

Apparemment, la femme douce et discrète dont il se rappelait avait disparu. Macie continuait à l'observer d'un regard intense. Il avait presque l'impression d'être un germe nocif placé sous un microscope.

— Ce n'est pas une mauvaise idée, reconnut-il. Si tu travailles avec moi.

Elle battit des cils. Sa bouche s'ouvrit et se referma.

— Pourquoi faudrait-il que je le fasse ?

— Parce que tu connais tout le monde, et les gens seront moins sur leurs gardes avec moi si tu les mets à l'aise.

Le regard déterminé de Macie se fit anxieux.

— Mais je ne peux pas...

— Bien sûr que si. Organise notre programme.

Il consulta sa montre, se leva et ramassa leurs plateaux.

— Je serai prêt à commencer demain. Bonne journée.

En lui tournant le dos, il sentit des dagues se planter entre ses omoplates. Il n'avait pas besoin de voir Macie pour savoir qu'elle était furieuse.

Macie regarda Landon s'éloigner d'un pas nonchalant, comme si ses exigences n'allaient pas faire un paquet de nœuds de sa vie pendant la période à venir.

Il avait relevé son défi, mais elle allait devoir collaborer étroitement avec lui. Tous les plans qu'elle avait faits la veille au soir pour l'éviter fondaient comme neige au soleil !

Elle voulait le meilleur pour l'hôpital, et était disposée à tout faire pour que cela arrive, mais travailler en permanence avec Landon Cochran, c'était plus qu'elle ne pouvait endurer. Quand le conseil d'administration de l'hôpital avait demandé de l'aide à l'OMS pour définir une stratégie, il avait été requis qu'elle soit la personne-clé entre l'établissement et l'organisation. Elle avait accepté ce rôle, mais n'avait pas pu se douter qu'elle aurait à travailler avec lui. Leur passé était encore trop sensible. Même si elle aurait affirmé le contraire avant que Landon resurgisse, son arrivée faisait remonter toutes les émotions de cette époque.

Quelques mois avant de le rencontrer, elle avait rejoint un programme d'infirmières itinérantes pour échapper aux médias qui la harcelaient à propos de l'escroquerie de son père. Celui-ci avait dépouillé des milliers de gens de leurs économies. Sa famille avait vécu dans le luxe alors que tant d'autres personnes étaient ruinées. Aujourd'hui encore, cette pensée la rendait malade. Partir à l'autre bout du monde lui avait permis de fuir les projecteurs. L'hôpital des vétérans à Hawaï avait été son premier poste. Elle ne se fiait à personne à l'époque, mais Landon Cochran, le nouveau médecin de la marine, avait contourné les défenses qui entouraient son cœur. Elle s'était remise à faire confiance. Même si ce n'était pas assez pour révéler à Landon son passé, elle avait commencé à croire qu'il pourrait y avoir entre eux quelque chose de durable.

Quand il avait disparu sans l'appeler comme il l'avait promis, elle s'était sentie utilisée. De la même façon que lorsque son père avait exigé qu'elle assiste à son procès et qu'elle se tienne près de lui face aux médias. Du coup, le comportement de Landon lui avait fait de nouveau perdre pied. Elle était manifestement un piètre juge du caractère des gens. Plus jamais elle ne se mettrait dans une situation où l'on pourrait lui faire une chose pareille.

C'était seulement quand elle avait été envoyée à Saipan qu'elle avait commencé à reconstruire sa vie. Au moment où elle aurait dû partir pour une autre destination, elle avait décidé de quitter le programme d'infirmières itinérantes et de rester. Ici, elle avait un rôle à jouer, et personne ne savait qui était son père. Son travail était devenu sa vie. Il y avait eu un homme de temps à autre, mais rien d'important.

En sortant de la cafétéria, elle retourna lentement à son bureau. Les couloirs étaient plus fréquentés qu'une heure plus tôt. Elle s'arrêta deux ou trois fois pour répondre à des questions. Quand elle arriva dans le secteur administratif, la porte de Landon était fermée.

Vérifiait-il des choses sur le terrain ou était-il enfermé avec ses papiers ?

Peu importe. Elle devait mettre leur programme au point et s'arranger avec les autres services pour qu'ils soient à même de les recevoir. Ensuite, il faudrait qu'elle trouve quelqu'un pour la remplacer à son poste. C'était plus facile à dire qu'à faire. Elle assumerait sans doute pas mal d'heures supplémentaires durant les prochaines semaines.

Elle entra et sortit de son bureau plusieurs fois dans la journée, mais la porte de Landon restait toujours fermée.

Avant de partir le soir, elle y frappa, et la voix grave de Landon résonna de l'autre côté.

— Entrez.

Elle avait secrètement espéré qu'il ne répondrait pas et qu'elle pourrait simplement déposer sur son bureau les blouses qu'elle apportait.

Quand elle ouvrit, elle le trouva assis à son bureau encombré de blocs-notes et de papiers.

Les lunettes à monture noire qu'il portait, qui auraient dû nuire à son apparence, le faisaient au contraire paraître sexy.

Il leva les yeux.

— Hé ! qu'y a-t-il ?

Elle reporta son attention sur ses manches de chemise relevées qui laissaient voir ses avant-bras bronzés. Ses cheveux étaient décoiffés comme s'il avait passé les mains dedans.

— Je t'ai apporté quelques blouses. Tu voudras peut-être les mettre. Tu es aussi voyant qu'une fleur dans le désert, avec tes costumes. Au cas où tu ne l'aurais pas remarqué, nous sommes plus décontractés sur l'île.

— Une fleur dans le désert, ah oui ? De cactus, j'imagine.

— C'est toi qui l'as dit, pas moi.

Souriante, elle s'approcha et lui tendit les blouses.

— Pourquoi uniquement des vertes ? demanda-t-il.

— Je ne sais pas. C'est ce que tout le monde porte depuis que je suis arrivée ici. D'après moi, le personnel voit ça comme une tenue d'équipe.

— D'équipe ? Intéressant. Cela pourra me servir.

Elle n'apprécia guère cette déclaration et fut tentée de reprendre les blouses.

— Que veux-tu dire par là ?

Landon s'étira les bras.

— J'ai appris que mon travail n'encourage pas les gens à s'ouvrir à moi, et j'ai besoin qu'ils le fassent.

Elle regarda sa chemise se tendre sur son torse. Il avait pris soin de lui, pendant toutes ces années.

— Ce qui se comprend. Et ça t'ennuie ?

Il haussa les épaules.

— Disons que je l'accepte. Ça va avec la charge.

— Alors, pourquoi fais-tu ce métier ?

Il croisa les bras sur son bureau.

— Parce qu'il a besoin d'être fait et que j'y suis bon.

— Tu aimes être l'homme qui taille dans le vif, c'est ça ?

— Je te l'ai déjà dit, je ne suis pas quelqu'un qui taille dans le vif, répondit Landon en détachant chaque mot. J'aimerais que tu cesses de me voir ainsi. Au contraire, je suis bon pour discerner les problèmes et offrir des solutions.

— Et tu préfères ça à prendre soin des gens ?

— Je prends soin des gens. Simplement, je ne m'occupe pas d'une personne à la fois.

Elle poussa les blouses vers lui.

— En parlant d'une personne à la fois, nous sommes attendus sur le pont demain matin à 7 heures.

La belle voix grave de Landon la suivit jusqu'à la porte.

— Je serai prêt à commencer quand tu le seras.

Malheureusement, elle aimait toujours autant ce son.

Le lendemain matin, en arrivant, Macie trouva Landon debout sur le seuil de son bureau, revêtu de sa blouse.

Sur lui, cette tenue plus que banale paraissait super sexy. Pis encore, la couleur faisait ressortir le vert de ses yeux. Si elle voulait survivre à son séjour, il fallait qu'elle trouve un moyen de repousser l'attirance qu'il produisait sur elle.

— Je suis prêt.

Elle contourna le bureau et prit son téléphone au passage.

— Alors, où allons-nous ? demanda Landon lorsqu'elle le rejoignit.

— Nous passerons les deux prochains jours en gériatrie.

— Très bien. Après toi, dit-il avec un geste du bras.

Elle ne s'était pas attendue à des manifestations d'enthousiasme, mais fut étonnée de voir qu'il ne paraissait pas éprouver de réserve. Il se contenta de passer son stéthoscope à son cou.

Elle le guida jusqu'au service. S'arrêtant au bureau des infirmières, elle enregistra leur arrivée et présenta Landon aux deux infirmières présentes. Puis elle prit la poignée du chariot à dossiers et le poussa vers la première chambre.

— Que fais-tu ?

— Je fais la tournée des patients.

— Avec ça ? demanda-t-il en désignant le chariot. Tu n'as pas de tablette pour charger les dossiers ?

Elle fit signe que non.

— Elles sont sur la liste des souhaits, mais jusqu'à présent on n'a pas eu assez d'argent pour s'en procurer.

Il secoua la tête mais ne dit rien de plus tandis qu'ils s'arrêtaient devant une chambre. Elle tira un dossier du chariot et l'ouvrit.

— Alors, qui est notre premier patient ?

— Mme Neeboo. Elle a quatre-vingt-quatre ans. Elle souffre d'une obstruction pulmonaire chronique. Elle a eu une crise cardiaque il y a vingt ans, mais depuis ça va. Je crois qu'elle a dix petits-enfants et huit arrière-petits-enfants.

Landon se pencha pour regarder le dossier par-dessus son épaule, et l'odeur citronnée de son eau de toilette lui emplit les narines. Il sentait aussi quelque chose qui n'appartenait qu'à lui, qu'elle ne connaissait que trop bien et qui lui plaisait toujours autant. Beaucoup trop.

— Ces trucs-là sont inscrits dans son dossier ?

Elle eut un grand sourire.

— Non, mais je le sais. Deux de ses enfants et trois de ses petits-enfants travaillent ici. L'hôpital est très familial. De nombreuses familles en dépendent, non seulement pour leur santé mais aussi pour gagner leur vie.

— Un point pour toi, Macie, dit-il en lui prenant le dossier.

Elle frappa à la porte, l'ouvrit et alla au pied du lit, où Landon la rejoignit.

De là, la vieille dame pouvait bien les voir.

— Bonjour, madame Neeboo. Comment vous sentez-vous, aujourd'hui ?

— Beaucoup mieux. Je suis prête à rentrer à la maison. Ma famille m'attend pour préparer le repas de dimanche.

Macie jeta un coup d'œil à Landon, qui lisait le dossier.

— Madame Neeboo, voici le Dr Cochran. Il va s'occuper de vous aujourd'hui.

La vieille femme regarda Landon, une expression soupçonneuse dans les yeux.

Les insulaires étaient amicaux, mais ils gardaient leur réserve tant qu'ils ne connaissaient pas bien les gens.

Landon rendit le dossier à Macie et s'avança sur le côté du lit.

— Content de vous connaître, madame Neeboo, dit-il doucement. Vous pouvez m'appeler Landon. J'aimerais avoir votre permission pour vous examiner. Je vous promets d'être doux. D'abord, je vais regarder vos yeux avec une lampe.

Il sortit une petite lampe torche de sa poche. Il était venu équipé.

— Je sais que c'est agaçant, mais ça me donne une idée de comment vous allez.

Il procéda à l'examen.

— Bien, bien.

Il remit la lampe dans sa poche.

— Maintenant, je voudrais que vous regardiez mon doigt.

Il le fit bouger d'avant en arrière. La patiente le suivit du regard, très concentrée.

Ensuite, il lui examina les oreilles et le nez. Puis il lui annonça qu'il allait ausculter son cœur.

Macie observa son visage pendant qu'il écoutait avec son stéthoscope. Un instant, son regard vert croisa le sien, et le trouble brûlant dont elle se souvenait si bien la traversa.

— Magnifique, dit-il. Pourriez-vous vous redresser un peu ?

Il passa un bras derrière la vieille dame pour l'aider. Macie la soutint également.

— Respirez à fond.

Il ausculta ses poumons, prenant son temps.

— Très bien. Vous pouvez vous rallonger.

Son bras effleura celui de Macie, un léger contact qui fut pour elle comme de la lave incandescente.

Seigneur, elle ne pouvait se permettre d'avoir ce genre de réaction vis-à-vis de Landon Cochran !

Il poursuivit son examen par des palpations.

— Qui sont ces gens sur toutes ces photos ? demanda-t-il en jetant un coup d'œil aux cadres posés sur la commode.

— Mes petits-enfants, répondit fièrement Mme Neeboo. Ils sont des bénédictions du ciel. Avez-vous des enfants, docteur Landon ?

Il répondit tout en continuant son auscultation.

— Non. Je n'ai même pas de femme.

À cette information, Macie sentit son cœur tressauter malgré elle.

La vieille dame tapota l'avant-bras de Landon.

— La vie est trop courte pour la passer seul.

— Un jour, peut-être...

Il cherchait visiblement à changer de sujet. Macie aurait trouvé cela amusant si elle n'avait pas été aussi curieuse de ses réponses. Ce qu'elle n'aurait pas dû. Pourquoi ne s'était-il pas marié ?

— Tout va bien, conclut-il. Vous semblez être en bonne forme.

Mme Neeboo le regardait avec convoitise, comme s'il était un chou à la crème. Il avait charmé leur patiente comme il l'avait charmée autrefois. Mais cela ne se reproduirait pas.

Elle arrangea la couverture sur le lit.

Landon tapota la main de la vieille femme.

— Je sais que vous devriez être chez vous pour ce repas de dimanche, mais je ne veux pas que vous fassiez la cuisine. Reposez-vous encore quelques jours. Je signerai bientôt votre bulletin de sortie.

— Merci, docteur.

— Je vous en prie. C'était un plaisir de vous rencontrer.

De retour dans le couloir, il se tourna vers Macie, la main tendue.

— Au suivant.

Elle lui remit un autre dossier et le suivit dans une autre chambre.

Elle ne pouvait le nier, il avait été parfait avec Mme Neeboo. Elle n'en était pas surprise, mais aurait aimé lui trouver un défaut. Il était presque trop parfait pour que cela ne cache rien.

Landon avait oublié ce que c'était que de travailler dans un service hospitalier. Cette tournée avait provoqué des heures d'examens. Il était rouillé. Et il lui faudrait encore un long moment de dictée pour mettre les dossiers à jour. Au fil de la journée, il avait remarqué les infirmières qui entraient et sortaient des chambres. Il était impressionné par la qualité du personnel soignant du service de gériatrie.

La principale chose qui manquait, c'était l'informatisation des dossiers. Cela lui coûtait de l'admettre, mais l'exigence de Macie qu'il travaille sur le terrain commençait à payer, et de belle façon. Il n'avait lu nulle part dans ses dossiers que l'hôpital avait besoin de tablettes. Il ne comprenait pas que le dernier administrateur ne les ait pas inclues dans le budget. Arrivaient-elles trop loin dans la liste des besoins ?

Durant le reste de la semaine, ses journées ressemblèrent à la première. Il se rendit compte qu'il attendait le week-end avec impatience. Au moins, il pourrait dormir plus tard. Mais il y aurait encore des dossiers à compulser. Toutefois, la semaine avait été payante. Quitter son bureau pour utiliser ses connaissances et ses capacités médicales lui avait paru bon. Macie et lui avaient formé une excellente équipe.

Lorsqu'il quitta l'hôpital le vendredi soir, celle-ci n'était pas dans son bureau. Elle devait être déjà partie. Pendant qu'ils examinaient des patients, elle répondait aussi au téléphone, réglant les problèmes qui se posaient. Il ne l'avait pas vue perdre son calme une seule fois. Impressionnant !

Il était resté debout beaucoup plus qu'il n'y était habitué. Il serait heureux d'arriver chez lui pour se mettre les pieds en l'air. Il se rendait compte qu'il éprouvait du plaisir à retrouver sa maison. Il ne se rappelait plus depuis quand il n'avait pas eu de chez lui. Peut-être avant le départ de son père. Après cela, il avait enchaîné les appartements, les casernes, les hôtels, jamais rien de permanent. Ici, il aimait particulièrement le porche. S'il n'y prenait pas garde, il passerait des heures à contempler l'océan, avec le soleil qui se reflétait sur l'eau.

Le samedi en milieu de matinée, Landon retourna à l'hôpital pour y prendre des documents. Tandis qu'il remontait le couloir, des membres du personnel lui adressèrent la parole spontanément.

Sans doute parce qu'ils l'avaient vu avec Macie au cours de la semaine. Elle l'avait fait accepter.

Il entra dans les locaux administratifs et vit que la porte du bureau de Macie était ouverte.

Elle était à l'intérieur, concentrée sur quelque chose.

— Que fais-tu ici ?

Sa question avait sonné presque comme une accusation, ce qui n'avait pas été son intention. Il était simplement surpris de la voir.

Elle releva vivement la tête.

— Je pourrais te demander la même chose.

Il haussa les épaules.

— J'ai du travail. Je n'ai pas été au bureau de toute la semaine.

— Moi non plus.

*À cause de lui.* Elle ne le dit pas, mais cette remarque implicite plana entre eux.

— Je ne me rendais pas compte des difficultés que je te créais en te demandant de travailler avec moi. Je me débrouillerai seul à partir de maintenant.

Elle secoua la tête.

— Non, nous avons passé un accord. J'ai quelqu'un qui doit commencer lundi pour m'aider.

— Super. Quelquefois, je ne réfléchis pas assez, et je commets des erreurs.

Les yeux de Macie s'assombrirent. Pensait-elle à leur ancienne relation ?

Il espéra que non.

Elle faisait un travail remarquable, comme c'était déjà le cas huit ans plus tôt. Il s'était vite aperçu qu'ils formaient toujours une bonne équipe. Elle était très respectée, ce qui lui facilitait la tâche pour connaître l'hôpital de l'intérieur. Il n'était pas surpris qu'elle ait atteint un tel poste de responsabilité.

Il s'avança dans le bureau.

— Il faut que tu rentres chez toi prendre un peu de repos. Tout le monde en a besoin.

Elle tapota de son stylo son plan de travail.

— Comme toi, par exemple. Tu es mal placé pour me donner des leçons.

— Au moins, je travaille en partie ailleurs qu'ici.

Elle haussa les épaules.

— Ce travail ne peut être fait que sur place. J'ai presque fini.

— Alors, je te laisse t'y remettre. À plus tard.

Il rejoignit son bureau et ferma la porte.

Bien après, il rassembla ce qu'il avait besoin d'emporter chez lui.

Macie n'était plus dans son bureau, et il fut content qu'elle soit rentrée chez elle. Mais en quittant l'hôpital, il la vit qui s'attardait dans le bureau des infirmières des urgences.

Manifestement, elle travaillait encore. Elle semblait déterminée à ne pas l'écouter.

La semaine suivante fut semblable à la précédente. Ils continuèrent à travailler ensemble. Le lundi et le mardi en chirurgie, le mercredi et le jeudi en pédiatrie, le vendredi en cancérologie.

Il se rendait compte que soigner des patients lui avait manqué. Il avait fait médecine parce qu'il aimait aider les gens – et aussi parce que cela lui avait permis de subvenir aux besoins de sa mère, de son jeune frère Adam et de sa sœur Nancy. Après le pénible divorce de ses parents, sa mère et lui avaient dû travailler pour payer les factures. Il avait continué à l'aider quand il était à l'armée, puis quand la marine l'avait envoyé à l'école de médecine. Son soutien financier avait été encore plus nécessaire quand sa mère s'était mise à boire et était tombée malade, perdant un emploi après l'autre. Il avait pris son poste actuel en raison du salaire élevé, pour pouvoir aider sa famille.

Ces deux semaines lui avaient rappelé à quel point il appréciait la pratique médicale. Toutefois, le vendredi soir, il était content à l'idée de quitter l'hôpital.

Tatiana était déjà partie quand il s'arrêta sur le seuil du bureau de Macie.

— Je suis affamé, et je sais que tu dois avoir faim aussi. Allez, viens. Tu choisis le restaurant, et j'invite.

Elle lui lança un regard hésitant, comme si elle envisageait de refuser.

— Je te précise que ce sera un repas de travail. Nous pourrons parler des manques et des besoins que nous avons identifiés au cours des derniers jours.

— D'accord, agréa-t-elle.

Pour une raison inconnue, il n'apprécia pas qu'elle ne veuille pas manger avec lui à moins qu'il s'agisse de travail. Il voulait qu'elle dîne avec lui parce qu'il le lui demandait, tout simplement.

# 3

Un quart d'heure plus tard, Landon et Macie arrivèrent au parking.

— Au fait, nous prenons ma voiture, dit-il.

Elle eut un grand sourire.

— J'ai assez aimé te voir te tasser dans la mienne. Le spectacle de ton nez touchant tes genoux était réjouissant.

— Ainsi, tu te moquais de moi ?

Elle haussa une épaule.

— Peut-être un petit peu.

Il remarqua la façon dont ses yeux pétillaient. L'idée que c'était lui qui y avait mis cette gaieté lui plut.

Alors qu'il allait sortir du parking, elle dit :

— Tourne à gauche. Nous allons jusqu'à la petite ville voisine.

— J'ignorais qu'il y en avait une.

— « Village » serait un mot plus juste. L'endroit où je t'emmène est un restaurant familial. Il n'a peut-être pas grande allure, mais on y mange très bien.

— Pour ça, je te fais confiance.

Il n'en fut plus aussi sûr dix minutes après, lorsqu'il se gara sur une aire gravillonnée à côté d'un bâtiment à peine plus grand qu'une cabane.

À l'intérieur, ils prirent place à une petite table en bois. Comme il était encore tôt pour le dîner, il y avait peu de monde, ce qui leur procurait une certaine intimité. Une forte femme d'un certain âge, à la mine revêche, vint prendre la commande de leurs boissons puis repartit sans se presser vers la cuisine.

Il s'adossa à sa chaise et regarda Macie.

— Pendant un instant, tout à l'heure, j'ai cru que tu allais refuser mon invitation à dîner.

— J'y ai songé sérieusement, dit-elle en tripotant sa fourchette.

— Macie, je sais que tu m'en veux de la façon dont je t'ai laissée à Hawaï, mais j'aimerais que nous essayions au moins d'être amis. Je peux expliquer ce qui s'est passé. Je sais que ça ne réparera pas les choses, mais j'avais une bonne raison d'agir comme je l'ai fait. Je regrette de t'avoir blessée. Ce n'était pas mon intention.

Elle l'étudia. Assez longtemps pour qu'il se mette à s'agiter sous son regard glacial.

— Je ne peux pas imaginer d'explication qui excuserait ton comportement, mais j'aimerais diablement l'entendre.

Ses paroles étaient cinglantes. Il l'avait blessée profondément, bien plus qu'il ne l'avait pensé. Ils avaient passé un bon moment ensemble à l'époque, mais il n'aurait jamais cru qu'elle y serait restée accrochée aussi longtemps. Se pouvait-il qu'il ne l'ait pas voulu parce qu'il n'avait eu aucune intention de rendre les choses permanentes entre eux ? Si magnifique qu'ait été leur entente, il ne l'envisageait avec personne. Les déchirements entre ses parents avaient modelé sa vie, et il n'entrerait jamais de son plein gré dans ce goulot d'étranglement. « Amour » signifiait « souffrance », et il en avait eu sa dose.

Néanmoins, il aurait peut-être dû en faire plus pour retrouver Macie lorsqu'il était revenu à Hawaï.

— J'ai eu une urgence familiale.

Elle souffla et leva les yeux au ciel.

— C'est tout ce que tu as trouvé ?

Il aurait pu en dire plus, mais il ne voulait pas entrer dans les détails. Cela l'amènerait à parler de la façon dont son père avait quitté sa famille pour une autre femme, dont sa mère s'était ruiné la santé – et ruinée tout court – avec la boisson, et dont il s'était retrouvé seul pour s'occuper de son frère et de sa sœur. Pas question de raconter tout ça.

— Oui.

— Autant dire rien.

— Chaque fois que je dis quelque chose, tu parais en douter. Tu peux me faire confiance.

Macie l'étudia de nouveau. Elle prit une serviette en papier et se mit à la tordre.

— Disons que, après ce qui s'est passé, je préfère me montrer prudente. Comment savoir s'il n'y aura pas un jour une autre « urgence familiale » ? demanda-t-elle en dessinant les guillemets avec ses doigts. Restons-en au plan professionnel, docteur Cochran. Ainsi, aucun de nous n'attendra quoi que ce soit, et personne ne sera déçu.

Landon sentit un muscle frémir dans sa mâchoire.

Il détestait l'idée d'avoir concouru à la rendre aussi cynique, mais quelque chose dans la façon dont Macie avait dit cela lui faisait penser qu'il n'avait peut-être pas été le seul à la décevoir.

La serveuse revint avec leurs boissons et prit leur commande. Le visage crispé, elle hocha la tête et s'éloigna.

— Est-ce qu'il lui arrive de sourire ? demanda-t-il à mi-voix.

— Seulement quand elle a trop bu.

Il continua d'étudier le menu, même s'il avait déjà commandé.

— Tous les plats sont accompagnés de riz ?

— Je crains que oui. Tu sais, nous sommes plus près de

la Chine que du continent américain. Toutes nos provisions arrivent par bateau, et le riz voyage bien.

— Évidemment... Je dois admettre que quand j'ai accepté ton défi de travailler avec toi, je ne pensais pas que ce serait une telle affaire. Ça a été plus dur que je ne le prévoyais, mais j'ai vraiment apprécié d'être de nouveau sur le terrain.

— Qu'est-ce qui t'a fait arrêter ?

À entendre Macie, il avait déserté la médecine. Pourtant, il s'était agi de sa meilleure décision, à l'époque.

Il s'appuya à son dossier, essayant de paraître plus à l'aise qu'il n'était.

— Quand j'ai quitté la marine, l'OMS m'a fait une offre. Le salaire était bon, et c'était important pour moi à ce moment-là. J'ai découvert que j'aimais aider à améliorer des hôpitaux. À présent, j'ai une chance de diriger toute l'organisation. Si je parviens à faire des avancées ici, le poste devrait être à moi.

Macie pâlit brièvement.

— Je vois.

En fait, elle donnait l'impression de voir davantage que ce qu'il souhaitait.

Il remua sur sa chaise.

— Parfois, il arrive dans la vie des choses qui nous font prendre un autre chemin que celui que nous avions prévu.

Elle leva les yeux pour rencontrer son regard.

— Eh bien, je dois reconnaître que tu es toujours bon avec un patient. En fait, tu es l'un des meilleurs médecins que j'aie jamais rencontrés.

Il hocha la tête.

— Merci. Je prends ça comme un grand compliment.

Le sourire de Macie s'estompa. La direction que prenait leur conversation la mettait-elle mal à l'aise ?

Elle croisa les bras sur sa poitrine. Son regard se fit pensif.

— Tu disais que nous discuterions de tes idées pour l'hôpital. Qu'as-tu à l'esprit ?

Apparemment, elle souhaitait changer de sujet.

— Parlons tout d'abord de ce que nous avons appris au cours de ces deux semaines, dit-il.

Elle lui décocha un sourire suave qui n'atteignit pas ses yeux.

— Je ne peux pas dire que j'ai vraiment appris grand-chose.

— D'accord, alors je vais parler de ce que j'ai appris.

Il s'éclaircit la voix.

— Le personnel de l'hôpital forme un groupe dévoué et attentionné. Ils veulent réellement aider les patients.

Elle acquiesça.

— Je suis entièrement de ton avis.

— Mais…

Elle haussa les sourcils.

— Ils sont surmenés, acheva-t-il.

— C'est vrai.

— Le principal problème qui ressort est le manque d'équipement moderne, comme une radio portative, mais nous le savons déjà. J'aimerais aussi voir installer une IRM. L'informatisation des dossiers est indispensable.

— Voilà qui me paraît merveilleux, dit Macie d'une voix excitée. Mais ce n'est toujours pas nouveau.

— Il y a un manque de médecins. Et un manque de personnel dans quelques domaines, aussi. Trop d'employés alignent deux gardes de suite, ce qui peut conduire à de moins bons soins aux malades et à des problèmes de santé pour eux. Le besoin de financement est un problème majeur. Cela dit, je connais un certain nombre d'hôpitaux qui fonctionnent moins efficacement que celui-ci.

Macie battit des cils et s'avança sur sa chaise.

— C'est une bonne nouvelle. Alors, où et quand le chevalier blanc va-t-il arriver avec des sacs d'argent ?

Il n'était le chevalier de personne. Il ne voulait pas l'être.

— Je pense que le service de pédiatrie doit être entièrement rénové. Comme la chirurgie générale. Un certain nombre de secteurs doivent être modernisés.

Le visage de Macie perdit son engouement. Elle soupira.

— Tout cela me semble fabuleux, mais la question demeure : d'où va venir l'argent ? L'économie de l'île ne peut supporter des charges supplémentaires. Et nous avons besoin d'incitations financières pour que des médecins viennent travailler ici.

— Mon idée est d'offrir des bourses à des jeunes de l'île pour qu'ils deviennent médecins ou infirmiers et reviennent travailler au pays. Cela ne résout pas les problèmes immédiats, mais si nous pouvons montrer qu'il y a un plan pour l'avenir, nous obtiendrons peut-être plus d'aide pour tout de suite.

Cette fois, de l'excitation brilla dans les yeux de Macie.

— C'est une idée magnifique ! Tu portes peut-être bien une armure blanche, finalement. C'est une façon de penser très innovante. Je peux la soutenir.

L'histoire du chevalier blanc n'était peut-être pas si déplaisante, au fond. Il appréciait assez que Macie le trouve brillant. Toutefois, cela ne devrait pas lui importer autant. Était-ce parce qu'il l'avait déçue huit ans plus tôt ?

— Ce projet n'aiderait pas seulement l'hôpital, mais l'île dans son entier, poursuivit-elle. L'hôpital est l'un des employeurs les plus importants.

Il leva une main.

— Ne t'emballe pas. Il y aura de gros obstacles à franchir. C'est juste une idée.

— Mais une bonne idée, insista-t-elle.

— Apparemment, tu ne pensais pas que je puisse en avoir.

Elle croisa les bras sur la table et se pencha en avant.

— Ce que je pensais, c'était que tu voudrais supprimer un service, licencier des gens.

— Tu n'as pas une très haute opinion de moi, observa-t-il, blessé.

Elle eut un grand sourire.

— Ça te ferait du bien de savoir que cette opinion s'améliore ?

Il eut envie de se frapper la poitrine des poings.

— Oui !

La serveuse, toujours aussi peu aimable, revint leur apporter leur plat. Ils mangèrent un moment en silence, puis il demanda :

— Si tu me parlais un peu de cette île ? Je n'ai même pas eu l'occasion de la visiter.

Pour une raison étrange, il avait envie d'en savoir plus sur cet endroit qu'elle semblait tant aimer.

— Aimerais-tu que je te la fasse découvrir demain ?

Le choc se peignit sur le visage de Macie. Elle avait dû poser la question sans réfléchir. Son air de détresse – et peut-être aussi de plaisir anticipé – faillit le faire s'esclaffer.

Il prit délibérément son temps pour lui répondre.

— Eh bien, ce serait gentil de ta part. J'apprécierais.

Elle se redressa. La détermination qu'il lui connaissait au travail revint.

— Je passerai te prendre vers 10 heures.

— Non. C'est moi qui passerai te prendre. Ma voiture est plus grande, tu t'en souviens ?

Macie ignorait ce qui lui avait pris de proposer à Landon de lui faire visiter l'île alors qu'elle désirait garder leur relation sur un plan strictement professionnel. Dès que les mots s'étaient échappés de sa bouche, elle s'était demandé si elle avait toute sa tête. Mais elle savait à quel point il avait travaillé dur ces deux dernières semaines, et après tout elle ne voyait personne d'autre pour lui servir de guide. Elle était la seule personne qu'il connaissait à Saipan... Il se pouvait aussi qu'il lui plaise et qu'elle ait envie de passer du temps avec lui. Malgré elle, elle se sentait de plus en plus à l'aise avec Landon, elle réapprenait à l'apprécier, à apprécier ses qualités de médecin et d'administrateur, mais aussi... Le ciel lui vienne en aide, elle avait glissé du côté où elle ne voulait pas aller, elle était attirée par lui ! Elle n'avait pas besoin d'autres déceptions dans sa vie. Il l'avait blessée, autrefois. Comme son père. Si cela se reproduisait, pourrait-elle s'en protéger ?

Quoi qu'il en soit, elle devait honorer son offre, et elle était prête.

La veille, elle lui avait indiqué comment trouver sa maison. D'une certaine manière, lui faire savoir où elle habitait lui donnait l'impression qu'il envahissait son espace personnel. Elle ne pouvait pas s'en plaindre étant donné que c'était elle qui lui avait proposé ce tour de l'île. Peut-être ne serait-il pas très intéressé et n'y en aurait-il que pour une heure environ... Mais ce ne serait sûrement pas le cas. Il avait montré de l'intérêt pour chaque détail de l'hôpital. Elle serait surprise qu'il en soit autrement pour la visite de Saipan.

Voyant sa voiture s'arrêter devant chez elle, elle sortit le rejoindre.

— Tu sais bien que je serais allé jusqu'à ta porte, dit Landon, l'air dépité comme elle montait dans la voiture.

— Ce n'était pas la peine. Suis la route de la côte en direction de l'hôpital. Nous allons au nord.

Elle l'étudia tandis qu'il prenait la route en question.

C'était vraiment un bel homme. Ses cheveux donnaient envie de passer les doigts dedans. Même pendant qu'il conduisait, sa forte mâchoire reflétait ce qu'elle savait de sa personnalité : il était solide, intéressant, et on pouvait compter sur lui. De petits plis au coin de ses yeux indiquaient qu'il souriait souvent.

— Alors, parle-moi de Saipan, dit-il alors qu'ils passaient devant l'hôpital.

— Tu sais que tu peux savoir tout ça sur Internet ?

— Je sais, mais ça m'intéresse de l'entendre de toi. Tu es ici depuis assez longtemps pour connaître tout ce qui n'est pas dans les sites officiels.

— D'accord, je vais te dire ce que je sais. Cette île a appartenu à l'Allemagne jusqu'après la Première Guerre mondiale, où elle a été remise au Japon. Pendant la Seconde Guerre mondiale, elle est restée stable à cause de la piste d'atterrissage. Quand les Américains sont arrivés, il y a eu une bataille. Les troupes ont débarqué près de l'endroit où se trouve maintenant l'hôpital. On peut encore voir du matériel et des équipements militaires qui y ont été laissés. Je t'en montrerai en passant. Ça t'intéresse ?

Landon lui jeta un coup d'œil et sourit.

— Bien sûr.

— Bon. Je t'en dirai plus quand nous y arriverons.

Ils laissèrent derrière eux la zone habitée de la côte. La route s'élevait au-dessus de l'océan. Lorsqu'ils arrivèrent au bout, Landon se gara sur un petit parking.

— Qu'est-ce qu'on va voir ici ?

— De cet endroit, on a une vue fantastique sur l'océan.

Ils allèrent jusqu'au bord pour voir l'eau se fracasser contre la paroi rocheuse, projetant des embruns jusqu'à eux.

Comme elle s'avançait un peu plus, Landon lui prit le bras et la ramena vers lui.

Elle lui jeta un coup d'œil par-dessus son épaule.

— Je ne veux pas que tu passes par-dessus bord, plaisanta-t-il. Si je perdais ma guide, ça ferait mauvais genre.

Elle appréciait d'être contre son corps chaud et fort. Il s'en dégageait une impression de sécurité, quelque chose qu'elle n'avait pas connu depuis très longtemps. Mais elle avait déjà été abusée par ce sentiment. Autrefois, elle s'était sentie protégée par son père, avant de se rendre compte que ce n'était qu'une illusion. Tout était faux.

Elle s'attarda un moment puis s'écarta.

— Quand je viens ici, je me sens toute petite. Cela me rappelle à quel point mes problèmes sont infimes dans l'immensité de l'univers.

— C'est une observation curieuse. Tu as envie de m'expliquer ?

— Pas vraiment.

Elle ne souhaitait pas revenir sur le passé. Elle s'était sortie de cette période et avait rebâti sa vie sur un terrain ferme, bien réel.

Quand ils furent retournés à la voiture, Landon la regarda par-dessus le capot avant de monter.

— Macie, pourquoi es-tu ici ?

— Ici ?

Il soutint son regard.

— Oui. À Saipan. Si loin de chez toi.

Pas question d'aborder ce sujet. Même si elle pensait avoir laissé derrière elle les malversations de son père, la vieille insécurité persistait.

— Parce que c'est ici que l'on a besoin de moi.

— On pourrait sûrement avoir besoin de toi plus près de centres commerciaux, de boîtes de nuit, de tes amis, de ta famille.

Il monta dans la voiture, et elle l'imita.

— Je suis heureuse, ici.

Il sortit du parking et reprit la route pour descendre.

— Peut-être, mais depuis combien de temps n'es-tu pas allée sur le continent ?

Regardant par la vitre, elle répondit d'un ton neutre.

— Sept ans et demi.

— Si longtemps ! La civilisation ne te manque pas ?

Après une vie aussi fragile que de la barbe à papa, Saipan lui avait apporté la stabilité.

— J'ai tout ce qu'il me faut et je me sens utile.

Tandis que Landon se concentrait sur sa conduite, elle poussa un soupir, soulagée. Pendant quelques minutes, elle contempla l'océan.

D'ordinaire, elle trouvait cette vue apaisante, mais là ce n'était pas le cas. Elle sentait planer dans la voiture un malaise certain. Elle n'aimait pas la tension qui s'était installée entre eux. Elle en était venue à apprécier leur camaraderie, elle souhaitait la retrouver.

Comme ils retournaient vers la ville, Landon rompit le silence.

— Qu'est-ce que c'est que tous ces bâtiments abandonnés ? Il y en a partout.

Elle fut contente de cette diversion.

— Il y a une vingtaine d'années, il y avait beaucoup de manufactures ici. Puis les lois ont changé, et nous avons commencé à faire fabriquer les marchandises hors des États-Unis parce que c'était meilleur marché. En Chine, en particulier. L'économie de Saipan en a souffert. Dans le domaine du tourisme aussi, l'activité a ralenti.

— J'ai vu l'hôtel inachevé à l'aéroport.

— Oui, c'est un bon exemple : cela coûte moins cher de le garder en l'état que de le détruire. Regarde là, en bas.

Elle désigna un long bâtiment de deux étages envahi par la jungle.

— C'était un complexe touristique.

— C'est triste.

— Oui. De l'autre côté de la ville, nous passerons devant un centre commercial à l'abandon, lui aussi. Nous importons pratiquement tout de Chine, à présent. À l'hôpital, nous devons passer nos commandes au moins un mois à l'avance. J'aimerais que Washington fasse plus pour aider à la réindustrialisation.

La route était maintenant parallèle à la plage. Landon regarda les vagues qui léchaient le rivage.

— Qu'est-ce qui te plaît le plus dans la vie sur l'île ?

Il avait vraiment envie de le savoir ?

— Les gens, répondit-elle sans hésitation. Ils sont ouverts et amicaux. J'aime aussi la décontraction des tenues ; on n'a pas besoin de « s'habiller », ici.

— J'en suis convaincu, dit-il en tapotant son bermuda kaki.

Il avait opté pour un style plus décontracté. Mais avec le bermuda, le T-shirt et les sandales qu'il portait ce jour-là, il faisait autant d'effet que s'il était en costume. Un air d'autorité émanait de lui quelle que soit sa tenue.

— Tu parlais de tourisme. Y a-t-il beaucoup de touristes américains ?

— Oh non ! En toute saison, 50 % des touristes sont chinois, japonais et coréens. L'autre moitié est d'ici. Toi et moi, nous sortons du lot.

Il rit.

— J'ai remarqué que je n'ai pas la peau aussi foncée et que je suis beaucoup plus grand que les insulaires.

— Oh ! tu attirerais l'attention n'importe où !

Ce commentaire avait échappé à Macie.

Un sourire sexy se peignit sur les lèvres de Landon.

— Tu trouves ?

Oui, elle le pensait. Mais elle n'allait pas le flatter davantage en le lui confirmant.

Il ramena son attention sur la route.

— Tu ne veux pas répondre ? Alors que dirais-tu que

nous nous arrêtions quelque part pour déjeuner, avant de poursuivre notre circuit ?

L'idée lui plut. Elle éprouvait le besoin de quitter cet espace confiné et de mettre de la distance entre eux.

— D'accord. Il y a un complexe hôtelier un peu plus bas sur la gauche. Ils ont un beau buffet avec de la cuisine occidentale, où tu trouveras autre chose que du riz.

— Voilà qui paraît super, lança-t-il gaiement. Tu me connais tellement bien !

— Pas vraiment, répondit-elle en lui jetant un coup d'œil.

Légèrement crispé, Landon suivit Macie jusqu'à une table près d'une grande baie.

Au-delà de la pelouse, ils pouvaient voir l'océan. Ils étaient dans une salle spacieuse avec un buffet offrant tous types de nourriture. Il avait choisi un hamburger et des frites, tandis qu'elle avait pris du poulet rôti, du riz et une salade.

Elle posa son plateau et regarda le sien.

— Pas de riz, à ce que je vois.

— Non, je me mets au bœuf, aujourd'hui. En bon natif du Midwest, il m'en faut au moins une fois par semaine.

Elle rit en s'installant.

— Moi, j'ai dû m'habituer à manger du riz tout le temps. Maintenant, si je n'en avais pas, ça me manquerait.

Il aimait le son de son rire. Elle devrait rire plus souvent.

Ils passèrent le déjeuner à parler de ce qu'ils avaient vu dans la matinée. Il avait presque fini son repas quand Macie lui posa une question impromptue :

— As-tu jamais pensé à reprendre la pratique médicale ? À te remettre à voir des patients ?

Il la regarda par-dessus le bord de son verre.

— Pourquoi voudrais-tu me pousser à changer de métier ?

Je suis bon dans celui que je fais. Et si je ne remplis pas ce rôle, quelqu'un d'autre le fera à ma place.

Elle ne dit rien pendant un moment.

— Je suppose qu'il vaut mieux connaître le diable à qui on a à faire.

Il plissa les paupières.

— Je n'aime pas que tu me voies comme le diable.

— Disons que je te vois plutôt comme un inconvénient.

— Ouille ! Je ne suis pas sûr que ce soit beaucoup mieux. Je suis là pour *aider*, Macie. Vraiment !

Elle n'en parut pas convaincue.

— Je suis prête à y aller, quand tu auras fini.

Peu après, ils reprirent la route, et Macie lui montra des sites de la Seconde Guerre mondiale. Elle parla ensuite d'un endroit qu'elle qualifia de « particulièrement triste ».

Il lui jeta un coup d'œil.

— Triste ?

— Oui. J'ai du mal à y penser, mais il fait partie de l'histoire de l'île. Il faut y aller au moins une fois. C'est la falaise des Suicides.

— J'en ai entendu parler. C'est là que des mères ont jeté leurs enfants dans le vide parce que, sous le coup de la propagande japonaise, elles avaient peur de ce que les Américains leur feraient ?

— Oui. Il y a un petit parc avec une plaque commémorative. Tourne là, à droite.

Il s'arrêta dans le parking qui terminait la route sinueuse. Ils empruntèrent une allée dallée qui passait sous des arbres pour arriver au sommet de la falaise. Là, ils regardèrent en bas l'océan qui battait les récifs.

— La beauté de cet endroit est en complète contradiction avec les horreurs qui s'y sont passées, dit Macie. Ces mères étaient si effrayées pour l'avenir de leurs enfants qu'elles ont préféré les tuer de leurs propres mains. L'amour maternel, même dévoyé, peut être stupéfiant.

— J'ai du mal à imaginer une mère aimant à ce point, murmura Landon.

Elle le regarda.

— Tu es bien sombre.

Il y avait une question implicite dans sa remarque. Il n'avait pas envie d'y répondre, mais c'était lui qui avait abordé le sujet. Il devait s'expliquer.

— Ma mère n'aimait personne d'autre qu'elle-même. Enfin, non. Elle aimait tellement mon père qu'elle l'a étouffé jusqu'à ce qu'il nous quitte. Mais elle ne se souciait pas de ses enfants.

Il reprit le chemin du parking à grandes enjambées pour éviter d'autres questions, mais Macie le rattrapa.

— Tu veux en parler ? Ça pourrait t'aider.

Macie et son bon cœur !

Cet aspect d'elle lui plaisait. Pour une raison qu'il n'aurait pu nommer, il s'aperçut qu'il avait envie de lui parler de sa famille. De lui donner une chance de le comprendre, de lui pardonner la façon dont il était parti.

— Je ne me souviens pas d'une époque où mon père et ma mère ne se disputaient pas. Ils se sont séparés quand j'étais en première année de lycée. Mon père avait trouvé quelqu'un d'autre. Ma mère s'est mise à boire. J'ai un jeune frère et une jeune sœur que j'ai dû élever, quasiment, parce que ma mère était ivre la plupart du temps. Elle a commencé à avoir du mal à arriver au travail à l'heure, puis elle a perdu un boulot après l'autre. Souvent, en rentrant à la maison, nous la retrouvions inconsciente sur le canapé. Notre père ne nous était d'aucun secours. Il s'était lavé les mains de nous pour poursuivre sa vie.

— Je suis désolée.

Il haussa les épaules.

— Moi aussi. J'avais de bonnes notes. J'avais toujours rêvé d'être médecin. J'ai travaillé et suis allé à l'université locale jusqu'à ce que mon frère et ma sœur soient assez grands pour s'occuper d'eux-mêmes. Là, je suis rentré dans la marine avec la promesse que je pourrais faire mes études de médecine. J'envoyais tout l'argent que je pouvais à la maison. Mais je me sentais coupable d'avoir laissé mon frère et ma sœur dans cette situation.

— Tu faisais tout ton possible pour améliorer les choses, dit doucement Macie.

Il ne pouvait pas la regarder.

— Peut-être, mais je n'étais pas là pour le quotidien. Nous avons réussi à convaincre notre mère de se faire aider, et les choses sont allées mieux. Mon frère et ma sœur sont intelligents, ils ont obtenu des bourses d'étude. Il nous a fallu plus longtemps qu'à d'autres pour achever notre éducation, mais nous y sommes tous arrivés. Ils sont tous les deux mariés et ont des enfants.

Macie lui prit la main.

— Tu dois être fier.

Il ralentit son allure.

— Je le suis. Mon travail à l'OMS nous a aidés à réussir.

— Mais toi ? Tu ne t'es pas marié et tu n'as pas d'enfants. Tu n'as pas envie de ce que ton frère et sa sœur ont ?

— Non.

Elle trébucha et se cramponna à sa main.

— Pourquoi ?

— Parce que je suis le produit d'un mariage horrible. J'ai vu ce qu'aimer ou dire qu'on l'aime peut faire à quelqu'un. Pour rien au monde je ne veux faire passer une autre personne par là, ni y passer moi-même.

— Mais tu saurais ce qu'il ne faut pas faire, déclara avec gravité Macie.

— Peut-être, mais je ne suis pas sûr de savoir ce qu'est un amour véritable. En tout cas, je ne l'ai pas vu de mes yeux.

Elle ne dit rien pendant quelques instants, puis demanda :

— Comment va ta mère, maintenant ?

Il sentit sa poitrine se contracter.

— Elle est morte il y a huit ans. Elle a eu un cancer du foie et n'a tenu que six semaines après le diagnostic. Je... Je l'ai appris le matin qui a suivi notre nuit ensemble...

Macie lâcha sa main et s'immobilisa. Leur respiration hachée résonnait autour d'eux.

— J'étais dans un avion moins de douze heures après. Je n'avais pas les idées claires, et quand je suis revenu, tu étais partie. J'ai essayé de te retrouver. J'ai même demandé au service du personnel. Mais rien. Je regrette de t'avoir blessée, Macie. Je n'en ai jamais eu l'intention. Je t'aimais bien. C'est toujours le cas.

Macie croisa son regard.

— Je suis désolée pour ta mère. Et je regrette d'avoir été injuste avec toi.

— Tu ne pouvais pas savoir. Si j'avais été à ta place, je ne me serais pas apprécié non plus pour t'avoir laissée de cette façon. Ce que je voudrais savoir maintenant, c'est... Est-il possible pour nous d'être de nouveau amis ?

Macie le fixa assez longtemps pour qu'il craigne qu'elle ne refuse, mais elle répondit.

— Oui, nous pouvons être amis.

Il relâcha le souffle qu'il avait retenu. Il lui reprit la main, et elle mêla les doigts aux siens.

Ce n'était pas un geste sexuel mais un geste de réconfort, de sollicitude. Il vit dans ses yeux des reflets de pitié. Il n'en voulait pas.

— Je n'avais pas l'intention de t'embêter avec toutes ces sales histoires. Je voulais juste que tu saches pourquoi je suis parti comme je l'ai fait.

Elle lui pressa la main tandis qu'ils retournaient vers la voiture

— Parfois, ça fait du bien de se lâcher. Je suis contente que tu m'aies expliqué.

D'une certaine manière, avoir Macie près de lui atténuait son amertume. Sa confession avait changé quelque chose entre eux. L'électricité était toujours là, mais à présent c'était plus un courant continu qu'un crépitement. Comme si cela avait créé un lien entre eux. Cette idée lui plaisait.

Tandis qu'il les ramenait en ville, il demanda :

— Que fais-tu, pour te distraire ?

— Eh bien, je lis, je vais au cinéma, je nage jusqu'à l'île aux Oiseaux, je sors avec des amis... Les trucs classiques. Tourne à gauche.

Il obéit. Ils gravirent une colline.

— Nous montons vers Capitol Hill, la capitale de l'île. Aucun circuit touristique d'un pays n'est complet si on n'en voit pas la capitale. Mes parents nous y emmenaient dans chaque pays que nous visitions...

Elle s'arrêta et dit doucement :

— Je n'y ai pas pensé depuis longtemps.

Il lui jeta un coup d'œil.

— Ah oui ?

— Arrête-toi là. Nous sommes assez haut pour voir l'ensemble du panorama.

Ils sortirent et se postèrent devant la voiture.

— Là-bas, c'est la petite île de Tinian, dit-elle en pointant le doigt dans une direction. En bas, c'est l'hôpital. Et tu peux aussi voir le port.

Ils restèrent un moment silencieux.

— Le bâtiment blanc derrière nous, c'est l'hôtel de ville. Il a été construit par l'armée américaine après la guerre. Bon. Je suppose que tu as déjà vu ton côté de l'île, alors ceci termine notre tour.

Il lui fit face.

— Merci d'avoir pris ton jour de congé pour me faire faire cette visite.

Elle plissa le nez.

— Je ne suis pas vraiment en congé. Je travaille aux urgences ce soir.

— Et moi qui te prends ton temps alors que tu pourrais dormir ! Tu aurais dû me le dire.

— Ce n'est pas grave. J'ai passé un bon moment. Je n'avais pas visité ces endroits depuis un bout de temps. C'était bien de les voir avec des yeux neufs. Mais je dois vraiment rentrer, maintenant.

Lorsqu'ils arrivèrent chez elle, il sortit de la voiture et l'accompagna jusqu'à sa porte.

— Merci encore pour la visite.

Elle regarda par terre.

— Je t'en prie.

— Merci aussi de m'avoir écouté tout à l'heure. Je suis désolé de ce qui s'est passé à Hawaï.

— Et moi, je regrette de ne pas t'avoir accordé le bénéfice du doute. Reprenons les choses au début.

Elle lui tendit la main.

— On est amis ?

En fait, il pensait à quelque chose de plus. Ses baisers étaient-ils aussi suaves que dans son souvenir ?

Lui prenant la main, il l'attira à lui et se pencha.

Elle ne recula pas, se contentant de le fixer.

Encouragé, il continua jusqu'à ce que ses lèvres trouvent les siennes.

Les lèvres de Macie étaient aussi pleines et sensuelles qu'autrefois. Rien n'avait changé. Ce premier contact lui donna envie d'avoir davantage. L'étincelle entre eux n'avait pas diminué – elle était plutôt devenue plus brûlante. Et quand elle posa une main sur son torse pour l'arrêter, la déception l'envahit.

Cela valait peut-être mieux ainsi. Il ne resterait pas indéfiniment à Saipan, et n'avait pas l'intention de lui faire de promesses à long terme. En évitant cela, il s'assurait qu'aucun d'eux ne serait blessé.

Cependant, ils étaient adultes. Ils étaient plus âgés, plus mûrs, et Macie semblait être devenue une femme forte. S'ils posaient des règles, ne pourraient-ils pas profiter l'un de l'autre ? Explorer cette attirance tant qu'elle durerait ?

Quand Macie prit la parole, elle mit fin à cette idée.

— Ne faisons pas ça, Landon. Mieux vaut ne pas compliquer les choses. On se voit lundi.

Avant qu'il ait pu protester, elle avait refermé sa porte.

Il resta planté là, à regarder le panneau qui lui faisait l'effet d'un mur en brique.

Il détestait que ce mur existe.

# 4

Macie alla travailler le lundi matin sans avoir oublié baiser de Landon. Le samedi soir, elle avait effectué son service aux urgences en flottant à moitié, à force de penser à lui. Ses collèges lui avaient demandé si elle allait bien.

Elle avait apprécié sa journée avec Landon – beaucoup trop. De plus, leur bref baiser avait suffi à exciter son corps et à lui démontrer que les sentiments qu'elle avait eus pour lui des années plus tôt n'avaient pas changé. Ils s'étaient plutôt intensifiés. Raison de plus pour remettre de la distance entre eux et garder des relations purement professionnelles. Landon pouvait trop facilement la blesser. Il lui avait dit clairement, à sa façon, qu'il ne recherchait rien de durable. Or, après une jeunesse faite de faux-semblants, elle recherchait quelque chose de solide, qui dure toujours.

De toute manière, sa vie à elle était sur cette île, et celle de Landon ailleurs. Il était de passage. Ce serait de nouveau comme à Hawaï, le malentendu en moins. Elle ne risquerait pas son cœur de nouveau avec lui. Elle avait eu assez de souffrance dans sa vie. Il lui faisait le même effet qu'autrefois. Même si elle comprenait maintenant ce qui s'était passé, elle ne pouvait pas se mettre en danger. Elle ne pouvait pas avoir confiance…

Elle ressentait encore sa douleur, quand il lui avait parlé des épreuves familiales qu'il avait endurées. Elle avait été impressionnée par le jeune homme courageux et responsable qu'il avait été, s'occupant de son frère et de sa sœur. Elle pensait avoir eu une vie difficile, mais en comparaison de la sienne ce n'était rien.

Néanmoins, ce baiser avait été agréable. Plus qu'agréable. En vérité, elle avait envie de le prolonger, d'en vivre d'autres. Elle voulait avoir plus de Landon. Mais elle ne pouvait pas se le permettre. Puisqu'il ne pouvait pas lui donner ce dont elle avait besoin, ils devaient cesser de s'embrasser.

Quels que soient leurs sentiments dans un sens ou dans l'autre, ils devaient travailler ensemble. Plus vite Landon obtiendrait ce qu'il était venu chercher, plus tôt il s'en irait. Et le risque qu'il lui brise le cœur serait moindre. Après son départ, sa vie reviendrait à la normale. Il fallait qu'elle limite leurs relations à leur travail à l'hôpital et qu'elle s'efforce de ne pas passer plus de temps avec lui que nécessaire. Mais c'était plus facile à dire qu'à faire, étant donné qu'ils avaient encore trois jours à passer ensemble dans un service !

Arrivée au mercredi soir, elle se sentait épuisée émotionnellement. Plus d'une fois, Landon l'avait surprise en train de l'observer. Une étincelle avait brillé dans ses yeux, et ses lèvres s'étaient légèrement relevées. Il ne savait que trop bien quel effet il produisait sur elle ! Enfin, elle allait pouvoir à présent remettre un peu de distance entre eux.

Dans cet état d'esprit, elle arriva au travail le jeudi matin en sautillant presque. Tout alla bien, jusqu'à ce que Tatiana vienne lui parler.

— Landon demande si vous pourriez passer le voir dans son bureau à 10 heures.

Tout l'enthousiasme avec lequel Macie avait commencé la journée disparut.

Une fois encore, ils seraient trop proches pour son confort. Le bureau de Landon était le plus grand de l'hôpital, mais il paraîtrait minuscule avec eux deux enfermés dedans. Chaque fois qu'elle était avec lui, le monde se réduisait à sa personne.

— « Landon » ? releva-t-elle, étonnée par cette familiarité.

Tatiana sourit.

— Il nous a dit de l'appeler ainsi.

Un autre exemple de Landon exerçant son charme.

— Dites-lui que j'y serai. Est-ce qu'il veut que j'apporte quelque chose en particulier ?

— Il ne l'a pas mentionné…

Avant de s'en aller, la jeune femme ajouta, rougissante :

— Il est différent des autres. Il me plaît bien.

— Bonjour, Macie, dit Landon lorsque Macie entra.

Il se leva et, de la main, lui indiqua une chaise.

— Je t'en prie, assieds-toi.

Elle prit un instant pour le regarder vraiment, ce qu'elle n'avait pas osé faire depuis des jours.

Il semblait fatigué. Ses cheveux étaient décoiffés, une barbe naissante ombrait sa mâchoire. Cela le rendait encore plus sexy – ce qu'elle n'aurait pas dû remarquer. Il avait des cernes sous les yeux. Est-ce qu'il avait suffisamment dormi ?

Elle se laissa choir sur la chaise.

— Bon. Est-ce que cette convocation devrait m'inquiéter ?

— Pas vraiment.

Elle l'étudia avec plus d'attention.

— Est-ce que tu ne serais pas resté ici depuis que nous avons terminé nos visites hier ?

Il fit rouler ses épaules et s'étira.

— La plupart du temps. Moi aussi, j'ai du retard qui s'est accumulé pendant que nous voyions des patients.

Fascinée par ses mouvements, elle le fixa.

— Et l'idée était de tout rattraper en une nuit ?

Il eut un sourire crispé.

— Je suis rentré chez moi quelques heures.

— Qu'est-ce qui te tient réveillé et à ce bureau, maintenant ?

Il haussa les sourcils de l'air de dire : « Tu le demandes ? »

Elle sentit ses joues s'échauffer et sa bouche s'assécher.

Landon se racla la gorge, baissa les yeux et les releva.

— Je voudrais discuter de mes constatations avec toi.

Elle n'était pas sûre qu'elle aimerait ce qui allait suivre.

— Et quelles sont-elles ?

— Les soins donnés ici sont formidables, mais entravés par le manque de personnel, d'équipement et de modernisation.

— Nous en avons déjà parlé, non ?

— Oui, mais ce que nous n'avons pas fait, c'est définir comment y remédier, répondit-il d'un ton ferme.

Elle croisa les bras et les jambes, sur la défensive.

— Et tu t'en es occupé ?

— J'ai quelques idées. Je voulais t'en faire part et voir si tu en avais d'autres… Bien que ton langage corporel suggère que tu n'es pas réceptive.

Son sourire fit tressaillir quelque chose dans son estomac. Elle décroisa les bras.

— C'est mieux comme ça ?

— Beaucoup mieux. S'il te plaît, tâche de garder l'esprit ouvert.

— D'accord. À quoi penses-tu ?

Landon l'observa avec attention pendant un moment. Elle fut troublée par cet examen.

— J'aimerais rencontrer chacun des chefs de service. Parler avec eux de ce que nous avons vu et pas vu. Puis j'aimerais entendre ce qu'ils souhaiteraient avoir dans un monde idéal.

Elle hocha la tête. Jusqu'ici, ça se tenait.

— Ensuite, je veux rencontrer les dirigeants de l'île pour voir en quoi ils peuvent aider, sur quel soutien nous pouvons compter. Après quoi, nous irons trouver le personnel, lui ferons part de nos plans et lui demanderons ses suggestions.

Plus il parlait, plus elle était excitée par ces projets. Le fait qu'il dise « nous » lui plaisait. Il ne s'agirait pas seulement de ce qu'*il* voudrait ou penserait. Il souhaitait consulter tous les échelons. Il semblait se soucier de l'opinion de toutes les parties en cause. Contrairement aux administrateurs intérimaires qui avaient clamé haut et fort qu'ils allaient améliorer l'hôpital à eux tout seuls, il paraissait attendre un effort d'équipe.

— Ton plan me paraît bon.

Il sourit.

— Je suis content que tu l'approuves, mais j'entends une note de scepticisme dans ta voix.

— Je suis prudente. Je suppose qu'il est difficile pour moi de faire confiance après avoir été bernée.

Landon se pencha en avant, soutenant son regard.

— Je ne te décevrai pas de nouveau. Je le promets.

Son cœur dansa dans sa poitrine. Elle voulait le croire.

— Bon.

— Quand nous aurons réuni toutes les informations, nous élaborerons un plan d'action comprenant une demande d'aide financière à présenter à mon conseil d'administration.

Elle s'assit au bord de son siège, pleine d'excitation.

— Tu feras vraiment ça ?

— Bien sûr. C'est mon métier d'améliorer les choses.

Faisait-il cela pour l'hôpital ou pour lui-même ? N'avait-il pas dit que cette mission lui permettrait d'obtenir une promotion ? Mais quelle que soit sa raison, si tout se passait comme il l'avait planifié, tout le monde en profiterait.

— Qu'attends-tu de moi ?

Landon se leva et arpenta le bureau.

— Que tu m'aides à approcher les dirigeants de la communauté.

Il avait fait cette déclaration avec autorité. Il était redevenu officiellement l'administrateur en charge de son affaire. Devant elle se trouvait un homme qui avait conçu un plan et était convaincu qu'il pouvait le mener à bien. Pour une fois, elle avait le sentiment que quelqu'un allait apporter des changements positifs.

Vêtu d'une façon plus décontractée, le nouveau Landon était davantage en phase avec les gens de l'île. Et ce Landon lui plaisait beaucoup trop.

Il se tourna et la transperça du regard.

— Des idées ?

— Je ne sais pas... Tu pourrais toujours leur demander un rendez-vous, tout simplement. Mais il vaudrait mieux, d'abord, les rencontrer individuellement, de façon informelle. Leur permettre de te connaître un peu. Ils savent déjà que tu es ici parce que les nouvelles vont vite sur l'île, mais s'ils pouvaient te voir dans un cadre convivial pour commencer...

Elle claqua des doigts et se leva d'un bond.

— Je sais ! Le débroussaillage. La plupart d'entre eux doivent y être.

— Qu'est-ce que c'est ?

— C'est quand quelqu'un taille une piste à la machette dans la jungle et que les gens le suivent, comme pour un jeu de piste, justement.

— Hein ?

Tatiana frappa à la porte, et tous deux se tournèrent.

— Pardon de vous déranger, mais on a besoin de vous aux urgences, Macie.

— D'accord.

Macie refit face à Landon.

— Passe me prendre samedi après-midi à 15 heures. Je

t'expliquerai tout. Laisse tout ce que j'ai besoin de savoir sur mon bureau, et j'en prendrai connaissance. Je dois y aller.

Landon ne savait pas très bien ce qu'il avait accepté, mais il arriva chez Macie à l'heure dite le samedi après-midi. Il ne l'avait vue qu'en passant depuis qu'elle avait quitté son bureau deux jours plus tôt. Elle lui avait manqué. Bien plus qu'il ne voulait l'admettre.

La majeure partie du temps, il était resté confiné dans son bureau à travailler sur des rapports et à peaufiner ses idées. Il supposait que Macie avait passé ces journées à régler des problèmes internes à l'hôpital. Il avait vite appris qu'elle avait un vrai talent pour le faire. Elle savait obtenir des gens qu'ils fassent ce dont elle avait besoin.

Il ignorait ce que l'on portait pour un « débroussaillage », alors il avait mis un T-shirt, un bermuda et des tennis, se disant que, un samedi après-midi, la sortie devait être décontractée.

Il frappa à sa porte, et lorsqu'elle ouvrit, il constata qu'il avait fait le bon choix : elle portait un T-shirt ajusté d'un bleu délavé qui mettait ses formes en valeur – des formes qu'il eut du mal à ne pas fixer –, avec Saipan écrit sur le devant. Son short en jean effrangé permettait d'apprécier le galbe de ses cuisses et de ses mollets, et elle avait elle aussi des chaussures de sport. Ses cheveux longs étaient retenus en arrière par un bandeau, et elle était coiffée d'une casquette de base-ball, ce qui la faisait paraître plus jeune qu'elle ne l'était.

Ses lèvres étaient d'un rose brillant, comme si elle avait passé quelque chose dessus, et son premier instinct fut de l'embrasser pour le vérifier.

Il résista à cette envie, supposant qu'elle n'apprécierait

pas. Après sa dernière tentative, il devait y aller lentement. Toutefois, il comptait bien l'embrasser de nouveau.

Si elle était d'accord, il ne s'en priverait pas. Tout en Macie l'attirait. Pourquoi ne pourraient-ils pas passer de bons moments ensemble tant qu'il était sur l'île ? Qui cela gênerait-il ? Ils étaient tous les deux des adultes avec des pulsions naturelles.

— Salut ! Entre. J'en ai pour une minute. Je dois emballer mes cookies. On m'a demandé d'apporter un dessert.

— Est-ce que j'aurais dû apporter quelque chose ?

Il la suivit à travers la petite salle de séjour pour gagner la minuscule cuisine qui fleurait bon la cannelle et le sucre. Il regarda par-dessus l'épaule de Macie les biscuits ronds d'un brun doré et tendit le bras pour en prendre un.

Il mordit dedans.

— Mmm...

— Hé ! arrête ! Il faut que j'en aie assez.

Pour une fois, elle avait une voix joueuse. Peut-être que cela avait été une bonne chose d'être éloignés l'un de l'autre quelques jours.

Incapable de se retenir, il approcha le nez de son cou.

— Tu sens comme un cookie. Délicieusement bon !

Elle se redressa, et les lèvres de Landon touchèrent sa peau. Il sortit le bout de sa langue.

Elle lâcha une expiration sifflante.

Elle n'était donc pas aussi insensible à lui qu'elle voulait le paraître !

Il s'écarta, ne souhaitant pas la mettre sur la défensive.

— Puis-je t'aider ? demanda-t-il, très content de lui.

— Euh... Eh bien...

Elle se racla la gorge et reprit d'une voix plus contrôlée :

— Je dois les ranger dans une boîte. Pendant ce temps, tu peux mettre la couverture et le sac à dos dans la voiture.

— Tout de suite.

Un moment après, ils étaient prêts à partir, Macie tenant sa boîte de cookies sur les genoux.

— Je vais de quel côté ? demanda-t-il.

— D'où tu es venu. Nous allons passer devant chez toi.

— Très bien. Si tu me disais à quoi nous allons participer ?

— Quelqu'un ouvre une piste dans la jungle. Les autres essayent de le rattraper. C'est un peu comme aux gendarmes et aux voleurs. L'idée, c'est de passer un bon moment dehors avec des amis. En général, cela finit sur la plage avec un grand feu de camp et de la nourriture. Sur l'île, il y a un débroussaillage presque chaque week-end. Celui-ci est organisé par l'un des maires, alors les gens à qui nous voulons parler devraient y être.

Il lui fit un clin d'œil et hocha la tête.

— Bonne idée.

Macie lui répondit d'un sourire incertain.

Il ne devrait pas flirter avec elle. Elle avait établi clairement qu'elle voulait qu'ils restent amis... Pourtant, leur baiser avait indiqué quelque chose de différent. Une attirance magnétique qu'il avait envie d'explorer.

Il savait qu'il ne lui offrirait jamais le bonheur éternel. D'ailleurs, il ne savait pas ce que c'était. Il ne l'avait certainement pas vu entre ses parents. Leur relation n'avait semé que mort et destruction, et ce n'était pas quelque chose qu'il souhaitait introduire dans sa vie. De toute façon, une relation à long terme ne marcherait jamais entre Macie et lui. Elle semblait enracinée ici, alors qu'il convoitait un poste à Washington. Il n'y avait rien de possible.

— Et que se passe-t-il quand vous attrapez le voleur ? Vous le ligotez ?

Elle rit. Il aimait ce son. C'était comme une boisson chaude par un jour de grand froid.

— Non. Nous ne le touchons même pas. Nous crions « Gagné ! » c'est tout.

— Je dois dire que cette histoire de débroussaillage paraît amusante.

— C'est quelque chose d'unique, dit-elle avec une note de fierté dans la voix.

Un peu plus tard, elle lui dit de tourner à droite et de se garer là où il pourrait.

L'espace, dégagé récemment à ce qu'il semblait, constituait un parking rudimentaire. Ils cahotèrent sur le sol inégal jusqu'à ce qu'il s'arrête à côté d'une autre voiture.

— Bon, dit Macie. On descend, et à partir d'ici on marche. Il nous faut le sac à dos et la couverture.

— Je m'en charge.

Il passa une bride du sac à dos sur une épaule et prit la couverture sous un bras. Macie, tenant avec précaution la boîte de cookies à la main, lui indiqua le chemin.

La piste ouverte dans le feuillage de la jungle était évidente. Lorsqu'ils s'y engagèrent, la lumière du soleil s'atténua, mais ils y voyaient encore assez. Des gens les dépassèrent sans se presser, saluant Macie.

— Si vous faites ça tout le temps, pourquoi n'y a-t-il pas des pistes partout ? demanda-t-il.

— La végétation pousse si vite que cette piste sera recouverte en quelques semaines... Oh !

Au moment où elle trébuchait, il lui saisit le bras pour la stabiliser.

Il aimait la toucher, et savoir qu'elle avait besoin de son aide lui plaisait.

— On ne peut pas mettre ces biscuits dans le sac à dos ? suggéra-t-il. Au moins, tu aurais les mains libres.

Elle lui jeta un regard incertain.

— Je ne veux pas qu'ils soient écrasés.

— Tu préfères risquer de tomber ? dit-il, incrédule.

Le regard de Macie se fit noir.

Il leva les yeux au ciel.

— Si je comprends bien, tu es prête à souffrir pour que tes cookies arrivent en parfait état. Comme une femme qui se torture les pieds avec des talons hauts.

— Tu t'y connais en talons hauts ?

Il fit une grimace et secoua la tête.

— Pas du tout. Mais j'aime étudier la nature humaine.

— Bon. Malgré tout, j'admets que tu as peut-être raison.

Il mit le sac à terre.

— Donne-moi cette boîte.

Macie la lui remit avec réticence.

— Tu as intérêt à ce qu'ils ne soient pas en miettes quand on arrivera à la plage !

— Je promets de les dorloter comme un bébé.

Il enveloppa avec précaution la boîte dans la couverture et mit le tout dans le sac.

— Je ne te demanderai pas si tu t'y connais pour porter un bébé, dit-elle en le regardant.

— Il m'arrive d'en manipuler, protesta-t-il. J'en ai même mis au monde quelques-uns.

— Je suppose, vu ta position sur le mariage, que tu n'as jamais songé à en avoir un à toi.

Il n'aurait pas su dire si elle faisait juste la conversation ou si sa réponse avait de l'importance pour elle. Quoi qu'il en soit, cela le rendit nerveux.

— Mon métier me fait voyager tout le temps, ce n'est pas propice à l'engagement nécessaire pour fonder une famille.

À dire vrai, il n'était pas sûr de faire un bon mari ou un bon père. En outre, il n'était jamais resté assez longtemps avec une partenaire pour l'envisager.

Macie le regardait comme si elle attendait qu'il en dise plus. Elle plissa les paupières.

— Alors, tu es bien le genre d'homme à prendre une femme et à la laisser après usage.

Il n'apprécia pas son ton. Il impliquait qu'elle n'avait pas une haute opinion de la manière dont il menait sa vie.

— Ce n'est pas ce qui s'est passé à Hawaï, dit-il un peu sèchement. Je te l'ai expliqué.

— D'accord.

Macie repartit, et il reprit le sac à dos. Il la rattrapa, puis ils continuèrent à marcher en silence. Au bout d'un moment, ils arrivèrent au bord d'une falaise.

Il s'arrêta, subjugué.

Devant eux s'étalait la largeur de l'île, verte, luxuriante et apparemment inhabitée. Le bleu-vert du Pacifique rencontrait le ruban de sable blanc qui bordait la côte. De temps à autre, un oiseau déployait ses ailes loin au-dessous d'eux. Dans le ciel, quelques nuages cotonneux ajoutaient à la grandeur du panorama.

Macie, qui l'avait devancé, se retourna.

— Ça va ?

— Comment peux-tu passer devant une vue pareille sans t'arrêter pour l'admirer ? C'est époustouflant.

Elle revint à sa hauteur.

— Quand je regarde ceci, je comprends pourquoi tu aimes vivre ici. C'est comme si nous étions seuls au monde, dit-il, autant pour lui-même que pour elle.

— C'est magnifique, en effet. Je te l'ai dit, devant un tel paysage, mes problèmes me paraissent minuscules.

Il lui jeta un coup d'œil.

Quels problèmes pouvait-elle avoir ?

— C'est presque aussi beau que la vue que j'ai de mon porche. Elle est splendide aussi. C'est mon endroit préféré dans la maison.

— Je suis d'accord, dit doucement Macie. J'ai pu l'apprécier deux ou trois fois quand j'ai été invitée.

— Tu es la bienvenue n'importe quand. Je serais plus qu'heureux de partager cette beauté avec toi.

Macie le considéra un moment, comme si elle avait découvert quelque chose d'important à son propos.

— Vous savez, docteur Cochran, je pense que vous pourriez bien être assez romantique.

Il n'aurait su dire si c'était un compliment.

— Parce que je peux apprécier un superbe panorama ?

— Beaucoup de gens ne prennent pas le temps de le faire.

Il y avait de la chaleur dans ses yeux bleus. Il fut presque submergé par la tentation de l'embrasser.

Heureusement, elle se remit en route.

— Nous ferions bien d'y aller, pour arriver à la plage avant la nuit. Crois-moi, mieux vaut ne pas traîner sur la piste après le coucher du soleil.

Ils descendirent un sentier en pente. La marche était malaisée, mais ils restèrent côte à côte.

— Comment rejoindrons-nous la voiture ? demanda-t-il, espérant qu'ils ne devraient pas repasser par la jungle.

— Quelqu'un nous conduira au parking, le rassura Macie.

Elle lui saisit le bras un instant pour un passage difficile mais le relâcha aussitôt.

Un petit groupe d'autochtones les dépassa.

— Salut, Macie, dit un homme mûr à la peau sombre. Je suis content de voir que tu as pu venir.

— Salut, Luc. Merci pour l'invitation. Le débroussaillage est toujours un bon exercice...

Elle posa brièvement la main sur le bras de Landon.

— Luc, voici le Dr Landon Cochran. C'est l'administrateur par intérim de l'hôpital. Je l'ai amené pour lui faire goûter à la vraie vie de l'île.

Luc sourit de toutes ses dents.

— Pour ça, il n'y a pas mieux qu'un débroussaillage !

Landon lui serra la main.

— Ravi de vous rencontrer, Luc.

— Moi aussi, doc. Bon, je dois y aller si je veux superviser les choses. Le meilleur est à venir, je vous le promets !

Il leur fit un signe de main et rejoignit son groupe.

Quand il fut hors de vue, Macie expliqua :

— Luc Ramos est le maire d'un des plus grands villages. Quelqu'un à qui nous devrions parler. Nous lui demanderons un rendez-vous plus tard. Il se souviendra t'avoir vu ce soir et t'accordera du temps.

— Je vois.

Bientôt, ils sortirent de la végétation. Après avoir escaladé quelques rochers, ils atteignirent la plage.

De petits groupes de gens entouraient un feu de camp qui flambait près de l'eau. Sur le côté avaient été installées deux longues tables déjà couvertes de nourriture.

Landon suivit Macie jusqu'à celles-ci. De nouveau, plusieurs personnes l'appelèrent ou lui firent des signes de main, auxquels elle répondit de façon enjouée.

Était-il jamais resté assez longtemps quelque part dans sa vie d'adulte pour nouer ce genre de relations ? Visiblement, non.

— J'espère que mes cookies ont survécu, murmura-t-elle.

Il l'espérait aussi, dans son propre intérêt, se dit-il en posant le sac sur une des tables.

Doucement, il en sortit la boîte et tendit les cookies intacts à Macie, qui, rayonnante, les plaça avec les autres desserts.

Une onde de chaleur le traversa. Se sentant soudain l'étoffe d'un héros, il se pencha vers elle en souriant.

— Je suis sûr que tout le monde va les adorer, lui chuchota-t-il à l'oreille.

Dans la lumière qui baissait, il la vit rougir. Puis elle sourit à son tour, et il eut l'impression que son cœur allait jaillir de sa poitrine.

— Allons chercher une place pour nous asseoir, dit-elle en se dirigeant vers le feu.

Ils étalèrent leur couverture, après quoi Macie sortit du sac les assiettes et les couverts.

— Maintenant, allons voir et nous faire voir.

Durant la demi-heure qui suivit, elle le présenta à un grand nombre d'invités dont certains étaient des gens influents, dont un autre maire. Il prit soin de ne pas parler de l'hôpital comme il aurait été enclin à le faire. Puis Luc prit la parole pour souhaiter la bienvenue à toutes les personnes présentes et les inviter à faire honneur au buffet.

— Restez aussi longtemps que vous voudrez ! conclut-il.

Landon tira Macie par la main.

— Allons nous servir. Cette marche m'a donné faim, et je suis impatient de goûter un autre de tes cookies.

— J'espère que tu ne seras pas déçu par rapport au premier, répondit-elle en riant.

De retour à leur couverture, ils prirent leurs assiettes.

— Je ne suis pas sûr que tu puisses me décevoir un jour, quoi que tu fasses, commenta-t-il.

Elle fronça les sourcils.

— Arrête de me flatter ! Ce n'est pas nécessaire.

— Je ne dis jamais quelque chose que je ne pense pas.

Elle eut un sourire ironique.

— Les gens font ça tout le temps.

Qui l'avait trompée ? Quelqu'un à qui elle tenait ? Un ancien petit ami ? L'idée qu'elle ait été amoureuse d'un autre homme lui déplut. Pourtant, il n'avait aucun droit sur elle, et il n'avait pas non plus l'intention d'en faire valoir à l'avenir, n'est-ce pas ?

Ils gagnèrent le buffet.

Affamé, il remplit son assiette à ras bord. Macie se servit bien aussi. Il tendit la main vers l'assiette qu'elle avait remplie.

— Donne-moi ton assiette et va nous chercher une assiette de desserts à partager avec plusieurs de tes cookies.

Macie haussa le menton et lança un regard de défi à Landon. Il devait apprendre qu'il ne pouvait pas la commander en dehors d'une situation médicale.

— On donne des ordres, docteur ?

Il battit des cils et sourit.

— Simple suggestion !

Elle prit la deuxième assiette qu'elle avait glissée sous la sienne et lui tendit l'autre.

— Quels autres desserts aimerais-tu ?

— Je me fie à ton jugement, répondit-il en s'éloignant.

Elle alla emplir l'assiette de douceurs. En le rejoignant, il lui vint soudain à l'esprit que Landon et elle partageant une même couverture pourrait prêter à confusion. Et s'ils partageaient une assiette, ce serait encore pire.

Il attendait, assis en tailleur sur la couverture. Il était même allé leur chercher des boissons fraîches dans la glacière. Il lui prit l'assiette qu'elle tenait à la main.

Elle poussa un soupir en se laissant choir à côté de lui.

Il la regarda avant de se mettre à manger, et elle l'imita.

— C'est délicieux, dit-il.

Il eut tôt fait de vider son assiette et alla se resservir.

Elle sourit en voyant tout ce qu'il avait pris.

— Ne m'attends pas pour attaquer les desserts, dit-il.

— Je ne pense pas que je vais en prendre.

Il la dévisagea.

— Quoi ? Si je m'en souviens bien, tu étais gourmande, à l'époque.

Et elle qui croyait qu'il l'avait oubliée après l'avoir laissée à Hawaï !

Il lui sourit largement en lui tendant l'assiette.

— Allez ! insista-t-il. On partage. Sauf les cookies, ils sont pour moi.

— D'accord.

Avec son charme, elle craignait qu'il ne l'amène à partager bien plus avec lui. Comme un baiser ou davantage...

Lorsqu'ils eurent terminé les desserts, Landon s'appuya sur son bras replié et croisa les chevilles. Il paraissait détendu, mais elle savait qu'il l'observait.

— C'est peut-être le meilleur repas que j'aie jamais mangé, dit-il. Et tes cookies sont à mourir.

Elle ne put s'empêcher de sourire, flattée.

— Arrête, dit-elle. N'en fais pas trop.

Il reprit un air sérieux et regarda autour d'eux.

— Y a-t-il quelqu'un d'autre que je doive rencontrer ?

Elle secoua la tête.

— Non, on a fait mieux que ce que j'escomptais.

— Tu pourrais organiser des missions pour l'armée, avec ton efficacité.

— Je prends ça comme un compliment !

— C'en est un, dit-il doucement.

Ils se turent pendant quelques minutes.

Elle savourait la chaleur du feu, la légère brise qui venait de l'océan et la présence de Landon.

— Tu sais, je ne comprends toujours pas pourquoi tu t'es installée si loin de tout, dit celui-ci à voix basse.

Elle ne s'était pas attendue à cette question, et la vérité était trop douloureuse à partager, même tant d'années après.

— Je gagne ma vie.

— Tu pourrais le faire n'importe où. Pourquoi ici ? Pourquoi une jeune femme séduisante, déterminée, pleine de vivacité, qui pourrait profiter de fêtes, de distractions et avoir une vie amoureuse, choisit-elle de vivre si loin des siens ?

— Qui te dit que je n'ai pas de vie amoureuse ?

Il haussa un sourcil.

— Tu en as une ?

— Non.

— Pourquoi, Macie ?

Sa voix grave était à la fois apaisante et pressante.

Que faire pour qu'il cesse d'insister ?

— Je t'ai déjà dit comment je me suis retrouvée ici.

— Oui, mais tu ne m'as pas dit pourquoi, ni ce qui t'a fait rester. Ta famille et tes amis ne te manquent pas ?

— J'échange avec des amis par téléphone quand je le peux. Une amie est venue passer une semaine avec moi, déclara-t-elle en redressant fièrement les épaules.

Elle n'était pas aussi pitoyable qu'il le pensait ! Mais cette amie était quelqu'un qu'elle avait rencontré à Hawaï, et non une amie d'enfance. Elle avait coupé avec tous ses amis d'autrefois parce que son père avait dépouillé leurs parents.

— Et ta famille ? insista Landon.

Il fallait qu'il s'arrête. Elle ne voulait pas parler des vraies raisons. Évoquer cette noirceur. Elle n'en parlait *jamais*.

Cela étant, Landon lui avait raconté sa jeunesse, ses problèmes avec ses parents. Ne méritait-il pas qu'elle en fasse autant avec lui ? Quel mal y aurait-il ? Elle vivait à l'autre bout du monde, maintenant. Les caméras et les journalistes étaient loin.

— D'accord. Puisque tu sembles curieux à ce point…

Elle prit une grande inspiration.

— Mon père est Jason Beck. Il était à la tête de Limited Investments. Ça ne te dit rien ? demanda-t-elle en jetant à Landon un regard noir.

Il se redressa un peu et se tourna vers elle, l'air perplexe.

— Ce nom m'est familier, mais je ne sais pas pourquoi.

— Je vais te le dire : notre famille a fait la une des journaux et des émissions de télévision pendant des mois. Mon père a spolié des milliers de gens de leurs économies.

— Oh ! Je m'en souviens, maintenant.

Ah ! il commençait à comprendre.

— Durant des années, j'ai grandi dans le luxe, et il a ruiné des gens. Je venais de finir l'école d'infirmières quand le scandale a éclaté. Les avocats ont dit que nous, sa famille, devions faire bloc avec lui pour l'aider. Quoi que nous en pensions. Jusque-là, je vénérais mon père, j'étais sa petite princesse. Mais tout avait été un mensonge. Après le procès, j'ai dû partir pour ne plus être harcelée par les journalistes. Aller quelque part où l'on ne me reconnaisse pas. Alors je suis entrée dans un programme d'infirmières itinérantes, et j'ai échoué ici.

Landon, réconfortant, posa la main sur la sienne.

— Je comprends, maintenant. Mais c'était il y a des années, non ? Tu n'as jamais voulu revenir ?

— J'en ai parfois envie, mais Saipan, c'est chez moi, désormais. On a besoin de moi ici...

À ce moment, un cri s'éleva dans l'obscurité.

— Est-ce que Macie est là ?

# 5

— Par ici, Joe ! cria Macie.

Landon se leva précipitamment et aida Macie à en faire autant.

Un homme arriva vers eux en courant. Il inspira à fond.

— On a besoin de toi. Il y a eu un accident sur un des cargos. Un homme est tombé dans la cale.

L'air atterré de Macie indiqua à Landon que c'était grave.

Il ressentit aussitôt une décharge d'adrénaline. Il ignorait si l'appel à l'aide l'incluait, mais il en serait.

Ils partirent à petites foulées, Macie bombardant Joe de questions.

— Tu as un véhicule ?

— Oui.

— Où est le marin ?

— Il a heurté un conteneur, puis il a glissé entre deux autres. Pis, c'est le médecin de bord.

— Super, marmonna Macie. Il est vivant ?

— Des hommes l'ont entendu émettre un bruit après sa chute.

— Ils n'ont pas essayé de le bouger, hein ? demanda-t-elle d'un ton soucieux.

— Le quartier-maître leur a dit de ne pas le faire.

— Bien.

Ils arrivèrent au parking, et Joe indiqua une jeep. Macie

grimpa à l'avant et décocha un regard surpris à Landon lorsqu'il sauta derrière elle.

Prise par son urgence, l'avait-elle oublié ?

Elle se remit à interroger Joe.

— Quand l'appel est-il arrivé ?

— Il y a un quart d'heure.

Joe démarra, décrivit un virage sur le sable, puis fonça sur la route, ses feux de détresse allumés.

— Les secouristes sont en opération ailleurs. C'est pourquoi je suis venu te chercher. Ils vont arriver après nous. Cinq ou dix minutes seulement, j'espère.

Macie s'appuyait des mains sur le tableau de bord.

— Chaque minute compte. Un bateau nous attend à la jetée ?

— Oui.

Landon sursauta.

Ils allaient devoir prendre un bateau ? Ce cargo n'était pas à quai ? Il n'avait pas pensé à ça.

Joe lui lança un coup d'œil interrogateur. Macie intervint.

— Tu n'as pas rencontré le Dr Cochran, n'est-ce pas ? Il est notre administrateur par intérim.

Joe hocha la tête.

— J'ai entendu parler de lui.

Ça ne sonna pas comme très positif aux oreilles de Landon. Dans son genre de métier, il n'était pas toujours populaire. Mais là, étrangement, il aurait voulu l'être.

— Joe est l'un de nos secouristes, expliqua Macie. Il n'était pas censé travailler ce soir.

Ils s'arrêtèrent sur un parking près d'une longue et large jetée industrielle.

— Pete nous attend pour nous emmener au cargo, dit Joe.

— Pete ?

— Un garçon d'ici que nous appelons parfois, répondit Macie.

Un hors-bord attendait au bout de la jetée. Tous trois coururent jusqu'à lui et sautèrent dedans. Dès qu'ils furent assis, Pete démarra.

Le ciel était d'un noir d'encre. Les seules lumières étaient celles de l'énorme cargo qui se trouvait devant eux.

Chassant ses cheveux de sa figure, Macie se pencha vers Landon.

— La barrière de corail ne permet pas aux gros bateaux de s'approcher. Ils s'ancrent au large, et le trafic se fait par des bateaux plus petits.

Peu après, Pete réduisit les gaz pour passer lentement au-dessus de la barrière. Puis il accéléra, et ils bondirent sur les vagues. Macie s'agrippa à Landon lors d'un cahot particulièrement violent.

Les lumières de la côte étaient minuscules.

Enfin, Pete s'arrêta le long du cargo. Une grande porte était ouverte dans la coque à quelques pieds au-dessus de la ligne de flottaison, et une échelle métallique en descendait.

Joe l'emprunta le premier, Macie le suivit sans hésiter, et Landon ferma la marche, moins enthousiaste. Bientôt, ils se tinrent dans un vaste espace qui faisait la largeur du cargo.

Macie parla avec un homme de type asiatique dont l'anglais était approximatif. Celui-ci communiqua par radio avec quelqu'un qui lui répondit en chinois. Il les guida à l'intérieur du cargo vers un grand monte-charge. Ils en sortirent bien plus haut et suivirent une coursive jusqu'au pont extérieur.

La situation paraissait à Landon surréaliste. Les lumières étaient aveuglantes, tout lui semblait gigantesque, intimidant. Il était hors de son élément. Macie, elle, se montrait à l'aise. Ils continuèrent sur le sol métallique jusqu'à une grande ouverture entourée de rambardes : l'entrée de la cale. Ils rejoignirent un groupe d'hommes coiffés de casques.

Macie parla à l'homme à la radio, et il lui désigna le trou noir dans le ventre du cargo.

De l'avis de Landon, ce cas outrepassait leurs capacités. Pourtant, il savait qu'il fallait faire quelque chose pour le blessé. En espérant qu'ils n'arrivent pas trop tard.

— Je dois descendre là-dedans, déclara Macie.

— Le seul moyen, c'est la grue, dit le chef d'équipe. L'homme est coincé entre des conteneurs. On ne peut pas l'atteindre autrement.

— Très bien, alors descendez-moi.

— Si quelqu'un doit descendre là-dedans, ce sera moi, intervint Landon.

— Mais...

Il lança un regard sévère à Macie.

— Nous perdons du temps. Tu es mieux à même d'organiser les choses en haut. Je vais voir ce qu'il faut et je te le ferai savoir. Pouvez-vous nous donner des radios ? demanda-t-il au Chinois.

Ce dernier hocha la tête et parla à un marin qui détala.

— Nous avons déjà deux hommes en bas, qui attendent pour aider, ajouta-t-il.

Le marin revint avec les radios et en donna une à chacun.

— Très bien, dit Landon. Descendez-moi.

— Vous allez devoir vous harnacher, dit le Chinois.

Landon se dirigea vers le dispositif, mais une main sur son bras l'arrêta.

— Sois prudent, lui dit Macie, l'air grave.

Il eut un sourire crispé.

— Je le serai.

Landon fut descendu lentement dans la cale. Se servant de la lampe frontale et de la lampe torche qu'un marin lui avait fournies, il scruta l'espace et vit deux hommes qui attendaient, debout sur un conteneur.

Enfin, ses pieds touchèrent le toit métallique de celui-ci.

Il annonça à Macie qu'il était arrivé. Le conducteur de la grue remonta le harnais.

— Vous parlez anglais ? demanda-t-il aux deux hommes.

— Un peu, répondit l'un d'eux.

— Montrez-moi où est le blessé.

Le marin indiqua un endroit entre deux rangées de conteneurs.

Des cordes épaisses étaient enroulées non loin. Il fallait qu'ils s'attachent pour ne pas tomber à leur tour.

Une fois équipé et attaché à un anneau métallique fixé sur le conteneur, Landon se mit à plat ventre pour regarder dans l'espace étroit entre les conteneurs voisins. Finalement, il aperçut un éclair de lumière. Sa lampe avait fait briller le bandeau réfléchissant fixé sur la tenue orange du blessé.

— Je le vois, annonça-t-il par radio.

— Sa position ? demanda Macie.

— À deux mètres cinquante environ. Pas de mouvement. Une jambe est dans une position bizarre, elle doit être cassée. Il nous faut de la corde, le kit d'urgence, une minerve, une attelle et des renforts.

— Reçu 5 sur 5.

Landon s'adressa à l'homme, en bas.

— Vous m'entendez ? Nous sommes ici pour vous aider. Tenez bon.

Comme le blessé ne répondait pas, Landon demanda au marin qui parlait anglais de lui traduire ses paroles en chinois.

Le marin s'exécuta.

Toujours rien de la part du blessé.

Landon espéra qu'il n'était pas trop tard. Sans instruments, il ne pouvait pas faire grand-chose. Finalement, le harnais redescendit avec Macie et le matériel demandé.

Landon la débarrassa et l'aida à se détacher. Il avertit par radio que le harnais pouvait être remonté.

— Où est-il ? demanda-t-elle en commençant à traverser le conteneur.

— Accroche-toi d'abord. Je n'ai pas envie que tu tombes.

Il l'équipa d'une corde qu'il attacha au même anneau que le sien.

Il la conduisit jusqu'au bord. Ils regardèrent en bas.

— Tu as un plan ? demanda-t-elle.

Il en avait un, qui ne lui plaisait pas particulièrement, mais ils n'avaient pas le choix.

— Il va falloir descendre le chercher et le remonter jusqu'ici en tirant une corde à la main, vu le peu d'espace qu'il y a pour manœuvrer.

— Joe va arriver avec quelques hommes, dit Macie. Je vais descendre jusqu'au blessé. Je suis la plus menue, et il a au minimum besoin d'une minerve. Pour aggraver les choses, une tempête se prépare. Le vent se renforce. Il faut que nous sortions cet homme de là et le ramenions sur la côte le plus tôt possible.

Landon n'appréciait guère plus cette proposition, mais elle avait raison : le passage était si étroit qu'il resterait coincé avant d'atteindre l'accidenté.

Joe arriva avec du matériel supplémentaire. Il s'attacha à son tour pendant que Macie lui expliquait le plan.

Landon détestait l'idée que ce soit elle qui descende, mais en dehors de ses propres raisons personnelles, il n'avait pas d'argument pour la retenir.

— Ne prends pas de risques, la pria-t-il.

Elle haussa le menton.

— Je n'en prendrai pas.

Il l'aida à enfiler un harnais et lui donna la minerve, avant de changer d'avis : elle aurait besoin de ses mains pour se protéger. Il ferait descendre la minerve par une autre corde.

Il la prit par les bras et la regarda dans les yeux.

— Tu es prête à tenter la coup ?

— Je n'ai pas vraiment le choix, si ? répondit-elle d'un air à la fois résigné et déterminé.

— Je serai là quand tu remonteras. Sois prudente.

Il lui donna un bref baiser sur les lèvres et lui pressa les bras.

— Je ne voudrais pas te perdre maintenant que je t'ai retrouvée. À présent, sauvons cet homme.

Et l'opération commença. Macie descendit les pieds devant. Landon et Joe laissaient lentement filer la corde qui la retenait.

— C'est bon, je l'ai atteint ! cria-t-elle au bout d'un moment.

Landon entendait battre son cœur dans ses oreilles.

— Il est vivant. Inconscient. Fracture ouverte à la jambe. Ça saigne, mais pas trop. Traumatisme crânien.

— Tu peux lui mettre la minerve ?

— Non. Envoyez-moi une autre corde. Il faut que je l'attache et que vous le hissiez un peu.

Joe alla chercher une corde et la lui lança, pendant qu'un marin aidait Landon à la soutenir. Durant quelques instants, ils n'entendirent plus rien.

— Macie ? appela Landon, n'y tenant plus.

— Je travaille. J'ai presque fini.

Un long moment s'écoula encore.

— Voilà. Remontez-le doucement. Remontez-moi aussi.

Joe et Landon s'affairèrent avec l'aide de marins.

— Arrêtez. Envoyez la minerve.

Ils la lui envoyèrent. Au bout de la corde, Landon sentait les mouvements de Macie.

— Ça va ? demanda-t-il.

— Elle est presque en place.

Il avait hâte de la retrouver saine et sauve. Il avait l'impression qu'une main lui comprimait le cœur. La peur le rongeait. Il ne supportait pas de ne pas la voir. Il n'avait jamais éprouvé cela pour quelqu'un d'autre.

Enfin, elle cria :

— C'est bon ! Remontez-le lentement. Landon, commence à me remonter aussi.

Rassemblant toutes ses forces, il tira sur la corde, une main après l'autre. Les muscles de ses cuisses tremblaient, et ceux de son dos le faisaient souffrir sous l'effort qu'il fournissait.

— Arrête-moi ici, ordonna Macie. Montez le patient et faites-le passer sur le conteneur. Attention à sa jambe gauche.

— Une seconde, répondit Landon.

Il avisa le seul homme qui n'était pas occupé et lui fit signe de venir prendre sa place. Il détestait laisser Macie, mais il faudrait qu'il soit disponible tout de suite pour soigner le blessé.

Il donna la corde au marin et se releva, des douleurs dans les jambes. Puis il se mit à quatre pattes pour regarder entre les conteneurs.

— C'est bon. Je suis prêt.

Macie leva les yeux vers lui. Il n'avait qu'une envie, la tirer jusque dans ses bras et s'assurer qu'elle allait bien, mais du travail l'attendait. Il lui décocha son sourire le plus rassurant.

— OK, les gars, hissez-le lentement.

Dès qu'il le put, il attrapa le blessé en passant les mains sous ses bras. Il s'efforça d'être le plus doux possible. Quand les hanches de l'homme atteignirent le bord du conteneur, il se concentra sur sa jambe cassée et la tint immobile. Peu après, la victime se retrouva allongée sur le dos, inconsciente.

— Remontez Macie ! cria-t-il à Joe.

Sur sa radio, il entendit que l'équipe de secours quittait l'hôpital pour gagner la jetée. Au moins, ils auraient de l'aide. Mais pour l'instant, ils n'étaient que trois : Macie, Joe et lui. Il jeta un coup d'œil de côté et vit apparaître le sommet de la tête de Macie.

— Joe, il me faut une intraveineuse tout de suite, commanda-t-il, rassuré. L'homme est blessé à la tête aussi. Je vais voir s'il a d'autres blessures.

Macie avait entendu les ordres de Landon tandis qu'on la hissait sur le conteneur. Heureuse de se retrouver assise en sécurité, elle inspira à fond pour reprendre ses esprits.

Elle s'était fiée à Landon pour prendre soin d'elle, mais n'avait pas apprécié d'être coincée entre deux parois métalliques, suspendue à une corde, sans voir le fond au-dessous de ses pieds.

En tout cas, il l'avait impressionnée par sa façon de gérer la situation, même s'il ne travaillait plus en médecine d'urgence. Quant à elle, elle n'avait pas appris ce genre de sauvetage à l'école d'infirmières. Elle s'était seulement dit qu'un homme mourrait si elle ne faisait pas quelque chose, terrifiée ou pas.

Elle se leva, fit une pause et inspira plus lentement afin de calmer son cœur qui tambourinait.

Landon, qui examinait le blessé, réclama plus de lumière. L'homme qui parlait anglais traduisit, et les marins braquèrent leurs torches sur le patient.

— Je vais m'occuper de ses constantes vitales, dit-elle en allant prendre un stéthoscope et un tensiomètre dans le sac.

Le regard de Landon rencontra le sien.

— Content de t'avoir de nouveau parmi nous.

Elle n'avait jamais vu une telle intensité dans ses yeux verts.

Pendant le sauvetage, elle avait entendu l'inquiétude dans sa voix. C'était bon que quelqu'un se soucie d'elle.

Elle lui sourit.

— Contente d'être de nouveau en haut.

Elle fit ses examens et lui communiqua les résultats.

Le blessé était faible, sa vie tenait à un fil. Ils devaient le garder en vie jusqu'à ce qu'il puisse être opéré et recevoir des soins intensifs.

— Il a perdu beaucoup de sang. Il faut commencer le plasma et prévoir une transfusion dès que possible. Où en sont les secours ?

À cet instant, la radio crépita.

— Les secouristes sont sur la jetée, ils attendent le bateau pour rejoindre le cargo.

Elle tendit la main vers l'appareil.

— Pouvez-vous me les passer ?

Deux secondes plus tard, elle avait un secouriste en ligne.

— Ici Macie. Restez où vous êtes, nous venons jusqu'à vous. Dites aux urgences de tenir du sang prêt. Appelez aussi Guam et demandez-leur d'envoyer l'avion. Nous ne pouvons pas traiter ce cas dans notre unité de soins intensifs. Je vous recontacterai lorsque nous serons sur le bateau.

Une grosse goutte de pluie lui frappa le bras.

Maintenant, ils allaient devoir compter avec la météo.

— Il commence à pleuvoir, annonça-t-elle. La houle va être forte. Mettons-le dans la nacelle et montons-le sur le pont.

— Macie, dit Landon, monte la première pour organiser les choses. Je suivrai avec le blessé.

Elle fut bientôt soulevée dans les airs pour atterrir sur le pont. En montant, elle regarda autour d'elle.

Elle ne pouvait pas croire ce qu'elle venait de vivre.

Arrivée en haut, elle demanda au quartier-maître de pouvoir utiliser le canot de liaison du cargo, plus large et plus plat que le hors-bord. Quelqu'un lui donna un ciré usé qu'elle enfila avec gratitude. Puis elle attendit impatiemment que la grue remonte son patient.

Lorsque celui-ci apparut, elle vérifia rapidement ses

constantes vitales et supervisa son transfert dans le monte-charge. Elle n'avait pas le temps d'attendre Landon.

Elle fit installer le blessé dans le canot, s'assurant qu'il ne risquait pas d'être secoué. Le canot était prêt à partir quand Landon arriva en courant par la porte ouverte dans la coque. Il s'empressa de monter à bord et se laissa choir sur le premier siège, toujours vêtu de son T-shirt et de son bermuda.

— Ça va ? lui cria-t-elle alors qu'ils démarraient.

Il leva les pouces.

La pluie les cinglait. Elle ôta son ciré, s'assit et le tint au-dessus du visage du blessé. Levant les yeux, elle vit Landon qui grimaçait, subissant la force des éléments. Trempée, frissonnante, elle se concentra sur son patient.

Lorsqu'ils atteignirent le quai après une traversée agitée, le mauvais temps s'était transformé en tempête. Le pilote manœuvra habilement pour ranger le bateau le long de la jetée. Dieu merci, il y avait assez de personnes présentes pour qu'ils transfèrent le blessé à terre sans trop de difficultés. Après quoi, luttant contre la pluie battante, ils le transportèrent rapidement dans l'ambulance.

Ce fut un soulagement pour Landon et Macie de le remettre aux secouristes. Puis un policier offrit de les reconduire à l'hôpital.

Ils s'installèrent à l'arrière de sa voiture.

— C'est agréable d'être à l'abri, dit Landon.

Elle frissonna.

— Plus que ça. Crois-tu qu'il va s'en sortir ?

Il lui pressa la main.

— Je ne sais pas, mais on a fait tout ce qu'on pouvait.

Elle resta silencieuse.

Elle avait souvent fait tout ce qu'elle avait pu, en vain. Elle se sentait impuissante.

Lorsqu'ils arrivèrent à l'hôpital, leur patient avait été

pris en charge par le personnel. Macie voulut aider, mais Landon la prit fermement par le coude et l'emmena hors de la salle.

— Il est en bonnes mains. Nous avons tous les deux besoin de nous changer et de décompresser. Nous verrons ce que nous pouvons faire quand nous nous serons occupés de nous-mêmes.

Elle voulut se dégager, il l'en empêcha.

— Mais...

— Macie, tu ne peux pas être tout pour tout le monde tout le temps. Tu dois lâcher prise, parfois.

Elle fit une grimace et lui lança un regard noir.

— Je prends ma douche la première.

— D'accord. Allons-y.

Au fond d'elle-même, elle devait reconnaître que Landon avait raison. Elle claquait des dents. Elle avait froid dans ses vêtements mouillés, et la climatisation n'arrangeait rien. Une douche brûlante et des habits secs seraient divins. Ensuite, elle serait de nouveau assez en forme pour aider.

Ils se rendirent ensemble dans les vestiaires. Landon ouvrit une cabine de douche et fit couler l'eau.

— J'ai eu peur que tu sois en état de choc dans le canot, dit-il en revenant à la porte.

Elle ôta ses chaussures trempées.

— Non. J'étais simplement épuisée.

— Et l'adrénaline était retombée. Je connais cette sensation. Allez, sous la douche ! ordonna-t-il en la laissant passer. Et ne reste pas trop longtemps, ou je te rejoindrai avant qu'il n'y ait plus d'eau chaude.

Elle pirouetta pour le fusiller du regard.

— Tu n'oserais pas !

Il plissa les paupières.

— Traîne rien qu'un peu, et tu verras.

C'est qu'il avait l'air de penser ce qu'il disait !

En grommelant, elle entra dans la cabine et ferma la porte.

Lorsqu'elle fut nue sous l'eau chaude, elle soupira de plaisir. Et si Landon mettait sa menace à exécution ?

Un trouble délicieux la saisit. Elle pourrait aimer ça. Beaucoup trop.

Levant le visage vers la pomme de douche, elle se remémora les événements des dernières heures. Elle se revit suspendue à une corde dans le vide, luttant contre la panique... Soudain, quelque chose se délia en elle, et elle éclata en sanglots.

Que lui arrivait-il ? Elle ne pleurait jamais ! Elle n'avait pas pleuré depuis le procès de son père.

— Macie, qu'est-ce qui ne va pas ? J'ai frappé, et tu n'as pas répondu.

Landon était là. Il la prit dans ses bras et l'appuya contre son torse nu, tenant l'arrière de sa tête dans une main. Entendre les battements réguliers de son cœur la réconforta. Malgré les émotions tumultueuses liées à l'aventure de la soirée, elle sentit son sang déferler dans ses veines. Elle noua les bras autour de sa taille. Il ne portait que son short. Il était si fort, si rassurant. Si juste.

— Es-tu blessée ? demanda-t-il au bout de quelques instants, d'une voix inquiète.

— Non, répondit-elle en reniflant.

— Alors, qu'y a-t-il ?

Elle percevait sa compassion dans son étreinte, mais il y avait aussi quelque chose de sexuel entre eux. Même si Landon la tenait doucement, tendrement, elle avait la sensation qu'il se contenait.

— J'ai eu si peur, marmonna-t-elle dans son cou. J'étais terrifiée.

— Je sais, Macie. Moi aussi.

Il posa un baiser sur sa tête.

— Mmm...

Elle passa une main sur les muscles de son dos et se blottit plus étroitement contre lui. C'était si bon, d'être avec lui. Pourquoi ne pourrait-elle pas se laisser aller, juste une fois ? Permettre à Landon de lui montrer à quel point elle pouvait se sentir vivante, après avoir frôlé la mort.

Landon sentait Macie sourire contre sa peau. Sa main qui lui caressait le dos envoyait des ondes d'excitation dans tout son corps. Il était conscient de chacun de ses mouvements. Il était entré dans la douche pour la consoler, et maintenant il brûlait de la posséder. Entre eux, son sexe durci pulsait de désir. Si cette étreinte se prolongeait, il risquait de lui donner plus que ce qu'elle était prête à recevoir.

Elle le regarda avec de grands yeux.

— Tu avais peur ? Ça ne s'est pas vu.

— Mais ça ne veut pas dire que je ne tremblais pas, intérieurement.

Il prit sa joue dans sa main et abaissa la bouche vers la sienne. Elle avait un goût si délicieux. Il voulait seulement se rassurer, sentir qu'elle était là, saine et sauve. Ses lèvres étaient gonflées, mouillées par l'eau de la douche et salées par ses larmes. Près d'elle, il se sentait au paradis.

Il fit en sorte que le baiser reste doux et réconfortant malgré le mal qu'il avait à se contrôler.

C'était bon. Il se sentait en vie. C'était ce que Macie lui faisait éprouver.

Elle gémit, passa les bras autour de son cou et appuya contre lui son corps lisse et velouté.

Il passa une main le long de son dos humide, se retenant de franchir certaines limites. Même si son corps réclamait satisfaction, il ne s'agissait pas de sexe mais de réconfort ! Il avait beau tenir dans ses bras une Macie complètement nue – ce dont il avait rêvé chaque nuit depuis son arrivée à Saipan —, il ne voulait pas profiter d'elle. Il fallait qu'ils s'arrêtent. Ce n'était ni le moment ni l'endroit d'aller plus loin. Il ne prendrait pas le risque qu'elle lui en veuille ensuite ou qu'elle regrette d'avoir été avec lui.

Il s'écarta d'elle et la poussa doucement hors de la cabine.

— Sèche-toi et habille-toi. J'ai posé des vêtements propres sur le comptoir.

Elle sortit, et il ferma la porte derrière elle pour se doucher à son tour, appréciant que l'eau se soit à présent refroidie.

Lorsqu'il revit Macie, elle était debout au bureau des urgences et téléphonait pour obtenir un avion le plus tôt possible pour transférer le blessé. Quand il s'arrêta à côté d'elle, elle leva les yeux vers lui puis les détourna, comme si elle n'osait pas le regarder en face.

Était-elle embarrassée par la scène de la douche ? Accepterait-elle de recommencer quand elle aurait repris ses esprits ? Son corps à lui le souhaitait ardemment.

Elle discuta un moment, insistant sur l'urgence du transfert, puis raccrocha d'un geste frustré.

— Je parie que l'avion de Guam ne peut pas venir avant la fin de la tempête, dit-il.

— En effet. Tout ce que nous pouvons faire, d'ici là, c'est maintenir le patient en soins intensifs. L'opération de sa jambe devra attendre.

— Tu as fait tout ce que tu pouvais pour cette nuit. Il est en bonnes mains, maintenant. Il est temps de rentrer.

— Je ne veux pas m'en aller avant qu'il soit correctement installé. Mais tu peux rentrer, toi.

Essayait-elle de se débarrasser de lui ?

— Certainement pas. Je reste avec toi. Et dès qu'il sera installé, nous irons prendre du repos.

Au bout d'une demi-heure, ils n'eurent plus qu'à espérer

que le blessé reste en vie jusqu'à ce que l'avion de Guam arrive. De là, il serait transféré dans un hôpital d'Hawaï ou sur le continent.

Macie et lui passèrent au vestiaire pour récupérer leurs habits mouillés, puis ils quittèrent le bâtiment.

— Je meurs de faim, déclara-t-il alors qu'ils traversaient le parking sous la pluie.

Macie s'arrêta brusquement.

— Mais où allons-nous ? Nous n'avons pas de voiture, ici !

Il eut un grand sourire.

— J'ai demandé à deux hommes de l'entretien d'aller chercher la mienne. Maintenant, il faut manger quelque chose, puis au lit.

— Quoi ?

— Nous allons prendre un petit déjeuner avant que je te raccompagne chez toi, précisa-t-il posément.

— D'accord.

Macie ne dit rien de plus. Comme lui, elle devait être recrue de fatigue. Une fois dans la voiture, elle renversa la tête en arrière et ferma les yeux. Elle ne les rouvrit que lorsqu'ils arrivèrent chez lui.

— Que fait-on ici ? demanda-t-elle d'une voix haut perchée.

— Je vais te préparer le petit déjeuner que je t'ai promis. C'est la seule chose que je sache cuisiner. À cette heure, tout est fermé, y compris la cafétéria de l'hôpital.

— Tout ce que je veux, c'est dormir grommela-t-elle.

— Quand tu auras mangé.

Pendant qu'il se rendait à la cuisine, elle alla sous le porche.

— Veux-tu des herbes dans ton omelette ? cria-t-il.

Pas de réponse.

— Macie ? Macie !

Toujours rien.

Il la trouva allongée sur la banquette, les genoux remontés contre elle, les mains sous la joue, profondément endormie.

Souriant, il alla chercher une courtepointe sur son lit, l'étendit sur elle et déposa un baiser sur son front.

Elle soupira doucement, et son cœur soupira aussi.

Elle avait des cernes sous les yeux, sa petite héroïne. Cette nuit-là, elle avait fait un travail stupéfiant que peu de gens auraient mené à bien. Elle méritait un bon repos.

S'asseyant dans le fauteuil à côté d'elle, il posa les pieds sur la table basse, s'adossa, croisa les chevilles et les bras et ferma les yeux.

Lui et son ange, ils mangeraient plus tard.

# 6

Macie s'éveilla en entendant le bruit de la pluie sur de la tôle. Elle ouvrit les yeux et reconnut le porche de Landon.

Depuis combien de temps était-elle là ? Avec le jour gris, elle n'avait aucune idée de l'heure. Souriant à la pensée que Landon l'avait couverte, elle s'enfonça douillettement sous la couverture et fixa un moment l'eau qui coulait du toit, avant de distinguer des sons provenant de la cuisine.

— Salut, belle dormeuse !

Landon se tenait sur le seuil entre la cuisine et le porche. Dans son T-shirt blanc qui lui moulait le torse et son jean usé, les pieds nus et les cheveux humides, il était trop sexy.

La nuit dernière, il l'avait soutenue, il s'était montré attentionné et professionnel. Elle n'aurait pas pu sauver cet homme sans lui. Quand avait-elle éprouvé un tel sentiment de sécurité pour la dernière fois ? Cela faisait très longtemps, avec son père, et ce sentiment avait été trompeur. Mais là, elle avait su qu'elle pouvait compter sur Landon. Sa collaboration était réelle. *Il* était réel.

— Si on prenait ce petit déjeuner ?

Il la regardait avec attention, comme s'il guettait sa réaction.

Elle bougea pour se lever. Il l'arrêta de la main.

— Non, reste là. Je venais juste voir si tu étais réveillée. Tu mérites d'être servie au lit.

Elle ne discuta pas. Pendant qu'il retournait à la cuisine, elle alla aux toilettes. Lorsqu'elle revint, elle le trouva en train d'apporter deux assiettes emplies de toasts, de bacon et d'une omelette qui paraissait divine.

Soudain, elle se sentit affamée. Son estomac gargouilla. Le repas sur la plage lui semblait remonter à des années.

— Ça sent très bon. Et c'est très appétissant !

— Assieds-toi et mangeons.

Elle s'assit sur la banquette, prit l'assiette qu'il lui tendait... Et la reposa aussitôt pour se lever précipitamment.

— Il faut que j'appelle l'hôpital pour avoir des nouvelles du patient d'hier !

— J'ai téléphoné il y a une demi-heure : l'avion était sur le point d'arriver. Il devrait être évacué dans l'heure. Maintenant, mange. Ensuite, je te ramènerai chez toi. Tu dormiras mieux dans ton lit que sur cette banquette inconfortable.

— J'étais trop fatiguée pour m'en rendre compte.

Après s'être rassise, elle goûta l'omelette, qui était savoureuse.

— Je suppose que tu as dormi dans ton lit.

Landon sourit.

— Non, j'ai dormi à côté de toi. Dans ce fauteuil.

Elle pencha la tête de côté.

— Pourquoi ?

— Je ne sais pas. Pour te tenir compagnie.

Ils mangèrent un moment en silence.

— Tu es un homme bien, Landon Cochran.

— J'apprécie le compliment, venant de toi. Je sais que tu ne l'as pas toujours pensé.

Elle haussa les épaules.

— Peut-être. Mais le temps passant tu t'es avéré différent. Je regrette d'avoir été si dure avec toi quand tu es arrivé. Tu as vraiment été formidable, cette nuit.

— Je le pense de toi aussi.

Il but une gorgée de café.

— Ça a été une sacrée expérience, ajouta-t-il.

— Oui. Une expérience de ce genre fait se sentir chanceux d'être vivant.

Landon la regarda, puis son regard s'abaissa sur ses lèvres.

— En effet, dit-il doucement.

Elle sentit sa bouche s'assécher. Elle avait envie d'aller l'embrasser et de se lover contre son corps solide. Afin de se rappeler pourquoi c'était si bon d'être en vie...

À la place, elle se leva et prit leurs assiettes.

— Tu as fait la cuisine, je vais faire la vaisselle. Merci pour ce repas, il était délicieux. Tu as d'autres talents cachés ?

— Non, juste celui-là.

— Menteur ! lança-t-elle par-dessus son épaule, avant de se mordre la lèvre en se rendant compte de ce qu'elle avait dit.

Quelques minutes plus tard, Landon la rejoignit.

— Je vais essuyer, dit-il en prenant un torchon. Je ne t'imaginais pas aussi bonne ménagère.

Elle lui jeta un coup d'œil.

Il était tout près, et sa chaleur calmait ses nerfs malmenés. Cela semblait si juste, de l'avoir là... Sa main trembla tandis qu'elle prenait une assiette.

— Il y a un tas de choses que tu ignores de moi.

— Ah oui ?

Il l'observa avec intensité. Quelque chose dans sa question la rendit audacieuse. Ou était-ce la frayeur de la nuit passée ? En tout cas, elle avait envie de le déboussoler autant qu'elle l'était par lui. S'appuyant de la hanche contre l'évier, elle se tourna légèrement vers lui et sourit.

— Oui.

— D'accord, jouons aux vingt questions, dit-il d'un ton de défi.

— Vingt, c'est trop. Je dois rentrer.

— Dix, alors.

Tout en rangeant la vaisselle, ils s'amusèrent à se questionner sur leurs goûts, leurs films préférés, le nom du premier chien de Landon ou celui du premier petit ami de Macie.

— Que rêvais-tu d'être quand tu étais petit ? demanda-t-elle.

— Un shérif. J'ai toujours aimé les westerns.

— Alors, tu as le syndrome du héros ? Cela s'est vu cette nuit.

— Tu peux parler ! C'est toi qui as été l'héroïne à mes yeux. Penses-tu que tu voudras toujours vivre à Saipan ?

Sans le regarder, elle prit l'éponge pour nettoyer l'évier.

— Je ne sais pas. Pour l'instant, c'est le meilleur endroit pour moi. Penses-tu que tu redeviendras un jour un simple médecin ?

Elle s'arrêta pour le regarder.

Il lui tournait le dos.

— Je ne sais pas. J'ai pris une autre direction, maintenant. Le poste à l'OMS, si je l'obtiens, sera un travail de bureau à Washington.

— C'est dommage. Tu es vraiment bon avec les patients.

Elle détestait l'idée que ses talents soient gâchés. Ils auraient besoin de lui à l'hôpital. Envisagerait-il de rester à Saipan ? Mais alors, comment lui résister ?

— Qu'est-ce qui fait palpiter ton cœur ? demanda-t-il en pliant le torchon et en le posant sur le comptoir.

Il la regardait dans les yeux.

La chaleur l'envahit. Elle ne pouvait pas répondre que c'était lui.

— Les chiots.

L'air stupéfait de Landon fut comique. Puis il s'approcha, le regard perçant.

— Vraiment ? Et tu penses t'en sortir avec ça ?

Elle sentit son souffle sur ses cheveux. Son cœur palpitait bel et bien, à présent.

— Hé ! ne t'emballe pas ! C'est à mon tour de poser une question, dit-elle en lui faisant face.

Son regard vert ne vacilla pas.

— Vas-y.

Oserait-elle le lui demander ? Elle s'était sentie plus vivante ces dernières minutes que depuis des années. Elle voulait que cela continue. Si elle posait sa question, elle devrait accepter la réponse, *quelle qu'elle soit*.

Elle inspira.

— Aimerais-tu m'embrasser pour me rappeler à quel point il est merveilleux d'être en vie ?

Elle n'aurait pas dû s'inquiéter, car Landon la prit aussitôt dans ses bras et écrasa la bouche sur la sienne.

Elle s'abandonna contre lui, le cœur battant la chamade. Ses lèvres étaient chaudes, fermes, le paradis. Il promena la bouche sur la ligne de sa mâchoire. Le frôlement de ses lèvres la fit frissonner. Elle inclina la tête pour lui donner accès à son cou. Lorsqu'il embrassa le creux derrière son oreille, elle se sentit fondre et gémit.

Il reprit sa bouche, et leurs langues se mêlèrent en une danse enivrante, érotique.

Elle se pressait contre son sexe dur. Elle avait cessé de penser à ce qu'elle faisait, elle ne vivait plus qu'à travers ce que Landon lui faisait éprouver. Quand, sentant ses genoux flancher, elle s'agrippa à ses épaules, il en profita pour l'empoigner par la taille et l'asseoir sur le comptoir.

Il glissa les mains sous sa blouse.

— Si douce, si parfaite, murmura-t-il contre sa joue.

Frémissant à la chaleur de ses doigts sur sa peau, elle écarta les jambes et le ramena à elle. Elle laissa courir les mains sur ses épaules, explorant les muscles qui l'avaient retenue au-dessus du vide quelques heures plus tôt. Elle voulut l'attirer encore plus près, mais il résista. Il lui enleva sa blouse.

Surprise, elle se cacha les seins, gênée d'être exposée.

— S'il te plaît, laisse-moi t'admirer. Pendant tout le temps que nous mangions, j'ai pensé à toi, nue sous ta blouse.

C'était presque une supplication.

Une vive chaleur l'envahit de nouveau.

— Seulement si tu ôtes ton T-shirt pour que je puisse t'admirer aussi.

En une seconde, il s'en débarrassa.

Elle posa une main à plat sur son torse, la fit glisser sur ses muscles durs recouverts d'une fine toison. Il agaça d'un doigt la pointe durcie d'un de ses seins, la contourna puis la prit dans sa bouche humide et brûlante.

Elle gémit. Le besoin s'accumulait au creux de son ventre, formant un nœud palpitant de désir. Quand Landon se mit à sucer son téton, elle crispa les doigts sur ses épaules. Renversant la tête en arrière, elle ferma les yeux, parcourue par des ondes de plaisir. Et lorsqu'il lui titilla l'autre sein de son autre main, elle projeta d'instinct les hanches en avant.

— J'ai trouvé quelque chose que tu aimes, murmura-t-il.

— Mmm..., répondit-elle, perdue dans une brume sensuelle.

Il fit remonter sa bouche le long de son épaule, suivit la courbe de son cou et rejoignit ses lèvres.

— Mets tes jambes autour de moi, demanda-t-il.

Quand elle eut obéi, il plaça les mains sous ses fesses, la souleva et prit la direction de sa chambre.

Elle sentait son sexe mouler le sien, et chacun de ses pas l'excitait davantage. À cet instant, Landon aurait pu l'emmener n'importe où.

Il se pencha pour enlever la couverture, la déposa sur les draps et s'installa sur elle en conquérant, goûtant sa bouche, son cou, ses seins.

Elle l'attira à elle, donnant autant qu'elle recevait.

Sentant la grande main chaude de Landon descendre vers son ventre et investir sa féminité, elle haussa les hanches, frustrée que l'étoffe de son pantalon empêche Landon de lui donner ce qu'elle désirait.

Il la regarda, les yeux noirs de désir.

— Je veux t'avoir tout entière.

Il acheva de la dévêtir puis s'écarta pour la contempler.

— Tu es magnifique. Extraordinaire.

Elle ne put s'empêcher de rougir.

Aucun homme ne l'avait encore regardée comme Landon la regardait. Même lors de leur première fois, il n'avait pas pris le temps de l'admirer ainsi. Cela l'effrayait et lui donnait en même temps un sentiment de puissance.

De nouveau, il l'embrassa tendrement, taquina ses seins, puis fit enfin descendre les doigts vers l'endroit où elle les désirait le plus et la regarda.

— Ouvre-toi, Macie. Laisse-moi te toucher.

Elle détendit les jambes. Sans la quitter des yeux, il trouva son clitoris, et elle sursauta comme sous l'effet d'une décharge électrique. Elle gémit et haussa les hanches. S'offrant. Quémandant.

Quand il enfonça un doigt en elle, elle ferma les yeux et se pressa contre sa main, sentant monter le plaisir. La chaleur qui l'habitait formait une spirale montante de délice. Elle voulait qu'il mette fin à cette délicieuse torture, qu'il la libère. Puis il caressa son clitoris, et ce qui la retenait à la terre se relâcha d'un coup. Elle eut l'impression de s'envoler, un nuage de félicité la transporta hors d'elle-même.

Landon observait Macie qui atteignait l'extase. Il n'avait jamais rien vu de plus beau.

Maintenant, il regrettait toutes ces années qu'ils avaient perdues – même s'il ne savait pas très bien ce qui lui faisait penser qu'ils seraient restés ensemble aussi longtemps.

Elle ouvrit des yeux emplis d'une expression émerveillée et lui sourit.

Oh oui ! le pur plaisir qu'il éprouvait à la faire jouir les aurait liés tout ce temps !

Il avait envie d'être en elle, désespérément. Le besoin de la posséder était douloureux, mais il n'avait jamais vécu un moment pareil, et il voulait le savourer malgré l'appel lancinant du désir.

Il s'allongea à côté d'elle et la contempla.

Elle passa une main sur sa nuque et attira sa bouche sur la sienne. Son baiser fut d'abord doux, appréciateur, avant de devenir très suggestif quand sa langue s'en mêla.

La forte volonté qu'il admirait tant en elle s'exprimait aussi dans la chambre à coucher !

Avec réticence, il la quitta un instant pour ôter son jean. Puis il prit une petite pochette carrée dans la table de chevet, l'ouvrit et se couvrit rapidement.

Macie écarta les bras pour l'accueillir. De nouveau, elle attira sa bouche sur la sienne. Son baiser fut chaud et tendre, puis elle se mit à lui mordiller la poitrine, exacerbant son désir.

Avait-il jamais voulu une femme à ce point ? Oui, peut-être cette fois-là, à Hawaï. Mais aujourd'hui, c'était différent : plus abouti, plus spécial. Cela les liait davantage l'un à l'autre.

Il s'installa entre ses jambes, prêt à la pénétrer.

— Es-tu sûre que c'est ce que tu veux ? demanda-t-il d'une voix enrouée.

— Je te veux. Maintenant.

Les muscles crispés pour se retenir d'aller trop vite, il s'introduisit en elle, centimètre de plaisir après centimètre de plaisir. Elle le saisit aux hanches pour l'encourager à aller plus loin. Une sorte de sanglot lui parvint lorsqu'il fut entièrement en elle. Elle était comme du feu liquide, elle le gainait de façon exquise. C'était si bon.

Il resta ainsi un moment, savourant le simple fait d'être uni à elle. Puis le besoin de bouger s'empara de lui, et Macie l'accompagna. Elle se tortilla et gémit sous lui, suivant son rythme. Ils s'aimèrent avec ardeur, avec frénésie.

Il sentit monter l'orgasme de Macie tandis qu'elle nouait les bras autour de son cou et s'arquait vers lui.

— Landon, dit-elle dans un souffle.

D'un dernier assaut, il la rejoignit dans l'extase.

Un peu plus tard, il émergea de la torpeur du contentement et découvrit qu'il était allongé en travers du lit. Il était vidé comme il ne l'avait jamais été auparavant. Juste ciel, il lui semblait qu'il ne serait plus jamais le même !

Tendant la main, il caressa les cheveux soyeux de Macie et les laissa couler entre ses doigts. Puis, les yeux toujours fermés, il roula vers elle et inhala profondément pour se pénétrer de son odeur.

— Que fais-tu ? demanda-t-elle avec curiosité.

— Je te sens.

— Pourquoi ?

— Parce que l'odorat est le sens le plus puissant pour le souvenir. Je veux me souvenir de ce moment.

Elle fit descendre une main sur son torse.

— Moi, j'aime bien le toucher.

Il se redressa, appuyant la tête sur une main. De l'autre, il lui caressa la hanche.

— Moi aussi. Mais je trouve que la voix procure du plaisir, aussi. Comme quand tu cries mon nom.

Elle grogna et lui adressa une petite grimace.

— Tu ne laisses vraiment passer.

— Non. Tu as bon goût, également.

Du bout de la langue, il lécha la courbe d'un de ses seins.

Elle inspira vivement et rabattit le drap sur elle.

— Tu me chatouilles. Et je dois me lever, de toute façon. J'ai besoin d'un bain et d'habits à moi.

— Tu veux vraiment t'en aller ?

— Oui.

Sans savoir pourquoi, il eut l'impression qu'elle souhaitait prendre ses distances avec lui.

— Qu'est-ce qui ne va pas, tout à coup ?

— Rien, répondit-elle sans le regarder.

Il sentit la colère monter en lui.

— Voyons ! Qu'est-ce qui te tracasse ? insista-t-il.

— Je ne peux pas faire ça, répondit-elle, laconique.

— Quoi ? Me parler ? Coucher avec moi ?

— Nouer une relation avec toi.

— Il est question d'une relation ? rétorqua-t-il.

Il n'avait pas vu si loin. Il savait seulement qu'il la désirait, qu'il l'admirait, qu'il voulait être avec elle.

Elle le transperça d'un regard qui ne lui plut pas.

— Quand je fais l'amour avec quelqu'un, je me sens engagée. Je ne suis pas très bonne pour les aventures d'une nuit. Tu es bien placé pour le savoir.

— Tu m'as demandé de te prendre.

Elle se couvrit le visage des mains.

— Je suis désolée. Je sais, c'est moi qui l'ai suggéré. Je me sentais vulnérable après cette nuit horrible...

Elle le regarda.

— Pardon, Landon. Pour être honnête, je cherchais à évacuer mes émotions. Je me suis servie de toi. Je n'aurais pas dû. S'il te plaît, ramène-moi chez moi.

Maintenant, il était vraiment en colère. Il se sentait bel et bien utilisé, et il n'aimait pas ça. Était-ce ce que Macie avait éprouvé huit ans plus tôt ? Lui rendait-elle la pareille ?

— Tu as raison. Je vais te raccompagner.

La nuit tombait, et il dut se concentrer sur la route.

Macie était assise à côté de lui, raide, les mains posées sur ses genoux.

Il ne comprenait pas ce qui était allé de travers si vite entre eux, alors que tout avait été si parfait quelques minutes avant. Il n'avait jamais eu de meilleure expérience sexuelle, et apparemment cela avait été la même chose pour Macie. Là encore, il la désirait. Il aurait suffi d'un mot d'elle pour qu'il fasse demi-tour et la ramène dans son lit.

Mais elle ne dirait rien. La ligne déterminée de sa mâchoire l'indiquait clairement.

Lorsqu'ils arrivèrent, elle sauta de la voiture et gagna sa porte avant qu'il ait pu descendre. Il resta assis à fixer la maison jusqu'à ce que des lumières s'allument. Puis, lentement, il rentra chez lui, se sentant soudain très seul.

Ils en discuteraient tous les deux après une bonne nuit de sommeil. Peut-être serait-elle dans un meilleur état d'esprit. Ils devaient travailler ensemble durant les prochaines semaines, et il ne fallait pas qu'il y ait de l'animosité entre eux. D'une manière ou d'une autre, il devrait s'en tenir à une relation purement professionnelle. Le problème, c'était que quand il était avec Macie, il ne pensait pas qu'au travail. Et, maintenant encore plus qu'avant, il aurait envie de faire naître encore et encore sur son visage l'émerveillement qu'il y avait vu.

# 7

Macie ne savait pas ce qui était arrivé. Le passé – et toute sa souffrance – était revenu en trombe. La trahison de son père, la disparition de Landon. Elle ne voulait pas repasser par là. Elle s'attachait trop à Landon. Il allait partir. Tout n'était qu'illusion, de toute façon. Il ne lui offrait qu'un avenir limité. Il s'en irait, et elle resterait. Alors, pourquoi prolonger les choses ? Ce qu'elle recherchait, c'était la permanence, une relation aux fondements solides. Pas seulement du sexe. Or, Landon avait été clair, il ne lui offrait rien d'autre.

L'épisode du sauvetage avait été intense. Ensuite, elle avait eu besoin que quelqu'un la prenne dans ses bras. Landon était là. Au contact de son corps viril, elle avait senti le sien s'échauffer, et l'étincelle s'était changée en feu. Elle avait connu un tel plaisir avec lui ! Mais elle savait que ce serait tout.

À présent, la réalité la frappait de plein fouet. Elle ne voulait pas souffrir, elle n'en avait pas le temps. Elle voulait que sa vie reste comme elle était. Elle avait mis des années à en prendre le contrôle et n'allait pas lâcher prise maintenant. Certes, elle avait couché avec Landon, mais elle allait essayer de revenir à la normale. Elle n'avait pas l'intention de répéter ce qui s'était déjà passé entre eux.

Le lundi matin, elle arriva au travail de bonne heure et

s'arrangea pour éviter Landon. En milieu de matinée, elle ne l'avait toujours pas vu.

Peut-être réussirait-elle à passer la journée sans le voir. Pourtant, il lui manquait. Son sourire, ses taquineries et sa façon de la défier étaient devenus une part importante de ses journées.

Son téléphone sonna. C'était Tatiana.

— Landon aimerait vous voir quand vous aurez une minute.

— D'accord. J'irai dans un moment.

Elle s'échauffa malgré elle à la pensée de le voir puis secoua la tête. Non, elle devait se ressaisir.

Un peu plus tard, elle frappa à sa porte et entra lorsqu'il répondit, mais elle resta sur le seuil. Elle ne voulait pas pénétrer dans son espace.

— Tatiana m'a dit que tu voulais me voir ?

Comme elle, Landon semblait avoir mal dormi. Il avait eu une expression de soulagement à son arrivée, mais celle-ci vira tout de suite à la froideur. Il lui opposa un visage neutre, empreint d'une politesse professionnelle.

Alors qu'ils avaient partagé l'échange le plus intime possible, ils étaient redevenus des étrangers.

C'était dur, mais elle resterait forte. D'une manière ou d'une autre, elle survivrait aux dernières semaines de son séjour.

— Tatiana a pris rendez-vous avec les trois maires que tu m'as présentés l'autre soir. J'aimerais que tu viennes avec moi à ces entretiens. Je sais que tu as ton propre travail, mais ta présence facilitera les choses. Ils te connaissent.

— Je me doutais que tu me le demanderais.

Il s'adossa à son fauteuil et s'étira.

— Il y a un rendez-vous cet après-midi, un autre demain matin et le troisième jeudi. Peux-tu te rendre disponible ?

Elle avait une envie folle d'aller à lui et de masser ses

épaules crispées. Et un mal fou à se retenir. Elle avait vraiment cet homme dans la peau. Et craignait qu'il ne se soit aussi insinué dans son cœur.

— Je m'arrangerai.

— Très bien. Alors, rejoins-moi ici à 13 h 30.

— J'y serai.

Il hocha la tête et se remit au travail.

Apparemment, elle était congédiée. Son sourire lui manquait. Qu'est-ce qui n'allait pas chez elle ? Ne se comportait-il pas comme elle souhaitait qu'il le fasse ? Elle ne pouvait pas tout avoir.

À l'heure dite, elle se tenait près du bureau de Tatiana quand Landon sortit du sien, sa veste de sport sur l'épaule. Il portait un pantalon kaki et une chemise vert clair qui faisait ressortir ses yeux. Il était décontracté, sûr de lui, professionnel. Si beau que cela lui coupa presque le souffle.

Il lui sourit, mais son regard resta froid.

Elle essaya d'avaler la boule qu'elle avait dans la gorge.

Elle l'avait blessé. Profondément. Elle ne voulait pas de cette amertume entre eux. Il fallait qu'elle arrange les choses. Si seulement elle pouvait s'expliquer...

Que dirait-elle ? Qu'elle craignait de tomber amoureuse de lui ? Qu'elle ne voulait pas être laissée de nouveau ? Qu'elle avait envie de durée, pas d'une aventure ? Qu'elle l'aimait ?

L'aimait-elle ? Non, ce n'était pas possible.

Et pourquoi ? Il avait prouvé plus d'une fois qu'il était quelqu'un de bien. En tout cas, elle souhaitait revoir briller cette lumière dans ses yeux quand il la regardait. Aussi longtemps qu'elle le pourrait. Lorsqu'il s'en irait, elle pourrait se raccrocher à ça. En savourer le souvenir aussi souvent qu'elle le voudrait.

Si elle ne faisait pas quelque chose rapidement, elle allait rater le bonheur qu'elle pouvait avoir avec lui.

— Macie ? demanda-t-il, l'air interrogateur.

— Oui ?

— Tu es prête ?

— Oui, oui.

Elle le suivit. Ils se rendirent en silence au parking, et un moment plus tard ils furent en route pour Capitol Hill.

— Tu te rappelles où nous allons ?

Elle garda un ton amical, léger. Elle lui parlerait après l'entretien.

— Oui. J'ai assez circulé dans l'île pour pouvoir trouver mon chemin maintenant.

Ce qui était une autre façon de dire qu'il n'avait plus besoin d'elle.

Elle resta silencieuse durant le reste du trajet.

Enfin, Landon s'arrêta sur le parking devant le bâtiment municipal. Il prit sa veste à l'arrière et l'enfila. Il avait encore plus d'allure.

Elle était mal partie ! Elle avait envie de passer les mains sur ses revers et de l'embrasser pour lui souhaiter bonne chance. Après la façon dont elle s'était conduite, il n'apprécierait sûrement pas ce geste. Il l'avait traitée tendrement, passionnément, et elle l'avait repoussé. Mais elle se rattraperait.

Landon lui jeta un coup d'œil.

— Au fait, tu es très jolie.

— Merci.

Il avait remarqué qu'elle avait mis une robe bain de soleil et des sandales assorties !

Quelque chose se réchauffa dans sa poitrine. Peut-être que tout n'était pas perdu.

Ils furent accueillis chaleureusement par le maire, Luc Ramos. Ils parlèrent un moment de l'accident, puis Landon exposa ses idées sur les améliorations à apporter à l'hôpital. Il insista longuement sur son projet de bourses. Il termina en indiquant quelle aide il souhaitait obtenir des communautés locales, rappelant au maire l'importance de soins de qualité pour l'île, et le rôle que l'hôpital jouait dans son économie.

Luc Ramos réagit positivement à leurs plans, mais Macie s'inquiéta lorsqu'il mentionna le problème de l'administrateur. Il fallait que quelqu'un reste en place assez longtemps pour mener ces changements à bien. Landon lui assura qu'il y veillerait, en prévoyant des avantages financiers accompagnés d'un contrat d'une durée suffisante.

— Je ferai part de vos préoccupations à mon conseil d'administration. Je pense que nous trouverons la personne adéquate. Nous étudierons chaque candidature avec soin.

Le maire se leva et lui serra la main.

— Je sais que vous le ferez, et je vous offre mon soutien pour vos propositions. Merci d'être venu.

— Merci à vous, monsieur le maire. Vous avez mon assurance que nous vous procurerons un administrateur de qualité.

Quelques minutes plus tard, Macie et Landon furent de retour dans la voiture.

— Je pense que ça s'est bien passé, dit Landon avec un grand sourire, le premier qu'elle lui voyait depuis qu'elle était partie de chez lui.

— Moi aussi.

Il la regarda vraiment pour la première fois de la journée.

— Merci de ton aide. Je pense qu'avoir ton appui fait toute la différence.

Elle lui rendit son sourire.

— Tu m'accordes trop de crédit, à mon avis.

Il démarra, et ils reprirent la route de l'hôpital.

Elle avait été impressionnée par son autorité et sa concision pour exposer les problèmes et leurs solutions. Elle comprenait pourquoi il était bon dans son métier et espérait une promotion. Tout en lui semblait être au-dessus de tout reproche.

Alors, pourquoi avait-elle toujours du mal à l'accepter ?

— Un de fait, dit Landon en arrivant à l'hôpital. Le rendez-vous de demain matin est à 9 heures. Est-ce que je passe te prendre chez toi ?

Ils quittèrent la voiture et se dirigèrent vers le bâtiment.

— Je veux bien. Ce sera bon de dormir un peu.

— Entendu. Je serai là à 8 h 30.

— Landon, à propos d'hier…

— Macie, tu as été parfaitement claire. Ne revenons pas là-dessus. J'ai un travail à faire ici, et quelques semaines seulement pour le terminer. Si ça ne t'ennuie pas, j'aimerais me concentrer sur mes tâches.

Elle reçut ces paroles comme un coup de poing dans l'estomac. Elle resta figée, espérant que ses genoux ne flancheraient pas, et le regarda s'éloigner, impuissante.

Elle avait tout raté dans les grandes largeurs. Elle avait laissé sa peur la dominer. Ils avaient formé une si bonne équipe, et maintenant il supportait à peine de la regarder ! Mais il devait y avoir un moyen de l'atteindre, de revenir à l'amitié qu'ils avaient eue. Il fallait qu'elle lui laisse du temps…

En attendant, elle restait là, le cœur en pièces.

Le lendemain matin, l'entretien se déroula aussi bien que celui de la veille, mais le deuxième maire insista sur le fait qu'il fallait absolument trouver un administrateur solide.

— Cette histoire d'administrateur est la clé, commenta Landon alors qu'ils redescendaient la colline.

— Je crois t'avoir mentionné le problème le jour de ton arrivée, fit-elle remarquer.

Il haussa les sourcils.

— « Je te l'avais bien dit », c'est ça ?

— Si tu veux, même si l'idée de me vanter est loin de moi. C'est un fait, voilà tout.

— Exact. Je vais établir une liste des exigences requises pour la soumettre à mon patron. Nous verrons s'ils ont quelqu'un à l'esprit.

Au moins, ils se parlaient poliment, se dit-elle. Même s'il l'avait saluée ce matin-là d'un sourire de façade.

— Ne va pas trop vite, observa-t-elle. Nous devons encore voir un maire et le gouverneur.

— Je n'ai pas encore demandé à Tatiana de prendre rendez-vous avec le gouverneur.

— Tu veux bien sortir des sentiers battus, pour ça ?

— Pourquoi pas ? Qu'as-tu derrière la tête ?

Elle quitta la voiture.

— Laisse-moi vérifier quelque chose, et je te le dirai.

Landon lui emboîta le pas.

— D'accord. Tu piques ma curiosité.

Comme elle ne répondait pas, il ajouta :

— Je vais recommander au conseil d'administration de l'hôpital de te faire participer aux procédures pour la nomination d'un nouvel administrateur. Tu le mérites bien.

— Merci. J'apprécierais.

Au moins, elle n'avait pas perdu sa considération professionnelle.

Quand ils entrèrent ensemble dans les bureaux, il s'arrêta et la regarda.

— Merci pour ton aide de ce matin. Ta présence fait toute la différence.

— Je suis contente de coopérer. C'est un projet auquel je crois.

Il continua à l'étudier comme s'il pensait : « Mais tu ne crois pas en moi, c'est ça ? » Finalement, il hocha la tête et entra dans son bureau.

Bien qu'il n'ait rien dit, elle se sentit mal.

Elle avait laissé glisser entre ses doigts ce qu'elle aurait pu avoir. Quand il l'avait laissée à Hawaï, elle s'était sentie malheureuse. Là, elle avait envie de hurler.

Landon ne s'était pas senti aussi mal depuis son enfance. Son estomac faisait les montagnes russes, il avait l'impression d'avoir un marteau piqueur dans la tête et avait de la fièvre.

La veille, il avait téléphoné à Tatiana pour dire qu'il travaillerait chez lui. Ce matin-là, il n'avait même pas eu la force de se lever pour appeler l'hôpital. Il avait passé la nuit à aller de son lit à la salle de bains. Finalement, il était resté allongé sur le carrelage. Dans son délire, il avait pensé qu'il aurait aimé être achevé comme on achève les chevaux.

Pour rendre les choses encore pires, il était sous les tropiques, où le climat est moite et brûlant la moitié du temps. Avoir de la fièvre n'arrangeait rien. Il suait à grosses gouttes.

Il entendit frapper.

Il ferma les yeux. Cela allait peut-être s'arrêter.

On frappa de nouveau.

Il roula sur le côté, appuyant la joue sur le carrelage frais.

— Oh ! mon Dieu, Landon ! Est-ce que ça va ?

Était-ce Macie ?

Il perdait la tête. Elle ne se souciait pas de lui. Elle ne voulait pas de ses baisers, de ses étreintes. Pourquoi serait-elle ici ? Il ouvrit un œil et vit son image brouillée. La lumière l'aveuglait. Il referma la paupière.

— Va-t'en.

— Je ne peux pas m'en aller !

Elle semblait inquiète. Cela faisait longtemps que quelqu'un ne s'était pas inquiété pour lui. C'était lui qui prenait soin des autres, d'habitude.

— Il faut te ramener dans ton lit.

Macie tira sur son bras et tenta de passer le sien sous son dos.

— Landon, tu dois m'aider. Tu es trop lourd pour que je te porte.

Pourquoi ne partait-elle pas ?

— Je veux rester ici.

— Non ! Aide-moi à te mettre debout, ou je devrai appeler les secours.

Elle essaya encore de le bouger.

Pas question de se laisser humilier de la sorte. Que Macie le voie aussi malade était suffisant.

Au prix d'un énorme effort, il se mit à quatre pattes. Elle l'attrapa par la taille et l'aida à s'asseoir sur les toilettes. Puis, toujours avec son aide, il réussit à se mettre debout. Elle grogna quand il s'appuya sur elle de tout son poids. Avec beaucoup de mal, ils allèrent jusqu'au lit où il se laissa choir, les yeux fermés. Elle leva ses jambes et les allongea sur le matelas.

— Écarte-toi du bord, ou tu vas tomber, dit-elle en poussant sur ses hanches.

Grâce à ses efforts, il réussit à se coucher au milieu.

— Tu peux partir, maintenant.

— Pas question, répondit-elle d'un ton sec.

Il n'avait pas l'énergie de se disputer avec elle, alors il referma les yeux et sombra dans le sommeil.

Lorsqu'il se réveilla, il avait quelque chose de frais sur le front, et quelqu'un lui brossait les cheveux en arrière. C'était délicieux. Il gémit.

— Landon, réveille-toi. Tu dois prendre des médicaments et boire quelque chose.

Il connaissait cette voix qui venait de loin. Plus d'une fois, il l'avait entendue dans ses rêves.

Macie. Elle était là ? Rêvait-il ?

— Allez, assieds-toi.

Elle passa un bras derrière lui et le releva. Un objet frais toucha ses lèvres.

— Bois. Bien. Maintenant, il faut que tu avales ce cachet.

Elle le lui mit dans la bouche. Il secoua la tête.

— Mal à la gorge.

— Je sais que tu n'es pas bien, mais tu dois avaler ça si tu veux aller mieux.

Péniblement, elle réussit à lui faire boire un peu d'eau. Après quoi il se laissa retomber sur le lit et ferma les yeux.

La fois suivante, on passait un linge frais sur son torse. Le marteau dans sa tête s'était un peu calmé, ses yeux ne le brûlaient plus. Il soupira. Il était presque bien. Quelque chose se pressa sur son front. Des lèvres, peut-être.

Il se rendormit.

Lorsqu'il reprit conscience, quelqu'un le secouait pour le réveiller. Il avait rêvé qu'il était sur une plage avec Macie. Elle lui tenait la main. Elle se penchait sur lui pour l'embrasser avant de s'en aller, et il essayait de la retenir.

— Macie ?

— Je suis là.

Il ouvrit les yeux et la vit au-dessus de lui. Il fit un effort pour la toucher, mais sa main, trop lourde, retomba sur le lit.

— Comment te sens-tu ?

Sa voix était si douce, si attentionnée.

— Qu'est-ce que tu fais ici ?

— Je te soigne. Quand tu n'es pas venu pour le rendez-vous avec le maire, j'ai compris que quelque chose n'allait pas. Je suis venue voir ce qui se passait.

Elle prit un verre et le fit boire. C'était délicieux.

— Merci, dit-il d'une voix éraillée.

— Rendors-toi pendant que je te prépare à manger.

Il regarda vers la fenêtre. Il faisait nuit.

— Quelle heure est-il ?

— Environ 21 heures.

Il grogna.

— J'ai dormi pendant des heures. Mais je me souviens de quelque chose de frais qui passait sur ma poitrine.

Macie écarta une mèche de cheveux de son visage. Elle paraissait fatiguée.

— Il fallait que je fasse tomber ta fièvre. Elle a cessé il y a deux heures. Maintenant, il faut te nourrir.

Il ferma les yeux, écoutant les pas de Macie qui allait dans la cuisine.

C'était réconfortant de savoir qu'elle était là. Elle revint un moment après, et il ouvrit les yeux pour la regarder. Il aimait la façon dont elle bougeait.

— Tu es réveillé, c'est bien.

Elle posa un bol et un verre d'eau sur la table de nuit.

— Avant de manger, veux-tu aller aux toilettes ?

Il en avait besoin, mais ne voulait pas qu'elle l'aide.

— Je peux m'en occuper tout seul.

— J'en doute. Allez, viens, je vais t'aider.

— Vraiment...

— Pas de discussion. Passe ton bras autour de mon cou, et allons-y.

Elle le traitait comme un de ses patients. Il n'était pas sûr que cela lui plaise, mais il obéit. Une fois aux toilettes, elle passa derrière lui et le tint par la taille.

— Rassure-toi, je ne regarderai pas.

Il était complètement humilié devant *la* femme qu'il aurait voulu impressionner. Au temps pour son ego.

Elle l'aida à regagner son lit.

— Je te revaudrai ça, grommela-t-il.

— Quoi ?

— Te conduire comme une parfaite infirmière et me voir dans mon état le plus faible.

Elle l'adossa aux oreillers.

— Nous avons tous besoin d'aide à un moment ou à un autre.

Il avait du mal à croire que ça lui arrive à elle. Elle paraissait toujours si autonome, si assurée !

— Sérieusement, tu peux partir, maintenant. Laisse-moi mourir en paix.

— Tu ne vas pas mourir. Tu as simplement attrapé ce qu'on appelle le mal des tropiques. Maintenant, laisse-moi te faire avaler quelque chose.

— Où est passée la gentille infirmière si douce ? Tu t'es changée en Nurse-main-de-fer.

Elle rit.

— Il le fallait, dans ton état. Pourquoi ne m'as-tu pas appelée pour me dire que tu étais si malade ?

L'appeler, après la façon dont elle était partie le dimanche ? Il la fusilla du regard.

Elle pinça les lèvres et hocha la tête.

— Compris. Le grand Dr Cochran ne peut pas montrer de faiblesses. Je ne dirai rien à personne.

C'était plutôt qu'il ne voulait pas qu'elle sache à quel point il avait été blessé par sa façon de le quitter. Ni à quel point il était faible en ce qui la concernait. Ni à quel point il avait envie de la reprendre dans ses bras.

Elle se percha sur le bord du lit, prit le bol et la cuillère.

— Je peux manger tout seul.

— Tu veux renverser cette délicieuse soupe chaude sur toi pour prouver que tu es un homme ?

Elle remplit la cuillère et la glissa entre ses lèvres. Il avala. La chaleur faisait du bien à sa gorge irritée. Elle recommença, et il avala de nouveau.

— On ne m'a pas fait manger depuis mon enfance, dit-il. Cela a dû arriver deux ou trois fois à ma mère.

— La mienne arrêtait tout ce qu'elle faisait dès que l'un de nous était malade.

— L'un de vous ?

— J'ai un frère et une sœur, moi aussi.

— Vraiment ? Tu n'en as jamais parlé. Où vivent-ils ?

— Jean vit en Californie et Rob à New York. Nous n'avons pas pu rester à Chicago.

— À cause de ton père ?

Elle hocha la tête.

— Tu leur parles, quelquefois ?

— Je parle assez régulièrement avec ma mère. Avec mon frère et ma sœur, pour les fêtes et les anniversaires.

— Et avec ton père ?

La cuillère tinta contre le bol. Macie posa brusquement celui-ci et se leva.

— Finis ce verre d'eau pendant que je vais te chercher un cachet.

Nurse-main-de-fer était de retour. Avant qu'elle atteigne la porte, il répéta doucement :

— Et avec ton père ?

Elle pivota pour lui faire face, les jambes écartées comme si elle se préparait à se battre.

— Je ne l'ai pas vu depuis le procès. Il est en prison, de toute façon.

# 8

Macie appuya les mains sur le comptoir et courba la tête.

Si elle n'y prenait pas garde, elle allait se sentir mal, elle aussi.

Pourquoi avait-elle dit ça à Landon ? Pour qu'il sache quel genre de personne elle était ? Quelqu'un qui gardait du ressentiment, un ressentiment qui s'infectait quand on la blessait. Qui avait du mal à pardonner. Qui ne donnait pas facilement sa confiance. Qui vivait dans la crainte de se tromper sur les gens.

Elle inspira à fond pour se ressaisir. Prenant deux cachets dans sa paume, elle retourna dans la chambre.

Landon avait glissé sur les oreillers et fermé les yeux.

— Landon, ne te rendors pas. Tu dois prendre ça.

Ses paupières se relevèrent lentement. Sans se plaindre, il avala les cachets avec un peu d'eau.

— Merci de prendre soin de moi.

Il ferma de nouveau ses beaux yeux verts.

Il avait repris quelques couleurs. Ses cheveux partaient dans tous les sens. Sa barbe naissante lui donnait un air dangereux qui lui plaisait beaucoup. Cet homme, même malade, lui faisait quelque chose.

Elle était sûre que si elle n'était pas venue le voir, il n'aurait pas appelé à l'aide. À quoi cela ressemblait-il de ne jamais s'ouvrir à personne ? De devoir toujours être le plus fort ?

Elle l'embrassa sur le front.

— Je ne dirai à personne à quel point tu as eu besoin de moi, lui chuchota-t-elle.

De retour dans la cuisine, elle mangea sa soupe debout et fit la vaisselle. Puis elle retourna voir Landon, qui dormait paisiblement.

Elle comptait passer la nuit chez lui pour le veiller, mais il lui fallait quelque chose pour dormir. Elle fouilla dans sa commode et sortit un T-shirt. Puis elle alla se changer dans la salle de bains, enfilant le T-shirt qui lui arrivait à mi-cuisse. Elle serait présentable si elle devait se lever dans la nuit.

En rejoignant la salle de séjour, elle entrebâilla la porte de Landon pour l'entendre s'il se réveillait. Après quoi elle s'allongea sur le canapé et se couvrit de la courtepointe. Fatiguée de s'être activée et d'avoir été inquiète, elle s'endormit aussitôt.

Macie s'éveilla en sursaut. Elle avait entendu du bruit.

Rejetant la couverture, elle se leva et alla voir dans la chambre.

Landon n'y était pas, mais de l'eau coulait dans la salle de bains. Il n'aurait pas dû se lever sans aide. S'il était tombé ? Elle s'empressa d'ouvrir la porte et découvrit qu'il était en train de prendre une douche.

— Landon ?

— Quoi ?

Il passa la tête hors du rideau.

— Tu es trop faible pour te doucher ! Tu aurais dû m'appeler.

— J'avais besoin de me laver, répondit-il en disparaissant.

Elle soupira. Il allait la rendre folle.

— Comment te sens-tu ?

— Mieux, maintenant que je prends une douche.

Plusieurs minutes s'écoulèrent.

— Landon, s'il te plaît, sors de là. Si tu tombes, je ne pourrai pas te relever.

Il ne répondit pas.

Impatiente, elle ouvrit le rideau.

— Sors, maintenant !

Il était appuyé contre la paroi, tout pâle.

— Bonté divine, Landon !

Elle s'introduisit dans la cabine et coupa l'eau. Puis elle passa un bras autour de sa taille, le fit sortir et l'aida à s'asseoir sur les toilettes. Tout en le soutenant, elle attrapa une serviette et commença à le sécher.

Il frissonna. Elle tâta son front. Pas de fièvre, mais il avait froid. Elle finit de le sécher et posa une autre serviette sur ses épaules.

— Allez, Superman, on retourne au lit.

— Je ne me sens pas super, pour l'instant.

— Je veux bien te croire.

Elle l'aida à se lever, et il passa un bras sur ses épaules.

Elle le ramena non sans mal dans la chambre, où il s'effondra sur le lit. Elle repoussa ses cheveux en arrière.

— Tu ne te lèves plus sans m'appeler.

— Oui, m'dame, murmura-t-il en fermant les yeux.

— Reste de ce côté. Je vais changer les draps avant que tu t'endormes.

Elle rabattit la couverture sur lui. Une fois que le lit fut refait et qu'il eut avalé un autre cachet, elle le borda.

— Tu devrais te sentir mieux demain matin.

— J'ai froid. Tiens-moi chaud.

Elle avait envie de s'allonger près de lui, de le réconforter. En outre, elle était fatiguée, et l'idée de dormir dans un lit la tentait. Refusant de réfléchir à sa décision, elle se glissa entre les draps, posa la tête sur son épaule et un bras sur sa taille.

Landon soupira et murmura :

— Tu me plais, dans ce T-shirt. Surtout quand il est mouillé.

Elle sourit largement.

Il s'était rincé l'œil ! Il n'était donc pas malade au point de ne pas l'avoir remarquée, ce qui était une bonne nouvelle. Elle aurait mal quand il partirait, mais elle ferait avec. Il le faudrait bien.

Elle se blottit contre lui et s'endormit avec lui.

Quand Landon s'éveilla, la chambre était inondée de soleil. Apparemment, c'était l'après-midi.

Il se sentait mieux. Faible, mais mieux, même si son estomac gargouillait avec vigueur. S'il pouvait manger quelque chose, il se sentirait vraiment vivant.

Une chaleur agréable touchait son dos.

Macie. Elle avait passé un bras sur sa taille, et son pied droit posait sur le sien !

Son sexe réagit à ce constat.

C'était une bonne façon de se réveiller, malade ou bien portant. Elle l'avait soigné à merveille. Était-ce un réflexe professionnel, ou parce qu'elle avait des sentiments pour lui ?

Malgré sa réaction physique, il était encore trop fatigué pour songer à faire l'amour même si elle le souhaitait. Et il devait la réveiller pour aller aux toilettes. La dernière fois lui avait servi de leçon.

Par-dessus son épaule, il lança :

— Macie, j'ai besoin de me lever.

Elle se redressa d'un bond.

— Hein ? D'accord.

Elle sortit du lit. Ses cheveux étaient ébouriffés autour

de son visage, et le T-shirt bleu marine était superbe sur elle. Elle était adorable.

Ce qui n'améliora pas son confort.

Elle alla de son côté.

— Comment te sens-tu ?

— Mieux, et j'ai faim. Mais j'ai besoin d'aller aux toilettes, et je crains que Nurse-main-de-fer ne me réprimande si j'y vais tout seul.

Elle rit doucement.

— Je ne suis pas si méchante, si ?

— Seulement quand je prends une douche sans toi.

— Je crois que tu vas vraiment mieux, dit-elle d'une voix enjouée.

— Tu te souviens que je suis nu comme un ver, là-dessous ?

— Je pense que je pourrai me contrôler.

Il grimaça.

— C'est un coup porté à mon ego.

— J'en doute. Je vais t'accompagner à la salle de bains, et si tu tiens debout, je te laisserai un instant pour trouver quelque chose à te mettre.

L'expédition se passa bien, et Macie qui l'avait laissé à son affaire revint avec un short de sport.

— Je t'aide à l'enfiler ?

Il lui lança un regard noir.

— Et puis quoi, encore ?

Elle eut un grand sourire.

— Tu deviens désagréable, c'est bon signe.

Quand il fut habillé, elle lui prit le bras.

— Je vais t'aider à te recoucher.

— J'en ai assez du lit. Je préfère aller m'asseoir à la cuisine et te regarder me préparer des toasts et des œufs au bacon.

— Pas question. Tu dois rester à la diète. Si nous commencions par des toasts au fromage blanc ?

Il souffla.

— Nurse-main-de-fer et ses méthodes !

— Tu mangeras quelque chose de plus consistant plus tard.

Il s'assit à la table de la cuisine, heureux de se poser. Et il contempla Macie à loisir, insoucieux de lui montrer à quel point il appréciait de voir l'ourlet de son T-shirt frôler le bas de ses jolies fesses.

Elle l'avait peut-être blessé, mais elle lui plaisait toujours autant. Et même, après ces dernières heures, il était plus fou d'elle que jamais. S'il lâchait prise et admettait ses sentiments pour elle, que pourrait-il arriver, au pis ?

Il sentit son estomac se contracter à cette idée.

Non, il ne pouvait pas tenir autant à quelqu'un. Si elle ne ressentait pas la même chose, sa vie en serait dévastée. Il ne voulait pas laisser quelqu'un le détruire comme son père avait détruit sa mère.

Macie se tourna vers lui.

— Une tasse de thé ?

— Je préférerais du café.

— Ton estomac n'appréciera peut-être pas.

— Tant pis, je prends le risque. Hier, j'étais à l'article de la mort. Je ne pourrai pas aller plus mal.

Sauf si elle ne partageait pas ses sentiments.

— Tu n'es pas un peu mélodramatique ?

— Je suis médecin. Je sais ce que je dis.

Elle sortit le fromage du réfrigérateur.

— Ne dit-on pas que les médecins font les pires patients ?

— Et voilà Nurse-main-de-fer qui revient. Je préfère la chaude et tendre Macie blottie contre moi.

En rougissant, elle finit de préparer le repas.

Ils mangèrent en silence, et il fut soulagé de voir que son estomac tenait bon. Quand il eut fini ses toasts, il s'adossa à sa chaise et leva sa tasse de café.

— Merci d'être venue me sauver.

— Je t'en prie. Vous, les hommes, vous avez beau vous croire forts, vous avez besoin de soutien quand les choses ne vont pas comme vous voulez.

Des ombres emplirent ses beaux yeux bleus.

— Mais encore ? demanda-t-il.

Elle parut surprise qu'il ait vu sa tristesse. Elle l'observa un moment puis se décida à parler.

— Je pensais à mon père. Ce qu'il nous a fait vivre a été très dur. Humiliant... Et sans doute pour lui aussi.

Elle baissait la tête, triturant sa serviette comme quand elle était nerveuse.

— À propos de l'autre jour... Je sais que tu dois me prendre pour une allumeuse.

— Non. Je comprends, maintenant. C'est probablement pour le mieux.

— Tu méritais d'être traité autrement. J'ai essayé de te le dire lundi, mais tu n'as pas voulu m'écouter. En fait, j'étais terrifiée. Parce que tu me plais trop.

Son cœur se gonfla.

Et voilà. C'était ce qu'il ne voulait pas entendre de la part d'une femme, mais qu'il avait quand même rêvé d'entendre de la bouche de Macie.

— C'est une mauvaise chose ? demanda-t-il doucement. Il y a toujours eu une étincelle, entre nous.

— Je sais bien. C'est juste que j'ignore à quoi cela peut nous conduire.

Elle semblait bel et bien avoir peur.

— Je ne te ferai pas de promesses. Je t'ai déjà dit que les choses ne durent pas avec moi. « Pour toujours », ce n'est pas pour moi. Ce que j'aimerais énormément, c'est profiter du présent. Ne pourrions-nous pas être bons amis et en jouir au maximum pendant que je suis ici ?

— J'ai du mal à faire confiance.

Il tendit le bras à travers la table et posa la main sur la sienne.

— Je ne disparaîtrai pas de nouveau sans rien dire, Macie. Tu peux te fier à moi. Je ne suis pas ton père.

Elle lui offrit un sourire crispé mais ne répondit pas.

Il avait espéré davantage. Pourquoi ? Ne souhaitait-il pas juste passer du bon temps, rien de plus ? Mais il s'assurerait de ne plus la blesser.

— Quelle heure est-il ? demanda-t-il.

— 16 heures.

Il commença à se lever.

— Il faut que j'appelle l'hôpital.

— Hier, j'ai prévenu Tatiana que nous travaillerions chez toi aujourd'hui. Tout doit bien aller, sinon on nous aurait appelés. Ce qu'il te faut, c'est te remettre au lit et te reposer. C'est la seule chose à faire pour que tu sois assez bien dimanche après-midi pour rencontrer le gouverneur.

Il se redressa sur sa chaise.

— Tu as obtenu un rendez-vous ?

Elle se leva pour débarrasser.

— En quelque sorte.

— C'est-à-dire ?

— Nous nous rendrons sur son lieu de pêche favori et tomberons « accidentellement » sur lui.

— Macie Beck, je n'aurais jamais cru que tu sois aussi roublarde.

Elle sourit et haussa les épaules.

— Qu'est-ce que je peux dire ?

— Rien, sinon que tu vas venir regarder un film avec moi, parce que je n'ai pas sommeil.

— D'accord. Quand j'aurai rangé ici.

Lorsque Macie le rejoignit dans la chambre, il avait un film prêt à démarrer. Elle prit une chaise dans le coin et l'installa près du lit.

— Hé ! qu'est-ce que tu fais ? protesta-t-il.

— Je m'assieds.

— Viens ici à côté de moi. Je promets de ne pas t'attaquer. De toute façon, je n'en aurais pas la force.

Elle compara la chaise au lit.

— D'accord, dit-elle. Ce sera plus confortable.

Elle empila des oreillers contre la tête de lit et s'y adossa, en laissant autant d'espace entre eux que possible.

— J'espère que tu aimes le suspense, dit-il.

— Oui, beaucoup.

— Alors ce film va te plaire.

Il appuya sur la télécommande, et le film démarra. Au bout de quelques minutes, il regarda du côté de Macie et la découvrit endormie, le menton appuyé sur la poitrine.

En souriant, il passa un bras autour de ses épaules et l'attira à lui. La tête sur son épaule, elle roula sur le côté et posa une main sur son cœur. Tandis que le film continuait à ronronner, il ferma les yeux et s'endormit aussi.

Il voulait bien être malade, dans ces conditions.

Quand Macie s'éveilla, c'était la fin de l'après-midi. Une main caressait sa cuisse. Elle en ressentait de l'excitation au creux du ventre. Elle resta lovée contre Landon, une main sur son torse. Il sema des baisers sur son front.

Elle leva les yeux vers lui.

Une flamme qui n'avait rien à voir avec la fièvre ou de l'amitié brillait dans son regard vert. Il la désirait.

Il l'embrassa tendrement, avec hésitation, comme s'il n'était pas sûr d'être le bienvenu.

Il lui briserait peut-être le cœur, mais elle le voulait, et elle voulait qu'il le sache.

Elle lui passa une main autour du cou, lui offrant sa bouche.

— Tu crois qu'on devrait ? murmura-t-elle contre ses lèvres. Tu es encore faible.

— Pas tant que ça.

Il lui prit la main et lui fit toucher son sexe dur. Après quoi il lui décocha un sourire coquin.

— Mais si tu prenais les commandes, ça pourrait aider.

Elle sentit son sang s'emballer, son ventre palpiter.

— Qu'est-ce que tu as à l'esprit ? balbutia-t-elle.

— Grimpe sur moi, et je te montrerai.

Il fit passer une de ses jambes sur lui, et elle l'enfourcha. Il leva les mains pour saisir ses seins.

— Si parfaite...

Elle se frotta contre lui, éprouvant un vif plaisir. Bientôt, ils furent pris d'une frénésie de caresses et de baisers. Landon lui ôta sa petite culotte. Elle l'aida à se défaire de son short et se prépara à le prendre en elle.

— Regarde-moi, Macie, murmura-t-il tandis qu'il caressait son clitoris. Je veux que tu saches qui te donne du plaisir. À qui tu peux te fier pour être sincère et honnête avec toi.

Ivre de désir, elle se pressa contre son doigt. Le plaisir montait, montait... Et soudain la spirale de la volupté l'emporta.

— Landon, gémit-elle.

— Laisse-toi aller, chérie. Je te tiens.

Elle rejeta la tête en arrière et ne tarda pas à s'envoler sur les ailes de l'orgasme. Ses genoux flanchèrent, et il la recueillit sur lui.

Leurs cœurs battaient l'un contre l'autre. Il lui caressait le dos. Elle se sentait aussi faible qu'un nouveau-né. Au bout de quelques instants, Landon dit :

— Chérie, j'ai besoin de toi.

Elle retrouva assez d'énergie pour se mettre à cheval sur lui. Quand elle se laissa glisser sur son sexe dressé couvert d'un préservatif, il poussa un grognement de plaisir. Elle le prit entièrement en elle, se releva, puis recommença. Plusieurs fois. Elle répéta ce mouvement jusqu'à ce que Landon crispe les mains sur le drap. Alors elle accéléra son rythme. Il lui attrapa la nuque d'une main et attira sa bouche sur la sienne. Ce baiser fut si érotique qu'elle en trembla, et bientôt ils connurent ensemble la béatitude de l'extase.

Elle se laissa retomber sur lui, à bout de souffle.

Aussi sûrement que les vagues de l'océan frappaient le rivage, elle était amoureuse de Landon Cochran.

Landon regarda Macie qui marchait à côté de lui sur la jetée.

Elle portait un T-shirt ajusté, un short en jean qui laissait voir ses belles jambes, une casquette de base-ball et des lunettes de soleil. Elle était ravissante, mais surtout elle souriait, et il savait que c'était lui qui lui avait mis ce sourire aux lèvres.

Il lui sourit à son tour.

C'était l'après-midi de dimanche. Il s'était rétabli rapidement. Ils avaient passé tout le samedi au lit, à parler, à regarder des films, et bien sûr à faire l'amour. Il n'avait jamais connu une expérience sexuelle aussi satisfaisante. Son sourire s'élargit.

Macie était tout ce dont il avait jamais rêvé.

Elle lui lança un coup d'œil en biais.

— Pourquoi ce sourire ?

— Je me disais que si je révélais mon remède pour guérir du mal des tropiques, on ne me croirait pas.

Elle rougit.

— Je ne traite pas tous mes patients de cette façon.

— Je l'espère bien ! J'aime à penser que je suis spécial. Et maintenant, si tu me parlais de ton plan ?

— Disons que le gouverneur est plus accessible quand il a une canne à pêche à la main. Tu as dit qu'il nous faut des réductions d'impôts et un apport financier. C'est lui qui peut les accorder à l'hôpital, et nous avons besoin qu'il donne son agrément. Quand il pêche, il est plus conciliant.

— Tu es retorse, Macie Beck.

— Je dirais simplement « réaliste », précisa-t-elle en abaissant un peu sa visière.

— Bien sûr. Alors comment allons-nous nous y prendre ?

— Rien de spécial. Nous nous assiérons pas loin de lui et engagerons la conversation. C'est le moment de se concentrer. Tu vois l'homme à la chemise bleue, sur la gauche ?

— Oui.

— C'est lui, chuchota-t-elle.

Quelques instants plus tard, ils étaient assis sur la digue, les jambes ballantes.

Macie se pencha en avant et regarda par-delà Landon.

— Gouverneur Nandos ? Est-ce vous ? lança-t-elle d'une voix suave.

L'homme trapu, d'âge moyen, tourna la tête vers eux.

— Ça alors ! Macie ! Comment allez-vous ?

— Très bien, monsieur. Et vous ?

— Je vais toujours bien quand je pêche, répondit-il en surveillant sa ligne.

Macie désigna Landon d'un signe de main.

— Avez-vous rencontré notre administrateur par intérim, le Dr Landon Cochran ?

— Non.

— Ravi de vous connaître, monsieur, dit Landon en se levant pour aller lui serrer la main.

Le gouverneur sourit de toutes ses dents. Il y eut quelques instants de silence, que Macie rompit.

— Monsieur le gouverneur, j'ignore si vous le savez, mais le Dr Cochran fait un audit de l'hôpital. Je l'assiste dans son étude. Ensemble, nous avons mis au point un plan de redressement.

— Ah oui ? fit le gouverneur, intéressé.

— Oui, nous avons quelques idées très novatrices.

— D'ordinaire, je ne parle pas affaires quand je pêche, mais je dois dire que vous piquez mon intérêt. Quelles sont ces idées ?

Landon lui exposa leur projet à sa façon claire et concise.

Le gouverneur hocha la tête.

— Cela semble prometteur. Je pourrais soutenir vos vues. Mettez vos propositions par écrit, et je les étudierai.

— Puis-je dire à mon conseil d'administration que ce plan vous convient ? se risqua à demander Landon.

— Vous pouvez leur dire que je le considérerai avec sérieux. S'ils acceptent de faire leur part, je ferai la mienne.

Il se concentra de nouveau sur sa canne à pêche.

Landon pressa la main de Macie, qui lui sourit largement.

Un quart d'heure plus tard, ils décidèrent de s'en aller. Macie avait envie d'un hamburger.

— Vous partez ? demanda le gouverneur.

— Oui. Nous ne voulons pas vous déranger plus longtemps.

— D'accord. J'attends ces propositions sur mon bureau dans la semaine.

— Vous les aurez, lui assura Landon.

Alors qu'ils regagnaient la côte, Macie lui prit la main et la balança entre eux en faisant un petit bond.

— On a réussi !

Il sentit sa joie l'illuminer de l'intérieur.

Il pourrait devenir accro à cette sensation si cela devait durer.

# 9

Le lundi matin, quand Macie et Landon retournèrent travailler, Tatiana leur jeta un regard interrogateur en les voyant arriver ensemble au bureau, mais Landon se chargea aussitôt de l'occuper.

Dans la semaine, en marge de ses tâches, ils fixèrent un nouveau rendez-vous avec le maire que Landon n'avait pas pu voir, et Macie l'aida à mettre en forme les propositions à remettre au gouverneur.

Elle ne s'était pas sentie aussi heureuse de vivre depuis que l'arrestation de son père avait fait basculer son univers. Le seul nuage noir à l'horizon était que Landon devrait bientôt partir. Sa mission de six semaines touchait à sa fin.

Ils n'en parlaient pas, mais ils y pensaient tous les deux. Landon ne parlait pas de ce qu'il y avait entre eux, et elle ne posait pas de questions. Il ne disait jamais rien non plus de ses sentiments, mais à en juger par ses actes il était aussi amoureux d'elle qu'elle de lui. Le problème, c'était de savoir s'il s'autoriserait à agir en fonction de ces sentiments.

Deux ou trois fois, il avait pris des appels dans son bureau, toutes portes fermées. Il ne lui en avait rien dit, mais elle était sûre qu'ils concernaient le poste qu'il voulait obtenir.

Elle lui souhaitait le meilleur, toutefois elle craignait qu'il s'en aille. Elle devait accepter d'avoir le cœur brisé. Elle avait fait ce choix et devrait vivre avec. Le plus triste aurait été qu'elle ait continué à tenir Landon à distance. Là, au moins, elle avait été heureuse, et cela valait bien la souffrance à venir. Cette période resterait toujours la plus précieuse de sa vie.

Le jeudi, ils eurent à traiter une urgence concernant une jeune parturiente qui avait été mal soignée dans une clinique privée. Lorsqu'ils l'eurent tirée d'affaire, ils allèrent voir le bébé dans son berceau.

— Est-ce que tu as eu envie un jour d'avoir des enfants ? demanda Macie.

— Il y a longtemps, oui. Avant que je comprenne à quel point ils pouvaient être blessés par leurs parents. Et toi ?

— J'ai souvent rêvé d'en avoir une pleine maisonnée.

Elle lui jeta un coup d'œil et ne précisa pas « avec toi ».

— Je pense que tu serais une mère formidable.

Ses mots avaient la douceur d'une caresse.

— Merci. J'essayerais, en tout cas. Et je parie que tu ferais un père merveilleux. En plus d'être l'homme le plus sexy que je connaisse.

Il lui lança un sourire coquin.

— Ah oui ? Que dirais-tu de me montrer à quel point tu me trouves sexy ce soir ?

Elle fit mine de réfléchir.

— Je pourrais peut-être me laisser convaincre...

Landon regarda autour d'eux et, voyant que la nurserie était vide, lui vola un bref baiser.

Le vendredi, Landon avait annoncé à Macie qu'il l'emmènerait le soir dans un endroit spécial. Il avait refusé de lui en dire plus, tout en précisant qu'il aimerait lui voir porter une certaine robe qui lui plaisait beaucoup. À la fin de la journée, elle était rentrée chez elle se changer, manifestement très excitée par ce rendez-vous mystérieux.

Dès qu'il arriva devant chez elle, elle sortit comme si elle l'avait guetté depuis la fenêtre. Elle portait la tenue qu'il lui avait demandé de mettre, une robe jaune dont la jupe lui moulait les hanches et s'évasait en plis fluides, et dont les fines bretelles mettaient en valeur ses épaules bronzées.

Il sentit sa poitrine se contracter.

Tout en elle le faisait se sentir bien, profondément.

Il la prit dans ses bras, et elle l'embrassa comme si elle ne l'avait pas vu depuis des jours, et non depuis une heure.

C'était ce qui lui manquerait le plus quand il partirait. Mais ce soir-là, il profiterait de chaque minute avec elle et remettrait le reste au lendemain.

— Tu me dis où nous allons ?

— Pas encore. Tu verras.

Il la fit monter en voiture, suivit la route de la côte jusqu'à ce que les lumières de la ville aient disparu puis tourna dans le chemin que Joe lui avait indiqué. Quand il aperçut l'eau au loin, il se gara.

— Comment as-tu trouvé cet endroit ? demanda Macie en regardant autour d'elle.

— Par Joe. Cette plage appartient à un membre de sa famille, et il m'a donné la permission de venir.

— Tu deviens un véritable insulaire !

Il alla prendre le panier de pique-nique dans le coffre. Ensuite, s'emparant de sa main, il la conduisit jusqu'à la plage, où un feu de camp avait été préparé à sa demande.

Il étala une couverture par terre et alluma le feu. Cela fait, il s'assit à côté de Macie et approcha le panier pendant qu'elle s'extasiait sur son sens de l'organisation.

Elle était si féminine, si élégante, avec ses jambes repliées sur le côté et ses cheveux soulevés par la brise !

Tel un magicien, il sortit du champagne et des flûtes, un assortiment de crevettes et de fruits de mer, des crudités, du pain et des fruits.

— Où as-tu trouvé tout ça ? demanda Macie, ébahie.

— Par Joe, encore. Son oncle est chef cuisinier dans un complexe hôtelier.

— Il faudra que je le remercie.

Il fit une petite grimace.

— L'idée est de moi !

— Oh ! mais je prévois de te remercier aussi ! dit-elle en lui décochant un sourire sexy.

Il la regarda longuement.

— Nous n'allons jamais manger si tu continues à me regarder ainsi.

Elle rit, et son rire argentin s'enroula autour de son cœur.

Après avoir rempli leurs flûtes de champagne, il leva la sienne.

— Je voudrais porter un toast à une belle soirée, avec une très belle fille.

— Merci.

Elle fit tinter sa flûte contre la sienne, après quoi il la servit et se servit à son tour. Ils mangèrent un moment en contemplant la mer.

— Qu'est-ce qui t'a donné cette idée ? demanda Macie. Je ne te savais pas si...

— Si romantique ? En fait, l'idée m'est venue pendant que j'étais malade. J'ai rêvé que j'étais sur une plage avec toi, te tenant la main pendant que nous regardions les étoiles. Je me suis dit qu'il fallait essayer. J'ai entendu dire qu'il y aurait une pluie d'étoiles filantes ce soir. C'est l'endroit rêvé pour les observer, non ? Et puis, je ne t'ai encore jamais invitée à un rendez-vous, et j'ai pensé que cela te plairait peut-être d'être courtisée.

Elle se pencha et lui donna un tendre baiser.

— Ça me plaît, en effet. Merci.

Quand ils eurent fini de déguster leur festin, il rangea

tout et remit du bois dans le feu. Puis ils s'allongèrent sur le dos et mêlèrent leurs doigts.

Ils passèrent l'heure suivante à observer le ciel en silence. De temps à autre, l'un d'eux criait : « J'en vois une ! »

Puis, n'y tenant plus, il prit Macie dans ses bras et lui embrassa le cou, les épaules.

Elle allait lui manquer plus qu'il ne l'aurait jamais imaginé.

— Tu me plais vraiment dans cette robe. Mais je pense que tu me plairais encore plus sans, murmura-t-il contre sa bouche.

Le lendemain matin, Macie souriait en se prélassant sous le porche de Landon où elle prenait son thé. Il était assis à côté d'elle, à portée de main.

La nuit avait été merveilleuse. Elle flottait encore dans une brume de béatitude. Ils avaient fait l'amour sur la plage puis avaient recommencé chez lui. Landon s'était montré si tendre qu'elle s'était demandé s'il n'essayait pas de lui faire comprendre à quel point elle était spéciale pour lui.

Maintenant, ils profitaient tranquillement de la matinée. Elle souhaitait qu'il puisse en être toujours ainsi. Peut-être pourrait-elle le convaincre de rester à Saipan. L'amener à voir qu'il pourrait avoir une bonne vie avec elle, ici...

— Macie ?

— Oui ?

— Le coup de fil que j'ai reçu vendredi quand tu étais dans mon bureau venait de Washington.

Son estomac se noua. Elle se tourna vers lui, sur le qui-vive.

— Quand pars-tu ?

— Dans deux jours.

Elle se sentit terriblement oppressée.

— Si tôt !

Il tendit la main pour la poser sur son bras.

— Nous savions que cela arriverait.

Oui. Mais cela ne voulait pas dire qu'elle était prête à le laisser partir.

— Viens avec moi, ajouta-t-il doucement. Je sais que tu serais un atout pour l'OMS.

Elle secoua la tête.

— Je ne peux pas faire ça.

— Pourquoi ? Nous formons une équipe formidable. Je ne veux pas que ça s'arrête.

— On a besoin de moi ici. Et j'y suis chez moi.

Il se leva et lui jeta un regard noir.

— Tu t'y caches, oui !

— Quoi ?

— Tu restes ici parce que tu as peur de rentrer chez toi. Peur d'affronter ce que tu as laissé derrière toi.

Elle ne pouvait pas croire qu'il lui parlait ainsi.

— Ce n'est pas vrai. Et je n'ai pas d'endroit où retourner.

— Tu as une mère, un frère et une sœur. Et même un père. Qu'as-tu ici ?

— Plein d'amis.

— D'accord, mais ce n'est pas une famille. Tu vis dans une petite maison de location, tu travailles sans cesse. Tu es tout le temps là pour les autres, mais qui est là pour toi ?

— Tu étais là, mais tu t'en vas.

— Nous savions tous les deux quand je suis arrivé que je ne resterais pas longtemps.

— Je sais, dit-elle en regardant le sol. Je me suis dit de ne pas trop m'attacher à toi. Mais ça n'a pas marché.

Il lui dédia un sourire crispé et lui prit la main.

— Avec tes aptitudes, si tu viens avec moi à Washington sans vouloir travailler à l'OMS, tu peux être engagée dans n'importe quel grand hôpital. Là-bas aussi, tu pourrais laisser ta marque, mais avec moi. Penses-y, je t'en prie.

— Landon, je dois rester ici pour aider les gens de Saipan.

Et pour voir se mettre en place à l'hôpital les plans que nous avons faits. Il faut bien que l'un de nous deux soit là !

Elle le vit tiquer. Sa remarque avait fait mouche.

Il lâcha sa main.

— Je pense que tu as fait ton temps.

On aurait dit le verdict d'un juge. Ferme et définitif.

Elle plissa les paupières.

— Que veux-tu dire ?

— Que tu as assez fait pénitence pour le mal que ton père a causé en te réfugiant ici, au milieu de nulle part pour aider les oubliés.

— Ce n'est pas vrai !

— Si. Tu as passé ton temps à fuir, et maintenant c'est moi que tu fuis. Mais ce fatras de culpabilité est toujours en toi. Tu ne pourras jamais y échapper parce que tu le portes avec toi. À un moment donné, il faudra bien que tu te retournes et que tu l'affrontes. Tu essayes de réparer les malversations de son père en sacrifiant ta vie.

— Je ne sacrifie rien du tout, rétorqua-t-elle en le fusillant du regard.

— Et nous ?

— Quel « nous » ? Tu n'en veux pas réellement. J'ai déjà vécu dans un monde d'illusions, je refuse de recommencer. Ce que nous avons fait ici, c'est jouer au couple. Tu m'offres de faire la même chose à Washington. Tu as dit toi-même que tu ne pourrais jamais donner plus, et pourtant tu me demandes de quitter tout ce que j'ai construit pour ça.

— Ce n'est pas vrai.

Elle le considéra un moment.

— Pourquoi ne resterais-tu pas, toi ? Pourquoi ne serais-tu pas l'administrateur de cet hôpital ? Encore mieux, tu pourrais pratiquer la médecine comme autrefois. Nous pourrions t'utiliser, ici.

— J'ai un poste qui m'attend à Washington, Macie. J'ai travaillé dur pendant des années pour l'avoir.

— Est-ce vraiment ce que tu veux ? Être assis dans un bureau à manipuler des dossiers et à dire aux gens ce qu'ils doivent faire pour leurs patients ? Tu as choisi cette voie pour aider ta famille, mais est-ce vraiment ton rêve ? Ne préférerais-tu pas t'occuper de tes propres patients ?

Il la regarda, interloqué.

— Mon travail est important.

— Personne ne dit le contraire, mais est-ce ton idéal ?

— Un monde parfait n'est pas possible.

— Je suis entièrement d'accord là-dessus, mais n'est-il pas temps que tu aies ce que tu souhaites ? Ton frère et ta sœur vont bien, ils ont une famille. Et toi ? Tu pourrais en avoir une qui t'aime si tu laissais entrer quelqu'un dans ta vie. Tu n'as pas à avoir peur de devenir ton père.

— Ce n'est pas mon père que je crains de devenir, c'est ma mère ! cria-t-il.

Macie en eut un choc.

— Ta mère ?

Il se releva et arpenta le porche.

— Oui ! Elle aimait mon père si désespérément que quand il est parti, elle a détruit sa vie et celle de ses enfants. J'ai peur d'aimer trop profondément et de causer du tort à tout le monde autour de moi si je perdais cet amour.

— Alors, tu veux me tenir à distance parce que tu crains de trop m'aimer ?

— Dans ce cas ce n'est pas de l'amour. C'est de l'obsession.

Elle se leva à son tour.

— Landon, je pense que tu as besoin de savoir ce que tu veux.

— Je veux ce poste à Washington, et je suis sur le point de l'avoir. Je ne peux pas laisser passer cette chance.

— Tu ne peux pas la laisser passer *pour moi,* c'est ce que tu ne dis pas.

Il lui jeta un regard gêné.

— Ce n'est pas ce que j'ai dit non plus.

— Non, mais c'est ce que tu penses. Pour m'avoir, il faudrait que tu restes ici, c'est-à-dire que tu renonces à ce poste et que tu admettes que tu m'aimes. Ton attitude me rappelle celle de mon père : prêt à tout pour avoir ce qu'il voulait mais sans rien donner en retour.

Il s'arrêta brusquement.

— C'est injuste. Je ne causerais jamais de tort à des gens comme ton père l'a fait.

— Je suis d'accord, tu vaux mieux que lui. Mais le principe est le même. Écoute : ton avenir est à Washington, et le mien est ici. Nous devrions nous en tenir là. Nous dire que nous avons eu du bon temps tant que ça a duré.

Tout avait été dit.

— J'aimerais rentrer chez moi, maintenant. Nous avons tous les deux besoin de réfléchir.

— Macie..., la supplia-t-il en faisant un pas vers elle.

Elle avait envie de courir dans ses bras, de le serrer fort et de l'entendre dire qu'il ne la laisserait jamais partir. Mais l'incapacité de Landon à voir la vérité lui faisait physiquement mal.

— Non, s'il te plaît. Si tu me touches, je pourrais m'effondrer, et nous n'avons pas besoin de ça. La dernière chose que je souhaite, c'est que tu te sentes piégé par moi.

Il inspira vivement et recula.

— Macie ! Ce n'est pas ce que j'éprouve.

— Tu crois ?

Il eut la bonne grâce de ne pas répondre.

Elle inspira avec difficulté. La douleur qui l'habitait était plus grande que tout ce qu'elle aurait pu imaginer.

Elle ramassa ses affaires en silence, se tourna vers la porte, et Landon la ramena chez elle.

Lorsqu'elle sortit de la voiture, il demanda :

— Est-ce que je peux t'appeler plus tard dans la journée, ou demain ?

Elle secoua la tête.

— Non, je ne pense pas que cela rendra les choses plus faciles, et nous ne changerons pas d'avis.

— Je prends le premier vol lundi matin. Viendras-tu m'accompagner ?

Elle battit des cils deux ou trois fois pour retenir ses larmes. Faisant signe que non, elle courut à l'aveuglette jusqu'à sa porte d'entrée. Elle réussit tout juste à entrer dans la maison avant d'éclater en sanglots.

# 10

Landon était à Washington depuis une semaine. Alors qu'il aurait dû être heureux de prendre son nouveau poste et bien qu'il ait été plus occupé que jamais, cette semaine lui avait paru la plus longue de sa vie.

Il avait quitté Saipan le cœur lourd. Il n'avait pas vu Macie depuis qu'il l'avait déposée chez elle sauf une fois, brièvement, à l'hôpital. Plus d'une fois, il avait pris son téléphone pour l'appeler puis l'avait reposé. Puisqu'elle avait besoin de recul, il lui en avait laissé. Néanmoins, il avait souffert qu'elle n'ait pas voulu passer avec lui le peu de temps qu'il leur restait. Il avait espéré qu'ils feraient des plans pour se revoir, peut-être à Hawaï, mais elle ne l'avait pas contacté.

Elle n'était pas non plus venue à l'aéroport lui dire au revoir. Il avait compté naïvement sur cette occasion de la tenir encore une fois dans ses bras... Mais rien. Il l'avait cherchée en vain du regard et, pour finir, il avait gagné l'avion d'un pas lourd. Puis la colère était venue. Il ne comprenait pas pourquoi elle ne voulait pas venir avec lui. Cela faisait des années qu'elle n'avait pas vu sa famille. Elle pourrait au moins faire un essai ! Pour lui, pour elle-même...

C'était seulement en regardant par le hublot, au décollage, qu'il avait vu sa voiture garée sur le bord de la route. Elle était debout à côté, fixant son avion. À cet instant, elle s'était emparée de son cœur, il avait éprouvé la sorte d'amour que sa mère avait porté à son père : celui qui peut emporter vers les sommets ou faire tomber au plus bas.

Après un long vol et une nuit sur la côte Ouest, il était arrivé à Washington et s'était installé dans un hôtel situé à côté des bureaux de l'OMS.

Durant la semaine, il avait passé beaucoup de temps à pousser les membres du conseil d'administration à étudier ses suggestions pour l'hôpital de Saipan. Il était assez confiant sur les chances qu'avaient ses propositions d'être acceptées, mais il fallait encore que le conseil s'entretienne avec les deux représentants de l'île au Congrès et avec le gouverneur. Malgré ses occupations, il ne pouvait s'ôter Macie de l'esprit. Dans la journée il survivait, mais la nuit il mesurait l'ampleur de sa perte.

Il n'avait rien à retrouver ici. Il n'avait ni maison ni voiture. Comme il voyageait tout le temps, il n'avait pas vu la nécessité d'en acheter. Il n'avait strictement rien dans sa vie, ni émotionnellement ni matériellement. Il était seul, complètement seul.

Il n'avait pas été seul à Saipan. Il avait eu Macie. Qu'est-ce que ce serait de rentrer chez lui chaque soir pour la retrouver ? Pour retrouver leurs enfants ? Il n'avait jamais eu ce genre de pensées auparavant. À présent, cela lui semblait le summum du bonheur.

Il prit l'habitude de travailler tard pour passer le moins de temps possible dans sa chambre d'hôtel.

Une autre semaine s'étira, et sa solitude lui parut écrasante. Retrouverait-il un jour le bonheur ?

Il devait se rendre dans le Midwest pour un autre projet. Il serait à quelques heures de chez sa sœur et de chez son frère, qui habitaient dans le même État. Il décida d'aller les voir.

Quand il arriva chez sa sœur, Nancy, qui avait tout

organisé, elle et son frère le prirent dans leurs bras, et il retrouva un peu de la chaleur qu'il avait connue à Saipan. C'était là de l'amour – du bon amour bien sain. Le dîner fut mouvementé, Nancy et Adam ayant tous les deux de jeunes enfants, mais ce fut plein de rires et de voix fraîches, et pour la première fois Landon se sentit même envieux de son frère et de sa sœur.

Le repas terminé, son beau-frère et sa belle-sœur s'éclipsèrent discrètement pour coucher les enfants, les laissant seuls, Adam, Nancy et lui. Au début, ils se regardèrent, hésitants, puis ils se mirent à parler tous les trois en même temps, heureux de se retrouver.

Nancy fit observer qu'il avait mauvaise mine.

— Ce doit être le décalage horaire. Je reviens juste de Saipan.

— Qu'y avait-il, là-bas ? demanda Adam.

Le bonheur. Macie. Tout.

— Un hôpital que je devais auditer. Ma mission a été très positive.

— Et tu vas prendre ce nouveau poste ?

— Oui, je vais être nommé au conseil d'administration de l'OMS.

— Impressionnant.

— Tu vas vivre à Washington ? demanda Nancy.

— Oui. Je vais enfin rester au même endroit.

— Super ! Nous pourrons te voir plus souvent. Mais tu ne sembles pas aussi heureux de cette superbe promotion qu'on pourrait s'y attendre.

Non, il ne se sentait pas vraiment heureux.

— Qu'est-ce qui ne va pas ? insista-t-elle en le scrutant. Je sais ! Tu as rencontré une femme là-bas !

Landon grogna, et Adam frappa la table de sa main.

— Il était temps !

— Alors, quand allons-nous la rencontrer ? demanda Nancy.

Il pinça les lèvres et détourna les yeux.

— Je ne pense pas que cela arrive.

— Quoi ? Pourquoi ?

Comme il était resté très proche de son frère et de sa sœur, il leur raconta ce qui s'était passé avec Macie.

— Elle n'a pas voulu venir avec moi, conclut-il.

— Tu lui as dit que tu es amoureux d'elle ?

— Non. Je ne m'en étais pas rendu compte moi-même avant mon départ.

Nancy le regarda, l'air incrédule, et lui tapota la main.

— Tu ne vas pas laisser passer ta chance, quand même ? Après tout ce que tu as fait pour nous, il est temps que tu vives ta vie. Que tu trouves le bonheur comme nous. Tu dois décider de ce que tu veux et tout faire pour l'obtenir.

Pouvait-il renoncer à tout ce pour quoi il avait œuvré et retourner à Saipan ?

— Il est trop tard, dit-il.

— Il n'est jamais trop tard pour dire à quelqu'un qu'on l'aime, affirma sa sœur.

Il les regarda tous les deux.

— Je vous aime, les petits.

Macie regarda l'avion disparaître dans le ciel, emportant Landon.

La belle journée ensoleillée était en complète opposition avec la sombre tempête d'émotions qui l'habitait. L'amour de sa vie l'avait quittée de nouveau sans qu'elle soit capable de l'empêcher.

Elle monta dans sa voiture, se couvrit le visage des mains et sanglota.

Pour la première fois depuis son arrivée à Saipan, elle

appela l'hôpital pour prendre un jour de congé, puis elle roula jusqu'à la plage où elle avait pique-niqué avec Landon.

Cela avait été la plus belle nuit et la pire matinée de sa vie. Cela ne remontait qu'à deux jours, mais il lui semblait que ça faisait une éternité. Landon lui avait manqué dès l'instant où il l'avait déposée chez elle. Il n'avait pas appelé, et elle n'avait pas essayé de le contacter. Avait-elle fait ce qu'il fallait, ou avait-elle continué à se cacher comme il l'en avait accusée ? Cela aurait-il changé quelque chose si elle l'avait fait ? N'avaient-ils pas, chacun, choisi leur camp et pris leur décision ?

Elle s'assit sur le sable et contempla le va-et-vient des vagues.

Comment en était-elle arrivée là ? Elle avait laissé ses émotions prendre le dessus. Elle avait ouvert son cœur, et Landon y était entré. Depuis Hawaï, elle avait eu conscience qu'il avait le pouvoir de se faire aimer d'elle. Et elle savait très bien ce que c'est que d'être déçu par quelqu'un qu'on aime.

Quand le soleil commença à se coucher et qu'elle eut faim, elle rentra chez elle, mais elle ne mangea presque rien. Se disant que le sommeil apporterait un répit à sa douleur, elle se mit au lit. Peine perdue. Elle se tourna et se retourna jusqu'à l'aurore, pensant sans cesse à ce qui lui manquait : les bras de Landon autour d'elle, son corps chaud allongé près du sien.

Peut-être qu'elle pourrait trouver une certaine paix à l'hôpital.

Mais ce ne fut pas le cas, et le reste de la semaine s'écoula de la même façon. Elle manquait de plus en plus de sommeil, et ses collègues commençaient à la regarder curieusement. Elle se montra cassante avec certains, et Tatiana l'évita. Même aux jours les plus sombres du procès de son père, elle ne s'était jamais sentie aussi misérable.

Elle aurait dû mieux se protéger. Mais ce qui était fait

était fait, et elle devait trouver comment survivre. N'était-ce pas ce qu'elle avait fait durant les huit dernières années ?

Pourtant, si elle voulait mériter Landon, elle devrait faire mieux que ça. Lorsqu'elle irait le rejoindre – ce qu'elle comptait faire —, elle devrait être digne de lui.

Elle lui avait dit qu'il devait faire le ménage dans sa vie. Se libérer de ses peurs, de ses obsessions. N'avait-elle pas besoin de faire la même chose ? Elle n'avait pas vu sa famille depuis des années. Il était temps pour elle d'affronter ce que son père avait fait.

Avec les semaines de vacances qu'elle avait à prendre, elle pouvait aller mettre sa vie en ordre. Ensuite, elle irait trouver Landon et lui dirait ce qu'elle ressentait. Même s'il ne voulait pas d'elle, il était temps qu'elle rejoigne le monde. Bien entendu, elle ne pouvait pas quitter l'hôpital sans prendre des dispositions et se faire remplacer. Mais si Landon voulait toujours d'elle, elle reviendrait faire ses bagages et irait s'installer à Washington pour être avec lui.

Il lui fallut un peu plus d'une semaine pour tout boucler et appeler chez elle. À l'annonce de sa visite, sa mère fondit en larmes et dit qu'elle irait la chercher à l'aéroport, tant elle était impatiente de la revoir. En cet instant, Macie sut qu'elle faisait ce qu'il fallait, quoi qu'il advienne avec Landon.

— Ton frère et ta sœur vont être si excités ! Je vais leur demander de venir pour le week-end. Oh ! je ne peux pas croire que je vais de nouveau avoir tous mes enfants sous mon toit !

— Comment va papa ?

C'était la première fois qu'elle demandait des nouvelles de son père.

— Il va bien. Il est juste un peu plus âgé et plus fatigué.

Macie admira sa mère. Elle était restée aux côtés de son mari. C'était le véritable amour, pour le meilleur et pour le pire.

— Tu crois qu'il aimerait me voir ?

Il y eut un silence, puis sa mère renifla.

— Plus que tout !

— Pourrais-tu organiser ma visite ?

— Je le ferai.

— À bientôt, maman. Je t'aime.

En raccrochant, elle regarda par la fenêtre de sa maison. Elle avait vraiment mis sa vie entre parenthèses en venant ici.

Sa visite aux siens, quelques jours plus tard, fut merveilleuse. Elle fut très heureuse de retrouver son frère et sa sœur, et regretta le temps qu'elle n'avait pas passé avec eux, en particulier avec ses nièces et ses neveux.

Le lundi matin, son téléphone sonna.

— Allô !

— Macie Beck ?

— Oui.

— Ici le Dr Larry Fitzgerald, de l'OMS.

Sa main trembla. Était-il arrivé quelque chose à Landon ?

— Nous aimerions vous inviter à Washington pour que vous exposiez vos idées sur la modernisation de l'hôpital de Saipan au conseil d'administration. Et sur ce que nous pouvons faire.

— Est-ce le Dr Cochran qui vous a demandé de m'appeler ?

— Non. Il est actuellement en mission à l'extérieur.

Ah ?

Une flèche douloureuse la traversa. Mais Landon ignorait qu'elle était aux États-Unis, il n'y avait aucune raison qu'il l'attende.

— Viendrez-vous ? Nous vous payerons vos frais, bien sûr.

— Oui.

Elle devait le faire. C'était important pour l'hôpital. Important pour l'avenir de Landon.

— Quand pourriez-vous être ici ?

— Est-ce que la fin de la semaine vous irait ?

— Si tôt ? s'exclama l'homme, visiblement surpris.

— Je suis dans la région de Chicago en ce moment.

— Très bien, très bien. Je vous rappellerai pour les détails. Prévoyez votre intervention pour vendredi.

— Je le ferai. Merci de cette opportunité.

— Merci à vous, madame Beck.

Le lendemain, l'estomac noué par la nervosité, les mains tremblantes, elle se rendit à la prison pour voir son père.

Elle attendit dans le parloir, une grande salle avec des tables. Son père arriva, portant une combinaison orange et l'air beaucoup plus âgé que dans son souvenir.

C'était là son père, et ils étaient des étrangers

Il eut un sourire hésitant en s'approchant.

— Macie ?

Elle resta assise et se contenta de hocher la tête.

— Tu es devenue une si belle femme ! dit-il en s'asseyant en face d'elle. Comment ça a été, toi, tout ce temps ?

— Bien.

— Tu travailles comme infirmière à Saipan, m'a dit ta mère.

— Oui...

Ils se dévisagèrent un long moment, puis elle explosa.

— Pourquoi as-tu fait ça ? Pourquoi ?

— Pour vous donner une belle vie.

— Mais tous ces gens que tu as lésés ?

— Je le regrette.

— Je t'ai détesté.

— J'en suis désolé. S'il te plaît, parle doucement.

L'un des gardes les regardait avec intérêt.

D'une voix contenue, elle déversa toute l'amertume qu'elle avait emmagasinée depuis des années, tout ce qu'elle avait subi à cause de lui.

— Tout ce que je peux dire, c'est que je le regrette.

— Ça ne suffit pas ! dit-elle d'un ton sifflant.

— Je sais, mais c'est tout ce que je peux faire. Tu vois, chérie...

— Ne m'appelle pas ainsi !

Son père soupira et tendit une main à travers la table.

— Le mieux que je puisse faire, c'est te dire que je t'aime et te demander pardon.

Elle regarda sa main mais ne la prit pas.

— Je te pardonne, papa. Pas pour toi, mais pour moi. Il faut que j'oublie tout ça pour aller de l'avant.

Il hocha la tête.

— Je dois m'en aller, maintenant.

— Je comprends.

Elle ne put rejoindre sa voiture assez vite à son goût. Elle posa la tête sur le volant, inspirant profondément. Elle s'était libérée de sa colère. Et délivrée d'un poids qu'elle n'avait pas eu conscience de porter. Elle aurait voulu que Landon soit là pour la serrer dans ses bras.

Comme elle avait envie de le voir ! Serait-il à Washington lorsqu'elle arriverait ? Sinon, elle l'attendrait.

Au retour de sa visite à sa famille, Landon consulta ses messages et apprit qu'il devait comparaître le lendemain après-midi devant les administrateurs avec Macie Beck.

Dire qu'il fut surpris serait peu dire.

Macie était à Washington ! Il allait la voir !

Après sa conversation avec Nancy et Adam, il s'était convaincu qu'il devait retourner à Saipan et parler avec elle. Si elle ne voulait pas venir ici, il irait là-bas. Il était temps pour lui de cesser de vivre dans le passé et de commencer à construire son avenir. Et Macie était son avenir.

Malgré ses efforts pour arriver en avance, il fut retardé par des appels téléphoniques et par un collègue. Lorsqu'il pénétra dans la salle du conseil de l'OMS, celle-ci avait commencé à se remplir. Il chercha Macie du regard. Un sixième sens lui disait qu'elle était déjà là. En effet, il l'aperçut en train de parler à quelqu'un à l'avant de la salle.

Son cœur fit un bond.

Elle ne lui avait jamais paru aussi jolie et désirable. Ou était-ce parce qu'elle lui avait tant manqué ?

Elle portait une simple robe rose pâle et une veste grise. Un collier brillait à son cou, et ses cheveux étaient libres autour de son visage. Il mourait d'envie de les toucher.

Quelqu'un vint lui parler, mais il ne cessait de regarder Macie. Il remarqua qu'elle jetait souvent un coup d'œil par-dessus son épaule, comme si elle attendait quelqu'un. Est-ce qu'elle le cherchait ? Il espérait qu'elle était aussi impatiente de le voir qu'il l'était de la rejoindre.

Le président du conseil parla dans son micro.

— Nous allons commencer cette réunion. Veuillez regagner vos sièges.

Macie prit place à la longue table installée face au conseil. Elle sortit un dossier de son sac.

Landon venait de s'asseoir à côté d'elle quand le président déclara la séance ouverte. Il la dévisagea avidement.

Elle lui avait tant manqué ! Il avait envie de l'écraser contre lui, de l'embrasser à perdre haleine.

— Salut, dit-il à voix basse, loin du micro,

Les yeux bleus de Macie s'élargirent et s'emplirent de plaisir.

— Bonjour. On m'a dit que tu ne serais peut-être pas là.

— Tu pensais que je ne viendrais pas ?

— J'espérais que si, dit-elle doucement.

Il huma son parfum délicieux – air marin et noix de coco – et soutint son regard jusqu'à ce que le président reprenne la parole. Celui-ci les présenta tous les deux.

— Madame Beck, je crois que vous voulez faire une déclaration.

— Oui...

Elle regarda Landon, et il la rassura d'un signe de tête.

Elle ouvrit son dossier et se mit à parler avec son cœur. Ce qu'elle éprouvait pour Saipan, pour les gens et pour l'hôpital s'entendait dans sa voix.

— En conclusion, dit-elle, je pense qu'il s'agit d'un plan solide qui peut améliorer notablement la vie des insulaires.

— Docteur Cochran, avant que nous passions aux questions, avez-vous quelque chose à ajouter ?

— Non, monsieur. Mme Beck a fait un exposé exhaustif.

On passa aux questions, et pendant plus d'une heure ils répondirent en détail sur les mesures proposées et sur les financements nécessaires.

À la fin, plusieurs membres du conseil soulignèrent l'importance de trouver un administrateur compétent qui s'engage à rester au moins cinq ans pour accompagner les réformes demandées.

Le regard inquiet de Macie exprima ses craintes de voir le projet rejeté, ses rêves s'écrouler. Mais Landon voulait réaliser ses rêves. C'était ce qu'il voudrait toujours.

Il prit la parole.

— Messieurs, si je prenais moi-même le poste d'administrateur de l'hôpital de Saipan jusqu'à ce que l'on trouve le candidat adéquat, est-ce que le conseil envisagerait de soutenir ce projet ?

Macie inspira vivement. Cette proposition lui avait visiblement causé un choc. Elle le regarda, l'air incrédule, et écarta le micro pour lui parler.

— Qu'est-ce que tu fais ? Et ton nouveau poste ?

Il plongea les yeux dans les siens en souriant.

— J'ai décidé que certaines choses sont plus importantes.

— Quoi ? chuchota-t-elle.

— Toi.

Le président toussota pour attirer leur attention.

— Pour ma part, j'estime que, sous la direction du Dr Cochran, ce plan est réalisable. Que pense le conseil de cet arrangement ?

Les administrateurs hochèrent tous la tête.

— Nous avons tout ce qu'il nous faut pour le moment. Madame Beck, merci d'avoir fait ce long voyage. La séance est close.

Tout le monde se leva.

Macie ne parvenait pas à croire ce que Landon venait de faire. Elle se tourna vers lui et lui prit la main.

— Tu n'as pas à faire ça. Tu n'as pas à sacrifier ta carrière.

— Je ne sacrifie rien du tout. Je reporte simplement les choses.

Un homme posa la main sur l'épaule de Landon, interrompant leur conversation.

— Landon, si vous voulez sérieusement retourner à Saipan, il faut que nous parlions.

— Je suis sérieux, monsieur. Macie, voici mon patron et ami, le Dr Russell.

Elle le salua.

Le Dr Russell jeta un coup d'œil à leurs mains jointes et sourit.

— Je pense que cette discussion peut attendre demain matin. Si vous emmeniez Mme Beck déjeuner quelque part avant de lui montrer un peu Washington ?

— Merci. C'est ce que je vais faire.

— Madame Beck, merci encore d'être venue. Vous êtes une femme impressionnante, très persuasive.

Tandis que le Dr Russell s'éloignait, Landon hocha la tête.

— Sortons d'ici avant d'être encore retenus. Nous avons à parler.

Il la conduisit dehors, dans le clair soleil de printemps. Lui prenant la main, il l'entraîna sur le trottoir.

— Je t'emmène dans un petit café où je sais que nous ne serons pas dérangés. Je préférerais ma chambre d'hôtel, mais il faut vraiment que nous parlions.

Elle tira sur sa main et s'arrêta.

— Landon ?

Il la regarda.

— Quoi ?

— Je t'aime. Je n'aurais pas dû te laisser quitter Saipan sans moi.

Il prit sa joue dans sa main et plongea les yeux dans les siens.

— Je t'aime aussi, et j'aurais dû te le dire.

Se haussant sur la pointe des pieds, elle partagea avec lui le plus parfait des baisers. Quand quelqu'un les bouscula, ils se séparèrent en riant. Landon lui reprit la main et fit demi-tour, marchant d'un pas pressé.

— Où allons-nous, maintenant ? demanda-t-elle.

— À mon hôtel.

Elle eut un grand sourire.

— Je croyais que tu avais faim et que tu voulais parler.

— J'ai faim de toi. Et nous nous sommes dit l'essentiel.

Elle sentit une onde de chaleur emplir son cœur et rayonner dans son ventre.

Landon la fit entrer dans un bel hôtel ancien, l'entraîna précipitamment dans le hall et jusqu'à l'ascenseur. Là, il la prit dans ses bras et l'embrassa jusqu'à ce que ses genoux flanchent. Lorsque les portes s'écartèrent, il la conduisit à sa chambre, où il la fit entrer.

— Tu ne viens pas ? demanda-t-elle, prise de panique en voyant qu'il restait dehors.

Il inspira à fond.

— Dans un instant. Tu m'as tellement manqué que j'ai peur d'être brutal et de te faire mal.

Le cœur gonflé d'émotion, elle l'attira à elle.

— Je veux bien courir ce risque.

Quelques merveilleuses heures plus tard, blottis l'un contre l'autre sur le lit dans de moelleux peignoirs de bain, ils partagèrent un repas commandé au service en chambre.

— Landon, j'apprécie ton offre d'être notre administrateur, mais je ne veux pas que tu t'y sentes obligé.

— C'est ce que je souhaite. J'ai été heureux à Saipan. Avec toi, avec les gens, avec le travail. J'ai envie de soigner de nouveau des patients. De toute façon, j'y serais retourné pour te retrouver.

— Tu sais, quand j'ai reçu l'appel de l'OMS, j'étais déjà sur le continent.

— Ah oui ? fit-il en portant une fraise à ses lèvres.

Elle mordit dedans.

— Mmm... Ce que tu m'as dit du fait que je me cachais a porté. Je me suis dit que je ne pouvais pas continuer à vivre ainsi. Je suis venue voir ma famille. J'ai même revu mon père.

Landon lui caressa les cheveux.

— J'aurais dû être avec toi quand tu as fait cette démarche.

Elle lui dédia un sourire crispé.

— Merci.

Elle lui raconta l'entrevue.

— Après, j'avais prévu de venir te voir, de toute façon.

— Je n'ai su qu'hier après-midi que tu étais ici.

Elle sourit largement.

— Tu as été surpris ?

Il écarta le plateau et l'attira à lui pour l'embrasser.

— J'en ai été follement heureux.

Elle posa une main sur son torse.

— Sérieusement, Landon, je ne veux pas que tu renonces à ta promotion pour moi.

— Je ne renonce à rien. Je vais gagner une vie, un métier que j'aime et surtout... Surtout toi.

— Tu as parlé de reporter la prise de ce poste. Que voulais-tu dire ?

— Je vais demander au Dr Russell si je peux continuer à être payé par l'OMS. Cela aidera l'hôpital financièrement et laissera la porte ouverte à de futures promotions.

— Oh ! Landon ! C'est magnifique ! s'écria-t-elle en lui passant les bras autour du cou.

— Ce n'est pas tout, ajouta-t-il lorsqu'ils se séparèrent. Je vais faire stipuler dans mon contrat que l'OMS devra payer deux billets d'avion deux fois par an pour que nous revenions voir nos familles. Parfois, il faut quitter le paradis.

La joie envahit Macie. Cela semblait si merveilleux !

Landon prit un air sérieux.

— Maintenant, j'ai une question pour toi.

— Laquelle ?

— Veux-tu m'épouser ?

— Oh ! Landon...

— Eh bien ? demanda-t-il, l'air inquiet.

— Tu es sûr que c'est ce que tu veux ? Je sais ce que tu penses de ce genre d'engagement.

— Que nous soyons mariés ou pas, tu es ma vie, Macie. Je t'aime tellement que ça me coupe le souffle. Rien de ce que nous ferons n'y changera quoi que ce soit. En outre, j'ai moi aussi revu mon frère et ma sœur. Ils m'ont prouvé que je pouvais être heureux malgré l'exemple de nos parents, que mon existence m'appartenait.

Elle se jeta dans ses bras.

— Alors, oui ! Oui, je veux t'épouser. Avec toi, je serai toujours au paradis.

## [illegible] vous offre un large choix de littérature sentimentale !

[illegible]